UN AUTRE NOM
POUR
L'AMOUR

COLLEEN McCULLOUGH

Un autre nom pour l'amour

Traduit de l'anglais par Michel Ganstel

Ce livre a été publié sous le titre original
AN INDECENT OBSESSION
par Harper & Row. New York

Edition du Club Québec Loisirs Inc,
avec l'autorisation des Editions Belfond

ISBN 2-7242-1306-8

Pour Mary Nargi Bolk
ma « petite sœur »

Toute ma reconnaissance va au colonel R.F. Reeves,
de l'Australian Staff Corps (C.R.),
à Mme Alma Critchley
et à Mme Nora Spalding,
infirmière militaire,
pour leur généreuse assistance technique.

C. McC.

PREMIÈRE
PARTIE

1

Son paquetage posé à terre, le jeune soldat s'était arrêté pour contempler l'entrée anonyme du pavillon X, comme s'il se demandait si c'était bien là sa destination finale. Le dernier baraquement du camp, lui avait-on dit au bureau des admissions en lui montrant le chemin. Ils étaient débordés. Il leur avait fait comprendre qu'il saurait s'y retrouver tout seul. A l'exception de ses armes et de ses munitions, remises à l'armurier du bataillon, il avait sur le dos tout ce qu'il possédait — fardeau devenu si familier qu'il ne le remarquait même plus. Il était donc arrivé devant le dernier baraquement, notablement plus petit que les autres. Plus calme, aussi. Le pavillon des dingues ! Drôle de façon de finir la guerre. Non que la manière compte, après tout. L'essentiel, c'était qu'elle soit finie.

Derrière sa fenêtre, l'infirmière Honora Langtry regardait sans être vue, partagée entre l'irritation et la fascination : l'irritation, parce qu'on lui avait collé un nouveau patient sur les bras et que celui-ci allait bouleverser le fragile équilibre qui régnait au pavillon X: la fascination, parce que le nommé Wilson, M.E.J., constituait une énigme qu'elle allait avoir à résoudre.

Il était sergent et venait d'un des corps les plus illustres d'une division elle-même renommée. Sur sa poitrine, au-dessus de la poche gauche, se voyaient le

11

ruban rouge, bleu, rouge de la *Distinguished Conduct Medal,* la plus prestigieuse et la plus rarement décernée des décorations, à côté de la Médaille 1939-1945, de l'*Africa Star* et de la *Pacific Star;* la large ganse décolorée, presque blanchie, de son chapeau de brousse, souvenir de l'Extrême-Orient, était encore ornée de l'écusson bordé de gris à l'emblème de sa division. Le treillis vert délavé était immaculé et repassé de frais, le chapeau incliné à l'angle réglementaire, la jugulaire en place et le cuivre des boucles étincelait. L'homme, pas très grand, avait l'air solide, son cou et ses bras, brûlés de soleil, avaient la couleur du teck. Visiblement, il avait une longue guerre derrière lui et, en l'observant, l'infirmière Langtry n'arrivait pas à comprendre pourquoi il était affecté au pavillon X. Un peu décontenancé, peut-être, mais comme le serait tout individu se retrouvant soudain en terrain totalement inconnu. Aucune trace des symptômes habituels, égarement, confusion, troubles du comportement. En fait, pensa-t-elle, il a l'air parfaitement normal — ce qui, en soi, était déjà anormal au pavillon X.

Il dut se dire qu'il était temps de faire quelque chose car, brusquement, il ramassa son paquetage, le balança sur son épaule et posa le pied sur la longue rampe d'accès menant à la porte d'entrée. Au même moment, l'infirmière Langtry contournait son bureau pour sortir dans le couloir. Ils se retrouvèrent juste derrière le rideau, avec un synchronisme parfait. Un loustic, depuis longtemps guéri et rendu à son régiment, avait fabriqué ce rideau en nouant des capsules de bière sur des fils de canne à pêche, si bien qu'au lieu du tintement musical des perles de verre ou des coquillages chinois, le rideau faisait entendre un bruit de ferraille. Leur première rencontre eut donc lieu dans une dissonance.

— Bonjour, sergent, je suis l'infirmière Langtry, dit-elle avec un sourire de bienvenue.

Mais l'irritation teintée d'appréhension couvait toujours sous l'amabilité de surface et se manifesta dans la brusquerie du geste péremptoire qu'elle fit pour lui demander ses papiers. Elle constata qu'ils n'étaient pas cachetés. Quels imbéciles, au bureau des admissions ! Il avait dû s'arrêter en chemin pour les lire.

Avec aisance, il s'était déjà déchargé de son barda pour la saluer, puis avait retiré son chapeau.

— Excusez-moi, dit-il, mais je n'ai pas eu besoin de les lire pour savoir ce qu'il y a dedans.

Elle se détourna légèrement vers la porte ouverte et, d'une pichenette experte, lança l'enveloppe qui atterrit sur le bureau. Comme cela, au moins, il comprendrait qu'elle n'allait pas lui demander de rester devant elle, raide comme un piquet, pendant qu'elle s'immiscerait dans sa vie privée. Elle aurait largement le temps, plus tard, de prendre connaissance de la version officielle; pour le moment, il fallait plutôt le mettre à son aise.

Il émanait de lui un calme qui plaisait à Honora Langtry. Elle ne put s'empêcher de le lui montrer.

— Wilson. Que veulent dire M.E.J. ? demanda-t-elle.

— Wilson, Michael, Edward, John, répondit-il en lui rendant son sourire.

— Vous appelle-t-on Michael ?

— Michael ou Mike, indifféremment.

Il paraissait sûr de lui. Grand dieu, pensa-t-elle, pourvu que les autres l'acceptent sans trop de mal tel qu'il est !

— Et d'où sortez-vous ? reprit-elle.

— Oh ! de quelque part là-haut ! dit-il avec un geste vague.

— Allons, sergent, la guerre est finie ! Plus besoin de tant de secret, maintenant. Vous arrivez de Bornéo, je suppose, mais d'où exactement ? Brunei ? Balikpapan ? Tarakan ?

— Balikpapan.

13

— Vous avez bien choisi votre moment pour arriver, dit-elle avec bonne humeur.

Puis, le précédant dans le petit couloir menant à la grande salle, elle ajouta par-dessus son épaule :

— C'est bientôt l'heure du dîner et, chez nous, la soupe n'est pas mauvaise du tout.

Le pavillon X avait été bâti de bric et de broc dans un coin perdu, au fin fond du camp, car il n'avait jamais été conçu pour abriter des malades requérant des soins médicaux complexes. Il pouvait contenir confortablement une dizaine de lits, douze ou quatorze en cas de besoin, sans compter ceux que l'on casait dans la véranda. Rectangulaire, construit en madriers mal équarris et pourvu d'un plancher de bois dur, il était peint d'une couleur brun pâle que les hommes avaient aussitôt baptisée « caca de bébé ». Les fenêtres, de grandes ouvertures, étaient dépourvues de vitres mais dotées de persiennes en bois, censées protéger des intempéries. Le toit était fait de feuilles de palmier, sans plafond ni isolation.

Pour le moment, il n'y avait dans la grande salle que cinq lits, dont quatre étaient alignés avec discipline contre un mur et le cinquième, curieusement insoumis, disposé parallèlement au mur d'en face au lieu de lui être perpendiculaire, comme l'exigent les règlements des hôpitaux militaires.

C'étaient des lits de camp, bas et d'allure triste, faits au carré sans couvertures ni couvre-pieds, inutiles sous ces latitudes étouffantes, mais avec simplement une paire de draps de calicot écru, plus blanchis que des ossements par d'innombrables lessives. A deux mètres au-dessus de la tête de chaque lit se trouvait un anneau, de la taille d'un panier de basket-ball, auquel étaient fixés des flots de moustiquaire vert jungle, dont les draperies compliquées étaient dignes d'un Jacques Fath dans ses meilleurs jours. A côté de chaque lit, une vieille armoire métallique.

L'infirmière désigna le dernier lit de la rangée de quatre, qui, placé sous les deux fenêtres d'angle, bénéficiait d'un emplacement excellent pour profiter de la brise.

— Posez vos affaires là, dit-elle. Vous les rangerez plus tard. Il y a cinq autres hommes au pavillon, et j'aimerais que vous fassiez leur connaissance avant le dîner.

Michael posa son chapeau sur l'oreiller, son paquetage sur le lit et se tourna vers elle. Devant lui, une partie de la salle était complètement isolée par une série de paravents, comme si l'on y cachait quelque mystérieux moribond. En lui faisant signe de la suivre, l'infirmière se glissa avec l'aisance d'une longue habitude entre deux paravents. Il n'y avait là ni mystère ni grand malade, juste une longue table étroite de réfectoire avec un banc de chaque côté et, au bout, un fauteuil d'aspect relativement confortable.

Au-delà, une porte donnait sur la véranda ajoutée au bâtiment comme quelque prétentieuse crinoline, large de trois mètres et longue de douze. Des stores en bambou, fixés au rebord du toit, devaient empêcher la pluie d'entrer mais ils étaient, pour le moment, roulés et invisibles. Le plancher, du même bois que celui de la salle, résonna comme un tambour sous les pas bottés de Michael. Contre le mur mitoyen de la grande salle s'alignaient quatre lits inoccupés et le reste de la véranda était meublé de chaises dépareillées. Près de la porte, on voyait une table de réfectoire, jumelle de l'autre mais plus longue, flanquée, elle aussi, de bancs de chaque côté; la plupart des chaises étaient groupées au hasard non loin de là, comme si ce coin précis de la véranda formait un endroit de prédilection pour se réunir. Le mur extérieur de la grande salle, auquel la véranda était adossée, semblait fait de lattes car toutes les persiennes

15

étaient ouvertes pour laisser les rares souffles d'air pénétrer à l'intérieur — les ouvertures étaient en effet orientées vers la mousson et se trouvaient également sous les alizés du sud-est.

Le jour mourait; des flaques de lumière dorée et d'ombres indigo éclaboussaient le camp. Un gros nuage d'orage nageant dans un bain de lumière meurtrie s'était posé, tout noir, sur les cocotiers qu'il paraissait raidir et pailleter d'or comme pour leur faire revêtir le costume des danseuses balinaises. L'air chatoyait et soulevait des bouffées d'une poussière languissante, de sorte qu'on se serait cru au fond d'une mer illuminée de soleil. La membrure colorée d'un arc-en-ciel se déploya soudain, comme pour étayer la voûte céleste, mais fut brutalement gommée en pleine course. Les papillons s'enfuyaient, les phalènes arrivaient en force, se rencontraient et se croisaient sans un signe de reconnaissance, présence à peine perceptible. Sous les frondaisons de palmes, simulant des cages, les oiseaux poussaient leurs trilles perçants et joyeux.

Cette fois, mon dieu, nous y voilà ! se dit l'infirmière. Je ne sais jamais comment ils vont se comporter, car ils obéissent à une logique qui dépasse ma raison, sinon mes instincts, et c'est toujours aussi exaspérant. Quelque part en moi existe un sens, peut-être un don, qui fait que je les comprends; mais je ne suis pourtant jamais arrivée à saisir leur véritable nature.

Une demi-heure auparavant, elle leur avait annoncé l'arrivée d'un nouveau patient et elle avait perçu leur malaise. Elle s'y attendait, d'ailleurs : pour eux, un nouveau constituait toujours une menace et, jusqu'à ce qu'ils s'habituent à lui et réajustent l'équilibre de leur monde clos, ils détestaient l'intrus. Cette réaction était en général directement proportionnelle à l'état du nouvel arrivant; plus ce dernier accaparait son temps et son attention à elle, plus profond était leur ressentiment envers lui. Par la suite, les choses s'arrangeaient, car le nouveau devenait à son tour un ancien; mais, jusqu'à ce moment-là, c'était elle qui pâtissait de la situation.

Quatre hommes étaient assis à la table de réfectoire; le cinquième était étendu de tout son long sur l'un des lits et lisait un livre.

Un seul d'entre eux se leva à leur arrivée, un grand type maigre d'environ trente-cinq ans, les cheveux blonds décolorés par le soleil, les yeux très bleus, vêtu d'une veste de brousse au kaki délavé, serrée par une ceinture de toile, de pantalons raides et de bottes. Sur ses épaulettes, les barrettes de bronze de capitaine. La politesse dont il faisait preuve en se levant paraissait naturelle, mais elle était visiblement réservée à l'infirmière à qui il adressa un sourire dont était exclu l'intrus.

La première chose que Michael remarqua fut la manière plus possessive qu'affectueuse dont tous regardaient l'infirmière. Plus fascinant encore était leur refus d'enregistrer par un regard son existence à lui, bien qu'Honora Langtry eût pris soin de lui poser la main sur le bras pour l'attirer près d'elle dans l'encadrement de la porte, de sorte qu'il leur était presque impossible de ne pas le voir. Ils y parvenaient pourtant, même le jeune homme chétif étendu sur le lit.

— Michael, je vous présente Neil Parkinson, dit-elle en affectant d'ignorer l'atmosphère pesante.

La réaction de Michael fut purement instinctive; à la vue des galons du capitaine, il se mit au garde-à-vous, rigide comme à la parade. Cette marque extérieure de respect fit à son bénéficiaire l'effet d'une gifle.

— Pas de ça, bon dieu ! s'écria Neil Parkinson. Nous sommes tous dans le même bain, ici. On ne donne pas encore de grades aux cinglés.

La force de l'entraînement permit à Michael de sauver la face; sans réaction apparente à cette grossièreté, il modifia insensiblement sa pose pour passer du

17

garde-à-vous à un repos décontracté. A côté de lui, il sentit l'infirmière se raidir, car, si elle avait ôté la main posée sur le bras de son compagnon, elle était restée assez proche pour le frôler, comme pour lui conserver son soutien. Volontairement, il s'écarta légèrement d'elle. C'était son épreuve d'initiation, il devait la passer seul.

— Parlez pour vous, mon capitaine, fit alors une autre voix. Nous ne sommes pas *tous* dans le bain que vous dites. Traitez-vous de cinglé si cela vous fait plaisir, mais moi je ne l'ai jamais été. On m'a collé ici pour me faire taire, rien d'autre. Je leur fais peur, voilà tout.

Le capitaine Parkinson se tourna vers celui qui venait de parler, un homme jeune, à demi nu, vautré sur une chaise, la pose abandonnée, l'attitude insolente. Et beau comme un dieu.

— Allez vous faire voir, espèce de fumier ! répliqua Parkinson avec une soudaine explosion de haine.

Il est grand temps d'intervenir avant que cela ne dégénère, se dit l'infirmière en dissimulant son mécontentement. Apparemment, il fallait s'attendre à une de leurs plus insoutenables séances de bienvenue — si l'on pouvait appeler cela « bienvenue ». Ils allaient sans doute faire le numéro de méchanceté sournoise, ce qui était précisément le genre de comportement qu'elle avait le plus de mal à supporter car elle les aimait, ses protégés, et voulait être fière d'eux.

Elle reprit donc la parole avec un flegme et un détachement ironiques pour ramener l'esclandre à de justes proportions aux yeux du nouveau venu.

— Veuillez accepter mes excuses, Michael, lui dit-elle. Voici donc Neil Parkinson. Celui qui est assis là-bas et s'est fait remarquer s'appelle Luc Daggett. Sur le banc, à côté de Neil, Matt Sawyer. Matt est aveugle et préfère que je le dise tout de suite aux gens, cela lui évite de se sentir gêné plus tard. Sur l'autre chaise, au bout, Benedict Maynard et, sur le lit, Nugget Jones. Messieurs, je vous présente notre nouvelle recrue, Michael Wilson.

Voilà, c'était fait, il était lancé, ce fragile vaisseau humain. Plus fragile que les autres, sans doute, sinon il ne serait pas ici, à hisser ses voiles pour affronter les tempêtes, la houle et les encalminements du pavillon X. Que Dieu lui vienne en aide, se dit-elle. Rien, en apparence, ne cloche chez lui et pourtant, il doit y avoir quelque chose. Il est taciturne, renfermé, mais cela semble être dans sa nature. On sent pourtant en lui une force, un noyau de résistance intacts — cas unique depuis que je m'occupe du pavillon X.

Elle balaya ses pensionnaires d'un regard sévère :

— Ne soyez donc pas si désagréables, dit-elle. Donnez au moins sa chance à ce pauvre Michael.

Neil Parkinson, qui s'était rassis sur le banc, se mit à rire et se tourna à demi pour garder un œil sur Luc tout en s'adressant à leur nouveau compagnon :

— Sa *chance* ? s'esclaffa-t-il. A d'autres, ma chère ! Vous appelez cela une chance de se retrouver ici ? Le pavillon X, cet établissement salubre dans lequel vous venez d'atterrir, sergent Wilson, n'est rien d'autre que les limbes. Le poète Milton a dit des limbes que c'était le paradis des imbéciles et des fous, ce qui nous va comme un gant. Et nous, dans notre paradis, sommes à peu près aussi utiles au monde et à la guerre que des tétines à un taureau.

Il interrompit sa tirade pour juger de son effet sur Michael, toujours debout près de l'infirmière. Il était impeccable dans son uniforme tropical, l'expression intéressée et nullement décontenancée. Normalement, Neil était moins désagréable que cela et aurait tout naturellement servi de tampon entre le nouveau venu et les autres. Mais Michael Wilson détonnait au pavillon X. Il n'était ni désorienté, ni traumatisé, ni hébété, il ne présentait aucun des mille symptômes de dérangement mental qui auraient pu l'affecter sans empêcher qu'il

19

s'intégrât à eux. En fait. Michael Wilson avait l'allure d'un guerrier jeune mais endurci, en pleine possession de ses moyens et sans nul besoin du souci que l'infirmière Langtry se faisait visiblement à son sujet.

Depuis qu'il avait appris, quelques jours auparavant. la cessation des hostilités avec le Japon. Neil vivait dans l'angoisse de perdre sa course contre le temps, se répétant qu'il n'avait pas encore su prendre de décisions satisfaisantes, qu'il n'avait pas eu l'occasion d'éprouver les forces qu'il croyait sentir revenir en lui. Il craignait d'avoir à subir le bouleversement provoqué par l'arrivée d'un nouveau pensionnaire.

— Vous m'avez pourtant l'air en forme. dit-il à Michael.

— Moi aussi, je vous trouve en forme, renchérit Luc en ricanant.

Puis, se penchant vers l'aveugle pour lui envoyer dans les côtes une bourrade vicieusement appuyée, il lui demanda :

— Et toi, Matt, tu l'as vu ? A-t-il l'air dingue, à ton avis ?

— Suffit ! intervint Neil sèchement, furieux d'avoir été interrompu.

Le ricanement de Luc s'amplifia et, la tête rejetée en arrière, il se mit à pousser des éclats de rire tonitruants mais sans gaieté.

— C'en est assez ! s'écria l'infirmière.

Elle lança un regard vers Neil, n'y trouva rien à quoi se raccrocher, et se tourna successivement vers les autres. Mais ils semblaient tous décidés à lui résister, à faire devant le nouveau un étalage complaisant de hargne et d'indiscipline. En de tels moments, elle souffrait de son impuissance à les reprendre en main. Mais ce genre d'humeur ne durait jamais bien longtemps et, plus elle avait été exécrable, plus la réaction contraire était vive.

Elle termina son tour d'horizon par Michael et s'aperçut qu'il la regardait avec une intensité qui la troubla car, contrairement à la plupart des nouveaux patients, il ne dressait par de mur pour se dissimuler et ne jetait pas de pathétiques appels muets. Il se contentait de la regarder comme un homme pourrait considérer quelque bel article de nouveauté, un touchant petit chien ou toute autre chose n'ayant qu'une valeur sentimentale.

Elle se força à sourire pour mieux cacher l'irritation qu'elle éprouvait à se sentir ainsi traitée comme quantité négligeable.

— Asseyez-vous donc, lui dit-elle. Depuis le temps que vous êtes debout, vous devez être fatigué.

Elle comprit aussitôt qu'il avait saisi, dans sa remarque, moins de compasssion envers lui que d'animosité pour les autres, et elle en fut étonnée. Elle le fit asseoir en face de Neil, et s'installa elle-même de façon à voir simultanément Neil, Michael, Luc et Benedict; penchée en avant, elle se mit à lisser machinalement le drap gris de son uniforme.

L'habitude de porter son attention vers ceux qui paraissaient, à un moment ou à un autre, en avoir le plus besoin lui fit remarquer que Ben commençait à avoir l'air énervé, le regard traqué. Si Matt et Nugget avaient, pour leur part, pris le parti d'ignorer les constantes chamailleries entre Neil et Luc, Ben souffrait de cette atmosphère de discorde et sombrait dans l'angoisse si on ne la dissipait pas rapidement.

Sous ses paupières mi-closes, Luc posait sur elle un regard chargé de cette froide familiarité sexuelle que tout, dans son caractère, son éducation et sa formation lui faisait rejeter, bien qu'elle ait appris depuis son arrivée au pavillon X à combattre l'aversion que cette attitude lui inspirait, pour essayer de découvrir ce qui poussait un homme à la contempler de la sorte. Luc, cependant, représentait un cas spécial dans ce domaine; avec lui, elle n'avait jamais pu progresser et elle s'en voulait parfois de ne pas faire plus d'efforts. Ceci, elle en conve-

21

nait volontiers, était dû au fait qu'il l'avait menée en bateau pendant la première semaine de son séjour au pavillon. Qu'elle ait réagi rapidement, sans dommage pour lui ni pour elle, n'atténuait pourtant en rien son erreur de jugement initiale. Luc était doué d'un pouvoir capable de réveiller en elle des craintes qu'elle détestait ressentir, mais qu'elle était bien forcée de subir et dont il lui fallait s'accommoder.

Elle détourna avec effort son regard de Luc pour le ramener sur Ben; ce qu'elle distingua sur son long visage triste et émacié lui fit jeter un coup d'œil d'une désinvolture affectée à sa montre, qu'elle portait épinglée sur la poitrine.

— Ben, auriez-vous la gentillesse d'aller voir ce qui se passe à la cuisine, s'il vous plaît ? Le dîner est en retard.

Il se leva d'un mouvement mal assuré, lui fit un signe de tête cérémonieux et disparut à l'intérieur du bâtiment.

Comme si ce mouvement avait déclenché en lui quelque réflexion nouvelle, Luc se redressa sur son siège, ouvrit grands ses yeux jaunes et les tourna paresseusement vers Michael. Il dévisagea ensuite Neil, puis l'infirmière sur laquelle son regard resta posé, pensivement.

Honora Langtry s'éclaircit la voix :

— Votre poitrine ressemble à un étalage de mercerie, Michael. Quand avez-vous été mobilisé ? Dès le début ?

Ses cheveux, coupés très courts, avaient l'éclat du métal; la forme de son crâne était parfaite et les traits de son visage faisaient ressortir davantage les os que la chair, sans pourtant lui donner l'apparence de tête de mort qu'avait Benedict. Autour des yeux, la peau était marquée d'un réseau de traits fins tandis que deux profonds sillons séparaient le nez des joues. C'était un homme, certes, et non plus un enfant; mais les rides

22

étaient prématurées. Il devait être têtu, obstiné. Il avait les yeux gris, d'une couleur non pas changeante, fuyante comme ceux de Luc qui pouvaient passer du jaune au vert, mais d'un gris sans âge, sans remords non plus, avec un regard très ferme, très maîtrisé, plein d'intelligence. En une fraction de seconde, le temps qu'il lui fallut pour reprendre sa respiration avant de répondre, elle avait enregistré tous ces détails sans se rendre compte que tous les regards étaient fixés sur elle — même le regard aveugle de Matt — et constataient l'intérêt qu'elle portait au nouveau venu.

— Oui, répondit Michael, j'étais dans la première fournée.

Nugget reposa le dictionnaire de médecine aux pages abondamment cornées qu'il affectait de consulter depuis le début et tourna la tête pour regarder fixement Michael; les sourcils de Neil se relevèrent en accent circonflexe.

— Cela vous fait une très longue guerre, dit-elle. Six ans ! Qu'en pensez-vous, maintenant ?

— Je serai content de m'en être tiré, dit-il simplement.

— Au début, pourtant, vous aviez envie d'y aller.

— Oui.

— Quand avez-vous changé d'avis ?

Il sembla trouver la question d'une incroyable naïveté, mais il répondit poliment, avec un haussement d'épaules :

— Il faut bien faire son devoir, non ?

— Le devoir ! dit Neil en ricanant. C'est la plus coupable des obsessions ! Nous sommes allés à la guerre par ignorance et nous y sommes restés par devoir. Je voudrais enfin voir un monde où l'on apprenne aux enfants que le premier des devoirs est envers soi-même.

— Je m'en voudrais d'élever mes enfants de cette façon, répliqua Michael sèchement.

— Je ne prêche pas plus pour l'hédonisme que pour

l'abandon des valeurs morales ! dit Neil avec impatience. Je voudrais simplement voir s'instaurer un monde moins enclin à massacrer la fine fleur de son humanité, c'est tout.

— C'est vrai, je suis d'accord avec vous, répondit Michael en se détendant. Excusez-moi, je vous avais mal compris.

— Pas étonnant ! intervint Luc, toujours prompt à s'attaquer à Neil. Des mots, toujours des mots ! C'est comme cela que vous avez tué les ennemis, Neil, en leur lâchant des rafales de mots ?

— Qu'est-ce que vous en savez, espèce de planqué ? Il ne s'agit pas d'un tir aux pigeons. Il a fallu vous traîner dans l'armée, avec des cris de cochon qu'on égorge, pour que vous alliez vous embusquer dans un bureau, bien loin à l'arrière ! Tenez, vous me rendez malade.

— Pas autant que moi, espèce de prétentieux ! gronda Luc. Un de ces jours, je vous couperai les couilles pour les bouffer au déjeuner, vous verrez.

Comme par magie, l'humeur de Neil changea du tout au tout; sa hargne s'évapora, un éclair d'amusement s'alluma dans ses yeux :

— Mon pauvre vieux, vous vous fatigueriez vraiment pour rien, répondit-il d'un ton traînant. Elles sont beaucoup trop petites, vous savez...

Nugget pouffa, Matt éclata d'un rire bientôt couvert par celui de Michael; quant à l'infirmière, elle piqua brusquement du nez pour contempler ses genoux en se retenant désespérément.

Une fois le sérieux revenu, elle intervint avec une froideur affectée :

— Messieurs, votre langage ce soir est choquant. Cinq ans d'armée ont peut-être étendu ma culture, mais mes sentiments sont restés aussi pudiques. Vous seriez aimables de vous abstenir de proférer des grossièretés en ma présence. L'avertissement est aussi vala-

24

ble pour vous, sergent, ajouta-t-elle en lançant à Michael un regard étincelant.

Il le lui rendit, pas le moins du monde intimidé :

— Oui, mademoiselle, répondit-il avec soumission.

Puis il lui adressa un sourire si plein d'un charme communicatif, si... *normal*, pour tout dire, qu'elle se sentit pétiller.

Luc se leva alors, d'un geste plein d'une grâce tout à la fois naturelle et étudiée, se coula entre Neil et la chaise laissée vide par Benedict et se pencha pour ébouriffer les cheveux de Michael. Celui-ci ne fit pas un mouvement de retrait, ne manifesta pas de colère; mais il y eut soudain autour de lui comme une aura de défiance, de subtile mise en garde — signe qu'il n'est pas de ceux avec qui l'on joue impunément, se dit Honora Langtry, fascinée.

— Allons, vous vous débrouillerez très bien, dit Luc.

Puis, se tournant vers Neil d'un air moqueur :

— Voilà de la concurrence, monsieur le capitaine d'Oxford. Tant mieux ! Il a commencé la course en retard, mais la ligne d'arrivée n'est pas encore en vue, si je ne me trompe !

Neil se raidit et serra les poings, enragé :

— Bouclez-la ! Foutez-moi la paix, compris ?

D'une démarche souple, comme désossée, Luc se glissa entre Michael et l'infirmière et se dirigea vers la porte, où il buta contre Benedict et recula d'un pas, étouffant un cri comme s'il était brûlé. Il se reprit très vite et, la lèvre soulevée en une grimace de mépris, s'effaça en s'inclinant avec un geste exagéré.

— Quel effet cela fait-il de massacrer les vieillards et les enfants ? lâcha-t-il avant de disparaître à l'intérieur.

Benedict s'était figé sur place, si bouleversé et si solitaire que, pour la première fois depuis son arrivée au pavillon X, Michael se sentit profondément ému; la vue de ces yeux noirs, éteints, le rendait malade. Peut-être, se dit-il, parce qu'il s'agit de la première émotion sincère

25

dont je sois témoin. Pauvre type ! Il a extérieurement la mine de ce que je ressens à l'intérieur, comme si on avait éteint toutes les lumières...

Benedict regagna sa chaise avec l'allure d'un moine, les mains croisées sur le ventre, et Michael le suivit des yeux en scrutant son visage sombre. Il avait l'air dévoré, consumé par une chose cachée derrière cette façade pitoyable. Michael se sentit soudain une telle envie de lui venir en aide qu'il essaya de ramener vers lui les yeux noirs et morts; quand il y réussit il leur sourit.

— Ne vous laissez donc pas impressionner par Luc, Ben, dit Neil. Ce n'est qu'une andouille sans importance.

— Il est... il est le Diable, répondit Benedict en hachant ses mots comme s'il avait du mal à les proférer.

— Comme nous tous, selon la manière dont on nous regarde, dit Neil tranquillement.

L'infirmière se leva; Neil réussissait bien avec Matt et Nugget, mais il n'était encore jamais arrivé à trouver le ton juste avec Benedict.

— Avez-vous appris ce qui se passe à propos du dîner, Ben ? lui demanda-t-elle.

Pour un instant, le moine redevint un petit garçon, tandis que ses yeux se réchauffaient et s'ouvraient pour regarder la jeune femme avec une adoration manifeste.

— Il arrive bientôt ! répondit-il avec un sourire de gratitude pour avoir eu l'honneur d'aller remplir cette mission.

Elle lui décerna un sourire bienveillant avant de se détourner.

— Je vais vous aider à ranger vos affaires, Michael, reprit-elle.

Puis, sur le pas de la porte, elle ajouta à l'intention des autres :

— Puisque le dîner est en retard, messieurs, je crois qu'il vaudra mieux le prendre à l'intérieur. Et mettez des chemises à manches longues si vous ne voulez pas être dévorés par les moustiques.

Michael aurait préféré rester dans la véranda pour voir comment se comportait le groupe quand elle n'était pas là, mais il comprit qu'elle lui avait donné un ordre déguisé et la suivit à l'intérieur.

Son paquetage était resté sur le lit. Debout. les bras croisés, elle l'observa pendant qu'il défaisait son sac à dos et disposait méthodiquement le contenu. Apparurent successivement une brosse à dents, un précieux vestige de savon un paquet de tabac, un rasoir et son nécessaire, qu'il rangea en ordre sur une étagère de l'armoire.

— Aviez-vous une idée de ce qui vous attendait ici ? demanda-t-elle.

— J'ai vu pas mal de types devenir dingues au combat, mais ce n'est pas du tout la même chose.

— C'est vrai, dit-elle doucement.

Il défit sa couverture et le tapis de sol roulés au-dessus du paquetage. Il sortit des chaussettes. des sous-vêtements, une serviette, du linge de rechange, chemises, caleçons, pantalons rangés au bas de la pile. Sans interrompre son travail, il reprit :

— C'est curieux, mais le désert n'a jamais rendu autant d'hommes dingues que la jungle. C'est compréhensible, j'imagine. Le désert ne donne pas cette sensation d'étouffement. de claustrophobie. C'est plus facile à supporter. Nous sommes dans ce qu'on appelle un « pavillon de tropicaux », je crois ?

— En effet, répondit-elle tout en continuant de l'observer. Les maladies des tropiques, de la jungle... Mettez vos objets de première nécessité dans l'armoire. Le reste peut aller dans le placard. là-bas. J'en ai la clef et si vous avez besoin de quelque chose. vous n'avez qu'à me la demander... Vous savez, ils ne sont pas aussi mauvais qu'ils en ont l'air.

— Mais non, ils sont très bien, dit-il en souriant. Je

me suis trouvé dans des endroits et des situations pires que cela.

— Et... cela ne vous gêne pas d'être ici ?

Il se redressa, une paire de bottes à la main et les yeux fixés sur elle :

— La guerre est finie. Je vais bientôt rentrer chez moi, j'en ai vraiment plein le dos, je me moque de l'endroit où je dois attendre la démobilisation. Ici, poursuivit-il en regardant autour de lui, c'est au moins plus confortable qu'au camp et le climat est meilleur qu'à Bornéo. Tenez, je n'avais pas couché dans un lit convenable depuis je ne sais quand...

Il s'interrompit pour soulever négligemment les plis de la moustiquaire :

— Vous voyez, tous les agréments d'un chez-soi, plus une maman pour s'occuper de nous ! Non, cela ne me vexe vraiment pas d'être ici.

Le mot « maman » la fit sursauter. Quel culot ! Mais il n'allait pas tarder à perdre cette impression. Elle voulut poursuivre plus avant son examen :

— Vous devriez pourtant être vexé d'avoir été expédié chez les « tropicaux », parce que je jurerais que vous êtes parfaitement normal.

Avec un haussement d'épaules il reprit le déballage de ses affaires, d'où il puisa davantage de livres que d'effets de rechange. Elle constata ainsi qu'il était particulièrement doué pour l'empaquetage.

— Depuis longtemps, dit-il, j'ai dû obéir à pas mal d'ordres absurdes. Alors, croyez-moi, l'ordre de venir ici était plutôt moins absurde que bien d'autres

— Vous vous considérez donc *vous-même* comme un aliéné ?

Il eut un rire silencieux :

— Pas du tout ! J'ai la tête en parfait état.

Cette réplique la désarçonna et, pour la première fois de sa carrière d'infirmière, elle ne sut que répondre Alors, tandis qu'il continuait à ranger ses affaires, elle chercha à dire quelque chose d'à peu près logique :

— Ah bon ! Je vois que vous avez des espadrilles convenables. Je ne peux pas supporter le bruit des bottes sur ce parquet de bois...

Elle se pencha et retourna d'une main quelques-uns des livres étalés sur le lit. Pour la plupart, c'étaient des œuvres d'écrivains américains contemporains : Steinbeck, Faulkner, Hemingway.

— Pas d'auteurs anglais ? demanda-t-elle.

— Je n'arrive pas à les lire.

Il ramassa les livres et les mit en piles dans son armoire. Encore une rebuffade, à peine sensible. Elle se força à réprimer une irritation somme toute assez naturelle.

— Pourquoi ?

— Ils parlent d'un monde que je ne connais pas. Et puis, je n'ai plus rencontré d'Anglais avec qui échanger des bouquins depuis que j'ai quitté le Moyen-Orient. Nous avons d'ailleurs plus de points communs avec les Yanks.

Elle ne connaissait que la littérature anglaise et n'avait lu aucun auteur américain; aussi préféra-t-elle ne pas poursuivre la discussion et en revenir à un sujet qui l'intéressait davantage :

— Vous avez dit, tout à l'heure, que vous en aviez plein le dos. De quoi ?

Il renoua les ficelles de son sac à dos, roula les courroies et souleva le sac vide.

— De tout, répondit-il. Nous menons une vie éprouvante.

Elle se décroisa les bras et le précéda vers le placard.

— Vous n'avez pas peur de rentrer chez vous ?

— Pourquoi donc ?

Elle déverrouilla le placard et s'effaça pour qu'il puisse y ranger son barda.

— Depuis quelques mois, expliqua-t-elle, j'ai remarqué de plus en plus chez la plupart des malades, tout comme chez beaucoup de mes collègues infirmières d'ailleurs, une sorte de crainte de rentrer chez soi, de retrouver la vie civile. C'est comme si la guerre avait été si longue qu'on aurait perdu toute notion d'appartenir à un autre monde et que celui-ci serait devenu tout à fait étranger.

Il termina ses rangements, se redressa et se tourna vers elle :

— Ici, c'est sans doute vrai. C'est une espèce de foyer, qui donne un sentiment de permanence, en quelque sorte. Et vous, avez-vous peur de rentrer chez vous ?

La question la fit ciller.

— Je ne crois pas, répondit-elle lentement, avec un sourire. Vous êtes un drôle de bonhomme, vous...

Le sourire qu'il lui rendit était plein de générosité :

— On me l'a déjà dit.

— Dites-moi si vous avez besoin d'autre chose. Je quitte mon service dans quelques minutes, mais je reviendrai vers sept heures.

— Merci, tout va bien pour l'instant.

Elle le scruta avec attention, hocha la tête :

— Oui, je le crois, en effet. Pour vous, tout ira bien.

2

L'ordonnance était arrivé avec le dîner et faisait du raffut à l'office; au lieu d'aller directement dans son bureau, comme elle en avait l'intention, l'infirmière se rendit à l'office et salua l'homme d'un signe de tête avant de sortir les assiettes d'un placard.

— Qu'y a-t-il au menu, ce soir ? demanda-t-elle.

L'autre poussa un soupir :

— De la soupe et du rata, comme d'habitude.

— Plutôt du rata que de la soupe, n'est-ce pas ?

— Hélas... Mais le pudding n'a pas l'air mauvais. On dirait des beignets dans une sorte de sirop doré.

— N'importe quel dessert vaut mieux que pas de dessert, soldat. Je trouve même que les rations se sont remarquablement améliorées depuis ces six derniers mois.

— Ça, on peut le dire ! approuva l'autre avec conviction.

Tandis qu'elle se retournait vers le poêle sur lequel elle avait l'habitude de réchauffer le dîner avant de le servir, elle perçut un mouvement dans son bureau. Elle posa rapidement les assiettes et traversa le couloir à pas de loup.

Luc était debout près du bureau, la tête baissée, l'enveloppe non cachetée des papiers de Michael à la main.

— Remettez cela immédiatement où vous l'avez pris !

Il obéit avec nonchalance, comme s'il avait tout juste pris l'enveloppe en passant. S'il en avait lu le contenu, le mal était déjà fait, car la liasse pliée était en place à l'intérieur. Mais elle ne pouvait pas dire, en regardant Luc, s'il était ou non coupable. L'ennui, avec lui, c'était qu'il vivait à tant de niveaux différents qu'il avait du mal à savoir où il en était — ce qui lui permettait, bien entendu, de faire n'importe quoi en restant convaincu de ne rien avoir à se reprocher. A première vue il ne semblait pas du genre à avoir besoin d'espionner ou de recourir à des manœuvres sournoises. Mais c'était une impression fausse.

— Qu'êtes-vous venu chercher ici, Luc ?

— Une permission de minuit, répondit-il sans hésiter.

— Désolée, sergent, vous en avez déjà eu plus que votre dû ce mois-ci, dit-elle froidement. Avez-vous lu ces papiers ?

— Moi, faire une chose pareille ?

— Un de ces jours, Luc, vous ferez un faux pas et je compte bien être là pour vous attraper. Pour le moment, venez donc plutôt m'aider à préparer le dîner, puisque vous êtes de ce côté-ci.

Avant de quitter son bureau, cependant, elle prit les papiers de Michael et les mit sous clef dans un tiroir, en maudissant une négligence que, jusqu'à ce jour, elle ne pensait pas avoir commise de toute sa carrière. Elle aurait dû s'assurer que l'enveloppe était en sûreté avant même d'accompagner Michael dans la véranda Peut-être avait-il raison, après tout : la guerre avait duré trop longtemps, et c'était sans doute pour cela qu'elle commençait à faire des erreurs.

3

— Remercions le Seigneur pour la nourriture que nous allons prendre. prononça Benedict dans un silence tout relatif avant de relever la tête.

Seul. Luc s'était mis à manger pendant la prière. comme s'il était sourd. Les autres avaient attendu que leur camarade ait terminé avant de disséquer le magma d'allure douteuse qui garnissait leurs assiettes, pas plus gênés par la dévotion de Benedict que par l'irrévérence de Luc. Ce rituel devait avoir perdu depuis longtemps son côté surprenant. pensa Michael. Il s'intéressait d'ailleurs beaucoup plus aux sensations inconnues qu'éprouvait son palais au contact de cette cuisine nouvelle, même si ce n'était une fois de plus qu'un rata de l'armée. De plus. l'ordinaire était ici d'un luxe inouï. Du pudding !

Il avait pris l'habitude d'observer et de juger les nouveaux groupes d'hommes avec lesquels il se trouvait. en partie par instinct de survie. en partie par jeu. Il pariait avec lui-même des enjeux imaginaires sur l'exactitude de ses conclusions. ce qui valait quand même mieux que d'admettre ouvertement que ce qu'il jouait en fait depuis six ans. c'était sa vie.

Les pensionnaires du pavillon X formaient un assortiment bizarre. certes. mais pas plus. en fin de compte, que bien d'autres de sa connaissance. Ce n'étaient que des hommes essayant de s'entendre avec leurs semblables, et ils y parvenaient aussi bien que la plupart.

Soudain, Benedict se tourna vers lui, les yeux brillants :

— Comment as-tu pu atterrir ici, Mike ?

Michael reposa sa cuillère, car il avait terminé son pudding, et détacha soigneusement une feuille de papier à cigarette après avoir sorti sa blague à tabac.

— J'ai presque tué un type, répondit-il posément. J'y serais d'ailleurs arrivé s'il n'y en avait pas eu suffisamment d'autres pour m'en empêcher.

— Dois-je comprendre qu'il ne s'agissait pas d'un ennemi ? demanda Neil.

— Oui. L'adjudant de ma compagnie.

— Rien que ça ? s'écria Nugget en faisant une horrible grimace, tandis qu'il avalait une bouchée.

Michael le regarda, l'air inquiet :

— Quelque chose qui ne va pas ?

— Ce n'est rien, c'est ma hernie hiatale, répondit Nugget avec une résignation fataliste. Cela me fait cet effet chaque fois que j'avale.

Il avait parlé du même ton solennel adopté par Benedict pour son oraison et Michael remarqua aussitôt que les autres, Luc compris, se contentaient de sourire. Donc, se dit-il, c'est qu'ils aiment bien le petit jeune homme malingre à la figure de furet.

Sa cigarette roulée et allumée, Michael s'étira, les bras derrière la nuque, et essaya de comprendre . à quelle sorte d'individus exactement il avait affaire. Il lui plaisait d'être dans un endroit inconnu, environné de nouveaux visages : au bout de six ans dans le même bataillon, on en arrive à reconnaître les camarades à l'odeur de leurs pets.

L'aveugle devait avoir largement dépassé la trentaine; il ne parlait pas beaucoup, exigeait moins encore. Tout le contraire de Nugget, qui jouait sans doute le rôle de mascotte. Chaque compagnie a son porte-bonheur; pourquoi pas le pavillon X ? se demanda Michael.

Il n'allait sans doute pas aimer Luc, mais personne n'aimait ni n'aimerait Luc de toute façon. Quant à Nugget, rien n'indiquait qu'il ait jamais été au feu. Non que Michael souhaitât à quiconque d'avoir connu le combat, mais ceux qui en revenaient étaient changés, sans que cela ait rien à voir avec le courage, la résolution ou la force de caractère. Le combat ne crée pas ces qualités chez celui qui en est dépourvu, ni ne les détruit quand elles existent. Son horreur est plus profonde, plus complexe : voir la mort de tout près, soupeser le prix qu'on attache véritablement à la vie, comprendre que la vie ne tient qu'au hasard; se rendre pleinement compte de son égoïsme, prier sa bonne étoile de destiner les balles à tout le monde sauf à soi; faire confiance à la superstition; éprouver l'angoisse, le tourment que l'on s'inflige à la fin de chaque engagement parce que, tant qu'il durait, l'homme se sentait transformé en bête, tout en n'étant qu'un chiffre pour les statisticiens...

Neil parlait et Michael se força à l'écouter, car Neil était quelqu'un que l'on pouvait respecter. Il avait eu, lui aussi, une longue guerre. Son uniforme était celui des troupes du désert, et son comportement celui d'un vrai guerrier.

— ... Nous en aurions donc encore pour près de huit semaines, autant que je sache, disait Neil.

Michael, qui n'avait écouté que distraitement, comprit néanmoins que Neil faisait allusion au temps qu'il leur restait à passer au pavillon X.

Il posa un regard intéressé sur tous les visages à tour de rôle, découvrant que l'annonce d'un retour imminent dans leurs foyers avait pour effet de les accabler. Matt, l'aveugle, en frémissait même de crainte ! Oui, c'est bien une bande de cinglés, pensa-t-il en se rappelant que l'infirmière Langtry lui avait effectivement dit, tout à l'heure, qu'ils avaient peur de rentrer chez eux.

L'infirmière Langtry... Depuis longtemps, très longtemps, Michael n'avait plus eu de contact avec les femmes, si bien qu'il ne savait trop que penser d'elle. La guerre avait tout mis sens dessus dessous; il avait du mal à accepter la présence de femmes assumant un rôle d'autorité avec une confiance en elles-mêmes qu'il ne se souvenait pas de leur avoir connue avant la guerre. Celle-ci, malgré la bonté et l'intérêt qu'elle manifestait envers les autres, avait pris l'habitude de commander, de décider, et n'éprouvait aucun embarras à exercer son pouvoir sur des hommes. A sa décharge, elle ne semblait pas y prendre un plaisir particulier. Ce n'était pas un dragon, Langtry, loin de là. Mais Michael se résignait mal à l'idée de traiter avec une femme qui présumait tout naturellement qu'elle et lui parlaient le même langage, pensaient selon les mêmes lignes; il ne pouvait pas se rassurer en se disant qu'il avait vu la guerre de plus près qu'elle, car elle avait vraisemblablement passé une bonne partie de son temps aux premières lignes. Elle arborait les galons argentés d'un capitaine, ce qui, dans le corps de santé, était un grade élevé pour une infirmière.

Les hommes du pavillon X lui vouaient une adoration manifeste; quand elle l'avait accompagné dans la véranda, il avait immédiatement perçu leur hostilité envers lui, celle de propriétaires se dressant contre les prétentions d'un nouvel actionnaire. Cette réaction viscérale, avait-il compris, était la cause de leur comportement hargneux, irrationnel. Ils n'avaient pourtant pas besoin de se faire tant de souci. Si Neil avait raison, ils ne resteraient pas assez longtemps ici pour être contraints à cause du nouveau venu de rajuster leur organisation interne et leur hiérarchie. Tout ce qu'il voulait, c'était être enfin débarrassé de la guerre, de l'armée, de toutes leurs séquelles, de tous les souvenirs accumulés au bout de ces six ans.

S'il avait volontiers accepté son transfert à la base 15, l'idée de passer les deux prochains mois à ne rien faire, dans ce pavillon médical, était loin de l'enchanter; cela laissait trop de temps pour penser, se souvenir. Il était parfaitement sain, en pleine possession de ses facultés mentales; il le savait, comme le savaient ceux qui l'avaient expédié ici. Quant à ces pauvres bougres du pavillon X, ils souffraient, eux; il le voyait sur leurs visages, il le percevait au son de leur voix. Il finirait évidemment par apprendre pourquoi et comment; entre-temps, il suffisait de savoir qu'ils étaient, ou avaient été, des « tropicaux ». Il pouvait au moins se rendre utile, c'était la moindre des choses.

Aussi quand le dernier homme eut avalé la dernière bouchée de son dessert, Michael se leva, ramassa la vaisselle sale et se dirigea vers l'office.

Six fois par jour, au moins, l'infirmière Langtry faisait la navette entre le cantonnement des infirmières et le pavillon X, les deux derniers de ses déplacements s'effectuant après la tombée de la nuit. Pendant la journée, elle profitait de cette occasion pour se dégourdir les jambes, mais elle ne s'était jamais sentie à l'aise dans l'obscurité; elle avait toujours eu peur du noir et, dans son enfance, refusait même de dormir dans une chambre dépourvue de veilleuse. Chaque fois qu'elle devait parcourir le camp la nuit, elle se forçait à penser à des choses concrètes et rassurantes, et elle utilisait toujours une torche électrique. Les ombres constituaient encore une menace trop tangible.

Le jour où Michael Wilson fut admis au pavillon X, elle avait quitté son poste quand les hommes s'étaient assis pour dîner et avait regagné le mess pour y prendre son repas. Maintenant, précédée du faisceau de sa lampe électrique qui éclairait le sentier, elle retournait au pavillon pour y passer ce qui lui avait toujours paru le moment le plus agréable de sa journée, ces heures comprises entre la fin de sa pause du soir et l'extinction des feux. Elle s'en réjouissait particulièrement ce soir-là; l'arrivée d'un nouveau patient constituait toujours un attrait supplémentaire et aiguisait ses facultés mentales.

Ce soir, ses réflexions portaient sur les diverses sortes

de souffrance qu'elle avait connues Il semblait s'être écoulé une éternité depuis la scène qu'elle avait faite à l'infirmière en chef pour protester contre son affectation au pavillon X. Ses récriminations étaient restées sans effet et elle avait argué en vain n'avoir aucune expérience des malades mentaux et n'éprouver envers eux que de l'antipathie. A l'époque, cette mesure lui était apparue comme une punition, une gifle que lui donnait l'armée en guise de remerciement pour toutes les années passées en première ligne dans les infirmeries de campagne. C'était une vie bien différente, sous des tentes au sol de terre battue — la poussière en période de sécheresse, la boue à la saison des pluies —, avec la volonté de rester en forme pour faire son devoir d'infirmière quand le climat et les conditions de vie vous accablaient impitoyablement. Elle en gardait le souvenir d'un faisceau d'horreurs et de souffrances qui, par longs accès — plusieurs semaines à la fois —, avait sévi des années durant. Mais cette souffrance-là était d'une autre nature. On pouvait pleurer toutes les larmes de son corps à la vue d'un homme aux bras arrachés, d'une masse gluante de viscères répandues partout, d'un cœur qui s'arrête de battre; et pourtant, on avait la satisfaction du devoir accompli. Du fait accompli. Vous raccommodiez ce que vous pouviez, du mieux que vous pouviez; vous déploriez l'inévitable, regrettiez l'impossible. Et puis, vous vous empressiez d'oublier tandis que vous vous plongiez dans l'urgence suivante et alliez de l'avant.

Au pavillon X, il en allait tout autrement; la souffrance n'était que celle de l'esprit, incomprise, peu visible, souvent traitée par le ridicule ou le mépris. N'avait-elle pas, elle-même, considéré son affectation à ce poste comme une injure faite à ses qualifications professionnelles, à ses années de loyaux services ? Elle comprenait maintenant seulement pourquoi elle s'était ainsi sentie humiliée. La douleur physique, les mutilations subies en service commandé avaient tendance à exalter, chez leurs victimes. le meilleur d'eux-mêmes Elle avait d'ailleurs failli succomber sous le poids de ce constant étalage d'héroïsme, de noblesse de sentiments. En revanche, il n'y avait rien de noble ni de grand dans une dépression nerveuse; c'était au contraire une tare, le signe d'une faiblesse de caractère.

C'est la bouche pincée par le ressentiment et le désir informulé de haïr ses malades qu'elle était arrivée au pavillon X. Seules la fermeté de son caractère et l'habitude d'accomplir scrupuleusement son devoir lui avaient permis de surmonter sa rancœur. Un malade, après tout, est toujours un malade, un esprit qui a besoin de soins est aussi réel qu'un corps souffrant. Décidée dès lors à ne pas être accusée de faillir à ses devoirs, elle s'attela à l'effort nécessaire pour les accomplir et passa ainsi ses premiers jours au pavillon X.

Mais ce qui allait finalement transformer Honora Langtry de garde-malade consciencieuse en quelqu'un de beaucoup trop passionné par son rôle, c'est le sentiment que personne, à la base 15, ne s'intéressait aux hommes du pavillon X. Il n'y avait jamais eu beaucoup de malades mentaux dans un complexe hospitalier comme celui de la base 15, situé beaucoup trop près des théâtres d'opérations pour s'équiper en psychiatrie. Ceux qu'on affectait au pavillon X provenaient le plus souvent d'autres services, comme c'était le cas pour Nugget, Matt et Benedict. Les cas psychiques les plus sévères étaient généralement renvoyés en Australie, si bien qu'on ne laissait au pavillon X que les plus bénins, ceux dont les symptômes étaient les moins caractérisés. L'armée ne disposait que de peu de psychiatres et aucun, à la connaissance de l'infirmière Langtry, n'avait jamais été affecté à des camps sanitaires tel celui de la base 15.

Ainsi, n'ayant pratiquement aucun soin physique à dispenser, elle se mit à appliquer à la solution du problème qu'elle avait baptisé du terme de « maladie X » l'intelligence et l'énergie qui avaient fait d'elle une infirmière de premier plan. Le fait d'admettre que les pensionnaires du pavillon X souffraient réellement d'une authentique douleur constituait à ses yeux le début d'une expérience thérapeutique toute nouvelle.

La « maladie X » affectait l'esprit, et non le cerveau; larvaire et insidieuse, elle se fondait dans l'abstraction. Elle était cependant tout aussi réelle et représentait un handicap aussi sévère pur un organisme par ailleurs sain que n'importe quelle douleur ou infirmité physique. S'y mêlaient le futile et le menaçant, le malaise et la vacuité; ses séquelles étaient de plus longue durée que celles de n'importe quelle blessure. Enfin, on en avait des connaissances infiniment moindres que dans toute autre branche de la médecine.

Honora Langtry se découvrit bientôt un intérêt aigu et partial pour les patients du pavillon X; elle observait avec fascination leur infinie variété et trouva le moyen de leur venir activement en aide pour surmonter leurs plus pénibles souffrances. Elle eut, bien entendu, des échecs : toute infirmière devait s'y résigner. Quoique dépourvue de formation théorique, elle avait conscience que sa simple présence au pavillon X constituait, pour le mieux-être de la plupart de ses patients, un atout considérable.

Elle avait appris qu'il est plus épuisant de dépenser son énergie nerveuse que de se livrer aux travaux physiques les plus durs; elle avait appris à adopter un rythme différent, à développer ses réserves de patience et de compréhension. Après avoir surmonté ses préjugés contre les victimes de telles « faiblesses de caractère », elle avait dû faire face à ce qui, chez les malades confiés à ses soins, paraissait être un égoïsme sans limites. Pour une personne qui, comme elle, avait jusqu'alors joyeusement consacré sa vie adulte à des activités altruistes, il était difficile d'admettre que l'obsession de ses malades pour eux-mêmes n'était précisément que le signe d'une absence ou d'une atrophie du moi. Toutes ses connaissances, ou presque, venaient de son expérience à elle, car il n'y avait personne pour la guider et presque rien à lire sur le sujet. Mais Honora Langtry était une infirmière-née. Stimulée, passionnée, totalement absorbée par le domaine où elle s'engageait, elle poursuivait son chemin sans relâche.

Dans bien des cas elle ne voyait aucun signe concret témoignant qu'elle eût réussi à communiquer avec l'un de ses patients. Souvent aussi, la réussite, quand elle survenait, lui faisait se demander si c'était bien à ses efforts personnels qu'elle était due. Malgré tout, elle était sûre d'y avoir participé peu ou prou. En aurait-elle douté un seul instant qu'elle aurait depuis longtemps demandé sa mutation.

Le pavillon X est un piège, se dit-elle, et j'y suis prise. Le pire, c'est que j'en suis contente.

Lorsque le faisceau lumineux de sa lampe glissa sur le début de la rampe, elle l'éteignit et gravit les planches aussi vite que ses bottes le lui permettaient.

Son bureau, la première porte à gauche dans le couloir, était un réduit de deux mètres sur deux que les murs extérieurs à claire-voie empêchaient de ressembler tout à fait à l'abomination d'une cabine de sous-marin. Il contenait à grand-peine une petite table-bureau flanquée de deux chaises, une pour l'infirmière et une pour les visiteurs, deux petites étagères dans l'encoignure et deux tiroirs de bois, fermant à clef, qu'elle appelait pompeusement son classeur. Dans le premier tiroir reposaient les dossiers de tous ceux qui étaient passés par le pavillon X depuis sa création, dont elle avait conservé une copie au moment de leur libération. Dans l'autre, elle serrait les quelques drogues et remèdes jugés indispensables par l'infirmière en chef et le colonel Donaldson — tranquillisants à administrer par voie orale et par injection, morphine, magnésie hydratée. huile de ricin, eau distillée, quelques placebos et une grande bouteille de cognac trois étoiles à usage médical, curieusement affublé du nom de Château Tanunda.

L'infirmière Langtry ôta son chapeau de brousse, ses guêtres et ses brodequins qu'elle rangea soigneusement derrière la porte. fourra sous son bureau le petit panier d'osier où elle mettait les quelques effets personnels dont elle pouvait avoir besoin pendant son service, et mit enfin ses espadrilles. La base 15 se trouvant dans un secteur officiellement considéré comme « zone de malaria ». l'ensemble du personnel était obligé, la nuit tombée, de porter des vêtements allant du ras du cou jusqu'aux poignets et aux bout des pieds. ce qui contribuait, dans cette chaleur épouvantable, à rendre la vie encore un peu plus difficile. En réalité, de copieuses pulvérisations de DDT effectuées à des kilomètres à la ronde avaient fini par éliminer presque complètement les moustiques, mais le règlement sur la tenue obligatoire à revêtir après le coucher du soleil était toujours en vigueur. Certaines des infirmières, parmi les plus émancipées. affectaient de porter de jour comme de nuit leur veste de brousse grise et leur pantalon, jurant que c'était bien plus confortable que la jupe. Mais celles qui, comme Honora Langtry, avaient passé la plus grande partie de la guerre dans des infirmeries et des hôpitaux de campagne où le port du pantalon était obligatoire. préféraient de beaucoup, dans le cadre relativement luxueux de la base 15, porter un uniforme plus féminin chaque fois qu'elles en avaient l'occasion.

Sur ce point, Honora Langtry avait également élaboré une théorie : cela faisait le plus grand bien à ses malades de voir une femme en jupe plutôt qu'attifée d'un uniforme identique au leur. Elle avait également des idées bien arrêtées sur le bruit, retirait toujours ses bottes quand elle pénétrait la nuit dans le pavillon et interdisait à ses malades de porter les leurs à l'intérieur.

Sur le mur. derrière la chaise réservée aux visiteurs, était épinglée une collection de portraits au crayon, une quinzaine en tout; Neil avait ainsi fixé les traits de tous ceux qui étaient passés par le pavillon X depuis qu'il y était entré, ou de ceux qui y étaient encore. Quand elle levait les yeux de son travail. l'infirmière avait devant elle ce tableau révélateur à plus d'un titre car, lorsqu'un homme quittait le pavillon, son portrait était enlevé de la rangée centrale et épinglé sur le côté. Il n'y avait que cinq visages sur cette rangée, mais on aurait pu facilement en mettre un de plus. Elle ne comptait plus en voir apparaître un sixième maintenant que les jours de la base 15 étaient comptés, que la guerre était finie et que les canons s'étaient tus. Aujourd'hui, pourtant, Michael avait fait son entrée, sujet tout neuf offert au regard perçant de Neil. Elle se demanda sous quels traits Neil allait le caricaturer, comment il rendrait ses impressions, et se surprit à attendre avec impatience le jour où le résultat de cet examen serait sous ses yeux.

Elle s'assit et, le menton dans les mains, s'absorba dans la contemplation de la rangée centrale des portraits.

Ils sont à moi, se dit-elle avec une complaisance involontaire — et elle s'arracha aussitôt à ces dangereuses pensées. Depuis son entrée au pavillon X, elle avait appris que le moi est le plus importun des intrus, le plus inutile pour les malades. Elle était, après tout, sinon l'arbitre de leurs destinées, du moins leur point d'appui pendant leur séjour ici. Cela lui conférait un pouvoir considérable, car l'équilibre du pavillon X était extrêmement fragile et précaire, et elle en constituait la pierre angulaire. Elle s'était toujours efforcée de limiter son pouvoir, n'en usant que peu et le manifestant encore moins. Il lui arrivait pourtant de temps à autre, comme en ce moment. d'en prendre subitement conscience et d'y puiser un certain contentement. Danger ! Une bonne infirmière ne doit jamais se croire investie d'une

44

mission, ni se bercer de l'illusion qu'elle est directement responsable de la guérison de ses malades, mentaux ou physiques. La guérison vient des malades eux-mêmes, de leurs ressources intérieures.

Assez d'oisiveté et de pensées fumeuses. Il fallait redevenir active. Elle se leva, fouilla dans sa poche pour en tirer le ruban auquel étaient attachées ses clefs, les palpa pour reconnaître celle du premier tiroir qu'elle ouvrit. Elle en sortit le dossier de Michael.

5

Sans attendre de réponse, Neil Parkinson entra aussitôt après avoir frappé, juste au moment où Honora s'installait sur son siège, l'enveloppe non encore ouverte posée devant elle sur la table. Il s'assit en face d'elle et la regarda avec gravité. Comme si elle trouvait cela normal, elle se contenta de sourire et attendit la suite.

Mais ce regard, auquel elle affectait de ne pas attacher d'importance, n'avait pas l'aisance distraite de l'amitié; à chacune de leurs rencontres, il l'analysait, la défaisait pièce par pièce, pour la reconstituer ensuite, sans arrière-pensée lascive mais plutôt à la manière d'un enfant ravi de disséquer son jouet favori. Il n'avait jamais perdu son air de surprise, de découverte et prenait un plaisir toujours aussi vif quand, le soir venu, il s'asseyait dans son bureau pour bavarder avec elle en privé.

Elle n'était pas particulièrement jolie, pourtant, et n'avait pas cette sensualité qui s'apparente à la beauté. Elle n'avait pour elle que sa jeunesse, un teint lumineux particulièrement remarquable, une peau si fine que les veines transparaissaient en un réseau d'un bleu fumé en dépit d'un léger jaunissement dû aux traitements contre la malaria. Elle avait des traits réguliers, peut-être un peu trop menus à l'exception de ses yeux — de la même teinte châtain doux que sa chevelure —, grands et paisibles sauf quand elle se mettait en colère, car ils brillaient alors d'un éclat redoutable. Sa silhouette était celle de l'infirmière type, nette, élancée mais tristement plate, avec des jambes parfaites, longues, déliées, musclées sans excès, des chevilles fines et des pieds délicats. Pendant la journée, quand elle était en robe, les plis raides de son voile blanc d'infirmière encadraient son visage avec beaucoup de charme; le soir, en tenue masculine, elle portait un chapeau de brousse pour aller et venir dans le camp mais restait nu-tête à l'intérieur du pavillon. Elle réussissait toujours à avoir des cheveux bien coupés et ondulés en troquant une partie de la généreuse ration d'alcool allouée aux infirmières contre les services d'un caporal, coiffeur dans le civil, qui exerçait son art au profit des infirmières.

Voilà pour la surface visible. A l'intérieur, elle était aussi dure que l'acier trempé. Son excellente éducation dans un pensionnat huppé lui avait appris que la véritable intelligence consistait à la faire parfois oublier. Habile, diplomate s'il le fallait, elle savait prendre ses décisions, pouvait être tranchante et, en dépit de sa bonté et de sa compréhension naturelles, avait gardé au plus profond d'elle-même une faculté de détachement clinique. Elle s'était vouée corps et âme à ces malades qui dépendaient d'elle, elle leur appartenait; pourtant, vis-à-vis d'eux, elle restait sur ses gardes et ne se mêlait pas à leur vie. Cette dualité formait sans doute, en partie du moins, le secret de l'attirance que Neil éprouvait à son égard.

Il n'était certes pas aisé de trouver la légèreté et la justesse de touche indispensables dans les rapports avec ces soldats pour qui elle constituait la première reprise de contact avec une race quasi oubliée : les femmes. Cependant, elle s'en était toujours tirée à la perfection, sans jamais donner à l'un d'eux la moindre preuve d'intérêt sexuel ou sentimental, appelez-le comme bon vous semble. Elle avait le titre d'infirmière-chef, le grade de capitaine, ils l'appelaient « Mademoiselle » ou ne l'appelaient pas du tout; mais elle leur était toujours apparue comme une sœur et rien d'autre, comme quelqu'un de serviable, qui les aimait sincèrement sans cependant consentir à les admettre au plus profond de sa vie privée.

Une secrète entente liait pourtant Neil Parkinson et Honora Langtry. Ils n'en avaient jamais ouvertement parlé, n'y avaient même pas fait la plus petite allusion, mais ils savaient tous deux que, une fois la guerre terminée et la vie civile revenue, ils continueraient avec plaisir à se voir.

Ils appartenaient tous deux à d'excellentes familles; ayant été élevés dans un esprit de rectitude, ils savaient apprécier et graduer toutes les subtiles nuances que le sens du devoir implique. Aussi leur semblait-il inconcevable, à l'un comme à l'autre, de laisser la vie privée l'emporter sur le devoir. Au moment de leur rencontre, la guerre leur avait imposé des rapports d'une nature strictement professionnelle, et ils avaient strictement suivi cette ligne de conduite. Après la guerre, il pourrait naturellement en aller autrement.

C'est à cet avenir que Neil se raccrochait. Il s'y préparait avec des sentiments plus douloureux que la simple impatience et rêvait du jour où il lui serait possible d'avouer son amour. Il n'avait pas la force de caractère d'Honora Langtry, ou peut-être ses passions étaient-elles plus complexes, car il lui était particulièrement difficile de maintenir leurs rapports dans les limites qu'elle avait elle-même définies. S'il lui arrivait de les outrepasser, ce n'était jamais plus grave qu'un coup d'œil, une remarque; l'idée même de la caresser et de l'embrasser l'épouvantait. Il savait que, s'il le faisait, elle le congédierait sur-le-champ et sans espoir de retour, qu'il fût ou non un patient confié à sa garde. L'armée n'avait admis qu'avec réticence la présence de femmes sur les théâtres d'opérations, et l'avait limitée généralement aux infirmières; Honora Langtry estimait que l'armée lui avait manifesté une confiance qu'elle ne pouvait se permettre de trahir en entretenant des rapports personnels avec un homme qui était à la fois un de ses malades et un soldat.

Neil n'avait pourtant jamais douté de la réalité de leur entente tacite; si elle ne l'avait pas partagée et acceptée, elle le lui aurait fait comprendre depuis longtemps car elle n'était pas le genre de femme à se complaire dans l'équivoque.

Fils unique de parents fortunés et appartenant à la meilleure société de Melbourne, Neil Longland Parkinson était le pur produit du processus qui prévalait à son époque et dans son pays, l'Australie : on avait fait de lui un jeune homme accompli, plus anglais que les Anglais eux-mêmes. On ne décelait pas dans son accent la moindre trace de ses origines australiennes, et il s'exprimait avec le raffinement affecté d'un lord. Il était sorti de la *Grammar School* de Geelong pour aller tout droit à l'université d'Oxford, où il avait obtenu une licence d'histoire; depuis, il n'avait passé que quelques mois sur sa terre natale. Il souhaitait devenir peintre si bien que, quittant Oxford, il s'était tout naturellement rendu à Paris puis en Grèce, dans le Péloponnèse, où il s'organisa une vie intéressante mais peu enrichissante pour l'esprit, animée de temps à autre par les irruptions orageuses d'une actrice italienne qui aurait préféré être son épouse plutôt que sa maîtresse. Entre ces accès épuisants de tension sentimentale, il apprenait le grec — qu'il parlait aussi couramment que l'anglais —, le français et l'italien, peignait avec acharnement et se considérait comme un expatrié britannique bien plus qu'australien.

Il n'avait pas encore inclus le mariage dans ses projets d'avenir, mais savait qu'il faudrait y penser un jour ou l'autre; il se contentait de remettre à plus tard les décisions qui affecteraient le cours de sa vie. Pour un jeune homme d'à peine trente ans, rien ne pressait.

Puis, d'un seul coup, tout changea de manière catastrophique. Les bruits de guerre se faisaient sourdement entendre jusque dans les solitudes du Péloponnèse quand Neil reçut une lettre de son père . avec beaucoup de froideur et fort peu d'indulgence, ce dernier lui signifiait de mettre un terme à sa vie de bohème et, tant pour le renom de sa famille que pour sa propre position dans le monde, de rentrer au bercail pendant qu'il en était encore temps.

C'est ainsi qu'il s'était rembarqué pour l'Australie à la fin de 1938 pour y revoir un pays qu'il connaissait à peine et retrouver des parents aussi lointains et réfrigérants que s'ils descendaient d'ancêtres victoriens, ce qu'ils étaient d'ailleurs — non pas sujets de la reine Victoria mais citoyens de l'Etat de Victoria.

Son retour en Australie avait coïncidé avec son trentième anniversaire, événements dont jusqu'à présent, plus de sept ans plus tard, il ne se souvenait qu'au prix d'un rappel des terreurs dont il n'avait cessé de souffrir jusqu'au mois de mai précédent. *Son père* ! Ce vieil homme impitoyable, retors, débordant de charme et d'énergie ! Pourquoi n'avait-il pas engendré toute une horde de fils ? Qu'il n'ait réussi à en avoir qu'un seul, et sur le tard par-dessus le marché, était à peine croyable. Quelle épreuve que d'être le fils unique de Longland Parkinson ! D'avoir voulu l'égaler, et même le surpasser...

C'était un but inaccessible, bien entendu. Si son père avait seulement pu se rendre compte qu'il était lui-même la raison principale, sinon unique, de l'incapacité de son fils à se hisser jusqu'à lui ! Neil n'avait pas, comme son père, un passé d'ouvrier, ni donc la hargne et l'acharnement à réussir que cela impliquait, et il avait hérité de sa mère une préciosité raffinée. Arrivé à l'âge où il commençait à se faire une opinion sur le monde qui l'entourait, il se savait déjà vaincu.

Ce n'est que tardivement, vers l'adolescence, qu'il prit conscience du fait qu'il portait infiniment plus d'intérêt, voire d'affection, à son père — en dépit de l'indifférence que celui-ci lui témoignait — qu'à sa mère dont l'amour abusivement protecteur l'étouffait. Il avait ressenti un profond soulagement en entrant dans son pensionnat, et cela avait influé sur sa conduite jusqu'au jour de ses trente ans. A quoi bon lutter contre une situation impossible à dénouer ? Mieux valait l'éviter, faire comme si elle n'existait pas. A sa majorité la fortune de sa mère lui avait été dévolue et elle suffisait plus qu'amplement à ses besoins. Désormais, il allait vivre sa propre vie, loin de Melbourne et de ses parents, et faire son trou comme il l'entendait. Mais la guerre avait détruit ces beaux projets : il y a des choses que l'on ne peut ni éviter ni mépriser.

Pour son anniversaire, il avait eu droit à un grand dîner, une réception princière. Sa mère avait invité d'innombrables jeunes débutantes du meilleur monde dignes, selon elle, de prétendre à la main de son fils. L'on vit également dans les salons deux archevêques, un anglican et un catholique, un ministre de l'Etat et un autre du gouvernement fédéral, un célèbre professeur de médecine, le haut-commissaire de Grande-Bretagne et l'ambassadeur de France. C'était sa mère, bien entendu, qui s'était occupée des invitations. Pendant le dîner, il avait à peine jeté les yeux sur le bouquet de jeunes filles en fleur, à peine remarqué la présence de sa mère. Son attention, il l'avait accordée à son père seul, assis au haut bout de la table, et dont les yeux bleus jugeaient avec irrévérence les convives. Neil ne savait pas comment il captait avec tant de précision ce qui se passait dans l'esprit de son père, mais le phénomène le ravissait et lui donnait l'envie irrépressible de s'entretenir à cœur ouvert avec ce petit vieillard si vert, qui n'avait transmis à son fils que la couleur et la forme de ses yeux.

Plus tard, Neil avait pu mesurer combien il manquait de maturité à cet âge relativement avancé; mais quand son père l'avait pris par le bras pour l'entraîner à l'écart,

51

au moment où on se levait de table, ce geste l'avait absurdement plongé dans un bonheur total.

— Ils peuvent se débrouiller sans nous, lui avait-il dit avec un ricanement ironique. Notre disparition donnera au moins à ta mère une raison de se plaindre.

Dans la bibliothèque aux murs couverts de livres reliés de cuir qu'il n'avait jamais ouverts, encore moins lus, Longland Parkinson s'était installé dans une bergère, tandis que son fils s'asseyait sur un tabouret à ses pieds. La pièce était peu éclairée, mais la pénombre ne parvenait pas à masquer les traces de la vie rude qu'avait menée cet homme au visage sillonné de rides profondes, ni à diminuer l'éclat tranchant de son regard dur et hardi de prédateur. Derrière cette façade, l'on devinait la présence d'une intelligence vis-à-vis de laquelle l'existence d'autrui ou les règles de la morale commune tenaient peu de place.

— Si j'avais su qu'il suffisait d'une lettre pour te faire revenir, je te l'aurais écrite il y a longtemps, dit le vieil homme.

Neil déplia ses mains devant lui et les contempla; elles étaient longues, avec des doigts fins, une peau douce comme celle d'une fille, un aspect presque neuf, enfantin.

— Ce n'est pas votre lettre qui m'a fait revenir, dit-il lentement.

— Qu'est-ce, alors ? La guerre ?

— Non.

Une applique derrière la tête de son père éclairait le dôme chauve et rose de son crâne et projetait des ombres sur son visage où le regard brûlait d'un vif éclat, mais où les lèvres au pli dur demeuraient closes.

— Je ne suis bon à rien, dit Neil.

— Comment, à rien ?

C'était bien de son père, cela, d'interpréter cette déclaration désabusée en termes pratiques plutôt que sur un plan moral.

— Je suis un mauvais peintre.

— Comment le sais-tu ?

— On me l'a dit, quelqu'un qui s'y connaît...

Les premières réticences vaincues, les mots étaient venus plus facilement :

— J'avais accumulé assez d'œuvres pour une grande exposition. Mon idée avait d'ailleurs toujours été de démarrer par un coup d'éclat au lieu d'exposer une toile ici ou deux autres là... Bref, j'ai écrit à l'un de mes amis de Paris, qui est propriétaire de la galerie où je voulais faire mes débuts. Comme l'idée de vacances en Grèce lui plaisait, il est venu voir ce que j'avais fait. Ma peinture ne l'a pas impressionné du tout. C'est très joli, m'a-t-il dit, plein de charme. Mais aucune originalité, aucune puissance, aucun instinct pour la matière, la couleur. Il m'a dit que je ferais mieux de me lancer dans l'affiche ou la publicité.

Le vieil homme était peut-être touché par la peine de son fils, mais il n'en montra rien et se contenta de l'observer sans un geste.

— L'armée, dit-il enfin, te fera le plus grand bien.

— Elle fera de moi un homme, c'est ce que vous voulez dire ?

— Pour cela, il faudrait partir de l'extérieur pour transformer l'intérieur. Ce qu'il faut, au contraire, c'est faire apparaître et libérer ce qu'il y a à l'intérieur.

Neil avait frissonné :

— Et s'il n'y a rien ?

Alors, avec un haussement d'épaules et un sourire désinvoltes, le vieil homme avait répondu :

— Eh bien ! autant le savoir une bonne fois, n'est-ce pas ?

Ils n'avaient pas échangé un mot sur les problèmes familiaux, et Neil savait qu'il était inutile d'entamer une

conversation sur ce sujet. Son père ne se souciait nullement de ce que deviendraient ses affaires une fois qu'il
aurait passé la main. Longland Parkinson était aussi
détaché de la notion de patrimoine à transmettre aux
générations futures qu'il l'était de sa femme et de son
fils. Il n'exigeait pas de celui-ci qu'il fasse ses preuves,
n'éprouvait aucune animosité envers un garçon qui
n'était pas à sa mesure. Il n'avait aucun besoin d'affirmir
son amour-propre avec un fils à son image, capable
d'accomplir ce qu'il avait fait. En épousant la mère de
Neil, il s'attendait certainement à n'obtenir que ce genre
de progéniture, et ne s'en était pas soucié : ce mariage
même constituait un pied-de-nez à la société où précisément il aspirait à entrer grâce à sa femme. En cela
comme en tout le reste, Longland Parkinson ne faisait
que ce qui lui plaisait, n'agissait que pour obéir à ses
propres exigences.

Assis aux pieds de son père qu'il observait intensément, Neil avait pourtant discerné dans son regard une
lueur d'affection mêlée de pitié qui l'avait blessé au
cœur. Le vieil homme semblait tout simplement
convaincu que Neil n'était effectivement bon à rien — et
il ne se trompait jamais dans ses jugements.

Alors, Neil était entré dans l'armée, comme officier
bien entendu. A la déclaration de guerre, on l'avait
envoyé en Afrique du Nord, où il s'était tout de suite
beaucoup plu; il s'y sentait chez lui, bien mieux que dans
son pays natal, avait très vite et aisément appris l'arabe
et su se rendre utile. Il devint un bon soldat, consciencieux, et se découvrit même la capacité d'être extrêmement brave. Ses hommes l'aimaient, ses supérieurs l'ap-
préciaient et, pour la première fois de sa vie, Neil se
réconcilia avec lui-même. Il exultait de reconnaître en
lui des traits du caractère de son père et attendait impatiemment la fin de la guerre pour rentrer chez lui endurci, plein d'expérience et d'une énergie inflexible que
le vieil homme, au premier coup d'œil, saurait déceler et

admirer. Ce qu'il souhaitait le plus au monde, c'était d'être vu et reconnu comme un égal par ces yeux d'oiseau de proie.

Plus tard, il fut envoyé en Nouvelle-Guinée puis dans les Iles, vers une guerre bien différente de celle d'Afrique du Nord et bien moins à son goût. Elle lui apprit que, s'il s'était imaginé être parvenu à la maturité, il en était, en fait, encore loin. La jungle se refermait sur lui pour emprisonner son âme comme le désert l'avait libérée, et le vidait de toutes ses réserves d'exaltation et de joie. Mais elle le fortifiait aussi, en lui révélant une capacité d'endurance et d'obstination qu'il ne croyait pas posséder. Finalement, il cessa de jouer un rôle, de s'inquiéter de ce que les autres pensaient de lui; il avait suffisamment à faire pour trouver et puiser en lui-même les ressources indispensables à sa survie et à celle de ses hommes.

Tout, une fois encore, allait s'écrouler à l'occasion d'un engagement obscur et sans portée, mais extrêmement sanglant, qui eut lieu au début de 1945. Neil avait commis une erreur, que ses hommes avaient payée. Toutes ses précieuses réserves de confiance en soi, amassées à grand-peine, se volatilisèrent instantanément, et les conséquences furent désastreuses. Si seulement ils lui en avaient voulu, s'ils l'avaient injurié, il aurait probablement mieux supporté le coup, s'était-il dit; mais tout le monde, des survivants de sa compagnie à ses supérieurs, tout le monde l'excusait, lui pardonnait ! Plus ils lui répétaient que ce n'était pas de sa faute, que nul n'était parfait et qu'il arrivait à n'importe qui de commettre une bourde, plus grand était son désespoir. Comme il n'avait rien ni personne contre quoi se battre, il chancela, s'effondra et resta à terre.

Il fut admis au pavillon X en mai 1945. Les premiers jours, on lui avait permis de faire ce que bon lui semblait, ce qui avait exclusivement consisté à se replier sur lui-même en tremblant, en pleurant et en se lamentant.

Puis, la personne qu'il avait vaguement remarquée comme une ombre grise dans le décor se mit à l'envahir, à s'imposer à lui de manière odieuse. Elle pénétrait de force dans sa conscience, le tyrannisait au point de l'obliger à manger, refusait d'admettre qu'il y eût quoi que ce soit de différent ou de spécial dans sa situation, le forçait à s'asseoir avec les autres quand il ne souhaitait que s'isoler, l'accablait de travaux à exécuter ou de courses à faire, le harcelait jusqu'à ce qu'il parlât, de n'importe quoi tout d'abord puis de lui, ce que, tout de même, il préférait.

La conscience du monde extérieur lui revint peu à peu, confusément, avant de lui sauter au visage. Il commença à être affecté par des choses qui ne le concernaient pas directement, à remarquer la présence des autres malades, le cadre où il se trouvait désormais. Il manifesta même un certain intérêt pour le phénomène que constituait le pavillon X, ainsi que pour l'infirmière Honora Langtry.

Elle avait maintenant acquis à ses yeux une personnalité réelle. Il ne l'avait pas particulièrement appréciée au premier abord : il la trouvait trop impersonnelle, trop peu concernée par le problème unique qu'il représentait. Mais c'est au moment où il la classait dans la catégorie des infirmières militaires typiques qu'elle parut se dégeler, dévoiler une douceur et une tendresse si étrangères à tout ce qu'il avait connu ces dernières années qu'il s'y serait volontiers noyé si elle lui en avait laissé la moindre possibilité. Cela, cependant, elle ne le lui permit jamais. Ce ne fut que lorsque sa guérison lui parut virtuellement acquise qu'il commença à comprendre avec quelle subtilité elle l'avait conduit à bon port.

Il n'était pas assez atteint pour être renvoyé en Australie afin d'y subir d'autres traitements. Mais on ne le réaffecta pas non plus à son unité. Son commandant en chef préférait apparemment le voir rester où il était; la division avait d'ailleurs été relevée du service actif. et on n'avait donc plus besoin de lui.

Son inactivité forcée au pavillon X le remplissait d'aise à plus d'un titre, car elle lui permettait de rester près de l'infirmière qui, ces temps-ci, le traitait bien plus en collègue qu'en patient et avec qui il jetait les fondations de rapports absolument différents de ceux qui régnaient au pavillon. Pourtant. il commença à se sentir rongé de doutes dès le moment où il se considéra guéri et prêt à reprendre son service. Pourquoi ne voulait-on plus de lui ? La réponse lui vint tout naturellement, crut-il : parce qu'on ne pouvait plus lui faire confiance. Parce que si, pour une raison ou une autre, les hostilités reprenaient, il ne serait plus à la hauteur de son commandement et d'autres hommes perdraient la vie par sa faute.

Tous avaient beau dire le contraire, Neil était persuadé de connaître la véritable raison pour laquelle on le maintenait confiné au pavillon X depuis près de cinq mois. Mais il n'arrivait pas encore à comprendre pourquoi sa névrose persistait, alors qu'il la croyait évanouie, et se manifestait principalement sous la forme d'une excessive méfiance envers lui-même. Si vraiment la guerre avait dû reprendre, il aurait probablement été réaffecté à l'essai dans le service actif, où il aurait très vraisemblablement fait brillamment ses preuves. Pour Neil, le drame était précisément que la guerre fût bel et bien terminée et qu'il n'y eût plus de service actif.

Il se pencha en avant pour lire le nom inscrit sur le dossier posé sur le bureau et fit une grimace :

— Plutôt vexant de le récupérer si tard, non ?

— Surprenant, oui. Vexant, cela reste à voir. Il ne me donne pas l'impression de vouloir nous créer des ennuis.

— Là-dessus, nous sommes d'accord. Gentil tout

plein, ce type. Il me fait l'effet d'un perroquet qui ne sait dire que des lieux communs.

Etonnée, elle détourna son regard de la fenêtre pour regarder Neil en face; d'habitude, il n'était pas si manifestement obtus dans ses jugements, et ses critiques n'étaient point si acerbes.

— Je le trouve très bien, au contraire, dit-elle.

Il laissa échapper une soudaine bouffée d'irritation qui les surprit autant l'un que l'autre.

— Ah, ah ! mademoiselle Langtry ! s'écria-t-il. Il vous plairait donc ? J'aurais pourtant juré qu'il n'était pas du tout votre genre.

Son expression renfrognée se transforma en rire :

— Epargnez-moi cela, Neil ! C'est indigne de vous, mon cher ami. Vous me rappelez exactement Luc, et ce n'est pas un compliment. Pourquoi lui en voulez-vous, à ce pauvre type ?

— Parce que je suis jaloux, tout bêtement, dit-il avec désinvolture.

Il sortit de sa poche un lourd étui à cigarettes en or et sans ornements, d'allure coûteuse, et où ses initiales étaient gravées dans l'angle. Personne d'autre que lui, au pavillon, ne fumait de cigarettes en paquet, mais il était, pour le moment, le seul officier parmi les pensionnaires.

Il ouvrit l'étui d'un geste du pouce et le tendit à l'infirmière, le briquet déjà prêt dans l'autre main. Elle eut un soupir d'hésitation, prit une cigarette et se pencha vers lui pour qu'il l'allumât.

— Je ne devrais pas vous laisser m'entraîner à fumer pendant mon service, dit-elle. L'infirmière en chef m'écorcherait vive si elle me voyait. En plus, il va falloir que je vous mette dehors dans une minute. Il faut absolument que je lise le dossier de Michael avant l'arrivée du colonel.

— Seigneur ! Ne me dites pas que nous allons le subir ce soir, celui-là !

Elle lui lança un regard ironique :

— Si quelqu'un doit le subir, c'est moi, pas vous.

— Et qu'est-ce qui amène notre valeureux grand chef dans ce coin perdu à la nuit tombée ?

— Michael, évidemment. Je n'ai aucune instruction à son sujet. Je ne sais pas pourquoi il a été envoyé à la base 15 et surtout dans les oubliettes du pavillon X.

Elle se tut un instant.

— Il me semble que ce n'a pas été une très bonne journée pour vous, aujourd'hui, reprit-elle.

— En ce qui me concerne, aucune journée au pavillon X ne m'a jamais paru bonne, répondit Neil sombrement en se penchant pour jeter la cendre de sa cigarette dans la douille d'obus servant de cendrier. Cela fait cinq mois que je moisis ici, vous savez. Les autres vont et viennent, mais j'ai l'impression d'y prendre racine, ou de faire partie des meubles.

D'un coup, la « maladie X » sembla peser sur eux deux de tout son poids. Il était insupportable à Honora Langtry d'être obligée de regarder souffrir ses patients, de se savoir incapable de les soulager de leur peine, d'en extirper la cause enracinée au fond d'eux-mêmes. Elle avait appris que le soulagement qu'elle leur apportait pendant la phase aiguë de leur maladie s'étendait rarement à l'interminable période de leur convalescence.

— Vous avez eu une dépression, l'auriez-vous oublié ? lui dit-elle avec douceur, sachant que ce n'était guère une consolation.

Elle avait également reconnu l'ouverture d'un cycle de conversation trop familier, où il allait s'infliger d'amères critiques pour des faiblesses qu'elle allait, inutilement comme toujours, tenter de minimiser ou prétendre imaginaires.

— Vous savez très bien que j'en suis sorti depuis longtemps, dit-il avec un ricanement.

Il étira ses bras devant lui, serra les poings jusqu'à ce que les tendons se nouent et que les muscles saillent,

59

sans se rendre compte que ce déploiement inconscient de force physique provoquait toujours en elle un sursaut d'attirance pour lui. S'il l'avait su, il aurait sans doute trouvé le courage de sceller leurs rapports en lui faisant des avances précises, en la prenant dans ses bras; mais, quelles que fussent les circonstances, le visage d'Honora Langtry ne trahissait jamais ses émotions.

— Je ne vaux peut-être plus rien en tant que soldat, dit-il, mais il y a quand même bien quelque chose que je puisse faire quelque part pour me rendre utile ! Oh ! si vous saviez comme je suis fatigué, las du pavillon X ! Je ne suis pas un malade mental, moi !

Cette plainte la toucha; leurs plaintes à tous l'émouvaient, mais pas autant que celles de cet homme-là. Elle baissa précipitamment la tête et cligna les yeux.

— Il ne peut plus y en avoir pour bien longtemps. La guerre est finie, nous allons tous rentrer chez nous. Je sais que ce n'est pas la solution dont vous rêvez, et je comprends pourquoi vous la redoutez. Mais faites l'effort de me comprendre quand je vous dis que vous retomberez sur vos pieds dès l'instant où vous changerez de cadre, dès que vous retrouverez vos occupations.

— Rentrer chez moi ? Comment le supporter, quand je sais qu'il y a des veuves et des orphelins qui le sont par ma faute ? Que dire, si je rencontrais la veuve d'un de ces hommes ? C'est moi qui les ai tués ! Comment l'oublier ?

— Vous direz et vous ferez exactement ce qu'il faut. Allons, Neil, secouez-vous ! Vous ne faites qu'exciter des fantômes pour vous torturer. Il me coûte de vous dire de cesser de vous apitoyer sur votre compte, mais c'est pourtant ce que vous êtes en train de faire.

Il n'était nullement disposé à l'écouter et s'enfonçait au contraire dans son humeur masochiste avec un plaisir morbide.

— J'ai été directement responsable, par incompétence, de la mort de vingt hommes, peut-être plus. Leurs veuves et leurs orphelins ne sont pas des fantômes. je vous le garantis ! répliqua-t-il sèchement.

Cela faisait des semaines qu'elle ne l'avait vu si profondément déprimé. L'arrivée de Michael, probablement. Elle en savait assez pour ne pas attribuer à elle seule le comportement qu'il affectait ce soir : un nouveau avait presque toujours cet effet-là sur les anciens. Et Michael n'était pas un cas ordinaire. Il n'était pas homme à se laisser dominer — tandis que Neil avait tendance à vouloir dominer le pavillon, jusqu'à lui dicter la conduite qu'elle devrait suivre avec ses patients.

— Je ne veux plus vous entendre parler ainsi, Neil, dit-elle avec autorité. Vous avez de réelles qualités et vous étiez un excellent officier. Pendant cinq ans, personne n'a mieux fait son devoir que vous. Et maintenant, écoutez-moi ! Il n'a jamais été prouvé que vous ayez réellement commis une erreur ni été responsable de la mort de ces hommes. Vous êtes un soldat, vous savez qu'un engagement n'est jamais simple. Ce qui est fait est fait. Vos hommes sont morts, et vous devez au moins à leur mémoire de continuer à vivre. Quel bien cela fait-il. je vous le demande, à ces veuves et à ces orphelins. que vous veniez pleurnicher dans mon bureau en vous apitoyant non pas sur eux, mais sur vous-même ? Il n'y a jamais eu de garantie écrite pour nous assurer que la vie se passerait toujours comme nous le voudrions. Nous ne pouvons que l'accueillir comme elle vient, bonne ou mauvaise. Je ne vous apprends rien quand même ! Maintenant, cela suffit !

Son humeur métamorphosée, il lui adressa un large sourire, se pencha par-dessus la table et lui prit la main pour y appuyer sa joue.

— D'accord, capitaine, message reçu. J'essayerai d'être un bon garçon, promis ! Je ne sais pas comment vous vous y prenez. mais j'ai l'impression que c'est votre visage plus encore que vos paroles qui m'apaisent. Vous réussissez toujours à faire disparaître mes douleurs comme par enchantement. Sans vous... je me demande ce que la vie aurait été ici, conclut-il avec un haussement d'épaules.

Les sourcils froncés, elle l'observait de derrière son petit bureau et se demandait s'il serait prudent de lui accorder les quelques encouragements qu'elle était disposée à lui donner. Ah ! pouvoir séparer ses sentiments personnels de l'idée qu'elle avait de ses devoirs ! Faisait-elle, en réalité, plus de mal que de bien à Neil en s'occupant ainsi de lui ? Jusqu'à quel point avait-il joué la comédie pour forcer son attention ? Elle ne pouvait pas s'intéresser à l'homme plus qu'au malade sans compromettre la véritable perspective des choses; cela la mènerait à penser davantage à l'avenir qu'au présent, quand c'était précisément ce dernier qui devait, seul, mobiliser toute son énergie. Il y aurait, certes, de délicieux moments à imaginer dans les rapports qu'elle pourrait entretenir avec Neil en temps de paix, de leur premier baiser à la décision qu'elle laisserait lentement mûrir de l'épouser ou non; mais elle avait tort, grand tort, de s'y attarder en ce moment.

En tant qu'homme, elle le trouvait attirant, intéressant, excitant. Il venait d'un monde très proche du sien, ce qui plaçait leur amitié d'emblée sur un plan raisonnable. Elle aimait son allure, ses manières. Et elle aimait davantage encore le genre d'homme qu'il incarnait — sauf en ce qui concernait la regrettable obsession dont il souffrait. Quand il insistait pour revenir sur ce massacre comme si ces quelques heures devaient à jamais jeter leur voile sinistre sur le reste de sa vie et le vouer au deuil perpétuel, elle en arrivait à douter sincèrement de pouvoir fonder avec lui des rapports durables. Car elle était décidée à ne pas gaspiller toutes ses forces pour soigner à perpétuité ce genre de névrose. Elle voulait, elle avait *besoin* de quelqu'un avec qui vivre sur un pied d'égalité, pas d'un être affaibli qui s'appuyât sur elle tout en l'adorant comme une divinité.

— C'est précisément pour cela que je suis ici, pour calmer les douleurs, répondit-elle enfin d'un ton léger.

Elle retira doucement sa main, qu'il tenait toujours, de manière à ne pas le vexer. Le dossier de Michael était resté au même endroit, sous son autre main. Elle le prit, fit mine de l'ouvrir :

— Je suis navrée d'écourter notre conversation, Neil, mais j'ai vraiment du travail.

Il se leva et la regarda avec inquiétude :

— Vous viendrez nous voir tout à l'heure, n'est-ce pas ? Les formalités de cette nouvelle admission ne vont pas vous en empêcher, au moins ?

Elle releva les yeux, étonnée :

— Rien ne peut m'en empêcher, voyons ! M'avez-vous déjà vue manquer ma dernière tasse de thé au pavillon ?

Elle lui fit un sourire puis, sans attendre son départ, pencha la tête vers le dossier de Michael.

6

Le colonel Wallace Donaldson se frayait un chemin à travers le camp à la lumière d'une torche électrique, ce qui le remplissait d'amertume. Quel scandale ! La paix était revenue, il n'y avait plus de black-out et l'intendance n'avait même pas été fichue d'installer un éclairage ! De fait, les bâtiments de l'hôpital étaient pour la plupart dans le noir complet, car inhabités, et on ne distinguait sur les vitres même pas la lueur d'une ampoule.

Depuis ces six derniers mois, l'hôpital militaire de la base 15 avait pitoyablement rétréci, en personnel sinon en surface, comme un obèse condamné à porter les mêmes vêtements après sa cure. Il avait été bâti par les Américains un peu plus d'un an auparavant, mais ceux-ci en étaient partis presque aussitôt en le laissant, inachevé, partiellement meublé et aménagé, aux Australiens dont les troupes se dirigeaient plus à l'ouest à travers l'Indonésie.

Au temps de sa splendeur, il avait réussi à abriter plus de cinq cents patients, avec trente médecins et cent cinquante infirmières si affairés que les périodes de repos n'étaient qu'un souvenir lointain. Il ne restait plus, maintenant, qu'une demi-douzaine de salles et de pavillons encore en activité. Sans compter le pavillon X, bien entendu, relégué tout au bout du camp, à la lisière de la forêt de palmiers qui avait jadis fait la fortune de son propriétaire hollandais. Une trentaine d'infirmières, à peine, occupaient désormais les immenses cantonnements.

En sa qualité de neurologue, le colonel Donaldson avait dû prendre en charge le pavillon X au moment où la base 15 était passée dans les mains australiennes. C'était toujours lui qui héritait de la poignée de dérangés mentaux qui ne manquaient pas de faire surface çà et là, et que l'on écrémait pour les fourrer dans quelque pavillon similaire.

Avant la guerre, le colonel Donaldson développait activement sa clientèle dans un cabinet de Macquarie Street, la plus prestigieuse mais la plus capricieuse des rues de Sydney, où foisonnaient spécialistes à la mode et sommités médicales, et s'efforçait de s'y tailler une position inexpugnable. Une heureuse spéculation boursière réalisée en 1937, alors que le monde tentait à grand-peine de s'extirper du gouffre de la Dépression, lui avait procuré le capital nécessaire à l'acquisition de cette adresse enviable, et il commençait tout juste à voir se profiler de flatteurs honorariats dans les plus grands hôpitaux quand Hitler s'avisa d'envahir la Pologne. D'un coup, tout alors changea, si bien que l'éminent praticien en arrivait à se demander craintivement si les choses redeviendraient jamais ce qu'elles étaient avant 1939. Vu du trou sordide baptisé base 15 — le dernier dans une longue série de trous sordides où on l'avait affecté — il paraissait impossible que rien fût jamais comme avant, lui-même compris.

Ses antécédents étaient inattaquables, même si les réserves monétaires de sa famille avaient fondu de manière alarmante pendant la Dépression. Il avait heureusement un frère agent de change grâce à qui la famille parvint à récupérer peu ou prou son ancienne splendeur. De même que Neil Parkinson, le colonel parlait anglais sans une ombre d'accent australien; il avait fait ses études secondaires à Newington, et ses études universitaires à Sydney, mais avait acquis toutes ses qualifications médicales en Angleterre et en Ecosse — de sorte qu'il se plaisait, lui aussi, à se considérer comme plus britannique qu'australien. Non qu'il eût *honte* de son pays natal, loin de là. Il était simplement de meilleur ton d'être anglais.

S'il avait au monde un ennemi intime, c'était bien la femme qu'il allait voir ce soir-là, l'infirmière capitaine Honora Langtry. Une gamine d'à peine trente ans, infirmière professionnelle peut-être, mais non formée par l'armée — bien qu'il sût parfaitement qu'elle en avait fait partie dès le début de 1940. Pour lui, cette femme était une énigme; elle s'exprimait bien, avait manifestement bénéficié d'une bonne éducation avant de recevoir sa formation médicale dans un excellent hôpital. Et pourtant, elle manquait totalement de raffinement, ne manifestait aucune déférence envers ses supérieurs, comme si elle était inconsciente de son statut — fondamentalement celui d'une domestique. S'il avait été honnête envers lui-même, le colonel aurait admis qu'elle lui faisait, en réalité, une peur bleue. Chaque fois qu'il s'apprêtait à la rencontrer, il devait commencer par se remonter le moral, sans y parvenir toujours. Elle finissait régulièrement par lui envoyer de tels coups bas qu'il lui fallait parfois des heures pour se sentir à nouveau lui-même.

Tout, chez elle, l'exaspérait, y compris ce grotesque rideau de capsules de bière. Il n'aurait jamais permis qu'on gardât une telle abomination ailleurs qu'au pavillon X; mais l'infirmière en chef, toute chipie mal embouchée qu'elle était, marchait sur la pointe des pieds dès qu'il s'agissait du pavillon X. Les premiers temps, un des malades du pavillon qui en avait assez d'entendre l'infirmière en chef s'en prendre à l'infirmière Langtry avait réglé la question d'une manière aussi remarquablement simple qu'efficace : il s'était contenté d'empoigner la maritorne au collet et de déchirer son uniforme jusqu'à l'ourlet de la jupe. Il était fou à lier, naturellement, et on l'avait embarqué séance tenante pour l'Australie. Mais, depuis ce mémorable incident, l'infirmière en chef prenait bien soin de ne rien faire pour vexer, si peu que ce fût, les pensionnaires du pavillon X.

La lumière du couloir permettait de constater que le colonel Donaldson était un homme grand et d'allure élégante, portant beau sa cinquantaine et doté du teint coloré généralement attribué à ce qu'on appelle les bons vivants. Sa moustache grise, de coupe toute militaire, se remarquait d'autant plus que le reste du visage était rasé de près. Sa casquette, qu'il enleva en entrant, recouvrait une chevelure grise elle aussi, abondamment gominée et peu fournie, où le couvre-chef laissait un sillon circulaire profondément tracé. Il avait des yeux d'un bleu pâle, légèrement globuleux, mais l'on devinait sur ses traits les vestiges d'une certaine beauté. Ses épaules larges et son ventre presque plat lui donnaient une silhouette encore jeune. Dans un complet impeccablement taillé, il devait en imposer; revêtu de son uniforme d'une coupe aussi impeccable, il semblait être un général en chef plus authentique que ne le serait jamais un vrai.

L'infirmière Langtry se hâta d'aller à sa rencontre, le fit entrer dans son bureau, l'invita à prendre place sur la chaise des visiteurs sans cependant s'asseoir elle-même — encore un de ses trucs mesquins, se dit-il aussitôt avec hargne. En restant debout, en effet, elle le dominait de toute sa taille.

— Veuillez m'excuser de vous avoir fait venir jusqu'ici, colonel, mais ce pèlerin nous est tombé dessus aujourd'hui, dit-elle en soulevant légèrement le dossier, et comme je n'ai pas reçu de consignes de votre part, j'ai supposé que vous n'étiez pas au courant.

— Asseyez-vous, mademoiselle. Assis ! dit-il du ton qu'il aurait pris pour parler à un chien désobéissant.

Elle se laissa souplement tomber sur sa chaise, sans réaction ni changement d'expression, avec l'innocence d'un écolier en uniforme de pensionnat. Premier round pour l'infirmière Langtry : elle l'avait poussé à être grossier.

Sans ajouter un mot, elle lui tendit le dossier.

— Non, je n'ai pas envie de regarder cela maintenant ! dit-il avec agacement. Dites-moi brièvement de quoi il s'agit.

L'infirmière le dévisageait avec placidité. Quand il avait rencontré le colonel pour la première fois, Luc l'avait affublé d'un sobriquet — colonel Jugulaire — qui lui allait si bien qu'il lui était resté. Elle se demanda s'il savait que, derrière son dos, le personnel ne l'appelait plus qu'ainsi, et se dit qu'il devait probablement l'ignorer. Il n'était pas homme à laisser courir sans réagir un surnom aussi peu flatteur.

— Sergent Michael Edward John Wilson, qu'il m'arrivera de citer par son premier prénom, commença-t-elle d'une voix monotone. Âgé de vingt-neuf ans, dans l'armée depuis le premier jour de la guerre, Afrique du Nord, Syrie, Nouvelle-Guinée, les Iles. Il a participé à presque toutes les opérations, mais ne présente pas de traces d'instabilité mentale. C'est un excellent soldat, très brave, titulaire de nombreuses décorations dont la DCM. Son meilleur ami a été tué il y a trois mois au cours d'un accrochage sévère et, depuis, il s'est quelque peu replié sur lui-même.

Le colonel, agacé, laissa échapper un long soupir :

— Venons-en au fait, je vous en prie !

Elle reprit sans manifester le moindre trouble :

— Michael est soupçonné de désordres mentaux à la suite d'un incident déplaisant survenu à son camp la semaine dernière. Il s'est bagarré avec un sous-officier, ce qui est exceptionnel pour l'un comme pour l'autre.

Sans témoins pour les séparer, l'adjudant en question serait vraisemblablement mort aujourd'hui. Depuis, Michael s'est borné à dire qu'il avait effectivement l'intention de le tuer et l'aurait fait s'il l'avait pu. Il a plusieurs fois répété cette déclaration sans cependant ajouter d'autres commentaires. Quand son chef de corps a essayé d'aller au fond des choses, Michael a refusé de répondre. L'adjudant, quant à lui, a accusé Michael de lui avoir fait des avances homosexuelles. Il exigeait de le faire passer en conseil de guerre. Il semblerait que l'ami de Michael, celui qui a été tué au combat, ait manifesté des tendances à l'homosexualité, mais nul ne peut dire que Michael les partageait. L'adjudant et ses partisans soutenaient qu'ils avaient une liaison amoureuse, tandis que la plupart des hommes de la compagnie affirmaient tout aussi résolument que l'attitude de Michael envers son ami mort n'était que celle d'un protecteur et d'un frère aîné. Le chef de corps connaissait parfaitement les trois hommes en question, car ils faisaient depuis longtemps partie du bataillon — Michael et son ami depuis le début, l'adjudant depuis la Nouvelle-Guinée. C'est le commandant qui a fait prévaloir l'opinion selon laquelle Michael ne devait à aucun prix passer en conseil de guerre. Il a préféré ouvertement se ranger à la thèse de l'aliénation passagère et a ordonné à Michael de se soumettre à un examen médical, dont les résultats ont fait ressortir qu'il avait souffert d'un « dérangement mental caractérisé », quelle que soit la signification exacte de cette formule, poursuivit-elle d'une voix notablement attristée mais plus dure. C'est ainsi qu'on l'a embarqué dans un avion pour le larguer ici. Le bureau des admissions l'a automatiquement affecté au pavillon X.

Le colonel fit une moue pensive et observa attentivement son interlocutrice. Une fois de plus, elle prenait parti — habitude particulièrement déplorable.

— Je verrai le sergent Wilson à mon service demain matin. Vous l'y accompagnerez vous-même, capitaine.

Il jeta un regard dégoûté à l'ampoule jaunâtre qui pendait, nue, privée de tout abat-jour, à un fil au-dessus du bureau.

— Je jetterai un coup d'œil sur son dossier à ce moment-là, reprit-il. Je me demande comment vous arrivez à lire quoi que ce soit avec cette lumière. Pour ma part, je préfère ne pas même essayer...

La chaise de bois devenait de plus en plus dure, inconfortable. Il se dandina d'une fesse sur l'autre, toussota, fronça furieusement les sourcils.

— J'ai horreur de ces affaires sexuelles, lâcha-t-il tout à coup.

L'infirmière Langtry, qui jouait avec un crayon, le serra d'un geste convulsif.

— Vous m'en voyez navrée, colonel, répondit-elle sans voiler le sarcasme de sa réplique. Le sergent Wilson n'a strictement rien à faire au pavillon X. En fait, il ne devrait même pas se trouver dans un service hospitalier...

Elle sentit sa voix trembler, s'interrompit et se passa nerveusement une main sur le front, dérangeant l'ordonnance de ses boucles châtain.

— Je trouve lamentable qu'une simple bagarre et des accusations mensongères puissent briser la vie d'un homme jeune, déjà assombrie par la mort de son meilleur ami, reprit-elle. Je me demande ce qu'il doit ressentir en ce moment. Si, comme je le crains, il tâtonne dans un épais brouillard, j'ai bien peur qu'il n'arrive plus jamais à s'en sortir. Je lui ai parlé, pas vous. Il est absolument normal, mentalement, sexuellement, sur tous les plans. C'est l'officier de santé responsable de son envoi ici qui devrait passer en conseil de guerre ! Refuser au sergent Wilson toute possibilité de se disculper en l'enterrant au pavillon X est une honte pour l'armée !

Comme toujours, le colonel se trouva incapable de réagir devant cette explosion d'insolence arrogante, car pas un homme de son grade et de son niveau n'était normalement exposé à subir de tels affronts. Cette misérable osait lui parler comme si elle se prenait pour son égale intellectuelle ! Il n'aurait jamais fallu donner rang d'officier à ces infirmières, voilà d'où venait tout le mal, sans parler de l'autonomie dont elles jouissaient dans des camps comme la base 15. Et ces grotesques voiles dont elles s'affublaient n'arrangeaient pas non plus les choses ! Seules les religieuses devraient avoir le droit de porter le voile. Ces garces d'infirmières se croyaient décidément tout permis...

Le colonel fit un effort surhumain pour se dominer et répondre raisonnablement :

— Ne vous emballez pas tant, capitaine. Il est vrai que les circonstances ont, dans ce cas, quelque chose d'inhabituel, mais la guerre est finie. Ce jeune homme ne va pas passer ici plus de quelques semaines, et il aurait pu atterrir dans un endroit pire que le pavillon X, je pense que vous vous en rendez compte.

Le crayon sauta des doigts qui le manipulaient, rebondit sur un coin du bureau et tomba, avec un bruit sec, juste à côté du colonel qui se demanda si elle avait bien ou mal visé. En principe, cette effrontée devrait être signalée à l'infirmière en chef, seule habilitée à prendre des mesures disciplinaires à l'encontre de son personnel. Mais depuis qu'elle s'était fait lacérer son uniforme l'infirmière en chef affichait une crainte mêlée de respect envers sa subordonnée Langtry. Quel scandale, grand dieu, si le colonel osait aller se plaindre !

— Je me rends compte, au contraire, que le pavillon X est un purgatoire, sinon un enfer ! s'écria-t-elle.

Elle était plus furieuse qu'il ne l'avait encore jamais vue, et la curiosité du colonel en fut piquée. En vérité, le dossier du sergent Michael Wilson déclenchait d'extraordinaires réactions chez l'infirmière ! Il serait peut-être intéressant, en fin de compte, de rencontrer demain matin ce sujet exceptionnel.

Elle reprit alors la parole, alimentant sa colère des mots qu'elle proférait :

— Pire encore, mes malades sont ici comme dans les limbes ! Ceux dont personne ne sait que faire sont expédiés au pavillon X où on les oublie une fois pour toutes. Vous êtes neurologue, je suis infirmière généraliste. A nous deux, nous n'avons pas une ombre d'expérience ni de qualification. Savez-vous, vous, ce qu'il faut faire de ces hommes ? Moi, colonel, je l'ignore. Je tâtonne. Je fais de mon mieux, en sachant, hélas ! que mon mieux est à cent lieues de ce qu'il faudrait faire ! Tous les matins, je prends mon service en priant, en suppliant le Seigneur de passer la journée sans blesser à mort un de ces pauvres êtres désemparés, fragiles et souvent incompréhensibles. Les hommes du pavillon X méritent tellement plus que ce que vous et moi sommes capables de leur offrir, colonel !

— C'en est assez, capitaine ! dit-il en devenant cramoisi.

— Oh ! mais je n'ai pas fini ! riposta l'infirmière Langtry sans se démonter. Laissons de côté le cas du sergent Wilson, voulez-vous ? Examinons plutôt celui des cinq autres pensionnaires du pavillon X. Matt Sawyer a quitté le service de neurologie quand on ne lui a trouvé aucune lésion organique susceptible d'expliquer sa cécité. Diagnostic : hystérie — vous l'avez contresigné vous-même. Nugget Jones, lui, venait du service de chirurgie abdomino-thoracique après deux laparotomies sans résultat. Le service entier était au bord de la crise de nerfs du fait de ses plaintes continuelles. Diagnostic : hypocondrie — autrement dit, un malade imaginaire. Parlons maintenant de Neil — je veux dire, le capitaine Parkinson. Il a souffert d'une simple dépression nerveuse, que l'on pourrait aussi bien qualifier symptôme de deuil ou de chagrin profond. Mais parce que son chef de corps croit le mettre à l'abri en le laissant ici. Neil est condamné à l'inaction depuis des mois. Diagnostic : mélancolie involutive ! Benedict Maynard, pour sa part, a effectivement perdu la raison après que sa compagnie eut ouvert le feu sur un village où, comme ils le constatèrent par la suite, ne se trouvait pas un seul Japonais mais des vieillards, des femmes et des enfants. Ses problèmes mentaux sont apparus lorsqu'il a reçu une légère blessure au cuir chevelu, et il a été admis en neurologie pour une fracture du crâne avant d'être transféré ici. Diagnostic : démence précoce ! C'est peut-être le seul diagnostic avec lequel je sois d'accord. Mais alors, Ben aurait dû être envoyé en Australie, pour y être convenablement soigné par des spécialistes, n'est-ce pas ? Et Luc Daggett, pourquoi est-il ici, exactement ? Son dossier ne comporte aucun diagnostic, aucun ! Nous savons pourtant, vous et moi, la raison de son internement. Il se rendait invivable, faisait chanter son chef de corps, et j'en passe. Mais comme on n'a rien pu prouver, et qu'on ne savait pas quoi faire de lui, on l'a mis au frais chez nous en attendant la fin des hostilités !

Le colonel s'était levé en trébuchant, rouge de colère contenue.

— Vous êtes bien impertinente !

— Avais-je vraiment l'air impertinente ? Je vous prie de m'en excuser, colonel, répondit-elle en retrouvant instantanément son flegme habituel.

La main sur la poignée de la porte, le colonel se retourna :

— Demain matin, à dix heures, je recevrai le sergent Wilson. Et n'oubliez pas de me l'amener vous-même...

Le regard étincelant de rage, il s'interrompit pour trouver à dire quelque chose de blessant qui puisse traverser cette cuirasse d'apparence impénétrable.

— Il est étrange que le sergent Wilson, qui est apparemment un soldat exemplaire et si flatteusement décoré, qui a passé six ans en première ligne, n'ait pas réussi à s'élever à un grade supérieur à celui de sergent.

C'est tout ce qu'il avait trouvé à dire. L'infirmière Langtry lui adressa un sourire plein de charme :

— Voyons, colonel, nous ne pouvons pas *tous* devenir de grands chefs ! Il faut bien qu'il en reste quelques-uns pour faire les basses besognes.

7

Après le départ du colonel, l'infirmière Langtry demeura immobile à son bureau; sur son front et sa lèvre
supérieure perlait une sueur froide, due à son explosion
de colère. Elle avait été idiote de s'emporter ainsi. Cela
ne servait à rien. Qu'était donc devenue cette fameuse
maîtrise de soi qui lui assurait la victoire à chacune de ses
confrontations avec le colonel ? Elle avait perdu son
temps en voulant lui parler du pavillon X et de ses
victimes. Jamais encore elle n'avait été aussi furieuse
contre lui ! Pourquoi ? Cette pitoyable histoire avait
sans doute tout déclenché. S'il était arrivé un peu plus
tard, s'il lui avait laissé le temps de se ressaisir, elle
n'aurait pas ainsi perdu patience. Mais le colonel s'était
présenté quelques secondes à peine après qu'elle eut fini
de parcourir le dossier de Michael.

L'officier de santé qui l'avait rédigé — elle n'arrivait
pas à mettre un visage sur cette signature — était en tout
cas un redoutable écrivain. Les personnages en cause
prenaient vie sous ses yeux à mesure qu'elle déchiffrait
le rapport. Michael, surtout, qu'elle avait vu en chair et
en os. Leur brève rencontre avait déjà suscité en elle
bien des spéculations à son sujet, mais aucune n'égalait
la réalité. Le pauvre type, quelle vacherie et, surtout,
quelle injustice ! Il avait dû en souffrir terriblement.
Sans en prendre conscience, elle avait projeté ses pro-

pres émotions dans l'histoire qu'elle découvrait au fil de sa lecture. Elle avait éprouvé tant de peine pour Michael en apprenant la mort de son ami qu'elle en avait la gorge serrée, une douleur au creux de l'estomac. C'est alors que le colonel avait fait son apparition, et qu'elle lui avait déversé son trop-plein de bile.

Je deviens à mon tour victime du « syndrome X », se dit-elle. Au cours de ces quelques minutes, j'ai commis toutes les infractions prévues au règlement, depuis une participation affective aux problèmes d'un malade jusqu'à l'insubordination la moins excusable.

Mais le souvenir du visage de Michael ne la quittait pas. Il pouvait affronter, il affrontait son internement et ce que cela impliquait. D'habitude, elle souffrait des faiblesses de ses patients, de leur incapacité à réagir; ici, elle était au contraire bouleversée par le sort d'un individu qui n'avait manifestement nul besoin de son soutien. Ce devait être un signal d'alarme. L'une de ses meilleures protections contre l'envie de se mêler abusivement de la vie de ses malades avait toujours été de les considérer précisément comme des malades, fragiles, affligés d'un certain nombre de troubles pathologiques affectant leur qualités viriles. Non qu'elle craignît les hommes, ni qu'elle redoutât de se mêler de la vie d'autrui. Mais, pour donner le meilleur d'elle-même, une bonne infirmière doit rester détachée — non pas cuirassée contre toute émotion, mais contre tout ce qui s'apparente à des rapports essentiellement masculins-féminins. Il était déjà regrettable que cela se produisît dans des services de médecine et de chirurgie; avec des malades mentaux, ce pouvait être désastreux. Elle avait déjà consacré beaucoup trop de temps à penser à Neil, et elle ne savait toujours pas avec certitude si elle avait raison d'envisager de le revoir après leur démobilisation. Elle s'était persuadée qu'il n'y avait pas de risque, puisqu'il était presque guéri, que l'existence du pavillon X touchait à sa fin. Elle se sentait encore parfaitement capable de reprendre la situation en main et d'agir avec Neil, en cas de besoin, comme avec un pauvre malade à traiter avec précaution.

Je ne suis pas en bois, se dit-elle. Pourtant, je n'ai jamais pu me résoudre à l'admettre, et c'est bien difficile.

Elle soupira, s'étira, se força à ne plus penser ni à Neil ni à Michael. Elle ne pouvait pas encore se montrer : sa respiration, son teint n'étaient pas revenus à la normale. Le crayon — où était-il passé quand elle l'avait jeté sur le colonel ? Quel imbécile, cet homme-là ! Il ne s'est même pas douté qu'il aurait pu recevoir une douille d'obus sur le crâne, quand il a fait cette réflexion stupide sur le grade de Michael ! Où donc s'était-il planqué, lui, depuis six ans ? L'infirmière Langtry connaissait mal les autres armées alliées, mais au bout de six ans de fréquentation quotidienne des Australiens, elle avait au moins acquis la certitude que son pays natal produisait bon nombre d'hommes tout à fait remarquables — des hommes dotés d'intelligence, du don de commandement, de toutes les qualités indispensables aux officiers, et qui refusaient pourtant avec obstination de dépasser le grade de sergent. Il s'agissait sans doute d'une manifestation de la conscience de classe, sans que ce fût négatif. Et s'ils étaient heureux d'être ce qu'ils étaient, à quoi bon les promouvoir à tout prix ? Si Michael Wilson n'appartenait pas à cette catégorie-là, c'est qu'elle n'avait guère acquis d'expérience auprès des soldats.

Personne n'avait donc jamais parlé au colonel de l'existence d'hommes tels que Michael ? Etait-il incapable de les voir par lui-même ? C'était sans doute cela, à moins qu'il n'ait simplement saisi la première pique passant à portée de sa main pour la blesser — il me déteste. Sacré colonel, vieil imbécile de Jugulaire ! Incroyable de proférer des bêtises pareilles, pires encore que le snobisme de Neil ! Allons, à quoi bon s'énerver encore à son sujet ? Mieux vaut le plaindre. La base 15 n'a vraiment rien de commun avec Macquarie Street, et il ressemble à un poisson sorti de son bocal. Il n'est pas si repoussant, après tout, et sous son uniforme il doit éprouver les mêmes besoins et les mêmes malaises que les autres hommes. On racontait, depuis un moment déjà, qu'il entretenait une liaison discrète avec l'infirmière Heather Connolly. C'était bien connu : les médecins officiers avaient leurs petites fantaisies, et avec qui les passer sinon avec les infirmières ? Bonne chance, Jugulaire !

Le crayon était par terre, tout au bout de la table; Honora Langtry se glissa en dessous pour le ramasser et le remit à sa place avant de se rasseoir. De quoi Jugulaire pouvait-il bien parler avec Heather Connolly ? Parce qu'ils devaient quand même se parler, ces deux-là. Les amants ne passent pas exclusivement leur temps à faire l'amour. Quand il pratiquait la neurologie en temps de paix, Wallace Donaldson se passionnait pour d'obscurs troubles spinaliens aux noms imprononçables. C'était peut-être de cela qu'ils discutaient, en déplorant l'absence de subtils troubles spinaliens dans un hôpital où les traitements de la moelle épinière se limitaient, malheureusement, à la réparation aléatoire des dommages, souvent fatals, infligés par les balles ou les éclats d'obus. Peut-être aussi lui parlait-il de sa femme, qui l'attendait fidèlement dans une élégante villa d'un quartier résidentiel, Vaucluse ou Bellevue Hill. Les hommes, en effet, ont souvent tendance à parler de leur femme à leur maîtresse, comme s'ils vantaient à un ami les mérites d'un autre qu'ils déplorent de ne pouvoir leur présenter. Car ils sont généralement persuadés que leur femme et leur maîtresse deviendraient les meilleures amies du monde si les conventions sociales autorisaient de tels rapprochements !... C'est logique, après tout. S'il en était autrement, ou pourrait penser qu'ils choisissent mal les femmes de leur vie.

En tout cas, l'homme avec lequel elle vivait, jadis, lui

avait infligé ce traitement, se souvint-elle, en ressentant toujours la même peine. Il passait son temps à lui parler de sa femme, à regretter que les conventions leur interdissent de se rencontrer, à répéter qu'elles s'adoreraient à coup sûr. Dès la troisième phrase de ce style, Honora Langtry avait su qu'elle haïrait cordialement cette femme. Naturellement, elle avait assez de bon sens pour n'en avoir rien dit.

Que c'était loin, tout cela ! Que de temps s'était écoulé, accumulé plutôt, non par le défilé mesuré des heures et des secondes, mais par des sortes d'élans et de bonds, comme ceux d'un insecte monstrueux qui se débarrasserait par saccades de ses cocons successifs d'où il émergerait chaque fois différent dans un monde lui aussi différent.

Il était spécialiste consultant, comme le colonel, dans le premier hôpital où elle avait été en poste à Sydney. Son seul hôpital, en fait. Il pratiquait la dermatologie — spécialité très nouvelle à l'époque. Grand, brun, beau, trente-cinq ans environ. Marié, bien entendu. Si vous n'arriviez pas à mettre le grappin sur un médecin quand il portait encore la blouse blanche de l'interne, inutile d'insister. Elle n'intéressait d'ailleurs pas les internes, qui lui préféraient des filles plus jolies, plus drôles, plus mousseuses — et la tête plus vide. Ce n'est qu'après trente ans qu'ils commençaient à s'ennuyer avec celles qu'ils s'étaient choisies quand ils en avaient vingt-cinq.

Honora Langtry avait été une jeune fille sérieuse, toujours à la tête de sa classe. Elle était de celles dont on se demandait pourquoi elles faisaient des études d'infirmière plutôt que la médecine, pourtant notoirement peu accessible aux femmes. Née dans une famille de riches éleveurs, elle avait acquis son éducation dans l'un des meilleurs pensionnats de Sydney. Elle avait décidé de devenir infirmière, par vocation inconsciente d'abord, puis décidée peu peu, à mesure qu'elle ressentait le besoin croissant d'une intimité morale et physique avec les êtres, que le métier d'infirmière était presque seul à lui assurer. Comme il s'agissait d'une profession honorable et jugée parfaitement féminine, ses parents avaient été ravis qu'elle choisisse cette carrière.

Stagiaire débutante — on appelait plutôt ses semblables des novices — elle ne s'était pas crue obligée de porter des lunettes, de jouer les godiches ou au contraire de faire étalage de ses connaissances. Tant au pensionnat que chez elle, elle avait toujours mené une vie active; elle sortait beaucoup, avait de nombreux amis, ne manifestait pas d'attachement particulier pour un garçon ou un autre. Elle eut une conduite semblable pendant les quatre ans que durèrent ses études d'infirmière. On la voyait à tous les bals, où elle ne faisait jamais tapisserie, elle sortait avec des jeunes gens qui lui offraient un verre chez *Repins'* ou l'emmenaient au cinéma. Mais elle ne s'était jamais attachée à aucun d'entre eux. Elle s'intéressait bien davantage à son métier.

Une fois son diplôme obtenu, elle fut affectée à l'un des services de gynécologie de l'Hôpital général de Sydney; c'est là qu'elle fit la connaissance de son dermatologue qui, de son côté, venait d'obtenir la direction de son service. Ils s'accrochèrent dès le début, mais elle s'aperçut très vite que sa manière de lui tenir tête lui plaisait. Il lui fallut plus longtemps pour se rendre compte de l'attrait puissant qu'elle exerçait sur lui en tant que femme. Quand elle l'eut enfin compris, elle était amoureuse de lui.

Il emprunta l'appartement de l'un de ses amis, avocat célibataire, situé dans l'un des grands immeubles d'Elizabeth Street, et lui demanda de venir l'y retrouver. Elle accepta, sachant parfaitement à quoi elle s'engageait, car il avait pris bien soin de la prévenir, témoignant d'une franchise qu'elle avait appréciée. Il n'était absolument pas question qu'il divorçât, lui avait-il déclaré, mais il l'aimait et voulait désespérément coucher avec elle.

Commencée dans l'honnêteté, leur liaison se termina non moins honnêtement une douzaine de mois plus tard. Ils se rencontraient chaque fois qu'il arrivait à inventer une excuse plausible, ce qui était rarement facile : les dermatologues n'ont pas la ressource d'urgences spectaculaires, à la différence des chirurgiens ou des obstétriciens. Comme il le disait lui-même avec bonne humeur, avait-on jamais vu un dermatologue se faire tirer du lit à trois heures du matin pour une crise d'acné aiguë ? Elle avait, elle aussi, parfois du mal à trouver du temps libre, car elle n'était encore qu'une débutante, mal placée pour demander un traitement de faveur dans l'attribution des tours de garde. Ils réussirent cependant, pendant leur liaison, à être ensemble une fois par semaine dans les meilleurs cas, au pire une fois toutes les trois ou quatre semaines.

Honora Langtry trouvait piquant d'être la maîtresse d'un homme plutôt que sa femme. La condition d'épouse légitime est sûre mais terne. Les maîtresses, au contraire, sont toujours plus ou moins environnées d'un halo de mystère prestigieux. La réalité était pourtant tout autre. Leurs rencontres restaient furtives et surtout trop brèves. Il était frustrant d'être obligé, en quelque sorte, de consacrer au seul amour physique les minutes volées. Non qu'elle n'aimât pas faire l'amour, ou qu'elle considérât cette activité comme indigne d'elle. Elle avait très vite appris ce qu'il lui enseignait, et était assez intelligente pour modifier et adapter ces nouvelles connaissances de manière à renouveler le plaisir de son amant — et le sien. Mais les rares aspects qu'il lui laissait entrevoir de sa personnalité profonde ne pouvaient jamais mener à une connaissance plus étendue, car ils ne disposaient ni l'un ni l'autre d'assez de temps.

Et puis, un beau jour, il s'était lassé d'elle. Il le lui dit d'ailleurs immédiatement, sans fournir de mauvaises excuses à sa conduite. Calmement, poliment, elle accepta son congé, remit son chapeau et ses gants et sortit de sa vie et de l'appartement. Mais elle n'était plus la même personne que celle qui y était entrée.

Cette rupture lui avait fait mal, très mal. Le pire était de n'en point connaître la raison. Pourquoi l'avait-il aimée, puis s'était-il cru obligé de rompre ? Dans ses moments d'optimisme, elle se disait que c'était fini parce qu'il se sentait dépassé, qu'il en était arrivé à l'aimer trop pour se résigner à la précarité de leurs rapports. Quand elle était lucide, en revanche, elle savait que la vraie raison résidait en partie dans l'incommodité de leur situation, en partie dans l'affreuse monotonie dans laquelle s'installait leur liaison, transformée en un piège. Cela même l'avait sans doute poussé à tromper sa femme. Mais il y avait autre chose, et elle s'en rendait compte : son changement d'attitude envers lui, le ressentiment, de plus en plus difficile à maîtriser, de se savoir tout juste une partenaire de lit, au visage et au corps différents de ceux de l'autre. Pour le retenir, le garder sous le charme, il aurait fallu se consacrer à lui seul, de tout son temps et de toutes ses forces, comme sa femme le faisait peut-être.

Or cela ne valait vraiment pas la peine de s'épuiser en de telles acrobaties. Elle avait bien mieux à faire de sa vie que de la consacrer au plaisir égoïste d'un homme. Les femmes, dans leur vaste majorité, semblaient vouloir vivre ainsi, mais Honora Langtry savait que tel n'était pas son cas. Elle n'éprouvait, certes, aucune aversion pour les hommes; elle considérait, tout simplement, qu'en épouser un constituerait une erreur.

Elle reprit donc le cours de ses activités et y trouva un plaisir et une satisfaction que ne lui avait jamais véritablement apportés sa liaison. Au fond, elle était faite pour être infirmière et elle adorait cette vie. Elle aimait être toujours affairée, débordée; elle aimait voir défiler de nouveaux visages, résoudre les problèmes réellement importants auxquels elle était journellement confrontée.

Elle aurait sans doute pu avoir d'autres aventures, dont l'une, peut-être, aurait été assez sérieuse pour lui faire reconsidérer ses vues sur le mariage. Mais c'est alors que la guerre éclata. A vingt-cinq ans, elle fut l'une des premières infirmières civiles à s'engager volontairement dans le corps de santé militaire et, à compter de cet instant, elle n'eut plus une minute pour penser à elle. Elle avait servi dans toute une série d'hôpitaux de campagne en Afrique, en Nouvelle-Guinée et dans les Iles, et avait ainsi perdu tous souvenirs et habitudes d'autrefois. Mais quelle vie elle avait vécue ! Un bagne permanent, si exigeant, si passionnant, si inconcevable à bien des égards qu'elle savait que rien, par la suite, ne pourrait plus jamais lui être comparé. Les infirmières de première ligne formaient une sorte de confrérie très fermée, à laquelle Honora Langtry s'était donnée corps et âme.

Captivantes, épuisantes, ces années-là l'avaient marquée. Elle en était sortie en meilleure condition physique que beaucoup d'autres, car elle était à la fois sensée et résistante. Son état mental n'avait pas, lui non plus, autant souffert que celui de bien de ses collègues.

Depuis six mois, la tension se relâchait et elle avait eu le temps de se remettre à réfléchir, à réévaluer ses projets d'avenir et ses sentiments. Elle en vint alors à se demander si le fait de redevenir infirmière dans quelque hôpital civil pourrait la satisfaire. Elle se surprit également à souhaiter une vie sentimentale plus personnelle, plus dense, plus intime que celle qu'offrait sa carrière.

S'il n'y avait pas eu Luc Daggett, elle n'aurait sans doute pas été sensible à la présence de Neil Parkinson. Quand Luc fut admis au pavillon, Neil était au plus profond de sa dépression, et elle ne pouvait le considérer que comme un de ses malades. La personnalité de Luc lui causa alors un trouble qu'elle ne parvenait pas encore à définir. Quand il fit son entrée au pavillon X, son allure si naturelle, si confiante lui coupa le souffle

Deux jours durant, hypnotisée, magnétisée, elle se sentit féminine, désirable, presque frivole, ce qu'elle n'avait pas été depuis des années. Mais Luc détruisit lui-même ce qu'il avait éveillé en elle, en s'amusant à torturer un pitoyable petit soldat consigné au pavillon X après une tentative de suicide. Quand elle découvrit que le séducteur était fait de plomb vil et non d'or pur, elle faillit démissionner sur-le-champ, réaction aussi stupide qu'exagérée, se dit-elle par la suite. Sur le moment, pourtant, cette déception fut pour elle un choc terrible. Luc, heureusement, ne s'était rendu compte de rien — et ce fut une des très rares fois de sa vie où il ne poussa pas un avantage. Mais il se trouvait en terrain inconnu, entouré de visages nouveaux, si bien qu'il s'en fallut d'un jour pour qu'il nouât des rapports intimes avec Honora Langtry. Quand il s'avisa de lancer sur elle son offensive de charme, elle le repoussa sèchement, sans plus se soucier de son éventuelle fragilité mentale.

Ce fugitif flottement dans sa conduite marquait cependant le début d'une transformation. Peut-être comprit-elle que la guerre était virtuellement gagnée et que la vie anormale qu'elle menait depuis si longtemps touchait à sa fin; peut-être Luc avait-il joué inconsciemment le rôle du Prince Charmant en réveillant Honora Langtry du long assoupissement sentimental qu'elle s'était imposé. Quoi qu'il en fût, elle s'était insensiblement départie, depuis, de son dévouement exclusif à son devoir.

Aussi, quand Neil Parkinson finit par émerger de sa dépression pour lui manifester de l'intérêt, et qu'elle eut pris conscience de l'attrait que l'homme et sa personnalité exerçaient sur elle, sentit-elle s'effriter cette rigueur qui, jusqu'alors, avait été la sienne. L'amitié qu'elle avait d'abord éprouvée pour Neil devenait de l'amour. Il n'était pas foncièrement égoïste, il lui témoignait de l'admiration, de la confiance. Il l'aimait, aussi. L'idée de partager sa vie après la guerre la rendait heureuse, et plus cette échéance approchait, plus elle s'y préparait avec une joyeuse impatience.

Pourtant, de par la discipline qu'elle parvenait à s'imposer, elle s'interdisait encore de ne voir en Neil qu'un homme, de regarder sa bouche, ses mains en s'imaginant l'embrasser et faire l'amour avec lui. Si elle avait pris cette liberté ils seraient passés à l'acte et les conséquences auraient été désastreuses. La base 15 n'était pas l'endroit où se nouent des rapports que l'on espère voir durer une vie entière. Elle savait qu'il pensait de même, sinon il aurait déjà été son amant. Et il était, somme toute, plutôt excitant de s'avancer sur cette corde raide, au-dessus d'envies, de désirs, d'appétits fermement refoulés; de prétendre ne pas remarquer la passion qui bouillonnait en lui...

Elle constata soudain avec stupeur que sa montre marquait déjà neuf heures un quart. Si elle n'allait pas bientôt les rejoindre, ils croiraient qu'elle ne viendrait pas ce soir.

8

En sortant de son bureau pour s'engager dans le petit couloir menant à la grande salle, l'infirmière Langtry ne se doutait pas que le délicat équilibre du pavillon X chancelait déjà.

Un bourdonnement de voix lui parvenait depuis l'autre côté des paravents disposés devant le lit de Michael. Elle se faufila dans l'étroit passage pour gagner la table de réfectoire. Neil avait pris place au bout d'un banc, près du siège qu'elle occupait toujours. Matt était assis à côté de lui; en face, Benedict et Nugget avaient laissé un espace libre auprès de son fauteuil. Elle s'installa sans bruit, regarda les quatre hommes :

— Où est Michael ?

Elle cédait à la panique. Idiote ! Avait-elle perdu tout sens commun pour le croire à l'abri du danger ? La guerre n'était pas encore officiellement terminée, ni le pavillon X condamné. En temps normal, elle n'aurait jamais abandonné si longtemps sans surveillance un patient nouvellement admis, surtout pendant les premières heures de son arrivée. Michael allait-il lui porter malheur ? Elle avait commencé par laisser traîner son dossier et, maintenant, elle se révélait incapable de s'occuper convenablement de lui !

Elle avait dû pâlir sans s'en rendre compte, car les quatre hommes la dévisageaient avec curiosité. Sa voix aussi l'avait sans doute trahie, sinon Matt ne s'en serait pas aperçu.

— Michael est à l'office en train de préparer le thé, répondit Neil.

Il sortit son étui à cigarettes et le tendit aux autres. Elle le savait assez discret pour ne pas lui en offrir, à elle, en dehors des quatre murs de son bureau.

— Notre nouvelle recrue aime se rendre utile, reprit Neil en passant son briquet à la ronde. Après le dîner, il a débarrassé la table, aidé l'ordonnance à laver la vaisselle. Maintenant, il s'occupe du thé.

Elle avait la bouche sèche, mais n'osa pas se faire remarquer davantage en avalant sa salive.

— Et Luc, où est-il ? demanda-t-elle.

— Parti en chasse, comme un chat de gouttière, dit Matt avec un rire silencieux.

— Espérons qu'il ne rentrera pas de la nuit, dit Benedict, la bouche tordue par un rictus.

— Espérons que si, sinon il aura des ennuis ! répliqua Honora Langtry qui, cette fois, osa déglutir.

Michael revint avec la théière, vaste récipient en émail, écaillé, bosselé et rouillé. Il le posa devant l'infirmière et retourna à l'office chercher une planche qui servait de plateau. Il y avait disposé six quarts émaillés, écaillés eux aussi, une cuillère tordue, une vieille boîte de lait en poudre servant de sucrier, un pot d'étain contenant du lait concentré étendu d'eau. A côté trônait une superbe tasse avec sa soucoupe, en porcelaine d'Ainsley décorée à la main et ornée de filets d'or, flanquée d'une petite cuillère en argent repoussé.

Elle s'amusa de voir Michael s'asseoir à la place libre auprès d'elle, en face de Neil, comme s'il ne lui venait pas à l'esprit qu'elle eût pu être réservée à Luc, l'ancien. Tant mieux ! se dit-elle. Luc, pour une fois, ne va pas faire ses trente-six volontés avec un nouveau. Michael n'a d'ailleurs aucune raison de se laisser bluffer et intimider. Il est parfaitement normal, il ne souffre d'aucune des appréhensions, des distorsions de jugement qui affectent généralement les hommes au moment de leur admission ici. Pour lui, Luc doit avoir l'air plus ridicule que redoutable... Et me voilà en train de prendre Michael pour un modèle de normalité, uniquement parce que Luc me déplaît ! En fait, Luc me met mal à l'aise depuis que je me suis aperçue qu'il souffre d'une atrophie du sens moral, au point d'être une sorte de psychopathe. J'ai peur de lui parce qu'il m'a dupée, parce que je suis presque tombée amoureuse de lui. Je l'avais accueilli avec joie pour tout ce qui me paraissait normal chez lui, de même que j'accepte ce qui me semble normal en Michael. Suis-je encore en train de me tromper, de commettre avec Michael la même erreur de jugement ?

— Je pense que les quarts nous sont destinés, tandis que la tasse en porcelaine est à vous, n'est-ce pas ? lui dit Michael.

— C'est exact, répondit-elle en souriant. On m'en a fait cadeau pour mon anniversaire.

— A quelle date est-il ?

— En novembre.

— Vous serez donc de retour chez vous à temps pour célébrer le prochain. Quel âge aurez-vous ?

Neil se redressa, agressif; Matt se raidit, les sens en alerte. Nugget resta bouche bée, Benedict fit comme si de rien n'était. Quant à l'infirmière, plus décontenancée que choquée, elle n'eut pas le temps de répondre avant que Neil n'intervienne :

— Son âge ne vous regarde pas !

Michael cligna les yeux :

— Laissez-la donc parler, mon vieux. Elle m'a l'air assez jeune pour ne pas avoir à faire de cachotteries.

— On ne dit pas *elle*, comme pour n'importe qui ! dit Matt d'une voix tremblante de colère.

— Eh bien, quel âge aurez-vous donc en novembre prochain ? reprit Michael comme s'il n'avait pas été interrompu.

Il avait posé sa question sans y mettre de défi, simplement pour exprimer qu'il trouvait les autres inutilement susceptibles et entendait affirmer son indépendance.

— Je vais avoir trente et un ans, répondit-elle.

— Et vous n'êtes pas mariée ? Pas veuve, non plus ?

— Non. Toujours vieille fille.

Il éclata de rire et secoua la tête :

— Allons ! Vous n'avez vraiment pas l'allure d'une vieille fille !

L'atmosphère devenait tendue. Ils étaient visiblement aussi furieux contre lui et son insolence que contre elle et la manière dont elle tolérait cette atteinte aux convenances.

— J'ai une boîte de biscuits dans mon bureau, dit-elle calmement. Y a-t-il un volontaire ?

Michael se leva aussitôt :

— Moi, si vous me dites où elle est.

— Sur l'étagère au-dessous des livres. C'est une boîte de glucose portant une étiquette marquée « biscuits ». Comment prenez-vous votre thé ?

— Noir, deux sucres, merci.

Pendant son absence, un silence complet se fit autour de la table. Honora Langtry versait paisiblement le thé dans les quarts; les hommes soufflaient des nuages de fumée comme pour soulager leur fureur.

Michael revint peu après mais, au lieu de se rasseoir, passa les biscuits à la ronde. Ayant remarqué que chacun en prenait quatre, il en posa le même nombre devant Matt, sous ses mains croisées qui ne s'étaient pas tendues, et rapprocha le quart de thé pour que la chaleur qui en émanait puisse le guider. Il alla ensuite reprendre sa place à côté de l'infirmière et lui sourit avec tant d'amitié et de confiance qu'elle en fut touchée et ne trouva plus en lui aucune similitude avec Luc.

Les autres gardaient le silence, la mine attentive et réprobatrice, mais, pour une fois, elle n'y prit pas garde. Elle préférait rendre à Michael son sourire, se dire qu'il était un agréable compagnon, épargné par les anxiétés et les tourments que s'infligeaient si volontiers les autres. Celui-ci, au moins, n'allait pas se servir d'elle comme d'une béquille pour retrouver son équilibre.

C'est alors que Nugget poussa un gémissement déchirant, se prit le ventre d'une main et, de l'autre, repoussa son quart encore plein.

— Oh ! bon dieu, je ne me sens pas bien ! Oh ! Ah ! Je parie que c'est encore une crise d'intussusception de ma diverticulose !...

— Tant mieux, cela nous fera du rab, dit Neil froidement.

Il versa le thé de Nugget dans son quart déjà vide, rafla les quatre biscuits et les distribua prestement comme des cartes à jouer. Les plaintes de Nugget continuaient de plus belle :

— Je vous jure que je suis malade à crever...

— Si tu ne passais pas tes journées vautré sur un lit à lire ce dictionnaire médical, tu te sentirais mieux, déclara Benedict avec sévérité. C'est malsain.

Il grimaça et regarda autour de lui comme s'il ressentait une présence insupportable :

— De fait, reprit-il, on respire ici un air malsain.

Là-dessus, il se leva et sortit dans la véranda. Plié en deux, Nugget reprit ses gémissements.

— Pauvre vieux Nugget, dit l'infirmière d'une voix compatissante. Tenez, allez donc m'attendre dans mon bureau, je vous y rejoindrai dès que je pourrai. En attendant, prenez votre pouls et comptez vos respirations, d'accord ?

Il se leva avec empressement, en se tenant le ventre à deux mains, et jeta aux autres un regard de triomphe :

— Vous voyez ! Notre infirmière me prend au sérieux, elle ! Elle sait bien que je ne joue pas la comédie. C'est ma colite ulcéreuse qui fait une rechute, c'est certain.

Et il disparut derrière les paravents.

— Ce n'est pas grave, au moins ? dit Michael, l'air sincèrement inquiet. Il n'a vraiment pas l'air bien.

— Il se porte à merveille, répondit-elle avec désinvolture.

— Chez lui, c'est la tête qui est malade, déclara soudain Matt. Le gamin a besoin de sa maman. Ici, c'est le seul endroit où on le supporte, et nous ne le faisons que pour faire plaisir à notre infirmière. S'ils avaient eu deux sous de bon sens, ils l'auraient renvoyé à sa mère depuis deux ans. Mais on l'a laissé en plan ici, avec ses migraines, ses maux de dos, de ventre, de cœur et de je ne sais quoi encore. Et il reste à pourrir sur place, comme nous autres.

— Pourrir est le mot juste, dit Neil sombrement.

La tempête se lève, ils réagissent exactement comme les vents et les nuages de ces latitudes, se dit l'infirmière en les observant à tour de rôle. A un moment, le grand beau temps; le moment d'après, la bourrasque. Qu'est-ce qui, cette fois-ci, avait provoqué cette brusque saute d'humeur ? L'allusion au fait qu'ils pourrissaient dans l'oisiveté ?

— Ici, au moins, nous avons l'infirmière Langtry, dit alors Michael avec bonne humeur. Ce ne peut pas aller si mal que cela.

Le rire de Neil sonna spontanément; l'orage allait peut-être tourner court.

— Bravo ! s'écria-t-il. Enfin un noble cœur et un galant homme parmi nous ! A vous de jouer, chère amie. Rejetez donc le compliment, si vous le pouvez.

— Je ne vois pas pourquoi je le refuserais. On ne m'en fait pas tellement.

La réplique coupa Neil dans ses effets, mais il s'accouda à la table et affecta d'être parfaitement détendu.

— Quel vilain mensonge, dit-il. Vous savez très bien que nous vous inondons de compliments. Comme pénitence, vous allez nous dire pourquoi vous restez

91

volontairement ici à pourrir avec nous. Vous devez avoir quelque chose à vous reprocher, non ?

— Eh bien, oui, c'est vrai. J'ai commis le péché inexpiable de m'attacher au pavillon X, figurez-vous. Sinon, rien ne pourrait me forcer à y rester.

Matt se leva brusquement, comme si quelque chose lui était soudain devenu insupportable. Il tourna la tête avec autant de précision que s'il voyait et posa légèrement la main sur l'épaule de l'infirmière.

— Je suis fatigué, je vais vous dire bonsoir. C'est pourtant drôle... Ce soir, j'ai l'impression, parfois ressentie le matin en me réveillant, d'avoir recouvré la vue.

Michael se redressa à demi pour aller aider Matt à franchir le barrage des paravents, mais Neil tendit la main à travers la table pour arrêter son geste :

— Inutile, mon vieux. Il connaît le chemin aussi bien que nous.

L'infirmière avait repris la théière :

— Encore un peu, Michael ? demanda-t-elle.

Il hocha la tête et s'apprêtait à répondre quand les paravents s'agitèrent de nouveau. Luc fit son apparition et alla s'asseoir à côté de Neil, à la place que Matt venait de libérer.

— Chic ! Juste à temps pour le thé.

— Quand on parle du loup... commença Neil en soupirant.

— Soi-même, compléta Luc.

Les mains jointes derrière la nuque, penché en arrière, il les dévisagea tous les trois de ses yeux mi-clos.

— Quel charmant petit groupe vous faites ! La piétaille a battu en retraite, à ce que je vois, et il ne reste que le gratin... Il n'est pas encore dix heures, ma chère demoiselle, inutile de regarder votre montre. Regretteriez-vous que je ne sois pas en retard ?

— Absolument pas, répondit-elle calmement. Je savais que vous seriez revenu à temps. Je ne vous ai d'ailleurs jamais vu rester sans permission dehors une minute après dix heures, ni même commettre la moindre infraction au règlement.

— Ne prenez pas cet air navré ! J'ai l'impression que rien ne vous ferait plus plaisir que de me signaler au colonel.

— Cela ne me ferait aucun plaisir, Luc. C'est justement cela qui cloche avec vous, mon ami. On jurerait que vous faites exprès de forcer les gens à imaginer le pire sur votre compte rien que pour avoir la paix.

Luc soupira et se pencha en avant, les coudes sur la table, le menton dans les mains. Epais, ondulés, à peine plus longs que la taille réglementaire, ses cheveux d'or roux retombèrent en mèches sur son front. Une perfection — mais excessive, se dit l'infirmière avec un frisson de répulsion. Elle le soupçonnait, pour mieux faire ressortir la teinte de sa chevelure, de se foncer les sourcils et les cils, ou même d'en arracher une partie pour faire repousser l'autre dans la nuance souhaitée. Ce n'était pas le signe d'une inversion sexuelle, non, plutôt d'un excès de vanité confinant à l'afféterie. Ses grands yeux aux reflets dorés étaient juste bien espacés sous l'arc parfaitement dessiné de ces sourcils trop sombres pour être vrais. Le nez, droit et mince, se projetait comme une lame, fièrement évasé vers le bas. Les pommettes hautes, très marquées, avaient l'air de n'être là que pour soutenir la chair des joues un peu creuses. D'un dessin trop résolu pour être qualifiée de généreuse, la bouche n'était cependant pas mince, avec les lèvres soulignées d'un trait délicat et ferme, comme on n'en voit qu'aux statues.

Pas étonnant qu'il m'ait fait perdre la tête, la première fois que je l'ai vu... Plus rien, pourtant, ne m'attire dans ce visage, cette silhouette, ce superbe corps masculin. Ce n'est pas comme chez Neil — ou Michael. Luc a quelque chose en lui qui choque, qui repousse ; pas seulement une faiblesse de caractère, un défaut superficiel. Cela englobe tout son être C'est inné, donc ineffaçable. Incurable.

Elle se tourna légèrement vers Neil. Comparé à n'importe qui d'autre que Luc, Neil aurait pu passer pour un bel homme. Leurs traits avaient beaucoup de similitudes, mais Neil ne bénéficiait pas des couleurs magnifiques de son voisin. Les hommes beaux sont généralement avantagés par les rides profondes qui marquaient le visage de Neil; quand elles apparaissaient sur celui de Luc, cependant, sa beauté devenait bestialité. Peut-être n'étaient-elles pas tracées comme il convenait. Symptômes d'expérience, de sagesse et de maîtrise de soi chez les autres, elles ne trahissaient chez lui que dissipation, emportement, immaturité. En prenant de l'âge, Luc s'empâterait probablement, risque dont Neil serait toujours à l'abri. Elle aimait aussi particulièrement les yeux de Neil, d'un bleu éclatant et bordés de longs cils cendrés. Ses sourcils étaient de ceux qu'une femme aimerait caresser du bout du doigt, longuement, pour le plaisir...

Michael était radicalement différent. On pouvait voir en lui le portrait d'un patricien romain de l'Antiquité. Du caractère plutôt que de la beauté, de la puissance sans complaisance. Un César. Il se dégageait de lui un sentiment de force contenue, qui exprimait : « Je prends soin des autres et de moi-même depuis longtemps, j'ai connu le ciel et l'enfer, mais je suis toujours entier, intact et en possession de mes moyens. » Oui, se dit-elle, Michael m'attire. Enormément.

Luc l'observait. Elle le sentit et tourna ses yeux vers lui avec une expression de froideur distante. Elle savait l'avoir vaincu. Luc n'avait jamais compris pourquoi son charme avait échoué auprès d'elle, et elle ne comptait le renseigner ni sur l'impression qu'il lui avait faite au début, ni sur les motifs de son revirement.

Ce soir, pour une fois, il paraissait avoir baissé sa garde. Sans être tout à fait vulnérable, il l'était cependant davantage qu'il ne l'aurait souhaité.

— J'ai rencontré une fille de chez moi, ce soir, annonça-t-il sans quitter sa pose nonchalante. Venir se perdre ici, à la base 15, vous vous rendez compte ! Elle se souvenait de moi et m'a reconnu. Tant mieux, d'ailleurs, je ne me la rappelais pas du tout. Elle avait trop changé.

Il baissa les mains et prit une voix de fausset, une voix de fille si évocatrice que l'infirmière se sentit malgré elle devenir témoin de la rencontre.

— Ma mère était laveuse chez la sienne, m'a-t-elle dit, et je lui portais son panier. Son père était le directeur de la banque...

Sans transition, il changea à nouveau de voix pour reprendre son ton normal. Mais c'était cette fois un personnage supérieur qu'il incarnait, un Luc snob et blasé.

— Il a dû se faire beaucoup d'amis pendant la Dépression, lui ai-je dit à mon tour, avec tous ces gens en faillite. Heureusement, ma mère ne possédait rien qu'il ait pu saisir. Vous êtes méchant, a-t-elle répondu comme si elle allait pleurer. Pas du tout, ai-je repris, ce n'est que la pure vérité. Ce n'est pas une raison pour m'en vouloir, m'a-t-elle dit avec des grands yeux noirs pleins de larmes. Moi, en vouloir à une jolie fille comme vous ? ai-je répondu.

Alors, avec un sourire fulgurant et cruel comme un coup de rasoir, il ajouta :

— A vrai dire, si je ne lui en veux pas, je voudrais bien d'elle... pour ce que je pense.

Honora Langtry avait écouté le récit, fascinée par la manière dont il changeait de voix et mimait la scène.

— Que d'amertume, Luc, dit-elle avec douceur. Cela a dû vous faire mal de porter la lessive de ce directeur de banque.

Luc haussa les épaules et s'efforça, sans succès, de retrouver sa désinvolture habituelle.

— Ouais... Mais pas plus que le reste. En fait, cela faisait moins mal de porter la lessive du banquier — sans parler de celle du médecin, du maître d'école, du pasteur et du dentiste — que de ne pas avoir de chaussures pour aller à l'école. Elle était dans la même classe que moi. Je l'ai reconnue quand elle s'est présentée, et je me suis aussi souvenu de ses chaussures. Des escarpins vernis à la Shirley Temple, avec des brides et des nœuds de soie noire. Mes sœurs étaient plus jolies que les autres filles, plus qu'elle aussi. Mais elles n'avaient pas de souliers vernis, elles... Ni même de souliers du tout.

— Ne vous est-il jamais venu à l'idée que les enfants portant des chaussures enviaient peut-être votre liberté ?

Elle parlait avec compassion, tentait de trouver les mots pour aider Luc à revoir sa jeunesse sous un jour moins sombre.

— Cette envie de liberté, je l'ai toujours éprouvée, reprit-elle, du temps où j'allais à l'école avant d'avoir l'âge du pensionnat. Mes souliers ressemblaient à ceux de la fille du banquier. Et tous les jours, je voyais des gamins merveilleusement libres courir nu-pieds dans des prairies pleines de chardons sans même faire la grimace. Si vous saviez comme j'aurais aimé jeter mes chaussures pour les rejoindre...

— Les chardons ! s'écria Luc en souriant. C'est drôle, je les avais complètement oubliés. Chez moi, ils avaient des piquants longs comme le doigt. Je les arrachais de mes pieds sans même les sentir.

Il se redressa, soudain hargneux :

— Mais en hiver, chère petite demoiselle bien élevée, bien nourrie et bien habillée, en hiver, j'avais la peau des pieds qui craquait jusqu'aux chevilles et qui saignait de froid. Le froid, mademoiselle Langtry ! Le froid, savez-vous ce que c'est, vous ?

Mortifiée par cette rebuffade, elle se redressa à son tour :

— Oui. Dans le désert, j'ai eu froid. J'ai eu faim et soif. Dans la jungle, j'ai eu chaud. Et j'ai été malade, trop malade pour garder ce que je mangeais et ce que je buvais. Cela ne m'empêchait pourtant pas de faire mon devoir ! Je ne suis pas non plus insensible aux épreuves de votre enfance. Si j'ai dit ce qu'il ne fallait pas, je vous présente mes excuses. Mais je voulais bien faire.

— Je n'ai pas besoin de votre pitié ! lui lança Luc d'un ton haineux.

— Je n'ai nullement pitié de vous, Luc. De quel droit, grand dieu ? Ce qui compte, ce n'est pas d'où vous venez mais où vous allez.

Sans transition, son humeur boudeuse devint une gaieté affectée, cassante, métallique.

— En tout cas, avant que l'armée ne me coince, j'étais chaussé comme un prince ! Je venais d'arriver à Sydney. Je voulais devenir acteur. Laurence Olivier n'avait qu'à bien se tenir !

— Quel était votre nom de scène ?

— Lucius Sherringham, dit-il en faisant sonner les syllabes. Quand je me suis aperçu que c'était trop long pour les affiches, j'en ai fait Lucius Ingham. Un bon nom de scène, Lucius. Pas mal non plus pour la radio. Mais quand je serai à Hollywood, je me trouverai quelque chose avec plus de panache. Rhett, par exemple, ou Tony. A moins que ce ne soit tout bêtement John, si mon personnage évolue dans ce sens.

— Pourquoi ne pas garder Luc ? Cela ne manque pas de panache.

— Oui, mais Luc sonne mal avec Ingham. Si je garde l'un, adieu l'autre... Mais ce n'est pas une mauvaise idée, après tout. Tenez, Luc Diablo ! Hein, qu'en dites-vous ? Les filles vont en raffoler !

— Et Daggett ? Votre nom ne vous plaît donc pas ?

— Pouah ! De la bouse de vache, oui...

Ses traits se contractèrent, comme au réveil subit d'une vieille douleur oubliée :

— J'étais bon, vous savez, vraiment bon ! Trop jeune, malheureusement. Pas eu le temps de laisser une trace avant qu'on me colle un uniforme sur le dos. Et quand je rentrerai, je serai trop vieux... Un sale petit planqué avec de la tension artérielle ou un père plein de fric pour le faire réformer m'aura pris *ma* place, *mes* projecteurs... C'est trop injuste !

— Si vous êtes vraiment bon, vous le resterez, répondit-elle. Vous arriverez malgré tout, et on saura reconnaître votre talent. Au fait, pourquoi ne pas avoir essayé le théâtre aux armées ?

— Je suis un acteur sérieux, moi ! s'écria-t-il indigné. Pas un cabotin, un pitre de music-hall ! Les recruteurs n'étaient que de vieux débris, rescapés du vaudeville, qui n'engageaient que leurs semblables. Ils cherchaient des jongleurs, des danseurs à claquettes. Surtout pas de jeunes acteurs connaissant leur métier !

— Ne vous frappez pas, Luc, vous arriverez quand même, j'en suis convaincue. Quand on a comme vous la volonté de réussir, on ne peut pas échouer. Vous serez une vedette.

De sourds gémissements se firent soudain entendre quelque part dans la baraque, enflèrent, refluèrent. L'infirmière s'arracha à regret au charme que Luc lui avait subtilement jeté. Elle allait presque recommencer à l'aimer...

C'était évidemment Nugget qui faisait ce raffut près du bureau. Il allait réveiller Matt.

— Au secours ! Je suis malade ! entendit-on à travers les cloisons.

Elle se leva et regarda Luc comme pour s'excuser :

— Je suis vraiment navrée, Luc, il faut que j'y aille, sinon vous en subirez tous les conséquences cette nuit.

Elle avait déjà franchi tous les paravents quand Luc lança :

— Qu'est-ce que ça peut faire, je ne suis pas malade, *moi...*

Son visage crispé trahissait l'amertume et la frustration de s'être fait voler son bref triomphe à l'avant-scène, parce qu'un sale gamin grincheux avait appelé sa maman à l'aide. Et la maman, comme toutes les mères — même par procuration —, s'était précipitée pour prodiguer ses soins au rejeton réellement en peine. Luc baissa les yeux sur son quart de thé. Le breuvage avait refroidi sous une pellicule de lait peu appétissante. Ecœuré, il prit le récipient et, d'un geste lent, le renversa délibérément et posément sur la table.

Le thé se répandit partout. Neil se leva d'un bond pour éviter le ruissellement et tamponna son pantalon taché. Michael en fit prestement autant de son côté. Seul, Luc resta immobile, indifférent au sort de ses vêtements, et contempla d'un œil morose le liquide poisseux qui dégoulinait sur le plancher.

— Nettoyez cela tout de suite, espèce de cinglé, si vous ne voulez pas que..., dit Neil entre ses dents serrées.

Luc leva les yeux, ricana :

— Essayez donc !

Tremblant de rage sous l'insulte, blême, les lèvres convulsées, Neil serra les poings avant de répondre :

— Si je n'étais pas d'un grade supérieur au vôtre, sergent, je serais trop content de vous mettre à genoux pour vous flanquer le nez dans vos cochonneries.

Il tourna les talons et se glissa entre les paravents, trop aveuglé par la colère pour vraiment savoir ce qu'il faisait. Luc pivota sur lui-même et le poursuivit de ses railleries :

— C'est ce que tu dis, hé ! Va donc, *mon capitaine*, planque-toi derrière tes galons, tu es trop froussard pour me casser la gueule !

Ses poings se décontractèrent peu à peu, son corps entier se détendit, s'affaissa. En se retournant vers la table, il vit alors avec stupeur Michael, une serpillière à la main, en train de nettoyer le sol. Luc le dévisagea, ahuri :

— Etre bête à ce point-là, c'est pas permis !..

Michael ne répondit rien. Il ramassa le chiffon trempé

et le quart vide, les déposa avec le reste sur le plateau de fortune et emporta le tout à l'office. Resté seul à la table, Luc sentait mourir graduellement en lui la lumière où il avait baigné, le feu qui l'avait animé. La tête vide, il concentrait toute sa volonté sur une seule pensée : ne pas pleurer.

9

Honora Langtry avait volontairement choisi d'assumer seule la charge du pavillon X. Quand le service
avait été créé près d'un an auparavant, peu après l'inau-
guration de la base 15, on y avait affecté deux infirmières. La première de ses collègues, femme délicate et
antipathique, n'avait pas le tempérament convenant à ce
genre de tâche. Un mois après sa nomination, elle fut
remplacée par une grande fille énergique et brouillonne,
à la mentalité d'écolière sportive. Pourtant, celle-ci ne
résista pas plus d'une semaine. Elle demanda sa mutation après avoir assisté, terrorisée, à la manière dont sa
collègue Langtry avait maté, seule, la crise de violence
d'un malade. La troisième était irascible et rancunière.
Au bout d'une dizaine de jours, ce fut Honora Langtry
qui exigea elle-même son renvoi. L'infirmière en chef se
répandit en excuses et promit d'envoyer du renfort dès
que se présenterait une postulante capable. Elle ne dé-
pêcha pourtant jamais personne, soit qu'elle n'eût pas
trouvé de candidate à la hauteur, soit qu'elle eût purement et simplement oublié la requête.

Honora Langtry ignorait la vraie raison de cette négligence, mais il lui convenait à merveille d'être seule à
s'occuper désormais du pavillon X, malgré le surmenage et le manque de sommeil; elle ne souleva donc plus
le problème de son assistante. Que faire d'ailleurs de son

temps libre dans un endroit comme celui-ci ? On ne pouvait se promener nulle part aux environs. Quant aux sauteries, bavardages et bains de soleil, uniques distractions du camp, l'infirmière Langtry leur préférait de beaucoup la compagnie de ses patients. Elle endossa donc seule le surcroît de travail, persuadée, après ces trois essais malheureux, que les malades se rétabliraient mieux en présence d'un unique échantillon de la gent féminine, d'une routine sans perturbations et d'une discipline sans contrordres. Son devoir lui semblait tout tracé : elle n'était pas engagée dans l'effort de guerre pour se faire plaisir et se dorloter. Au service de sa patrie en danger, elle devait lui donner le meilleur d'elle-même et faire son métier de son mieux.

Il ne lui était pourtant jamais venu à l'idée qu'en décidant de diriger seule le pavillon X, elle s'arrogeait un pouvoir absolu, ni qu'elle risquait de causer du tort aux hommes qui lui avaient été confiés. De même que son enfance douillette l'avait rendue incapable de comprendre par le cœur, sinon par l'esprit, à quel point la pauvreté avait pu marquer un Luc Daggett, de même son inexpérience l'empêchait de saisir dans toutes leurs ramifications la nature complexe du pavillon X, les fonctions qu'elle y remplissait et les véritables rapports qu'elle entretenait avec ses malades. Elle allait de l'avant, satisfaite de permettre ainsi à une autre infirmière d'exercer ailleurs ses précieux talents. Quand elle bénéficia d'un mois de permission, qu'on lui ordonna de prendre, elle transmit son service à sa remplaçante sans en être trop affectée; et, à son retour, elle reprit tout naturellement ses occupations au point où elle les avait laissées.

Sa journée commençait à l'aube, voire un peu avant; sous ces latitudes, la durée du jour ne varie guère entre l'hiver et l'été, et cette régularité n'est pas désagréable.

Au lever du soleil, elle était donc déjà au pavillon. bien avant l'homme de corvée chargé du petit déjeuner — quand il daignait se montrer. Si elle trouvait ses patients encore au lit, elle leur préparait une théière et des tartines beurrées avant de les réveiller. Elle partageait avec eux ce premier déjeuner, puis rangeait l'office pendant que les hommes allaient se doucher et se raser. Si l'ordonnance ne se manifestait toujours pas, elle préparait elle-même le véritable petit déjeuner. qu'elle prenait avec ses pensionnaires, vers huit heures. Après quoi, elle les aidait à faire leurs lits et surveillait ceux qui étaient chargés de draper savamment les moustiquaires, selon les instructions de l'infirmière en chef. Et tout le monde savait que, si l'infirmière en chef surgissait pour une inspection et trouvait dans les chambrées les voilages pliés à son goût, elle ne remarquerait rien d'autre ou presque.

Dans un service d'hommes valides, le ménage ne posait pas de problèmes. Sous l'œil vigilant d'Honora Langtry, les pensionnaires assuraient donc eux-mêmes tout le nettoyage sans faire appel à l'assistance des garçons de salle, dont les services étaient plus utiles ailleurs et qui, de toute façon, encombraient plutôt qu'ils n'aidaient.

Les menus inconvénients dus à la construction hétéroclite du pavillon avaient depuis longtemps été résolus de manière satisfaisante. En sa qualité d'officier, Neil disposait d'une chambre particulière, cellule de deux mètres sur trois aménagée dans l'ancienne salle de soins contiguë au bureau de l'infirmière chef de service. Personne, au pavillon X, n'avait besoin de soins médicaux, aucun psychiatre ne venait non plus dispenser ses traitements d'essence métaphysique, si bien que la salle de soins avait toujours servi à loger les rares officiers admis comme malades. S'il arrivait à l'infirmière Langtry de devoir traiter les indispositions habituelles, furoncles, dermatoses et ulcérations diverses, elle le faisait dans

103

son bureau. Ceux qui souffraient d'une attaque de paludisme ou d'une des variétés tropicales des fièvres typhoïdiques étaient soignés au lit. Les maladies plus sévères entraînaient le transfert du patient dans un service mieux équipé pour les soins requis par son état.

Le bâtiment ne comportait pas de cabinets intérieurs, ni pour les hommes ni pour le personnel. Par mesure d'hygiène, les malades valides et l'ensemble du personnel de la base 15 utilisaient des latrines creusées un peu partout dans le camp; elles étaient désinfectées une fois par jour et on y faisait régulièrement brûler du pétrole pour prévenir toute prolifération bactérienne. Les patients valides faisaient également leurs ablutions dans des baraques en ciment réservées à cet usage; la baraque affectée au pavillon X, située à une cinquantaine de mètres derrière, avait naguère servi à six autres pavillons. Ceux-ci étant fermés depuis plusieurs mois, la baraque de douches et les latrines, toutes proches, étaient devenues propriété exclusive des pensionnaires du pavillon X. La salle d'eau intérieure, où l'on rangeait les bouteilles d'urine destinées aux analyses, les pistolets et seaux hygiéniques, une bouteille de désinfectant ainsi qu'une maigre provision de linge, ne servait donc pour ainsi dire jamais. L'eau, stockée dans un réservoir en tôle galvanisée posé sur un support à hauteur du toit, alimentait l'office, la salle d'eau et la salle de soins.

Une fois la grande salle en ordre, l'infirmière Langtry se retirait dans son bureau pour s'occuper de la paperasse — formulaires et états à remplir, demandes de fournitures, listes de linge et mise à jour des fiches des patients. Les jours d'ouverture du magasin d'approvisionnement — une baraque métallique tenue jalousement sous clef par l'intendance du camp —, elle s'y rendait avec quelques hommes pour en rapporter tout ce qu'il y avait moyen d'obtenir. C'était Nugget son meilleur compagnon pour ce genre d'expédition; maigre, effacé, il passait totalement inaperçu, mais une fois de retour au pavillon faisait fièrement surgir de tous les recoins de sa maigre personne une foison de trésors : tablettes de chocolat, boîtes de cake et de biscuits, sel, sucre, poudre de talc et paquets de tabac, sans oublier le papier à cigarettes et les allumettes.

La fin de la matinée était généralement consacrée aux visites et inspections des autorités, l'infirmière en chef, le colonel Jugulaire, le colonel à casquette rouge commandant la base et autres huiles assorties. Mais si la matinée était tranquille, sans intrusion de la hiérarchie, elle s'asseyait sous la véranda avec ses patients pour bavarder ou, comme c'était parfois le cas, leur tenir silencieusement compagnie.

Lorsque la cuisine avait apporté le déjeuner des pensionnaires aux alentours de midi et demi, selon les caprices des cuistots, elle quittait le pavillon pour aller prendre son repas au mess. Ses après-midi se passaient le plus souvent au calme, dans sa chambre; elle lisait, reprisait le linge de ses protégés ou, s'il faisait assez frais et sec, se laissait aller à une sieste. Vers quatre heures, elle passait un moment dans la salle de réunion des infirmières pour y prendre le thé et converser avec celles qui s'y trouvaient. C'était pratiquement son seul contact avec ses collègues, car les déjeuners au mess s'avalaient toujours dans la hâte et la confusion.

Elle retournait au pavillon X à cinq heures, surveillait le déroulement du dîner et, vers six heures quinze, se rendait de nouveau au mess des infirmières. A sept heures, elle était déjà sur le chemin du retour au pavillon, et c'était là son moment préféré. Neil la retrouvait d'abord dans son bureau pour parler en fumant une cigarette, puis elle rejoignait les autres, bavardait avec eux en groupe ou en privé, s'ils en exprimaient le désir ou si elle en percevait le besoin chez l'un ou l'autre. C'est après ces séances qu'elle inscrivait sur les fiches journalières ses observations les plus significatives. Peu après neuf heures, quelqu'un préparait la dernière tasse de thé de la journée, qu'elle buvait en leur compagnie dans le recoin formé par les paravents. Vers dix heures, ils se préparaient à se coucher et, à la demie, elle avait le plus souvent déjà quitté le pavillon.

En ce moment, tout était paisible et sa vie plus facile. Lorsqu'il était au maximum de sa capacité, le pavillon avait bien plus lourdement accaparé ses forces et son temps, et elle n'en partait jamais le soir sans avoir distribué tranquillisants et soporifiques. S'il y avait un malade agité ou violent, une infirmière ou un garçon de salle assurait une permanence de nuit, mais les malades dans cet état ne séjournaient pas longtemps, à moins d'une amélioration sensible. La thérapeutique appliquée au pavillon X était avant tout un travail d'équipe — équipe dont les malades eux-mêmes étaient l'élément le plus précieux. Elle n'avait jamais connu le pavillon sans au moins un ou deux malades à qui faire entière confiance pour surveiller les autres, et qui lui rendaient infiniment plus de services que les meilleures collègues ou assistantes.

Ce travail d'équipe, ce partage des responsabilités était pour elle le facteur essentiel du succès et de la guérison, car c'était précisément l'inaction qui la préoccupait. Une fois surmontée la phase aiguë de sa maladie, un homme devait faire face à des semaines d'oisiveté forcée avant d'être libéré. Et rien à faire, rien pour meubler les interminables journées ! Ceux qui, comme Neil Parkinson, savaient peindre ou dessiner s'en sortaient mieux. Honora Langtry n'était malheureusement pas douée pour enseigner un art ou un travail manuel, quand bien même elle aurait pu se procurer les matériaux nécessaires. De temps à autre, un homme exprimait le désir de faire de la sculpture, du tricot ou de la couture, et elle l'y encourageait de son mieux. Pourtant, de quelque manière qu'on le considérât, le pavillon X était un temple de l'ennui. Aussi, plus elle parvenait à faire participer ses pensionnaires aux travaux quotidiens, plus elle s'en félicitait.

Le soir de l'admission de Michael, comme tous les soirs, l'infirmière sortit de son bureau à dix heures un quart, sa torche électrique à la main. Les lumières de la grande salle étaient éteintes sauf une au-dessus de la table. Elle baissa elle-même l'interrupteur, au coin du couloir. En même temps, elle alluma sa torche dont elle dirigea le faisceau vers le plancher.

Tout était calme. On n'entendait que le faible murmure des respirations dans l'obscurité. Etrangement, aucun membre de ce groupe-ci ne ronflait, et ce silence nocturne expliquait peut-être pourquoi ils arrivaient à se supporter en dépit de l'inconfort de leur situation. Ils pouvaient au moins retrouver leur intimité dans le sommeil, sans se gêner mutuellement. Michael ronflait-il ? Pour son bien, elle espéra que non, car les autres auraient vite fait de le détester.

Dans le dortoir, l'obscurité n'était jamais complète depuis la levée du black-out. La lumière du couloir restait allumée toute la nuit, ainsi que celle du perron menant à la baraque de douches et aux latrines, et des rais filtraient à travers les fenêtres, juste au-delà du lit de Michael.

Les moustiquaires étaient baissées, drapées en courbes gracieuses autour des lits qui prenaient, dans la pénombre, des allures de catafalques. Il y avait en effet quelque chose de vaguement funèbre dans cet alignement de guerriers au repos, enveloppés de nuages sombres évoquant la fumée des bûchers rituels.

D'un geste automatique, fruit de ses années de pratique, l'infirmière voila l'éclat de sa torche en la masquant de la main, ce qui fit sourdre une lueur rougeâtre parsemée d'éclairs blancs entre les barreaux noirs de ses doigts.

Elle se dirigea d'abord vers le lit de Nugget, sur qui

elle dirigea le rayon de lumière tamisée à travers l'écran de la moustiquaire. Il dormait comme un enfant, à poings fermés — ce qui ne l'empêcherait pas, le lendemain matin, de déclarer n'avoir pas fermé l'œil de la nuit. Il avait boutonné son pyjama jusqu'au cou, en dépit de la chaleur, et le drap était soigneusement tiré sous les bras étendus. Quand Nugget n'était pas constipé, il avait la diarrhée; si sa tête ne lui faisait pas mal, c'était son dos qui le torturait; quand sa dermatose ne le couvrait pas de plaques rouges et sanguinolentes, il subissait une éruption de furoncles... Jamais content s'il ne souffrait pas quelque douleur, réelle ou imaginaire ! Il ne se séparait pas d'un vieux dictionnaire de médecine, tout corné et défraîchi, chapardé quelque part avant son arrivée au pavillon X et qu'il avait appris par cœur — en comprenant tout, qui plus est. Tout à l'heure, elle s'était conduite envers lui comme elle le faisait d'habitude, avec patience, bonté et commisération, prête à discuter des symptômes semblant prévaloir à ce moment-là, résignée à purger, oindre, administrer docilement le traitement-miracle qu'il s'était prescrit à lui-même. S'il l'avait jamais soupçonnée de ne lui dispenser que des placebos en lieu et place des pilules, mixtures et injections salvatrices, il s'était en tout cas abstenu de lui en faire reproche. Pauvre Nugget, un enfant !

A côté, le lit de Matt. Il dormait, lui aussi. Elle promena la lueur rose de sa torche sur ses paupières closes, fit apparaître ses traits virils. Matt l'attristait, car elle ne pouvait rien faire de lui ni pour lui. Le rideau qui s'était abattu entre son cerveau et ses yeux restait obstinément fermé et interdisait toute communication entre eux. Elle avait tenté de le persuader de subir un examen neurologique approfondi, des visites de contrôle hebdomadaires par le colonel Jugulaire, mais Matt avait refusé. S'il était réellement aveugle, avait-il répondu, la certitude le tuerait; et si c'était imaginaire, comme tout le monde semblait le croire, alors à quoi bon se donner tout ce mal ? Sur son armoire, on voyait une photo encadrée, celle d'une femme d'environ trente ans, coiffée à la mode de Hollywood, avec un col blanc bien sage se détachant sur sa robe sombre. Autour d'elle, disposées comme des bibelots, trois fillettes habillées pareil; sur ses genoux, une quatrième petite fille, encore poupon. Extraordinaire... Matt était le seul à ne pas voir et le seul à arborer ainsi une photo de ses êtres chers. Elle avait pourtant remarqué, depuis sa prise de fonctions au pavillon X, que l'absence de photos constituait un phénomène beaucoup plus répandu chez ses pensionnaires que dans les autres services.

Benedict endormi ne ressemblait pas à Benedict en état de veille. Eveillé, il était calme, trop calme, taciturne, replié sur lui-même. Dans son sommeil, il remuait, se roulait, se tordait, gémissait sans paraître trouver le repos. Elle se souciait de lui plus que des autres : elle ne parvenait pas à contrôler, à faire cesser ce processus d'autodestruction. Elle était incapable de se rapprocher de lui, non parce qu'il se montrait hostile — il ne l'avait jamais été — mais parce qu'il ne semblait même pas l'écouter, encore moins la comprendre. Elle avait cru deviner que ses tourments provenaient d'un dérèglement de ses instincts sexuels, au point qu'une fois elle lui en avait parlé. Avait-il une amie, une fiancée ? Non, avait-il sèchement répondu. Pourquoi ? avait-elle insisté. Puis, elle avait développé son point de vue, expliquant qu'il ne s'agissait pas forcément d'une fille avec qui coucher, mais d'une amie en qui il aurait confiance, qu'il pourrait peut-être épouser par la suite. Le visage crispé par un sentiment de répulsion, Benedict l'avait regardée en répondant : « Les filles sont impures. » Elle n'en avait pas tiré davantage. Oui, Benedict l'inquiétait — et pour bien d'autres raisons.

Avant d'aller auprès de Michael, elle replia les paravents et les repoussa contre le mur, car elle les trouvait trop près du lit et gênants s'il voulait se lever pendant la nuit Personne n'avait occupé cette place depuis long-temps; on l'évitait à cause de la lumière filtrant par la fenêtre, juste au-dessus.

Elle constata avec plaisir que Michael dormait sans veste de pyjama. Par cette chaleur, c'était le plus élé-mentaire bon sens. Elle s'inquiétait, au contraire, du confort de ceux qui, comme Matt et Nugget, voulaient à toute force s'emmitoufler dans leurs vêtements de nuit, sans qu'elle ait rien pu dire ou faire pour les en dissua-der. Affectaient-ils cette pudeur par adoration d'une image de femme idéalisée, épouse, mère, incarnant à leurs yeux les plus nobles vertus de décence et de modes-tie d'un monde civilisé utopique — monde bien éloigné, en vérité, de celui du pavillon X ?

Michael était tourné vers le mur, le dos à la salle, sans qu'apparemment la lumière tombant de la fenêtre sur son visage l'incommodât. Tant mieux, se dit-elle, cet emplacement ne lui déplaît donc pas. A moins qu'elle ne fît le tour du lit, les traits du dormeur lui resteraient cachés; mais un scrupule la retint d'aller l'observer dans son sommeil et elle ne bougea pas. Les rayons de lu-mière dansaient sur la peau du dos et de l'épaule, accro-chant un fugitif reflet argenté sur la chaîne qui retenait ses plaques d'identité faites d'un matériau mat et indéfi-nissable.

L'une s'étalait sur le drap, devant lui, et l'autre der-rière sa tête, sur l'oreiller. C'est grâce à ces plaquettes qu'on le reconnaîtrait si on le retrouvait suffisamment intact pour les avoir encore autour du cou. On en déta-cherait une, que l'on réexpédierait chez lui avec ses effets personnels, et on l'enterrerait avec l'autre... Cela ne se produira pas, se dit-elle. La guerre est finie, enfin. Il ne peut plus rien lui arriver.

Tout à l'heure, il l'avait regardée comme s'il ne pou-vait pas la prendre au sérieux, comme si elle jouait un rôle qui ne lui convenait pas. Son regard n'avait pas exactement voulu dire : « Va t'amuser, petite fille », mais plutôt : « Va, petite fille, cours t'occuper de tous ces pauvres bougres qui ont besoin de toi, parce que moi je n'en ai et n'en aurai jamais besoin. » Il lui avait fait l'effet d'un mur de brique contre lequel elle aurait couru s'écraser la tête la première. Ou d'une source d'énergie étrangère, inconnue. Les autres l'avaient ressenti, eux aussi, et avaient tout de suite compris que Michael n'était pas à sa place au pavillon X.

Elle resta là plus longtemps qu'elle ne le croyait, le faisceau assourdi de sa lampe braqué sur la tête de Michael, la main gauche tendue, caressant et lissant la résille de la moustiquaire.

Un mouvement furtif attira soudain son attention. Elle leva les yeux vers l'extrémité de la salle et put voir le lit de Luc, qui n'était plus caché par les paravents repliés. Luc était assis au bord du lit, une jambe relevée qu'il entourait de ses bras, et l'observait pendant qu'elle regardait Michael. Elle eut l'impression d'avoir été surprise en train de se livrer en cachette à un acte honteux, et bénit l'obscurité qui dissimulait sa subite rougeur.

Un long moment, ils se dévisagèrent de loin, comme des duellistes mesurant froidement la valeur de l'adversaire. Puis Luc changea de pose, leva une main en un salut moqueur, se glissa de côté sous la moustiquaire et disparut. De sa démarche la plus naturelle, elle traversa la salle sans bruit pour aller border la moustiquaire défaite — en s'appliquant à éviter le regard de Luc.

Elle n'allait généralement pas vérifier ce qui se passait chez Neil, sauf s'il l'appelait, ce qui n'arrivait pour ainsi dire jamais. Une fois dans son sanctuaire, il vivait sa vie. Pauvre Neil, elle lui devait au moins cette faveur.

Tout allait bien, tout était calme. L'infirmière passa par son bureau pour y changer ses espadrilles contre les guêtres et les brodequins réglementaires. Elle se coiffa de son chapeau de brousse, se pencha pour prendre son panier, où elle laissa tomber deux paires de chaussettes appartenant à Michael et qui avaient grand besoin d'être

111

reprisées. Elle se coula sans bruit à travers le rideau de capsules et, le faisceau de sa torche désormais dévoilé, entreprit la traversée du camp. Dix heures et demie. Vers onze heures, elle aurait pris son bain, se préparerait pour la nuit. A la demie, elle entamerait enfin ses six heures de sommeil ininterrompu.

Pendant son absence, les occupants du pavillon X n'étaient pas totalement dépourvus de protection. Si elle entendait sonner dans sa tête l'alarme que possède toute bonne infirmière, elle irait vérifier ce qui se passait et prévenir l'infirmière de nuit de garder un œil sur son pavillon au cours de sa ronde. De toute façon, sa collègue de garde visitait tous les pavillons au moins une ou deux fois par nuit. Au pire, il y avait un téléphone d'urgence. Mais aucune crise n'avait éclaté depuis trois mois, la nuit s'annonçait paisible. Et Honora Langtry put s'abandonner sans remords à ses rêves.

DEUXIÈME
PARTIE

1

La visite au colonel Jugulaire ne servit rigoureuse-
ment à rien, comme Honora Langtry l'avait prévu. Le
valeureux spécialiste s'intéressa au physique de Michael
et négligea résolument son état mental. Il palpa, aus-
culta, tâta, piqua, tapota, pinça, chatouilla, sonda et fit
mille autres agaceries que son sujet supporta avec une
grande patience. Au commandement, Michael ferma les
yeux pour se toucher le bout du nez avec le doigt; il les
rouvrit pour suivre, sans bouger la tête, les déplacements d'un crayon de gauche à droite et de bas en haut.
Il sut rester immobile les pieds joints et les yeux fermés,
marcher le long d'une ligne droite, sauter à cloche-pied
sur une jambe puis sur l'autre; il montra qu'il pouvait
lire toutes les lettres sur le tableau optique et était même
capable d'associer des concepts verbaux et des figures
abstraites. Quand l'œil injecté de sang du colonel se fixa
sur le sien, l'ophtalmoscope en batterie, il soutint sans
ciller l'oppressante intimité de cet examen. De sa chaise
où, amusée, elle observait la scène, l'infirmière ne le vit
même pas tressaillir au contact de l'haleine lourde que le
colonel lui soufflait dans les narines.
    A la fin de ce long processus, Michael fut prié d'aller
attendre dehors, tandis que l'infirmière contemplait le
colonel en train d'explorer pensivement du pouce l'intérieur de sa lèvre supérieure. Ce tic évoquait pour elle la

115

regrettable habitude qu'ont les enfants de se mettre les doigts dans le nez; c'était pourtant la seule technique à la portée du colonel pour stimuler ses facultés intellectuelles.

Le grand patron parla alors avec lenteur :

— Je procéderai à une ponction lombaire cet après-midi.

— Pour quoi faire, que diable ? s'écria-t-elle sans pouvoir se retenir.

— Plaît-il, mademoiselle ?

Elle était lancée, autant continuer. Cela ne lui coûterait pas plus cher, et elle devait bien ce baroud d'honneur à l'infortuné confié à sa garde.

— J'ai dit : pour quoi faire ? Vous savez aussi bien que moi, colonel, que le sergent Wilson n'a pas le moindre trouble neurologique. Pourquoi lui infliger d'effroyables maux de tête et trois jours de lit alors qu'il est en parfaite santé, compte tenu surtout des climats et des conditions de vie auxquels il a été exposé depuis des années ?

Il était encore trop tôt pour qu'il pût se battre avec elle. Ses excès de la nuit dernière — avec la bouteille de whisky d'abord et l'infirmière Connolly ensuite — étaient dus en très grande partie à sa confrontation, la veille au soir, avec cette Langtry; l'idée même de reprendre si vite le combat lui était insupportable. Un de ces jours, oui, un de ces jours, se promit-il amèrement, il lui réglerait son compte une bonne fois. Mais pas aujourd'hui. Pas encore.

Il revissa son stylo, referma le dossier du sergent Wilson et le lui tendit du bout des doigts, comme s'il était badigeonné d'une solution microbienne mortelle :

— Fort bien, dit-il sèchement. Je ne procéderai donc pas à une ponction lombaire cet après-midi. Au revoir, capitaine.

Elle se leva et saisit le dossier tendu :

— Au revoir, colonel.

Sans rien ajouter, elle tourna les talons. Michael l'attendait devant la porte du bureau. Ils sortirent en hâte du baraquement étouffant pour respirer l'air relativement frais du dehors.

— Alors, c'est tout ? lui demanda-t-il.

— Absolument tout. A moins que vous ne contractiez quelque maladie spinalienne peu connue et affublée de préférence d'un nom imprononçable, je puis vous garantir que vous ne reverrez plus le colonel Jugulaire, sauf à l'occasion de ses tournées d'inspection.

— Le colonel... quoi ?

— Jugulaire, répondit-elle en riant. C'est Luc qui lui a trouvé ce surnom, et il lui est resté. En réalité, il s'appelle Donaldson. Je lui souhaite seulement de ne pas rester le docteur Jugulaire quand il aura retrouvé son cabinet de Macquarie Street.

— Cet endroit et les gens qu'on y rencontre réservent, décidément, bien des surprises.

— Sûrement pas plus que votre régiment, non ?

— L'ennui, précisément, c'est que j'y connaissais tout le monde beaucoup trop bien, depuis des années. Ceux du début n'ont pas tous été tués ou mutilés, vous savez. Au combat, on se rend moins compte de la monotonie. Mais j'ai quand même passé le plus clair de ces six dernières années dans des cantonnements ou des camps, que ce soit sous les tempêtes de sable du désert ou les pluies de mousson des tropiques. J'ai souvent pensé au front russe pour me demander à quoi ressemblait la vie par un tel froid, au point de rêver d'y aller. Curieux, n'est-ce pas, de si bien s'habituer à cette uniformité qu'on rêve d'un nouveau camp plutôt que de son chez soi ou de femmes ? J'ai l'impression de n'avoir jamais connu d'autre vie que celle-ci.

— C'est vrai, l'ennui et la monotonie sont ce qu'il y a de pire dans la guerre. Et c'est la même chose au pavillon X, pour vous comme pour moi. Si j'ai choisi des horaires de travail interminables et la responsabilité de

117

tout, c'est pour ne pas devenir moi-même « tropicale ». Vos camarades sont en excellent état physique et pourraient exécuter n'importe quel travail. Mais ils n'ont rien à faire. Leur état mental s'améliorerait pourtant s'ils avaient de quoi s'occuper. Enfin, poursuivit-elle en souriant, il n'y en a plus pour bien longtemps, désormais. Nous allons tous être bientôt renvoyés chez nous.

Michael savait que le retour à la vie civile n'avait pour eux aucun attrait, mais il s'abstint de le dire et poursuivit sa marche à travers le camp auprès d'elle, au coude à coude.

Il était un agréable compagnon de promenade. Il ne se penchait pas vers elle avec déférence, comme Neil, n'affectait pas de prendre de grands airs, comme Luc, ni ne rôdait furtivement comme Nugget. Il avançait d'un pas assuré, amical, la traitait d'égal à égal. Inattendu, peut-être, mais plaisant. Réconfortant.

Elle obliqua, prit un sentier entre deux baraques désertes.

— Que faisiez-vous dans le civil, Michael ? Vous avez un métier, une profession ?

— Oui, éleveur. J'ai une centaine d'hectares dans la vallée du Hunter, près de Maitland. Ma sœur et mon beau-frère s'en occupent depuis le début de la guerre, mais ils meurent d'envie de rentrer à Sydney et il faudra que je reprenne la ferme dès que je serai démobilisé. Mon beau-frère est citadin jusqu'au bout des ongles, ce qui ne l'a pas empêché de préférer aller traire les vaches et se réveiller à l'aube avec le chant du coq plutôt que d'endosser un uniforme et se faire tirer dessus, répondit-il avec une légère moue de mépris.

— Encore un fermier ! Tant mieux, nous sommes en majorité. Neil, Matt et Nugget sont de la ville, mais maintenant que vous êtes là, cela fait, moi comprise, quatre campagnards.

— Ah oui ? D'où êtes-vous ?

— Mon père a une propriété près de Yass.

118

— Et vous avez pourtant fini à Sydney, comme Luc.

— A Sydney, peut-être. Mais pas comme Luc.

Il lui lança un regard en coin, sourit :

— Je vous prie de m'excuser, capitaine.

— Vous feriez mieux de m'appeler mademoiselle ou de ne pas m'appeler du tout, comme les autres. Il faudra bien que vous vous y mettiez, tôt ou tard.

— D'accord, je m'y mettrai.

Ils gravirent une dune au sable zébré par les longs rhizomes d'une herbe coriace, piquetée de cocotiers aux minces troncs cylindriques, et parvinrent au bord d'une plage. Ils s'arrêtèrent au sommet tandis que le vent tiraillait le voile de l'infirmière.

Michael prit sa blague à tabac et s'accroupit sur les talons, geste traditionnel des hommes de la campagne; elle s'agenouilla à côté de lui, s'efforçant de ne pas remplir de sable ses brodequins.

— Quand je vois cela, dit-il en roulant sa cigarette, j'en arrive presque à aimer les Iles. C'est incroyable ! Au moment où vous ne pouvez pas supporter une heure de plus les moustiques, la boue, la sueur, la dysenterie et tout ce qui s'ensuit, vous vous réveillez devant la plus belle journée que Dieu ait jamais faite, ou vous tombez sur un paysage idyllique comme celui-ci, ou bien il se passe quelque chose pour vous faire dire que tout, en fin de compte, ne va pas si mal que cela.

La plage, en effet, était superbe, avec une zone de sable poivre et sel plus sombre là où la marée descendante l'avait léché, et absolument déserte. Elle formait le flanc d'un promontoire ou d'une avancée de terre car, vers la gauche, elle finissait dans le ciel; sur la droite, en revanche, elle s'enlisait dans un marécage de palétuviers touffus. Luisante, vert pâle, immobile, la mer avait l'aspect d'un mince glacis de couleur posé sur un fond blanc. Au large, on distinguait la ligne sombre d'une barrière de corail et l'horizon se dissimulait derrière les plumets d'écume que faisait la houle en venant s'y briser.

— C'est la plage réservée aux malades, dit-elle en s'asseyant sur ses talons. Elle est interdite le matin, c'est pourquoi il n'y a personne en ce moment. Mais elle est à vous tous les après-midi de une heure à cinq heures. Je ne pouvais pas vous y accompagner hier, car les femmes n'ont pas le droit d'y aller à ces heures-là — cela évite à l'armée de vous fournir des costumes de bain. Les sous-officiers et hommes de troupe y vont aux mêmes heures. Pour moi, la plage est une vraie bénédiction. Sans cette distraction, mes malades ne guériraient jamais.

— Vous avez votre plage, vous aussi ?

— De l'autre côté de la pointe. Mais nous n'avons pas autant de chance que vous. L'infirmière en chef n'admet pas qu'on se baigne nues.

— Vieille rabat-joie !

— Les médecins et les officiers ont eux aussi leur plage, du même côté de la pointe que la nôtre mais séparée par un petit promontoire. Les officiers en traitement peuvent se baigner ici ou là-bas.

— Ont-ils droit à des costumes de bain, eux ?

— Je n'ai pas pensé à me renseigner, répondit-elle en souriant.

Elle se fatiguait de rester accroupie et se donna le prétexte de consulter sa montre pour se relever.

— Nous ferions mieux de rentrer, reprit-elle. Ce n'est pas le jour de l'inspection de l'infirmière en chef, mais je ne vous ai pas encore montré comment draper votre moustiquaire. Cela nous laisse une heure pour nous y exercer avant le déjeuner.

— Il ne me faudra pas si longtemps, j'apprends vite...

Il hésitait à bouger, répugnait à écourter le plaisir de ce moment d'intimité, seul contact qu'il ait eu avec une femme depuis si longtemps.

Mais elle secoua la tête et commença à redescendre la dune pour l'obliger à la suivre.

— Si, croyez-moi, cela vous prendra beaucoup plus d'une heure. Vous ne savez pas ce que c'est que de plier convenablement ces moustiquaires ! Si j'étais sûre de savoir l'interpréter, je le proposerais au colonel Jugulaire comme test d'aptitude intellectuelle.

Il l'avait rattrapée en quelques enjambées et brossait son pantalon d'une main pour en faire tomber le sable.

— Que voulez-vous dire ?

— Certains, au pavillon X, n'y arrivent pas. Benedict, par exemple, en est incapable. Nous nous y sommes tous mis, il fait de son mieux, mais il reste absolument réfractaire, et ce n'est pas faute d'intelligence. Il obtient des résultats extraordinaires, mais aucun qui ressemble de près ou de loin au drapé breveté par l'infirmière en chef.

— Etes-vous toujours aussi franche avec tout le monde ?

Elle s'arrêta et se tourna vers lui, le regard sérieux :

— Il le faut bien, Michael. Que cela vous plaise ou non, que vous soyez ici à tort ou à raison, vous faites désormais partie du pavillon X jusqu'à la démobilisation. Et s'il y a un luxe que nous ne pouvons pas nous offrir, au pavillon X, c'est bien celui des euphémismes, vous le comprendrez vite.

Il hocha la tête sans répondre et se contenta de la dévisager comme s'il était surpris de la découvrir, mais en lui accordant plus de respect que la veille.

La première, elle baissa les yeux et se remit en marche, affichant, au lieu de l'allure décidée qui lui était coutumière, une certaine nonchalance. Cette brève évasion de la routine quotidienne lui faisait du bien, de même que la compagnie de cet homme peu communicatif. Elle n'avait nul besoin de se soucier de ses sentiments ni de prendre de précautions; avec lui, elle pouvait se détendre, se comporter comme s'ils venaient de faire connaissance chez des amis communs.

Bientôt, trop tôt, le pavillon X leur apparut au détour d'une baraque. Neil était dehors et les attendait. Sa vue agaça l'infirmière : il avait l'air d'un père de famille dévoré d'inquiétude qui, pour la première fois, laisse ses enfants revenir seuls de l'école.

2

Cet après-midi-là, Michael se rendit à la plage en compagnie de Neil, Matt et Benedict. Nugget avait refusé de se joindre à eux et Luc était introuvable.

Michael était stupéfait de la sûreté avec laquelle Matt se déplaçait. Il suffisait, pour l'orienter, que Neil lui touchât légèrement le bras, le coude ou la main; Michael observa attentivement comment il s'y prenait, pour être capable de le remplacer éventuellement. Ce matin, aux douches, Nugget lui avait expliqué à grand renfort de détails techniques que Matt n'était pas vraiment aveugle et que ses yeux n'avaient subi aucun dommage physiologique. Michael ne doutait pourtant pas de la réalité de son infirmité. Un simulateur aurait tâtonné, trébuché, joué son rôle en l'exagérant. Matt, au contraire, restait digne et discret et refusait de faire étalage de son malheur.

Une cinquantaine d'hommes étaient disséminés sur le sable — une plage qui aurait pu en recueillir aisément un millier. Ils étaient tous nus, certains mutilés, d'autres marqués de cicatrices. Mais comme les sous-officiers et les convalescents des services de médecine, relevant le plus souvent d'attaques de malaria et autres affections tropicales, étaient admis à se mêler aux baigneurs, la présence des trois hommes intacts et pleins de santé du pavillon X ne paraissait pas déplacée. Michael remarqua cependant que les groupes avaient tendance à se former par affinités pathologiques ou par service d'origine : neurologie, plasto-chirurgie, ostéopathie, dermatologie ou médecine générale. De même, le personnel restait groupé.

Les « tropicaux » du pavillon X se déshabillèrent assez à l'écart des autres groupes pour ne pas être accusés d'épier les conversations, puis passèrent près d'une heure à nager dans une eau tiédasse, aussi peu stimulante que celle d'une baignoire de bébé. Ils s'étalèrent ensuite sur le sable pour se sécher, la peau saupoudrée de grains ambrés qui scintillaient, telles de minuscules paillettes. Michael se rassit pour rouler une cigarette, l'alluma et la tendit à Matt. Neil eut un sourire ironique mais ne dit rien, et se contenta de l'observer tandis qu'il se mettait, d'une main sûre, à en rouler une autre pour lui-même.

Le regard perdu dans le vague, à l'horizon, les yeux plissés pour se protéger de la réverbération, Michael se sentait presque en vacances. Il regardait distraitement les minces filets bleus qui s'échappaient de sa cigarette et restaient un instant immobiles au-dessus de lui avant d'être emportés par la brise pour s'évanouir dans le néant. Oui, c'était bon de ne plus être au camp, bon de vivre dans une autre famille que celle du régiment. Celle-ci était plus unie et surtout gouvernée par une femme, comme toutes les familles devraient l'être. C'était bon, aussi, de vivre près d'une femme. Cette infirmière Langtry représentait le premier contact un peu suivi qu'il ait eu avec une femme depuis six ans. On finit par oublier de quoi elles ont l'air, comment elles marchent, ce qu'elles sentent, combien elles sont différentes des hommes. L'impression familiale qu'il avait d'emblée ressentie au pavillon X ne venait d'ailleurs que d'elle, reine incontestée dont personne, pas même Luc, ne parlait de manière équivoque ou irrespectueuse Sans aucun doute, c'était une grande dame, et mieux encore. Les mijaurées dont rien dans le caractère ne justifiait leurs manières prétentieuses ne l'avaient jamais attiré. Le capitaine Langtry, il commençait à s'en rendre compte, avait des qualités — et des qualités qu'il était lui-même fier de posséder. Elle n'avait peur de rien, elle disait ce qu'elle pensait; elle n'avait pas non plus peur des hommes parce qu'ils étaient des hommes.

Au début, elle l'avait agacé, et il était assez objectif pour reconnaître que c'était sa faute à lui. Pourquoi les femmes n'auraient-elles pas droit à l'autorité et aux grades supérieurs si elles s'en montraient dignes et capables ? Elle l'était, ce qui ne l'empêchait pas d'être féminine et pleine de charme. Sans paraître user d'artifices, elle tenait bien en main son groupe d'énergumènes, il n'y avait pas à s'y tromper. En plus, ils l'aimaient ! Ils avaient donc dû percevoir en elle un côté sensuel, sexuel, qui lui avait d'abord échappé. Maintenant, au bout d'une journée et de deux conversations, il commençait à l'entrevoir. Oh ! il n'était pas question de se jeter sur elle pour la prendre de gré ou de force. Non, il pensait plutôt à quelque chose d'infiniment plus subtil, plus agréable, à la lente découverte de ses lèvres, de son cou, de ses épaules, de ses jambes... Un homme réduit à la misère d'une masturbation furtive finit par se dessécher, s'étioler. Mais il peut s'épanouir à nouveau auprès d'une femme, se remettre à penser au-dessus du sordide, se dépêtrer de l'impuissance née d'un rêve inaccessible. Honora Langtry n'était pas une pin-up de calendrier : elle était *vraie*. Pour Michael, cependant, elle restait enveloppée de brumes. Rien à voir avec la guerre et la pénurie de femmes, il s'agissait de tout autre chose. Elle était socialement à cent coudées au-dessus de lui, la fille d'un gros propriétaire terrien, une bourgeoise, le genre de femme qu'il n'aurait jamais rencontrée dans les circonstances normales de la vie civile.

125

Colin, le pauvre, n'aurait pas pu la sentir, lui ! Pas comme Luc qui la détestait et la désirait en même temps — et en était amoureux par-dessus le marché ! Luc pouvait se faire illusion et prétendre la haïr parce qu'elle ne voulait pas de lui, ce qu'il jugeait inexplicable. Colin avait été bien différent — et cette différence était la source de tous ses problèmes. Ils s'étaient connus au régiment. Michael s'était rapproché de Colin presque immédiatement, car Colin était le genre de type que l'on brime sans que l'on sache exactement pourquoi il vous énerve. Sa seule présence, son existence exaspérait les autres, comme les mouches harcellent les chevaux. Depuis l'enfance, Michael avait un instinct protecteur dont il n'arrivait pas à se défaire et grâce auquel il collectionnait les canards boiteux. Colin en était un.

Il était menu, gracile comme une fille, trop joli aussi, mais un véritable démon au combat — sans doute aussi handicapé par son aspect et ses sentiments que devait l'être Benedict. Michael posa sur celui-ci un regard pensif tout en enterrant son mégot dans le sable. On devinait dans cette silhouette étroite une masse de problèmes, le goût de torture morale et du doute. Une ardente révolte, probablement, comme chez Colin. Benedict avait dû être redoutable au combat, Michael l'aurait parié. Un de ces pères tranquilles, timides, effacés qui, une fois gagnés par l'euphorie de la bataille, deviennent fous et se prennent pour des guerriers de l'Antiquité. Phénomène fréquent chez ceux qui veulent se prouver quelque chose et dont les conflits intérieurs attisent les tourments et en provoquent le débordement.

Michael s'était d'abord rapproché de Colin par pitié — son fameux instinct protecteur — puis, à mesure que les mois passaient et que les pays se succédaient, ils s'étaient trouvés liés par une curieuse combinaison d'amitié et d'affection. Ils se battaient bien ensemble, cohabitaient sans heurts et, en permission, n'avaient ni l'un ni l'autre de goût pour les bordels et les beuveries minables. Ils finirent par ne plus se quitter et leur intimité devint naturelle, réconfortante.

Tant de familiarité peut toutefois aveugler, et c'est ce qui arriva à Michael. Ce n'est qu'en Nouvelle-Guinée qu'il finit par comprendre pleinement l'étendue des problèmes de Colin. Sa compagnie s'était vu infliger un nouvel adjudant-chef, grand gaillard plein de lui-même et fort en gueule, qui prit bientôt Colin comme tête de Turc. Au début, Michael ne s'en était pas trop soucié : tant qu'il était là, les choses n'iraient pas trop loin. De son côté, l'adjudant avait évalué Michael et compris qu'il n'avait pas intérêt à exagérer. Aussi se bornait-il à des brimades sans conséquence, à des railleries et des regards supérieurs, que Michael prenait en patience. Il savait très bien qu'au premier engagement, l'adjudant matamore découvrirait un Colin très différent du freluquet efféminé qu'il semblait être.

Il fut donc stupéfait de découvrir un beau jour son ami en larmes, et il lui fallut déployer des trésors de patience pour lui en faire avouer la cause : l'adjudant, qu'il prenait pour son tortionnaire, lui avait fait des avances homosexuelles. Une fois dans la voie des aveux, Colin confessa que ses goûts l'y portaient en effet. Il savait que ses tendances étaient répréhensibles, contre nature et il se méprisait d'être ainsi, mais il n'y pouvait rien. Seul problème majeur : il ne voulait pas entendre parler de l'adjudant-chef. C'était Michael qu'il aimait.

Michael n'éprouva ni dégoût ni sentiment de dignité outragée, mais au contraire une profonde tristesse, un regain de tendresse et de pitié plongeant leurs racines dans une longue amitié et un amour sincère et sans équivoque. Un homme digne de ce nom avait-il le droit de se détourner de son meilleur ami, quelles que fussent les raisons du conflit, après tant d'épreuves partagées, tant de joies communes ? Ils eurent une longue conversation au terme de laquelle Michael sut que la confession de Colin ne changerait rien à leurs rapports, ou peut-être les resserrerait. Michael n'avait pas les mêmes goûts sexuels, mais cette divergence ne suffisait pas à modifier ses sentiments envers Colin. La vie, la nature humaine étaient ainsi : il fallait en tenir compte désormais. La guerre, et le genre d'existence qu'elle avait imposé à Michael, lui avait appris à s'accommoder d'idées et de comportements qu'il aurait rejetés d'instinct dans la vie civile mais qui, dans les circonstances présentes, ne lui laissaient d'autre choix que les accepter ou mourir. La survie était au prix de la tolérance; et tant qu'on le laissait tranquille, un homme n'avait pas de raison de fourrer son nez dans la vie privée de ses camarades.

Les responsabilités de Michael envers Colin se trouvèrent accrues du lourd fardeau de se savoir aimé d'amour. Incapable de lui rendre les sentiments que Colin lui vouait, Michael les compensa par la protection. Ensemble, ils avaient affronté la mort, le combat, les épreuves, la faim, la solitude, la détresse et la maladie : c'était trop pour qu'il abandonnât. Puisque Michael se trouvait coupable d'être l'objet d'un amour à sens unique, il lui fallait faire pénitence par l'abnégation, le don de soi au service de son ami. Aussi, tout en se sachant privé d'un bonheur à jamais inaccessible, Colin commença-t-il à s'épanouir à partir de ce jour mémorable.

Quand Colin fut tué, Michael refusa d'abord d'y croire, d'accepter la réalité de cette mort absurde provoquée par un minuscule bout de métal venu, plus vite que le son, se planter quelque part dans la tête. Colin était pourtant couché là, mort sans un bruit, sans presque de sang répandu, sans l'horreur qui s'attache à la mort. Longtemps, très longtemps, Michael était resté assis à côté de lui à attendre que la main glacée qu'il serrait dans la sienne lui rende sa pression. Ces deux mains, la vivante et la morte, il avait finalement fallu les séparer de force; il avait fallu convaincre Michael de s'éloigner, lui répéter qu'il n'y avait plus aucune chance de voir la vie animer les traits de ce visage paisiblement endormi. Au repos, il était noble, sacré, innocent. La mort aurait dû le changer, comme elle le faisait toujours, car la mort, c'était l'irruption du vide, du chaos. Maintenant encore, Michael se demandait si, dans la mort, le visage de Colin avait réellement l'apparence du sommeil, ou si son propre regard la lui avait inconsciemment donnée. La douleur lui était familière, mais il n'en avait jamais encore éprouvée de pareille.

Le premier choc passé, Michael découvrit lui-même avec horreur, à côté de cette douleur inguérissable, un merveilleux sentiment de soulagement. Il était libre ! Son démon intérieur, ce devoir envers ceux qui étaient moins forts et moins armés que lui avait disparu. Evanoui. Il aurait continué à être ligoté tant que Colin aurait vécu. S'il avait voulu chercher ailleurs un amour à sa portée, il ne l'aurait pu sans un lourd handicap. Et Colin, il le savait, n'aurait pas eu la force de résister au besoin de le retenir, de s'assurer sur lui la possession exclusive à laquelle il croyait avoir droit. Cette mort, donc, le libérait — et cette découverte le torturait.

Des mois durant, Michael s'enferma dans la solitude autant que le lui permettait son prestige; dans un corps aussi illustre que le sien, les héros ne manquaient pas, mais il les éclipsait tous. Pour son chef de bataillon, il était la « quintessence du soldat », le guerrier pourvu de qualités professionnelles à un degré rarement égalé. Michael, lui, ne voyait qu'un métier à exercer et la perfection qu'il y apportait était due plus à la justesse de la cause pour laquelle il combattait qu'à sa confiance en lui. Sans passion dans l'action, quelles que fussent les provocations ou les défis, il était capable, en toutes circonstances, de garder son sang-froid et de faire ce qu'il convenait de faire, sans s'attarder aux conséquences, même si sa propre vie était en jeu. Il savait aussi bien creuser une tranchée, un chemin, une pirogue ou une tombe; il pouvait emporter une position imprenable, ou se replier s'il le jugeait plus sage. Jamais il ne se plaignait, ne causait de désordre ni ne discutait un ordre, même quand il s'apprêtait à le tourner Il avait sur ses camarades et ses hommes une influence apaisante, réconfortante, il constituait un exemple encourageant Tous le croyaient sous une sorte de charme et lui attribuaient les vertus d'un porte-bonheur.

Peu après le débarquement de Bornéo, il avait été affecté à une mission sans rien, apparemment, d'exceptionnel; le bataillon manquant d'officiers, le commandement avait été confié à l'adjudant-chef qui avait tant harcelé Colin. Le détachement, fort de trois péniches, avait l'ordre de s'emparer d'une plage et de prendre position sur les arrières. Une reconnaissance préalable n'avait pas trouvé trace de Japonais dans le secteur, tout s'annonçait donc pour le mieux. Mais, dès le début de l'opération, les Japonais reparurent et près de la moitié de l'effectif de la compagnie fut tué ou blessé. L'une des péniches, dont les hommes n'avaient pas encore débarqué, réussit à reprendre le large. Un autre fut coulée. Les hommes de la troisième avaient déjà touché terre; Michael, un autre sergent et l'adjudant-chef parvinrent à récupérer les blessés, à rallier les hommes indemnes et à les rembarquer tous sur le bateau à flot. Pendant le retour, ils furent rejoints par des renforts : les hommes de la première péniche, retournés à la base, avaient donné l'alerte à temps.

L'adjudant-chef avait très mal pris cet échec et s'accusait d'être responsable de la mort de tant de braves, car c'était le premier commandement qu'il assumait seul. Michael se crut obligé de le réconforter de son mieux. Sa compassion allait avoir des conséquences inattendues : l'homme se jeta littéralement dans ses bras. Alors, pendant cinq épouvantables minutes, Michael fut frappé de folie. Lui, la « quintessence du soldat », le guerrier à la tête froide, fut soudain emporté par la colère. Il voyait s'amorcer un nouveau cycle infernal d'amour importun et de servitude insoutenable, dont il était à la fois cause et victime : il sentit déferler en lui une haine sauvage

130

dont il ne se savait pas capable. Si, naguère, l'adjudant-chef n'avait pas fait d'avances à Colin, l'incident aurait peut-être été évité.

Heureusement, Michael n'était pas armé et ne disposait que de ses mains. Mais son entraînement, sa fureur et l'effet de surprise auraient largement suffi si son adversaire n'avait réussi à appeler à l'aide, et si celle-ci avait tardé à se manifester.

Une fois son accès de démence dissipé, Michael se sentit très abattu. Au cours de toutes ses années de service, il n'avait jamais eu encore la volonté de tuer et, quand il l'avait fait, il n'en avait éprouvé aucune satisfaction car il ne haïssait pas l'ennemi. Mais là, les mains serrées autour du cou de l'adjudant-chef, il avait eu un plaisir proche de la jouissance sexuelle qu'il sentait monter à mesure que ses pouces s'enfonçaient dans les cartilages. Il se sentait dominé par cette même bestialité aveugle qui lui répugnait tant chez les autres.

Il prit conscience de ces sensations pendant ces quelques secondes de violence débridée et il décida de ne pas en éluder les conséquences. Il refusa par conséquent de justifier son acte et observa le silence, se bornant à répéter qu'il avait eu l'intention de tuer.

Le chef de bataillon, officier d'élite que les hommes avaient la chance d'avoir à leur tête, réussit à forcer Michael dans un entretien confidentiel avec, pour seul témoin, le major du régiment, excellent médecin et homme au cœur généreux. Ils firent savoir à Michael que le problème avait été soumis, par-dessus leur tête, au PC divisionnaire : l'adjudant-chef exigeait un conseil de guerre et n'était pas disposé à laisser la question se régler au niveau du régiment, encore moins du bataillon.

— C'est un sinistre crétin, conclut posément le commandant.

— Il n'est pas dans son état normal, ces jours-ci, répondit Michael.

— Si vous persistez dans cette attitude, ils vont vous condamner, dit le major Vous allez bêtement vous laisser dépouiller de tout ce dont vous avez lieu d'être fier

— Eh bien, qu'ils me condamnent

— Ne dites donc pas de bêtises, Mike ! s'écria le commandant. Vous valez dix fois cet imbécile, et vous le savez !

— J'ai hâte d'en finir, dit Michael en fermant les yeux. Si vous saviez comme j'en ai marre de la guerre, des hommes, de toutes ces conneries...

Les deux officiers échangèrent un rapide regard.

— Vous avez avant tout besoin d'un bon repos, énonça alors le major avec décision. La guerre est pour ainsi dire finie. Que diriez-vous d'un bon lit confortable dans un bon hôpital de l'arrière avec une jolie infirmière pour s'occuper de vous ?

Michael rouvrit les yeux :

— Cela ressemble fort au paradis, major. Que faut-il faire pour y aller ?

— Rien, sinon continuer à jouer au cinglé, répondit le médecin-chef en souriant. Je vais vous expédier à la base 15 sous prétexte de « possibilité de légers troubles mentaux ». Le motif n'apparaîtra pas sur vos papiers de démobilisation, je vous en donne ma parole. Mais cela forcera notre adjudant-chef vindicatif à rentrer ses griffes.

C'est ainsi que le pacte fut scellé. Michael rendit à l'arsenal ses armes et ses munitions. On le fit monter dans une ambulance qui le conduisit au terrain d'aviation, d'où un appareil le déposa à la base 15.

« Un bon lit confortable dans un bon hôpital de l'arrière avec une jolie infirmière... » L'infirmière Langtry répondait-elle à cette définition stéréotypée ? A vrai dire, Michael s'était plutôt attendu à une forte matrone de tempérament mi-autoritaire mi-maternel et d'âge largement canonique. Sûrement pas à cette jouvencelle fine et pleine de vivacité, à peine plus âgée que lui —

mais dotée de plus de culot qu'un général et de cervelle qu'un ministre...

Il sortit de sa rêverie pour trouver le regard de Benedict fixé sur lui; il lui adressa un sourire débordant d'amitié, avant que ne se mettent à tinter furieusement ses sonnettes d'alarme. Non ! se dit-il avec un mouvement de panique, plus jamais cela ! Même pas pour ce malheureux corniaud abandonné, au regard assoiffé d'affection et de chaleur humaine. Jamais plus, non, jamais plus... Cette fois, pourtant, il avait payé assez cher pour savoir à quoi s'attendre et il ferait très attention à ce que l'amitié offerte restât confinée dans des limites étroites. Non que Michael soupçonnât Benedict d'homosexualité : il avait simplement, mais désespérément, besoin d'un ami et aucun des autres ne s'intéressait à lui. Ce n'était pas étonnant, car Ben affichait cette froideur déconcertante que Michael avait parfois remarquée chez des hommes tels que lui, ce comportement qui semblait décourager l'amitié comme à plaisir. Sans vraiment repousser les ouvertures, ils réagissaient bizarrement en se lançant, par exemple, dans des discussions sur la religion ou autres sujets tabous. De même, Ben devait effrayer les filles dont il avait probablement lui-même une peur bleue. Sa vie, se disait Michael, devait être un désert affectif dont l'aridité venait de l'intérieur. Ainsi s'expliquait sa dévotion pour l'infirmière Langtry, la seule à le traiter en être normal, quand les autres le prenaient pour une sorte de phénomène. Ils devaient aussi percevoir confusément, et sans bien la comprendre — sauf Neil, peut-être, qui avait de l'expérience —, l'existence en lui d'une violence contenue.

Jusqu'alors figé, inexpressif, le visage de Benedict se transforma soudain. Les traits contractés, les narines pincées, les yeux vitreux, il se métamorphosait en statue de pierre et Michael se tourna avec curiosité vers la cause de ce changement spectaculaire. Luc, au loin, arrivait de l'autre bout de la plage, comme à la parade. déployait insolemment sa perfection physique, la beauté de son corps nu doré de soleil, les proportions de son sexe offert aux regards envieux des baigneurs pour mieux les convaincre de leur infériorité.

Neil grattait furieusement le sable du bout des pieds, comme une taupe cherche à s'enterrer.

— L'enfant de salaud ! dit-il d'une voix sifflante. Il y a des moments où j'aurais envie d'avoir un rasoir...

Luc les rejoignit en opérant un mouvement tournant qui le mettait en valeur et lui permettait de les dominer de toute sa taille. D'une main, il se caressait distraitement la poitrine, de l'autre il balançait une raquette imaginaire.

— On fait un ou deux sets ? demanda-t-il à la cantonade.

— Il y a donc un court dans le secteur ? dit Michael d'un air innocent. Je ne demande pas mieux.

Luc lui jeta un regard soupçonneux. Il lui fallut un moment pour comprendre la raillerie.

— Tu te fous de moi, par hasard ? dit-il, outré.

— Non, pas par hasard. Je croyais que tu avais déjà les balles toutes prêtes, répondit Michael avec un geste moqueur du menton.

Matt et Neil éclatèrent de rire, Benedict lui-même se laissa aller à un timide gloussement de gaieté auquel firent écho les rires appuyés du groupe le plus proche, qui tendait l'oreille sans discrétion. Pris au dépourvu, Luc ne sut d'abord comment réagir. Après une brève hésitation, il haussa les épaules et se dirigea vers la mer, comme s'il n'était venu que pour cela.

— Bravo, Mike ! lança-t-il par-dessus son épaule. Tu as l'esprit d'observation. Mais tu ne me dis rien sur ma raquette.

— Ah bon, tu te sers de ce truc-là comme raquette ? répondit Michael en élevant la voix pour se faire entendre Je l'avais d'abord pris pour une vieille traverse du pont de Sydney.

Leurs voisins de plage éclatèrent d'un gros rire. L'impudente parade de Luc tournait à la farce. Neil jeta gaiement une poignée de sable sur Michael :

— Bien joué, mon vieux ! s'écria-t-il en s'essuyant les yeux. Je regrette seulement de n'avoir pas eu la présence d'esprit de lui river son clou comme vous venez de le faire.

Quand elle reprit son poste peu après cinq heures, l'infirmière Langtry constata la popularité unanime dont jouissait Michael et en éprouva une grande joie. Il lui paraissait essentiel que Michael fût pleinement accepté, apprécié, aimé par ses compagnons. Pourquoi ? Elle n'aurait su le dire exactement, mais elle se soupçonnait honnêtement de le souhaiter davantage pour le bien de Michael que pour celui des autres.

Au début, il avait piqué sa curiosité, puis il avait excité son esprit de justice, son intérêt enfin. Si elle avait douté de sa capacité à se faire une place au pavillon X, c'était moins à cause de lui que de Neil, le leader du petit groupe. Or Neil l'avait fraîchement accueilli; il avait beau affecter de minimiser son influence, son naturel autoritaire faisait de lui un chef. Les autres, Luc compris, se conformaient à ses jugements, de sorte qu'il détenait seul le pouvoir de faire du pavillon X un paradis, un enfer — ou un purgatoire.

Elle fut donc soulagée de voir Neil traiter Michael sur un pied d'égalité. Désormais, Michael n'avait plus rien à craindre et tout, par conséquent, se passerait bien pour tout le monde.

Peu après, Benedict manifesta sa joie d'apprendre que Michael jouait aux échecs. Ce jeu, le seul point faible apparent de l'inflexible Benedict, ennuyait Neil et effrayait Nugget. Matt avait aimé y jouer, mais refusait

135

de s'y remettre; il prétendait que l'effort de visualiser dans sa tête la position des pièces sur l'échiquier l'épuisait. Luc était un bon joueur, mais incapable de résister au plaisir pervers d'interpréter la lutte entre blancs et noirs dans le sens symbolique d'un affrontement entre le Bien et le Mal; ses tirades avaient un effet si néfaste sur Benedict que l'infirmière avait dû finir par lui interdire de jouer avec Luc.

Aussi, quand elle vit ce soir-là Benedict prendre place sur le banc en face de Michael pour une partie amicale, Honora Langtry eut-elle enfin l'impression que son petit monde avait trouvé sa forme parfaite. Quel bonheur de s'être fait un tel allié ! se dit-elle. Car elle était trop naturellement généreuse pour en vouloir à Michael de réussir auprès d'un patient depuis toujours réfractaire à l'aide qu'elle n'avait cessé de lui offrir.

3

Luc n'avait pas seulement la démarche d'un chat, il voyait dans l'obscurité. C'est donc sans l'aide d'une lampe électrique qu'il se dirigeait d'un pas assuré, entre les baraquements déserts, vers l'endroit où la plage des infirmières butait contre des rochers abrupts.

La sécurité se relâchait, ces derniers temps. Depuis la fin de la guerre, la base 15 prenait l'aspect du navire abandonné qu'elle allait bientôt devenir. Sensibles à cette ambiance, les esprits s'étaient assoupis; la police militaire avait relâché sa vigilance.

Ce soir-là Luc, débordant de force et de vie mais le cœur léger, avait un rendez-vous important. La précieuse, l'inaccessible fille du banquier, rien moins ! Il avait eu du mal à lui faire accepter cette rencontre; elle n'y avait consenti que parce que c'était la seule solution puisqu'il était impensable qu'elle le voie en public, dans la véranda du mess des infirmières. Elle était officier, il sortait du rang; et s'il était à la rigueur admissible pour de vieux camarades d'école d'entretenir des rapports innocents, toute autre forme d'intimité entraînerait une sévère réprimande et une sanction disciplinaire de la part de l'infirmière en chef, qui ne badinait pas avec le règlement. Luc avait donc réussi à la convaincre de le rejoindre sur la plage après la tombée de la nuit et il n'avait aucun doute sur la manière dont, à partir de là, les événements se dérouleraient. Le plus dur était fait.

Il n'y avait pas de lune pour les trahir mais, dans cet univers obscur et paisible, le ciel même irradiait un éclat surnaturel; la poussière des étoiles jetait une lumière froide donnant à toute chose un reflet argenté. Luc n'eut donc aucun mal à distinguer la silhouette de la jeune fille dont il s'approcha sans bruit.

Elle étouffa un cri de frayeur :

— Je ne vous avais pas entendu ! dit-elle en frissonnant.

Il lui prit le bras qu'il massa, d'un geste volontairement impersonnel, pour dissiper la chair de poule qui hérissait sa peau.

— Vous n'avez quand même pas froid par un temps pareil !

— Non. Ce sont les nerfs. Je n'ai pas l'habitude de sortir en cachette pour venir dans des endroits pareils — en tout cas, ce n'est pas à Sydney que pareille aventure me serait arrivée.

— Calmez-vous, voyons, il n'y a rien à craindre. Nous allons simplement nous mettre là-bas, et fumer une cigarette en bavardant...

Il lui prit le coude pour la guider, l'aida à s'asseoir sur le sable, puis s'assit lui-même un peu à l'écart, laissant entre eux une distance rassurante.

— Navré de jouer les pique-assiette, reprit-il avec un sourire qui fit briller ses dents, mais avez-vous des cigarettes ? Je ne demande pas mieux que de vous en rouler une, mais j'ai peur que le tabac de troupe ne vous déplaise.

Elle fouilla dans une poche de son blouson et en sortit un paquet de Craven A, que Luc prit en faisant attention de ne pas lui effleurer les doigts. Il redonna quand même à leur tête-à-tête un peu d'intimité en allumant lui-même la cigarette qu'il lui tendit avant d'en rouler une pour lui-même, sans se presser.

138

— On ne va pas voir nos cigarettes, au moins ? dit-elle.

— C'est toujours possible, mais bien improbable Les infirmières ont assez bonne réputation pour que la police ne perde pas son temps par ici.

Avant de poursuivre, il se tourna vers elle et contempla un instant son profil :

— Quoi de neuf dans notre bonne ville, ces temps-ci ?

— Pas grand-chose. Elle est plutôt vide.

La question suivante était difficile à formuler, mais il se força :

— Comment vont ma mère et mes sœurs ?

— Quand avez-vous eu de leurs nouvelles pour la dernière fois ?

— Oh ! pas loin de deux ans !

— Quoi ? Elles ne vous écrivent donc pas ?

— Oh si ! Tout le temps. Simplement, je ne lis pas leurs lettres.

— Alors, pourquoi faire semblant de vous y intéresser ?

Cet éclat de mauvaise humeur le surprit :

— Il faut bien que nous parlions de quelque chose, n'est-ce pas ? dit-il avec douceur.

Il tendit la main, toucha brièvement la sienne :

— Vous êtes tout énervée.

— A cause de vous. Vous êtes exactement comme à l'école.

— Absolument pas. Il a coulé beaucoup d'eau sous les ponts, depuis ce temps-là.

— C'était affreux, n'est-ce pas ? demanda-t-elle d'un ton apitoyé.

— La guerre, vous voulez dire ? Quelquefois, oui.

Il revit en un éclair le bureau d'où il n'était jamais sorti, ses fonctions symboliques auprès du gros commandant censé être son patron et qu'il menait, en fait, par le bout du nez... Luc soupira :

139

— Il faut bien faire son devoir, vous savez.

— Oui, bien sûr.

Il y eut un silence.

— C'est bon de retrouver un visage connu, surtout ici, dit-il enfin.

— Pour moi aussi. J'ai sauté de joie quand la Santé publique m'a mutée dans l'armée, mais je ne m'attendais pas à cela. Si la guerre avait continué, les choses se seraient sans doute passées autrement. En réalité, la base 15, c'est vraiment l'enterrement de première classe.

— Bonne description ! dit-il en riant.

Depuis le début, une question lui brûlait les lèvres, qu'elle laissa échapper sans réfléchir à une formulation plus nuancée :

— Que faites-vous donc au pavillon X, Luc ?

Sa réponse était prête depuis le moment où il avait décidé ce qu'il ferait de la fille du banquier :

— J'ai craqué, dit-il avec un soupir accablé. Le combat, l'épuisement nerveux, le manque de récupération, vous savez ce que c'est... Nous y sommes tous exposés, même les meilleurs.

— Pauvre Luc !...

C'était bien le plus exécrable dialogue de sa carrière d'acteur, mais pourquoi pas ? Inutile de gaspiller du Shakespeare quand l'eau de rose fait le même effet.

Il se pencha avec sollicitude :

— Réchauffée ?

— Oui. Il fait même presque trop chaud.

— Si on allait se baigner ?

— Tout de suite ? Impossible, je n'ai pas de costume de bain !

Il se força à marquer une pause :

— Il fait noir, je ne verrai rien. Et même si je le pouvais, je ne vous regarderais pas.

Elle savait aussi bien que lui qu'en le rencontrant en un tel endroit, elle consentait d'avance à toutes les privautés qu'il comptait prendre avec elle Ainsi, du moins, les formes étaient-elles respectées. Ils avaient échangé les répliques rituelles, elle avait exorcisé les mânes indignés de ses parents et se sentait donc la conscience tranquille. Car elle brûlait de désir pour lui, elle avait la ferme intention de s'offrir à lui, mais sans qu'il la croie trop facile ou dévergondée.

— Dans ces conditions, je veux bien, répondit-elle en affectant une réticence. Mais vous irez dans l'eau le premier et me promettrez d'y rester jusqu'à ce que je sois sortie et rhabillée.

— Marché conclu !

Il se leva d'un bond et se dévêtit avec l'agilité du comédien rompu aux changements de costumes.

Pour ne pas le perdre dans l'obscurité, elle voulut le rejoindre le plus vite possible, mais les guêtres et les brodequins qu'elle n'avait pas l'habitude de porter la ralentirent beaucoup.

— Luc ! Où êtes-vous ? appela-t-elle à mi-voix.

Dans l'eau jusqu'aux genoux, elle avançait pas à pas, redoutant surtout qu'il ne lui saute dessus par surprise pour lui faire quelque farce idiote.

— Je suis là.

Il avait répondu calmement, d'une voix rassurante, toute proche, sans tenter de profiter de la situation. Avec un soupir de soulagement, elle poursuivit dans sa direction et se baissa pour avoir de l'eau jusqu'aux épaules.

— N'est-ce pas qu'elle est bonne ? reprit Luc. Venez donc avec moi faire quelques brasses.

Elle se lança à sa suite, guidée par le sillage phosphorescent qu'il laissait derrière lui. Pour la première fois de sa vie, elle éprouvait la volupté de sentir son corps nu évoluer dans l'eau en toute liberté et elle fut bientôt trop excitée pour résister à ce plaisir... Puis, sans regarder s'il la suivait, elle fit demi-tour vers le rivage.

Elle était plongée dans la magie d'un rêve où, en

esprit, elle s'abandonnait déjà à l'amour. Ce n'était pas une vierge effarouchée, loin de là, elle savait à quoi s'attendre; mais elle savait surtout que, parce que c'était *lui*, ce serait meilleur que jamais auparavant.

Son impression d'être sous un charme se renforça quand, du coin de l'œil, elle le vit nager vers elle. Elle s'arrêta, pataugea un instant, retrouva pied et resta là, les lèvres offertes. Il la rejoignit mais, au lieu de l'embrasser, il la prit dans ses bras et la porta jusqu'à la plage, où il la coucha sur ses vêtements répandus sur le sable. Elle lui tendit les bras, il se laissa tomber à côté d'elle, enfouit son visage au creux de son épaule et se mit à lui mordiller le cou. Le corps tendu comme un arc, elle poussa un léger cri de plaisir qui se mua en gémissement de douleur quand elle comprit qu'il ne s'agissait plus de petits coups de dents amoureux. Il la mordait bel et bien, avec une férocité silencieuse qu'elle supporta d'abord sans protester, croyant qu'il assouvissait son envie d'elle. La torture, cependant, s'aggravait jusqu'à devenir insoutenable et elle ne pouvait se dégager de la puissante étreinte qui la clouait au sol. Au bout d'un moment, elle se crut épargnée quand il abandonna son cou pour lui mordiller un sein. Ce fut en sentant les dents s'enfoncer davantage qu'elle laissa échapper un cri de panique : il allait la tuer, elle en était sûre désormais.

— Non, Luc, non ! Arrête, je t'en prie, tu me fais mal !

Son pitoyable gémissement arracha Luc à son transport de cruauté inconsciente. Il cessa de la mordre, se mit à embrasser le sein qu'il venait de faire souffrir; mais ses baisers manquaient de conviction et cessèrent presque aussitôt.

Un instant plus tard, sa frayeur passée, tout reprit sa place. Elle retrouvait l'amour de son enfance, son désir si longtemps frustré. Avec des murmures de volupté, elle l'attira de nouveau vers elle. Appuyé sur ses bras tendus, il vint s'étendre au-dessus d'elle, écarta ses ge-

142

noux d'un geste impérieux et glissa ses jambes entre les siennes. Quand elle sentit le sexe de Luc tenter de la pénétrer aveuglément, elle tendit la main pour le guider, frémit de plaisir en le sentant entrer en elle; puis, des deux mains, elle agrippa Luc aux épaules pour l'attirer sur elle, en elle, éprouver son poids sur son corps, sa peau sur la sienne, lui caresser le dos comme pour mieux l'absorber. Mais il lui résistait, refusait de se laisser aller et restait appuyé sur ses bras raidis, comme si tout contact inutile de leurs corps devait détourner de l'essentiel une énergie trop précieuse pour être gaspillée. A la première poussée, elle eut un halètement de douleur. Mais elle était jeune, prête à l'accueillir et, surtout, dévorée d'un désir longtemps réprimé; elle se borna donc à baisser les jambes pour limiter la pénétration et s'accorda bientôt au rythme qu'il lui imposait.

Très vite, elle se laissa emporter par l'extase, bien qu'elle eût préféré le sentir peser sur elle et l'étreindre. La position exaspérante qu'il s'obstinait à conserver amenuisait le plaisir, si bien qu'il lui fallut de longues minutes pour parvenir à l'orgasme — mais d'une intensité encore jamais éprouvée, un spasme de tout son être qui la secoua comme une convulsion épileptique.

Pleine de gratitude envers celui qui l'avait menée à un tel niveau de plaisir, elle espérait qu'il y parviendrait lui-même aussitôt après; mais il n'en fut rien. Interminablement, il poursuivait son mouvement machinal, son va-et-vient obsédant que rien ne semblait pouvoir faire cesser. Epuisée, suffocante, elle le supporta jusqu'aux limites de la résistance physique.

— Luc, assez ! Pour l'amour du ciel, assez ! Je n'en peux plus.

Il se retira immédiatement, toujours en érection. Le laisser ainsi insatisfait l'accabla. Jamais encore elle ne s'était sentie aussi envahie de tristesse, aussi dépouillée des fruits de cette douce victoire qui comble les femmes. Il était inutile de lui chuchoter l'éternel: « C'était bon ? », car trop évidemment ce ne l'avait pas été.

Elle n'était pourtant pas d'un caractère à s'affliger longtemps des agissements d'autrui : s'il était insatisfait, c'était son problème à lui, pas à elle. Elle balaya donc les souvenirs de cet échec auquel elle ne pouvait rien et retrouva sa bonne humeur, espérant qu'il allait au moins la serrer dans ses bras, l'embrasser. Mais Luc ne lui donna même pas cette satisfaction. Depuis le moment de leur rencontre dans le noir jusqu'à maintenant, il ne lui avait pas effleuré les lèvres, comme si le plus furtif baiser risquait de compromettre son propre plaisir. Quel plaisir, d'ailleurs ? En avait-il éprouvé si peu que ce fût ? Peut-être, mais comment le savoir ?

Elle dégagea ses jambes et roula sur le côté pour chercher ses cigarettes à tâtons. Luc tendait déjà la main et elle lui en offrit une qu'elle alluma. La courte flamme révéla son visage fermé, inexpressif, les yeux baissés. Il aspira une longue bouffée, souffla l'allumette en exhalant la fumée.

Cette séance a dû la satisfaire, la petite garce, se dit-il, les mains jointes derrière la tête, la cigarette plantée entre les lèvres. Voilà ce qu'il leur faut, leur rentrer dedans jusqu'à ce qu'elles crient grâce; comme cela, elles ne peuvent ni se plaindre ni critiquer. Peu importe le temps qu'il faut y mettre : il était capable de le faire une nuit entière, en cas de besoin. Il n'avait que mépris pour l'acte, pour les femmes, pour lui-même. Faire l'amour n'était qu'un moyen pour lequel il disposait d'un bel outil et, depuis belle lurette, il s'était juré de ne jamais se mettre à la merci d'un outil ou d'un moyen. C'était à lui de s'en servir, pas le contraire. Il était le maître, les femmes ses esclaves, et les seules qu'il ne puisse pas plier à ses volontés étaient celles qui, comme Langtry, ne manifestaient de préférence ni pour les maîtres ni pour les esclaves. Et pourtant, bon dieu, il donnerait cher pour voir cette garce de Langtry à genoux, en train de prier. de supplier les uns ou les autres, maîtres ou esclaves...

Il jeta un coup d'œil à sa montre : neuf heures et demie. Il était temps de rentrer s'il ne voulait pas être en retard et donner à Langtry le plaisir de le signaler à Jugulaire. Luc se redressa à demi et flanqua une tape sur le derrière de sa voisine.

— Allons-y, chérie. Il se fait tard, il faut que je rentre.

Il l'aida à se rhabiller avec le soin méticuleux d'une femme de chambre de bonne maison. Agenouillé devant elle, il laça ses brodequins et boucla ses guêtres. Relevé, il épousseta sa vareuse, rajusta ses manches, inclina le chapeau de brousse à l'angle réglementaire. Ses propres vêtements étaient encore humides et couverts de plaques de sable, mais il les endossa avec indifférence.

Ensuite, il la raccompagna jusqu'à la limite du cantonnement des infirmières; il lui tenait le coude pour la guider dans le noir, et affichait une attention si impersonnelle qu'elle contenait mal sa rage.

— Vais-je te revoir ? lui demanda-t-elle avant qu'ils ne se séparent.

— Certainement, ma chérie, répondit-il en souriant.

— Quand cela ?

— Pas avant quelques jours, sinon nous nous ferions remarquer. Je passerai te dire bonjour très respectueusement dans la véranda de ton mess et nous conviendrons d'un rendez-vous. D'accord ?

Elle se hissa sur la pointe des pieds pour déposer un petit baiser sur sa joue et s'enfonça dans le noir, vers son logement.

Aussitôt seul, Luc retrouva son allure de félin. Protégé par l'obscurité, il rasa les baraquements, effectua des détours pour éviter les rares flaques de lumière et reprit le chemin du pavillon X.

Tout en marchant, il se replongeait dans les réflexions

qui l'avaient occupé pendant qu'il faisait l'amour avec la fille du banquier. Wilson. Le sergent Wilson, héros couvert de médailles et pédé au dernier degré ! Planqué à la hâte au pavillon X par un chef de bataillon gêné du scandale que provoquerait un conseil de guerre, Luc l'aurait parié. De quoi se marrer ! Décidément, on faisait entrer n'importe qui au pavillon...

L'accueil qu'avait réservé Langtry au nouveau venu ne lui avait, bien entendu, pas échappé. Elle l'avait trouvé normal, impeccable et, du coup, s'était mise à frétiller. Elle n'avait naturellement pas cru un mot du texte qu'elle avait lu dans son dossier : c'était le genre de choses auquel les femmes ne croient jamais, surtout quand il s'agit d'un type aussi viril et agréable à regarder que ce Wilson. Un vrai rêve de vieille fille, Wilson ! Seulement, voilà : incarnait-il le rêve de Langtry ? Pendant un bon moment, Luc avait cru ce rôle dévolu à Neil; maintenant, il n'en était plus aussi certain. C'était assez agréable, tout compte fait, que Langtry finisse par préférer un sergent à un capitaine, un vulgaire Wilson à un Parkinson distingué. Elle en arriverait peut-être un jour à s'intéresser au sergent Daggett. Et ce jour-là, lui, Luc, réaliserait l'un de ses rêves : voir Langtry à plat ventre devant lui.

TROISIÈME
PARTIE

1

Michael était au pavillon X depuis une quinzaine de jours lorsque Honora Langtry éprouva d'étranges pressentiments, la crainte maladive d'événements sinistres que rien, dans la réalité, ne pouvait laisser prévoir. Tout, au contraire, fonctionnait à merveille. Les hommes étaient plus détendus, plus à l'aise que jamais car Michael s'était mis, avec le sourire, au service de ses camarades. Il avait grand besoin d'être occupé à des activités utiles, avait-il expliqué à l'infirmière, et il ne pouvait pas passer son temps à lire ou lézarder sur la plage. C'est ainsi qu'on le voyait réparer la plomberie en triste état, planter des clous, arranger ceci ou cela. Elle trouva un beau jour sa chaise de bureau recouverte d'un coussin et, toujours grâce à Michael, les planchers brillaient et l'office était en ordre.

Son inquiétude persistait malgré tout. Elle voyait en Michael une sorte de catalyseur, inoffensif par lui-même, mais qui pouvait déclencher des réactions inattendues dans un milieu instable comme celui du pavillon. Oui, certes, tout le monde l'aimait, il aimait ses compagnons. Oui, sans doute, il n'y avait entre eux ni arrière-pensées ni malveillance cachée. Pourtant, depuis son arrivée, le pavillon X n'était plus le même, sans qu'elle puisse exactement déterminer ce qui avait changé. Une subtile modification de l'atmosphère, peut-être. Quelque chose d'indéfinissable.

La chaleur était devenue étouffante, pesante, malsaine. Les mouvements les plus mesurés provoquaient un ruissellement de sueur; derrière la barrière de corail, l'océan tournait au verdâtre, l'horizon s'encrassait. Puis, avec la pleine lune arriva la pluie, deux jours d'averses torrentielles et ininterrompues qui, si elles dépoussiéraient, embourbèrent les chemins. Tout se couvrait de moisissure : les moustiquaires et les draps, les paravents, les livres, les chaussures comme les vêtements, les meubles, le pain. Heureusement, l'impossibilité de se rendre à la plage ne plongeait pas les hommes dans l'oisiveté car l'infirmière les avait mis au travail : ils s'attaquaient à la lèpre du moisi munis de chiffons imbibés d'alcool. Elle leur avait intimé l'ordre de laisser leurs chaussures à la porte du baraquement; malgré cela, par quelque mystérieux processus d'osmose, la boue s'insinuait partout et les hommes la pourchassaient avec des serpillières, des seaux et des balais.

La pluie n'avait cependant pas le caractère déprimant des ondées nordiques douces et froides, dont l'apparition marque le déclin du soleil. Tant qu'elle ne s'installait pas pour durer, cette pluie tropicale avait au contraire pour effet d'exalter l'esprit, de lui conférer un sentiment de puissance. En revanche quand elle durait, pendant la mousson, les conséquences étaient inverses, car la puissance qui s'en dégageait devenait vite insupportable et réduisait les êtres humains à l'état d'insectes insignifiants.

Mais il était encore trop tôt pour la mousson et la pluie cessa; tout, alors, jusqu'aux tristes baraquements de la base 15, se mit à étinceler d'une beauté nouvelle, comme si le monde avait été repeint à neuf.

Honora Langtry en éprouva un immense soulagement. Ce n'était donc que cela, se dit-elle. Je m'attendais au pire, ce n'était rien que la pluie. Elle a toujours cet effet-là sur les hommes et sur moi.

— C'est trop bête ! laissa-t-elle échapper.

Elle tendait à Michael un seau d'eau boueuse. Le jeune homme achevait la remise en état de la salle d'eau pendant que les autres prenaient, sous la véranda, un repos bien gagné.

— Qu'est-ce qui est trop bête ? demanda-t-il en vidant le récipient.

— Je croyais sentir quelque chose mijoter, je ne sais quoi, des ennuis. En fin de compte, ce n'était qu'un changement de temps. Mes années de service sous les tropiques auraient pourtant dû me l'enseigner...

Elle s'adossa au chambranle de la porte pour l'observer, apprécier une fois encore le soin méticuleux qu'il apportait aux plus humbles tâches, l'harmonie de ses gestes.

Michael plia la serpillière sur le rebord du seau, se redressa et lui adressa un regard amusé :

— Vous auriez dû le savoir, en effet...

Il décrocha, derrière elle, sa chemise pendue à un clou et l'enfila en poursuivant :

— Le climat finit toujours par vous affecter, dans ces régions. Chez moi, je n'accordais aucune attention à deux ou trois jours de pluie. Ici, cela peut pousser au crime.

— C'est ce qui vous est arrivé ?

La bonne humeur de son regard s'assombrit un très court instant.

— Non, répondit-il.

— Si ce n'était pas la pluie, qu'était-ce donc ?

— Cela ne regarde que moi, dit-il aimablement.

Honora Langtry se sentit rougir :

— Cela me regarde aussi, compte tenu des circonstances ! Enfin, ne comprenez-vous donc pas qu'il vaut mieux en parler ouvertement ? Vous êtes aussi renfermé que Ben !

Avec aisance il finit de boutonner sa chemise et d'en rentrer les pans dans son pantalon.

— Ne vous frappez pas, mademoiselle. Et surtout, ne vous inquiétez pas pour moi.

— Je ne m'inquiète pas pour vous le moins du monde. Il se trouve simplement que j'ai été assez longtemps responsable de ce service pour savoir que mes malades ont toujours intérêt à parler franchement de leurs problèmes.

— Je ne suis pas votre malade.

Il était prêt à quitter la pièce; son attitude indiquait qu'il s'attendait à la voir s'effacer pour lui laisser le passage. Elle resta pourtant où elle était, plus agacée qu'outragée par la résistance de Michael.

— Détrompez-vous, Michael, vous êtes l'un de mes patients. Moins atteint que les autres, j'en conviens volontiers, mais on ne vous a quand même pas envoyé ici sans raison !

— Il y a une excellente raison, en effet. J'ai essayé de tuer un type, répondit-il calmement.

— Pourquoi ?

— C'est écrit dans mon dossier.

— Le motif ne me satisfait pas, dit-elle assez durement. Je n'ai d'ailleurs rien compris à votre dossier. Vous n'êtes pas homosexuel.

— Qu'en savez-vous ?

Elle fit une pause, le temps d'une respiration, et le regarda dans les yeux :

— Je le sais.

Il éclata d'un rire de franche gaieté :

— Voyons, ma chère demoiselle, si cela m'est indifférent, à moi, de savoir pourquoi je suis ici, pourquoi cela vous intéresserait-il, vous ? Je suis content d'y être, un point c'est tout.

Les lèvres serrées, elle fit un pas vers lui :

— Vous vous dérobez, Michael, dit-elle lentement. Qu'essayez-vous de cacher ? Qu'y a-t-il donc de si secret que vous ne puissiez vous faire à l'idée de me le dire ?

Pris de court par cette attaque imprévue, il baissa un

bref instant sa garde toujours vigilante, et elle distingua, derrière la solidité de façade, un être très las, un peu désorienté, en proie à un conflit intérieur. Cette brusque découverte la désarma.

— Non, vous n'avez pas besoin de me répondre, se hâta-t-elle d'ajouter avec un sourire plein d'amitié sincère.

Cette rapide retraite fit disparaître l'attitude défensive de Michael. Son expression, s'adoucit, trahit une affection profonde :

— Je ne parle jamais beaucoup, vous savez. Je suis surtout incapable de parler de moi-même.

— Auriez-vous peur que je vous juge ?

— Non. J'ai simplement trop de mal à trouver les mots justes, ou à les sortir à bon escient. Ils me viendront probablement vers trois heures du matin, toujours trop tard.

— Cela arrive à tout le monde, Michael. Il suffit d'essayer et de lâcher le premier mot. Je vous aiderai à trouver les suivants parce que j'ai envie de vous aider, vous.

Il ferma les yeux et eut un soupir de lassitude :

— Je n'ai pas besoin d'aide, croyez-moi !

Elle concéda sa défaite — temporaire.

— Soit, parlons d'autre chose. Que pensez-vous de Benedict ?

— Pourquoi me demander cela, à moi ?

— Parce que vous réussissez là ·où j'ai échoué. Ne croyez surtout pas que je vous en veuille, au contraire. Je suis trop contente de voir les choses s'arranger. Je vous le demande parce que cela m'intéresse.

Il baissa la tête, réfléchit un instant :

— Benedict... Je vous ai dit que j'ai du mal à trouver mes mots. Ce que j'en pense ? Je l'aime bien. Il me fait pitié. Il est profondément troublé.

— Simplement depuis l'affaire du village, à votre avis ?

153

Michael secoua la tête énergiquement :

— Non, pas du tout ! Cela remonte à bien plus loin.

— Serait-ce parce qu'il a perdu ses parents quand il était encore tout petit ? Ou à cause de la grand-mère qui l'a élevé ?

— Peut-être bien, mais c'est difficile à dire. Ben ne sait pas vraiment qui il est, je crois. Ou, s'il le sait, il a du mal à s'accepter. Je ne sais pas... mais je ne suis pas spécialiste de ces questions-là.

— Moi non plus, dit-elle avec regret.

— Vous vous débrouillez pourtant très bien.

— Franchement, Ben est le seul dont le sort continuera à me préoccuper après la fermeture de la base.

— Quand il sera démobilisé, vous voulez dire ?

— Oui...

Elle s'interrompit, s'efforça de trouver les mots justes pour ne pas blesser Michael, qui faisait tout son possible pour venir en aide à Ben.

— Voyez-vous, reprit-elle, je crois Ben incapable de s'en sortir hors d'une cellule sociale organisée. Et pourtant, ce serait commettre une injustice envers lui que de le soumettre à un régime quelconque de détention.

— Dans un asile de fous ? demanda-t-il avec incrédulité.

— En un sens, peut-être. C'est tout ce dont nous disposons pour des gens comme lui, mais j'hésite à y recourir.

— Vous vous trompez complètement ! s'écria-t-il.

— Je me le demande, c'est bien pourquoi j'hésite.

— Cela le tuerait !

— Peut-être... Comme vous voyez, dit-elle tristement, mon métier n'a rien d'une partie de plaisir.

Il l'empoigna par l'épaule et la secoua rudement :

— Ne décidez rien sans réfléchir, je vous en supplie ! Et surtout, ne faites rien sans m'en parler d'abord.

La main était lourde et serrait à faire mal. Elle détourna la tête.

154

— L'état de Ben s'améliore grâce à vous. C'est justement pourquoi je vous en parle maintenant. Ne vous inquiétez pas.

La voix de Neil résonna soudain à la porte :

— On vous croyait tous les deux déjà dans l'égout, au milieu des eaux usées !

Honora Langtry recula d'un pas pour s'écarter de Michael, qui l'avait lâchée en apercevant Neil.

— Pas encore, mais cela va venir, répondit-elle.

Elle ponctua sa réponse d'un petit sourire qu'elle regretta aussitôt. Elle s'en voulait de s'excuser. Elle en voulait aussi à Neil, sans savoir pourquoi.

Michael, lui, resta à sa place un moment et suivit des yeux l'infirmière que Neil escortait dehors, arborant l'assurance du propriétaire qui rentre en possession d'un objet cher. Puis, avec un soupir et un haussement d'épaules, il alla les rejoindre dans la véranda. Autant avoir une conversation confidentielle sur un champ de manœuvres plutôt qu'au pavillon X ! Tout le monde s'épiait, se surveillait et c'était surtout vrai pour l'infirmière Langtry. Si « ses hommes » ne savaient pas où et avec qui elle était, ils n'avaient de cesse qu'ils ne l'aient retrouvée. Ils allaient jusqu'à calculer le temps qu'elle consacrait à chacun d'eux pour s'assurer qu'elle le répartissait équitablement. Entre eux tous ? Non, entre ceux qui comptaient vraiment. Et Neil était de première force dans ce genre de calcul mental.

2

Le lendemain, à l'aube, le temps était si divinement beau que l'humeur générale se mit à l'unisson. Une fois le ménage fait, les hommes s'installèrent dans la véranda tandis que l'infirmière s'enfermait dans son bureau pour terminer les paperasses en retard. L'après-midi, la plage serait vraisemblablement bondée. Parce qu'ils en avaient été privés, les hommes du pavillon X en découvraient tout le prix; ils mesuraient le plaisir de se dépouiller de ses vêtements et de ses soucis, de ne plus penser à rien, de se baigner, de prendre le soleil et de se plonger dans la somnolence d'une délicieuse hébétude.

Il restait à tuer une bonne moitié de la matinée, mais la perspective d'aller à la plage avait chassé l'apathie qui régnait d'habitude. Luc s'étendit sur l'un des lits pour faire la sieste. Neil entraîna Nugget et Benedict vers la table pour jouer aux cartes. Michael s'isola avec Matt à l'autre bout de la véranda, sur des chaises disposées sous la fenêtre du bureau de l'infirmière.

Matt voulait dicter une lettre destinée à sa femme et Michael s'était porté volontaire. Jusqu'à présent, Mme Sawyer ignorait la cécité de son mari : Matt avait insisté pour la lui apprendre lui-même, affirmant que personne n'avait le droit de lui ôter ce privilège. Par compassion, Honora Langtry avait accédé à sa requête. Elle savait que, en réalité, Matt conservait l'espoir du miracle qui ferait disparaître son infirmité avant qu'il ne retrouvât sa femme.

Quand il eut fini d'écrire, Michael relut lentement la lettre que Matt venait de lui dicter :

« ... et ma blessure à la main n'est pas encore guérie, c'est pourquoi mon ami Michael Wilson a bien voulu écrire à ma place. Mais ne t'inquiète surtout pas : tout va bien. Tu sais qu'on m'aurait renvoyé à Sydney depuis longtemps si la blessure avait été vraiment grave. Ne te fais donc pas de souci pour moi. Embrasse bien fort Margaret, Mary, Joan et la petite Pam de la part de leur papa et dis-leur qu'il reviendra bientôt. Vous me manquez toutes énormément. Ton mari qui t'aime, Matthew. »

Le plus souvent, les lettres aux familles étaient gauches, empruntées, rédigées par des hommes malhabiles à exprimer leurs sentiments par écrit. On savait, en outre, que la censure lisait tout mais on ignorait sur quels censeurs on allait tomber. Aussi les auteurs adoptaient-ils un ton poli et impersonnel, prudent, qui leur évitait surtout d'exhaler leurs frustrations et de dépeindre leurs épreuves. Certes, la plupart des hommes écrivaient régulièrement à leurs familles, tels des enfants enfermés dans un pensionnat qu'ils exècrent, mais, privés d'affection, oisifs, incertains de l'avenir, ils ne parvenaient pas à communiquer réellement avec des êtres chers évoluant dans un monde étranger au leur.

— Qu'en penses-tu, cela ira ? demanda Matt avec inquiétude.

— Bien sûr. Je vais préparer l'enveloppe et la donner à l'infirmière avant le déjeuner. Voyons... Mme Ursula Sawyer. Quelle adresse, déjà, Matt ?

— 97 Fingleton Street, Drummoyne.

A ce moment précis, Luc s'approcha d'un pas nonchalant et se laissa tomber dans un fauteuil de rotin auprès d'eux.

— Tiens, voilà notre boy-scout en train de faire sa BA ! dit-il d'un ton provocant.

Michael glissa la lettre de Matt dans l'enveloppe et la mit calmement dans sa poche.

— Si tu restes dans ce fauteuil torse nu, répondit-il sans s'émouvoir, tu vas ressembler à un zèbre.

— Je n'en ai rien à foutre...

— Pas si fort et pas de grossièretés, Luc ! lui dit Matt indiquant d'un geste les persiennes ouvertes du bureau de l'infirmière.

— Ne pars pas tout de suite, Michael ! dit Luc en baissant la voix. J'ai préparé une autre lettre pour la femme de Matt, tu pourras la mettre dans la même enveloppe. Tu veux que je la lise ? Chère madame, saviez-vous que votre mari est aveugle comme une taupe ?...

Matt s'était redressé trop vite pour que Michael le retienne, mais il eut quand même le temps de s'interposer entre la victime en rage et son persécuteur.

— Allons, calme-toi, mon vieux. Tu sais comment il est, toujours à vouloir faire des plaisanteries stupides. Ne t'inquiète donc pas, tu sais très bien qu'il ne pourrait pas écrire à ta femme. Et même s'il le faisait, la censure intercepterait sa lettre.

Luc profitait du spectacle et s'amusait. Quand il vit Michael guider Matt vers la table pour rejoindre les autres, il ne fit aucun effort pour déplacer ses jambes étalées en travers du passage. Plutôt que de provoquer un nouvel incident, Michael contourna l'obstacle sans rien dire et les deux hommes s'éloignèrent.

Après avoir installé Matt à la table, Michael disparut à l'intérieur du bâtiment. Luc se leva et alla s'accouder à la balustrade, l'oreille tendue pour saisir le murmure confus des voix qui montaient par la fenêtre ouverte. Rien, dans sa pose, ne trahissait son indiscrétion, mais il tentait malgré tout d'écouter. Il entendit peu après la porte se refermer et en fut dépité. Le silence retomba.

158

Alors, Luc quitta la véranda et entra à son tour dans le baraquement.

Michael était à l'office en train de beurrer des tartines. Depuis peu, la base 15 offrait à ses résidents un modeste luxe gastronomique : du pain frais. Les malades et le personnel en consommaient des quantités impressionnantes à tout prétexte, car ce pain était excellent. A neuf heures du soir, à l'heure de la dernière tasse de thé, il ne restait généralement plus une miette de la généreuse ration quotidienne.

L'office du pavillon X n'était pas une cuisine, mais un endroit où réchauffer les aliments, laver et ranger la vaisselle. Un comptoir de bois brut surmontait une rangée de placards qui allaient de la fenêtre jusqu'à la porte de la salle d'eau. Sur ce comptoir étaient disposés un évier et un réchaud à pétrole. Il n'existait aucun appareil de réfrigération; seul un garde-manger grillagé pendu à une corde accrochée à une membrure du toit se balançait paresseusement au gré des courants d'air comme une lanterne chinoise.

Tout au bout du comptoir, dans une encoignure, l'infirmière avait installé un petit stérilisateur à alcool pour faire bouillir ses seringues et les rares instruments dont elle pouvait avoir besoin. Elle gardait sous la main, par précaution, deux seringues hypodermiques, quelques aiguilles à suturer, un jeu de bistouris, pinces et palettes pour soigner les blessures superficielles, les abcès ou les tentatives de suicide. Quand le pavillon X avait été créé, on avait longuement débattu pour savoir si les patients seraient autorisés à conserver rasoirs et ceintures, et même s'il importait de garder sous clef les couteaux de cuisine. L'on convint finalement que ces mesures seraient incommodes et inapplicables. Il n'y avait eu d'ailleurs qu'une seule tentative de suicide. Les sévices que les patients risquaient de s'infliger entre **eux** n'avaient

159

jamais présenté un caractère de préméditation, aussi avait-on conservé le même libéralisme car les malades que la base 15 était incapable de contrôler étaient évacués avant d'avoir pu agresser leurs compagnons.

Dès la tombée de la nuit, l'office grouillait de cafards. Aucun mesure d'hygiène ne pouvait les éliminer, car ils y pénétraient par la fenêtre, par le siphon de l'évier, en se laissant tomber du toit, presque en se matérialisant du néant. Par acquit de conscience, on tuait ceux qu'on voyait, mais il s'en trouvait aussitôt cent autres pour les remplacer. Neil avait pris l'habitude d'organiser, une fois par semaine, une chasse aux cafards où tout le monde, Matt excepté, devait exhiber au moins vingt cadavres; sans la réduire de manière sensible, ce passe-temps avait néanmoins permis de stabiliser la population des insectes à un niveau supportable.

Luc s'était arrêté sur le seuil de la pièce, regardant Michael s'affairer; un instant plus tard, adossé au montant, il prit sa blague à tabac dans la poche de son short et roula une cigarette. Michael avait une tête de moins que Luc, mais les deux hommes, larges d'épaules, le ventre plat et musclé, donnaient la même impression de force.

Luc jeta un coup d'œil vers la porte du bureau, de l'autre côté du couloir, et s'assura qu'elle était fermée.

— Je n'arriverai donc jamais à te faire sortir de tes gonds ? dit-il à Michael.

Il avait remis sa blague à tabac en place et, une feuille de papier à cigarette accrochée à la lèvre, roulait négligemment les brins restés entre ses doigts.

Michael fit celui qui n'entendait pas, et Luc répéta sa question d'un ton qui aurait fait sursauter n'importe qui. Michael ne sursauta pas mais consentit à répondre :

— Pourquoi ? Cela t'amuserait ?

— Oui. J'aime exaspérer les gens, j'aime me rendre

odieux ! C'est un moyen comme un autre de ne pas s'encroûter dans cette bon dieu de routine !

— Si tu tiens à te distraire, tu ferais mieux de te rendre utile et plus agréable à fréquenter.

Michael avait répondu sèchement, encore irrité par la méchanceté gratuite de Luc envers Matt.

Luc lâcha sa cigarette à demi roulée, cracha la feuille de papier qui retomba en voletant et traversa la pièce d'un bond. Il empoigna Michael par le bras et le fit pivoter :

— Pour qui te prends-tu ? Comment oses-tu me parler sur ce ton ?

Michael le dévisagea sans ciller :

— Cela ressemble à une réplique de mauvais mélo. Tu pourrais renouveler ton répertoire.

Une longue minute, ils restèrent face à face, immobiles, les yeux dans les yeux. Enfin, sans lâcher le bras de Michael, Luc desserra son étreinte pour caresser le biceps où les traces de doigts commençaient à rougir.

— Toi, tu as quelque chose, mon bonhomme, dit-il dans un chuchotement. Tu as beau être le chouchou de notre belle Langtry, tu as quelque chose qui ne lui plairait pas du tout. Mais moi, vois-tu, je sais ce que c'est et ce que je vais en faire, fais-moi confiance.

Tout en parlant, Luc avait laissé glisser sa main le long du bras de Michael, jusqu'au poignet, et il le força à lâcher le couteau à beurre. Les deux hommes retenaient leur respiration. Alors, au moment où Luc approcha la tête, Michael écarta les lèvres en un rictus, lâcha une sorte de sifflement entre ses dents serrées et ses yeux, jusque-là inexpressifs et vitreux, lancèrent un éclair de folie meurtrière.

Ils entendirent un bruit au même moment et se retournèrent ensemble. Honora Langtry était sur le pas de la porte.

Luc lâcha la main de Michael, sans hâte et d'un geste naturel, avant de s'écarter d'un pas.

161

— Avez-vous bientôt fini, Michael ? demanda l'infirmière.

Rien, dans son regard ou son attitude, ne trahissait l'émoi. Sa voix avait pourtant une tonalité inhabituelle.

— Oui, presque, répondit Michael en ramassant le couteau à beurre.

Luc quittait déjà la pièce et, au passage, il décocha à l'infirmière un regard malicieux. Les brins de tabac et la légère feuille de papier tourbillonnaient dans un courant d'air.

Honora Langtry prit une profonde inspiration et entra, sans se rendre compte qu'elle s'essuyait les mains sur sa robe d'un geste mécanique. A quelques pas de Michael, elle s'arrêta pour l'observer de profil pendant qu'il empilait les tartines beurrées sur une assiette.

— Que s'est-il passé ? lui demanda-t-elle.

— Rien du tout, répondit-il calmement.

— En êtes-vous bien sûr ?

— Absolument certain.

— Il n'était pas en train de... de vous faire des misères ?

Michael se détourna et affecta de se plonger dans la préparation du thé. L'eau bouillait sur le réchaud et les jets de vapeur alourdissaient encore l'atmosphère déjà étouffante de la pièce. Pourquoi, grand dieu, ne pouvait-on pas lui ficher la paix ?...

— Me faire des misères ? répéta-t-il.

Par son expression obtuse, il espérait décourager son interlocutrice. Pendant ce temps, l'infirmière faisait un effort désespéré pour remettre de l'ordre dans ses pensées, discipliner les sentiments qui la bouleversaient. Jamais elle ne s'était sentie aussi désarçonnée et prise au dépourvu.

— Écoutez, Michael, dit-elle d'une voix qui ne tremblait plus, je ne suis pas une petite fille et je n'aime pas qu'on me prenne pour une idiote. Pourquoi vous obstinez-vous à me traiter comme si j'étais incapable de comprendre ce que vous avez en tête ? Je vous demande donc une fois de plus, sous une autre forme : Luc vous faisait-il des... avances ? Répondez !

Michael versa dans la théière un grand jet d'eau bouillante.

— Non, sincèrement je ne crois pas...

Un sourire étira ses lèvres tandis qu'il reposait la bouilloire sur le réchaud et éteignait la flamme. Il se tourna ensuite vers l'infirmière et la regarda droit dans les yeux.

— Non, Luc ne me faisait pas d'avances, reprit-il. Il jouait tout bêtement son personnage de Luc dans le rôle de Luc. Du mauvais théâtre. Il m'avait d'ailleurs prévenu : il voulait me faire sortir de mes gonds. Cela le vexe de ne pas y arriver. J'ai rencontré beaucoup de types comme lui, vous savez. Dorénavant, quelles que soient les provocations, je ne perdrai jamais plus mon contrôle. D'ailleurs, je ne peux pas me le permettre, dit-il en serrant le poing. J'ai trop peur de ce que je ferais.

Oui, *il avait quelque chose* — les mots mêmes de Luc. Elle fixa son épaule nue, la toison blonde sur sa poitrine, et se demanda si les gouttelettes qui perlaient étaient de la sueur ou de la vapeur d'eau. Alors, d'un coup, elle eut peur de croiser son regard; sa tête tournait, elle avait un creux dans l'estomac, elle se sentait aussi désemparée qu'une fillette vivant son premier amour pour un adulte inaccessible.

Elle pâlit, vacilla. D'une enjambée, il se portait déjà à son secours, certain qu'elle était sur le point de s'évanouir, la prenait par la taille, la soutenait d'un bras si ferme qu'elle croyait ne plus toucher terre. Alors, plus rien n'exista pour elle que ce contact d'un bras et d'une épaule nus jusqu'à ce qu'elle eût conscience, horrifiée, d'une vague qui déferlait en elle, montait, la submergeait, empoignait ses seins pour les durcir, les gonfler, en raidir presque douloureusement les pointes.

163

— Non, oh non ! s'écria-t-elle.

Elle s'arracha d'un mouvement convulsif à l'étreinte de Michael et, en un éclair, retrouva assez de présence d'esprit pour transformer sa panique en une explosion de colère contre Luc.

— Non ! reprit-elle en tapant du poing sur le comptoir. Luc est un danger public. Il tuerait n'importe qui pour le plaisir de le regarder agoniser.

Elle n'était pas seule à avoir été affectée par ce bref instant d'intimité. Michael levait une main tremblante pour essuyer la sueur qui lui coulait du front et il se détournait précipitamment, encore haletant, pour éviter de la regarder en face.

— La seule méthode à employer avec Luc, dit-il en se forçant au calme, c'est de mépriser ses provocations.

— Ce qu'il lui faut, au contraire, c'est six mois de travaux de terrassement, avec une pelle et une pioche !

— C'est un traitement qui ne me ferait pas de mal non plus. Ni aux autres occupants du pavillon X, dit-il avec douceur.

Il avait suffisamment retrouvé son calme pour prendre le plateau sans trembler.

— Allons, venez nous rejoindre. Rien de tel que le thé, par cette chaleur.

Elle parvint à lui adresser un simulacre de sourire, ne sachant si elle devait éprouver de la honte ou de la joie; elle le scruta du regard pour trouver un signe rassurant sur son visage. Mais il avait repris son expression impersonnelle et ses yeux seuls trahissaient encore, par leurs pupilles dilatées, les traces d'une émotion. Tout compte fait, qui en était la cause ? Elle ou Luc ?

Luc n'était ni dans la grande salle ni sous la véranda A la vue de la théière, les joueurs s'empressèrent d'abandonner leurs cartes Neil se précipita sur son quart et le vida d'un trait avant de le tendre pour le faire remplir.

— Plus je transpire, plus il faut que je boive, dit-il

— Alors, vous êtes mûr pour des comprimés de sel, lui répondit l'infirmière.

Elle avait tenté de redonner à sa voix sa bonne humeur coutumière mais Neil, alerté, lui jeta un coup d'œil surpris, tout de suite imité par les autres.

— Vous ne vous sentez pas bien ? lui demanda Nugget avec inquiétude.

— Rien de grave, dit-elle en souriant. Une simple attaque du microbe Luc. Où est-il encore passé ?

— Je crois qu'il vient de partir en direction de la plage.

— Si tôt ? Cela ne lui ressemble pas.

Nugget eut un sourire qui découvrit ses incisives et accentua sa ressemblance avec un rongeur.

— Je n'ai pas dit qu'il allait se baigner. Et je n'ai pas précisé de quelle plage il s'agissait. Il est tout simplement parti se promener, et s'il rencontrait par hasard une jolie fille, eh bien... il lui ferait sans doute un joli brin de causette.

Michael soupira bruyamment et sourit à Honora Langtry comme pour lui dire : « Vous voyez ? Je vous l'avais dit de ne pas vous inquiéter ! » Il s'étira sur son siège, les mains derrière la tête en un geste qui gonfla ses pectoraux. Aux aisselles, les toisons aplaties luisaient de transpiration.

Honora Langtry se sentit à nouveau pâlir et dut faire un effort pour reposer sa tasse sur la soucoupe sans renverser le thé. Cela devient ridicule ! se dit-elle, furieuse contre elle-même. Je ne suis plus une gamine pour me conduire ainsi. Je suis adulte, j'ai l'expérience de la vie...

Neil se redressa et lui prit la main d'un geste protecteur :

— Que se passe-t-il ? Qu'avez-vous ? Un accès de fièvre ?

Elle se leva, très droite :

— Oui, j'en ai peur. Vous débrouillerez-vous sans moi si je rentre me reposer, ou préférez-vous que je fasse venir une suppléante jusqu'après le déjeuner ?

Sans répondre immédiatement, Neil l'escorta dans la grande salle tandis que les autres restaient autour de la table, la mine inquiète — y compris Michael.

— Seigneur, ne nous infligez pas une remplaçante ! lui dit Neil d'un ton suppliant. Nous deviendrions tous réellement cinglés. Êtes-vous assez bien pour rentrer seule ? Il vaudrait mieux que je vous accompagne jusqu'à votre cantonnement.

— Non, Neil, ce n'est vraiment pas la peine. Je ne me sens pas aussi bien que d'habitude, mais ce n'est rien de grave. Le changement de temps, sans doute. Tout à l'heure, je croyais qu'il ferait sec et frais et nous sommes déjà dans une étuve. Une bonne sieste me remettra sur pied.

Elle s'arrêta un instant en écartant le rideau de capsules et se retourna pour lui sourire :

— A ce soir, Neil.

— A condition que vous ayez retrouvé la forme. Sinon, ne vous inquiétez pas pour nous. Et par pitié, surtout pas de remplaçante ! Tout est calme, chez nous. Très calme.

La chambre d'Honora Langtry se trouvait dans un baraquement disgracieux, typique de la base 15, baraquement qui comprenait dix pièces toutes pareilles, alignées côte à côte et précédées d'une large véranda, le tout juché à trois mètres du sol sur des pilotis de guingois. Elle en était maintenant la seule occupante, non par manque de sociabilité mais par désir légitime d'intimité. Depuis 1940 en effet, date de son incorporation, elle avait toujours mené une vie collective et partagé son logement, qui pouvait n'être qu'une tente pour quatre personnes dans les hôpitaux de campagne. Les premiers temps, la base 15 lui avait donc fait l'effet d'un paradis, bien qu'elle fût obligée de cohabiter avec une collègue et que le baraquement résonnât du jacassement de femmes trop entassées les unes sur les autres pour vivre agréablement. Aussi, quand le personnel infirmier fut peu à peu réduit, celles qui restaient s'empressèrent-elles de mettre le plus d'espace possible entre elles et s'adonnèrent-elles aux délices de la solitude.

Une fois dans sa chambre, Honora Langtry alla tout de suite prendre un tube de somnifère dans un tiroir de sa commode et se versa un verre d'eau bouillie pour avaler la drogue avant d'avoir eu le temps de changer d'avis. Dans le petit miroir tavelé accroché au mur, elle voyait deux yeux cernés, les siens, qui la regardaient sans expression

Avec l'aisance de l'habitude, elle dégagea les deux longues broches qui maintenaient son voile en place Sans le défaire, elle souleva d'un bloc le lourd édifice de tissu emprisonnant sa chevelure moite de transpiration et posa cette sorte de tête vide sur le dossier d'une chaise, d'où elle semblait la regarder d'un air moqueur. Elle s'assit sur le bord du lit, délaça ses chaussures qu'elle alla ranger le long du mur pour ne pas buter contre elles si elle devait se lever à moitié endormie. Elle se redressa, retira son uniforme et ses sous-vêtements.

Elle enfila ensuite une robe de chambre de forme vaguement orientale, pendue à un clou derrière la porte, et se dirigea vers la baraque des douches, toujours humide et peu accueillante. Enfin, propre, enveloppée d'un pyjama flou en coton léger, elle put s'étendre sur son lit et fermer les yeux. Le somnifère commençait à faire son effet et lui donnait des sensations comparables à l'ivresse, un peu de vertige, un peu de nausée. Au moins, c'était efficace. Elle respira profondément, s'efforça de perdre conscience. Mais les mêmes pensées revenaient la harceler : suis-je amoureuse de lui, ou s'agit-il d'un tout autre sentiment ? Est-ce tout simplement parce que j'ai été trop longtemps privée d'une vie normale, parce que j'ai trop sévèrement refoulé mes désirs ? Peut-être. Je l'espère, du moins. Non, ce n'est pas de l'amour. Ce ne peut, ce ne *doit* pas être de l'amour. Pas ici. Pas avec lui. Il ne doit même pas accorder à l'amour sa juste valeur... Sait-il seulement ce que c'est ?

Les images et les mots se brouillèrent, tourbillonnèrent, se fondirent en s'effaçant. Elle sombra enfin dans le sommeil avec tant de soulagement qu'elle fut capable d'exprimer une dernière pensée, mais si vague, si floue : ce serait bon de ne plus jamais se réveiller, jamais, jamais...

4

Vers sept heures, ce soir-là, Honora Langtry gravit la rampe du pavillon X au moment où Luc passait la porte. Il s'apprêtait à la croiser sans s'arrêter quand elle lui barra le passage et le héla, la mine sévère :

— Venez me voir un moment, je vous prie.

Il fit un geste suppliant, roula des yeux :

— Soyez chic ! J'ai un rendez-vous.

— Je vous ai dit de me suivre, sergent.

Debout à la porte du bureau, Luc la regarda ôter son chapeau de brousse, à la ganse grise rayée de rouge, et le pendre au clou où, pendant la journée, elle accrochait sa cape rouge. Il la préférait décidément en uniforme de nuit, qui la faisait vraiment ressembler à un jeune soldat.

Elle s'assit à son bureau et le vit adossé nonchalamment au montant de la porte, les bras croisés, visiblement prêt à s'esquiver au premier prétexte.

— Entrez, fermez la porte et mettez-vous au garde-à-vous, sergent, dit-elle sèchement.

Quand il eut obtempéré, elle reprit :

— J'aimerais que vous m'expliquiez exactement ce qui se passait ce matin, dans l'office, entre le sergent Wilson et vous.

Il haussa les épaules, secoua la tête :

— Rien du tout, voyons...

169

— On dit : rien, *capitaine*. Compris ? A moi, cela ne me semblait pas être rien.

— Alors, de quoi cela avait-il l'air, à votre avis ?

Il souriait toujours, plus amusé qu'inquiet de ce subit déploiement d'autorité.

— J'avais l'impression que vous faisiez des propositions malhonnêtes au sergent Wilson.

— C'est exact, répondit-il calmement.

Désarçonnée, elle ne sut que dire.

— Pourquoi, je vous prie ? demanda-t-elle enfin.

— Oh ! une petite expérience, sans plus. C'est un pédé. Je voulais voir comment il réagirait.

— C'est de la calomnie !

— Eh bien, qu'il me poursuive en diffamation ! répondit-il en riant. Je vous dis que c'est une folle, ce type.

— Ce qui n'explique toujours pas pourquoi c'était vous qui lui faisiez des avances. Ne parlons pas du sergent Wilson, mais vous, vous n'êtes pas le moins du monde homosexuel.

Luc, d'un geste si soudain qu'elle en eut un mouvement de recul, se glissa jusqu'au bureau où il s'assit de côté. Il se pencha vers elle, si proche qu'elle pouvait distinguer les moindres détails de ses yeux, l'extraordinaire structure des iris aux innombrables paillettes colorées qui leur donnaient l'apparence d'un caméléon. Son cœur se mit à battre la chamade au souvenir de l'effet qu'il avait eu sur elle pendant deux jours à son arrivée au pavillon. Elle fut brutalement ramenée à la réalité par les paroles qu'il prononça :

— Je suis n'importe quoi, mon chou. Tout ce que tu voudras, jeune ou vieux, homme ou femme, je prends tout ce qui se présente...

— Taisez-vous ! cria-t-elle avec une grimace de dégoût Ne dites pas des horreurs pareilles. Vous êtes immonde '

Il se rapprocha encore, elle sentit son haleine fraîche et jeune l'envelopper

— Essayez-moi donc un peu. Votre problème, ma chérie, c'est de n'avoir encore rien osé faire avec personne. Pourquoi ne pas commencer par ce qui se fait de mieux ? Et le meilleur, ici, c'est moi, moi seul ! Si vous saviez... Je pourrais vous faire frémir, crier de plaisir, en redemander ! Avez-vous seulement idée de ce dont je suis capable ? Alors, faites-vous · plaisir, essayez-moi plutôt que de perdre votre temps avec une tapette ou un snob trop usé pour être encore capable de bander. Me voilà, moi, le meilleur de tous. Profitez-en !

Livide, les narines pincées, elle se reculait pour tenter de lui échapper.

— Allez-vous-en ! Sortez !

— D'habitude, je n'aime pas embrasser les femmes, mais c'est pourtant ce que je vais faire. Venez, embrassez-moi...

Elle ne pouvait pas fuir, le dossier de sa chaise était déjà collé au mur. Elle se redressa pourtant si brusquement que la chaise tomba avec fracas, et l'indignation qui la faisait trembler était trop évidente pour que Luc s'y méprît.

— Dehors ! Sortez, tout de suite ! hurla-t-elle.

Elle se couvrit aussitôt la bouche d'un geste convulsif, comme si elle était sur le point de vomir, et elle ne pouvait détacher les yeux de ce visage qui l'hypnotisait, celui du diable en personne.

Il se releva avec nonchalance, joua avec les plis de son pantalon pour dissimuler une érection par trop évidente.

— A votre aise, desséchez-vous si cela vous amuse. Mais vous êtes bien bête ! Vous n'en tirerez aucun plaisir, de ces deux-là. Ce ne sont pas des hommes. Le seul vrai mâle, ici, c'est moi.

Après son départ, elle fixa la porte close comme pour en apprendre par cœur la forme et le grain jusqu'à ce que s'atténuent l'horreur et la peur qui l'avaient submergée Elle avait si fort envie de pleurer qu'elle dut poursuivre

171

son étude minutieuse du bois de la porte pour retenir ses larmes. Luc possédait un pouvoir qu'elle avait senti : celui d'avoir ce qu'il voulait, qui il voulait, à n'importe quel prix. Et elle se demanda alors ce qu'avait pu ressentir Michael, ce matin à l'office, en se trouvant poignardé par le regard fixe, surnaturel, de ces yeux de bouc.

Neil frappa, entra et ferma la porte d'un même geste, une main cachée derrière le dos. Avant de s'asseoir, il tendit son étui à cigarettes par-dessus le bureau. Leur rite habituel voulait qu'elle protestât pour la forme; ce soir, pourtant, elle prit avidement la cigarette offerte et se pencha pour la faire allumer, comme un drogué mendiant sa dose.

Le bruit de ses brodequins raclant le plancher étonna Neil. Il leva un sourcil interrogatif :

— Vous n'êtes encore jamais entrée ici sans vous déchausser, dit-il. Etes-vous vraiment remise ? Plus de fièvre, pas de maux de tête ?

— Non, pas de fièvre ni de migraine, je vais tout à fait bien, rassurez-vous. J'ai encore mes brodequins parce que j'ai coincé Luc au moment où j'arrivais. Je tenais à lui dire deux mots et je n'ai pas eu le temps de me changer.

Neil se leva, fit le tour du bureau et s'agenouilla dans l'espace étroit qui le séparait de la chaise :

— Votre pied, s'il vous plaît.

Les lanières des guêtres étaient raides et il mit un certain temps pour les déboucler. Il délaça ensuite le premier brodequin, baissa la tige, roula la chaussette sur le bas du pantalon, recommença les mêmes opérations pour l'autre pied. Assis sur les talons, il se tourna pour chercher les espadrilles qu'elle portait le soir à l'intérieur.

— Dans le tiroir du bas, lui dit-elle

— Voilà, dit-il après les lui avoir enfilées. Vous vous sentez mieux ?

— Beaucoup, merci.

— Vous m'avez toujours l'air mal en point, dit-il après avoir regagné son siège.

Elle baissa les yeux et vit que ses mains tremblaient.

— Ma parole ! s'écria-t-elle, stupéfaite. Je sucre les fraises !

— Pourquoi ne pas vous porter malade ?

— Ce ne sont que mes nerfs, Neil. Rien de grave.

Ils fumèrent quelques instants en silence, elle, le regard volontairement tourné vers la fenêtre, lui, les yeux fixés sur elle pour l'observer avec attention. Quand elle se tourna pour écraser son mégot, il posa devant elle le morceau de papier qu'il avait caché derrière son dos.

Le portrait de Michael ! Exactement tel qu'elle le voyait; beau, viril, plein de force, avec un regard si franc, si direct qu'on ne pouvait l'imaginer obscurci par l'équivoque.

— C'est votre meilleur jusqu'à présent, meilleur même que celui de Luc, à mon avis...

Elle dévorait des yeux le portrait dont la vue lui avait arraché un mouvement de joie. Neil l'avait-il remarqué ? Elle prit le papier avec soin, le lui rendit :

— Soyez gentil, mettez-le au mur, je n'ai pas le courage de me lever.

Neil fixa le portrait par quatre punaises à la droite de la rangée centrale, à côté du sien qui en fut éclipsé. Il avait tenté de se portraiturer objectivement, mais sans y parvenir. Il s'était fait un visage mou, las, inconsistant.

— Nous voilà au complet, dit-il en se rasseyant. Encore une cigarette ?

Elle s'en empara ausi promptement que de la première, aspira une longue bouffée gourmande. Puis, en exhalant la fumée, elle dit trop vite, d'un ton qui sonnait faux :

173

— Michael est pour moi une énigme, l'inconnu masculin en quelque sorte.

— Vous confondez sûrement, chère amie. Ce sont les femmes qui représentent le mystère de la création. Relisez donc nos bons auteurs, les poètes !...

Neil avait répondu légèrement, sans révéler qu'il comprenait combien il était difficile à sa compagne de parler de Michael, sans trahir sa propre obsession à propos des rapports qu'elle entretenait avec le trop séduisant sergent Wilson.

— C'est vrai du point de vue des hommes, répondit-elle. Nos bons auteurs, comme vous dites, étaient des hommes. Mais c'est valable dans les deux sens, vous savez. Le sexe opposé restera toujours un continent inexploré. Quand je crois avoir percé le mystère, vous autres hommes vous arrangez régulièrement pour m'échapper et disparaître là où on s'y attend le moins...

Elle s'interrompit pour tapoter sa cendre dans la douille d'obus et reprit avec un sourire :

— Savez-vous pourquoi je suis si contente de m'occuper toute seule de ce service ? Parce que cela me donne l'occasion unique d'observer des hommes sans que d'autres femmes s'en mêlent.

— La belle froideur scientifique ! dit-il en riant. Dites-le-moi tant que vous voulez, mais surtout pas à ce pauvre Nugget, il en profiterait pour avoir une attaque de peste bubonique compliquée d'une éruption d'anthrax...

Il remarqua une lueur d'indignation dans ses yeux, comme si elle allait protester d'être si mal et si légèrement jugée; aussi reprit-il sur le même ton facétieux qui la détournerait peut-être d'une conversation plus sérieuse :

— En vérité, chère amie, l'homme est la plus élémentaire des créatures. Légèrement supérieur à l'amibe, je vous le concède, mais très loin de ces êtres fabuleux et

174

surnaturels auxquels vous avez la bonté de nous comparer.

— Ne dites pas de bêtises, Neil ! Tenez, vous êtes vous-même infiniment plus complexe, plus intéressant aussi, que tout le folklore de la mythologie. Et prenez Michael...

Non. Impossible. Elle ne pouvait pas parler de ce qui s'était produit, ce matin, entre Luc et Michael. Tout à l'heure, en revenant de chez elle, elle avait pourtant décidé de mettre Neil au courant; il était le seul à pouvoir l'aider. Mais maintenant, au pied du mur, elle était incapable d'aborder le sujet sans se trahir. Elle serait amenée à raconter l'abominable scène que Luc venait de lui faire subir et les conséquences sur Neil seraient dramatiques. Elle se tut, laissa sa phrase en suspens.

— Soit, prenons Michael, dit Neil comme s'il n'avait rien remarqué. Qu'a-t-il de si mystérieux ? Il est serviable, c'est vrai. Mais je ne le vois pas en ange gardien, devant lequel se prosterner trois fois par jour avec des cierges et des prières.

— Si vous vous mettez à parler comme Luc Daggett, je ne vous adresserai plus jamais la parole, je vous le jure !

Il en laissa tomber sa cigarette de saisissement et, après l'avoir ramassée, considéra sa voisine d'un air à la fois consterné et soupçonneux.

— Qu'ai-je dit pour justifier une **tel**le réplique ? demanda-t-il.

— Rien. C'est ce diable d'individu qui déteint sur moi comme sur tout le monde, j'en ai peur, répondit-elle faute de mieux.

— Ecoutez, me comptez-vous réellement parmi vos amis ? Je veux dire, comme quelqu'un sur qui vous appuyer en cas de besoin, en qui avoir pleinement confiance ?

— Bien sûr, Neil. Je n'ai pas besoin de vous le répéter.

— Répondez, alors. Est-ce vraiment Luc qui vous trouble ainsi, ou serait-ce plutôt Michael ? Cela fait trois mois que je connais Luc et que je le supporte, sans avoir jamais ressenti ce que j'éprouve en ce moment — depuis l'arrivée de Michael, pour être précis. En moins de quinze jours, le pavillon semble s'être métamorphosé en une sorte de chaudière prête à exploser. A chaque instant je m'attends à la catastrophe, mais on dirait que la pression baisse dès qu'elle atteint le seuil critique. Il est extrêmement désagréable de vivre ainsi dans la crainte continuelle d'une explosion inévitable, vous savez. C'est comme de se retrouver sous le feu de l'ennemi.

— Je savais que vous n'aimiez guère Michael, mais je ne me doutais pas que c'était à ce point, répondit-elle sèchement.

— Je n'ai rien contre Michael ! C'est un type épatant. Mais c'est lui qui a tout changé, pas Luc.

— C'est absurde ! Comment aurait-il pu tout changer ? Il est si... si calme, si apaisant.

Un coup de sonde pour rien, se dit-il en l'observant avec soin. Est-elle ou non consciente de ce qui leur arrive, à elle, à lui-même, aux autres ?

— Alors, c'est peut-être vous qui avez changé depuis l'arrivée de Michael, dit-il. Vous savez mieux que personne que nos humeurs et nos comportements, même ceux de Luc, dépendent finalement de vous, et de vous seule. Or vous n'êtes plus la même depuis que Michael est ici. Vos humeurs, vos attitudes se sont modifiées.

Au secours, Seigneur ! Reste impassible, Honora Langtry, ne dévoile pas tes sentiments, garde un visage de bois.

Son visage ne révéla rien. Elle réussit à manifester à Neil un intérêt poli, un calme impassible, la façade d'une parfaite maîtrise de soi. Mais derrière cette apparence, son cerveau travaillait à toute allure pour tenter d'assimiler toutes les implications de cette conversation et de définir un comportement qui, s'il n'apaisait pas toutes les craintes de Neil, lui paraîtrait au moins obéir à la logique. Compte tenu de ce qu'il savait d'elle — et il venait de lui administrer la preuve qu'il en savait bien plus et bien mieux qu'elle ne le croyait — tout ce qu'il avait dit était vrai. Elle ne pouvait cependant pas l'admettre ouvertement : Neil était encore trop fragile et dépendait trop d'elle. Elle lui en voulait surtout de la forcer à s'attaquer à un problème qu'elle n'avait pas encore résolu par et pour elle-même.

Elle se laissa aller contre son dossier, son visage las trahissant d'un coup toute la fatigue accumulée au long de cette éprouvante journée.

— Je suis fatiguée, Neil. Tout cela a trop duré. Ou c'est moi qui ne tiens pas le coup, dit-elle en s'humectant les lèvres. Je ne sais pas... Ne rendez pas Michael responsable de tout, je vous en prie. La situation est trop compliquée pour une explication aussi sommaire. Si j'ai changé, c'est de l'intérieur. Notre petit monde touche à sa fin, un autre s'apprête à voir le jour. Je dois sans doute m'y préparer déjà, comme vous le faites d'ailleurs tous. Et je suis si lasse, si lasse... Ne me compliquez pas la tâche, je vous en prie. Continuez simplement à me soutenir. A m'aider.

Neil sentait un phénomène extraordinaire se produire en lui tandis qu'il écoutait Honora Langtry admettre presque sa défaite. A mesure qu'il voyait les ressources intérieures de l'infirmière se tarir, les siennes augmentaient comme s'il s'en alimentait. La voilà, l'explication ! se dit-il avec une sorte d'exaltation. Elle se métamorphosait en être humain, de la même pâte que lui, un être aux forces et à l'endurance limitées, un être faillible. La voir ainsi lui redonnait soudain confiance en lui.

— Au début, dit-il lentement, je vous croyais faite d'acier trempé. Vous aviez tout ce qui me manquait. Certes, vous auriez été affectée de perdre quelques hommes au combat, mais pas au point de finir enfermée dans un endroit comme celui-ci. Rien au monde n'aurait jamais pu vous reléguer dans un pavillon X. Vous étiez alors, je crois, tout ce dont j'avais besoin, sinon vous n'auriez rien pu faire pour me venir en aide. Or vous m'avez aidé. Puissamment. C'est pourquoi il ne faut pas que ce soit vous, maintenant, qui craquiez. Je ferai tout ce qui est en mon pouvoir pour vous en empêcher, je vous le jure. Laissez-moi simplement vous avouer que je ne suis pas fâché, pour une fois, de voir la balance pencher un peu de mon côté.

— C'est bien compréhensible, répondit-elle en souriant.

Puis, avec un soupir, elle ajouta :

— Je vous demande pardon, Neil. Je ne suis effectivement pas au mieux de ma forme, aujourd'hui. Je ne cherche pas d'excuse, bien au contraire. Et vous avez parfaitement raison en ce qui concerne mes humeurs et mes comportements. Mais je suis capable de les dominer, rassurez-vous.

— Dites-moi, pour quelle raison Michael a-t-il été envoyé ici ?

— Comment pouvez-vous me poser une telle question ? dit-elle avec étonnement. Vous savez très bien que je n'ai pas le droit de parler d'un patient à un autre !

— Sauf s'il s'agit de Luc ou de Benedict, répondit-il avec un haussement d'épaules. Bah, qu'importe, après tout ? Je ne vous le demandais pas par curiosité malsaine. Michael est un homme dangereux. Il est trop honnête...

Aussitôt prononcées, il regretta ses paroles imprudentes. Il venait à peine de se rapprocher d'elle, à quoi bon risquer de l'éloigner ?

Elle ne se mit pourtant pas sur la défensive; elle se contenta de se lever pour marquer la fin de leur entretien :

— Il est plus que temps de me montrer aux autres, dit-elle. Ne croyez pas que ce soit un prétexte pour vous congédier, Neil. J'ai trop de raisons de vous être reconnaissante.

A la porte, elle s'arrêta un instant.

— Vous avez raison, lui dit-elle. Michael est un homme dangereux. Mais ni plus ni moins que vous, que Luc — ou même que Ben, pourquoi pas ? Chacun à votre manière, vous êtes tous des hommes dangereux.

5

Ce soir-là, elle quitta le pavillon un peu plus tôt que d'habitude, déclina l'offre que Neil faisait de la raccompagner et rentra chez elle à pas lents. Elle n'avait personne vers qui se tourner. Personne. Le colonel ? Si elle ouvrait seulement la bouche, il l'expédierait séance tenante chez un psychiatre. Quant à l'infirmière en chef... Non, il n'y avait vraiment plus personne avec qui parler à cœur ouvert. Les amies qu'elle s'était faites parmi ses collègues étaient toutes parties depuis la réduction d'effectifs de la base 15.

Cette journée avait été la pire de sa vie, marquée par une série d'incidents qui l'avaient bouleversée, torturée et la laissaient inquiète, lasse et dans l'incertitude de tout. Elle voyait les silhouettes de Michael, de Luc, de Neil, la sienne, se tordre et se fondre devant ses yeux comme réfléchies par l'un de ces miroirs déformants qui réduisent les formes familières à de grotesques caricatures.

Il devait y avoir une explication logique à ce qu'elle avait vu, ou cru voir, dans l'office. Quand elle pensait à Michael, son instinct lui disait une chose, la conduite qu'il avait eue ce matin et certains de ses propos semblaient en indiquer une autre. Pourquoi n'avait-il pas tout simplement repoussé Luc, à coups de poing s'il le fallait ? Pourquoi rester là, comme un gamin terrorisé, à se laisser dominer par cette présence maléfique ? Etait-ce parce que, la dernière fois qu'il s'était servi de ses mains, la bagarre avait failli causer la mort d'un homme et l'avait conduit au pavillon X ? C'était possible, probable même, bien qu'elle ne sache pas dans quelles circonstances exactes la querelle avait éclaté. Son dossier ne donnait pas de détails sur ce point et Michael lui-même n'en avait rien dit. Quand même, pourquoi était-il resté sans réagir lorsque Luc l'avait tripoté ? Il aurait au moins pu faire un pas, sortir de la pièce ! Quand il s'était aperçu qu'elle le regardait, elle avait vu dans ses yeux de la honte et du dégoût avant qu'il ne se refermât comme une huître. Tout cela paraissait absurde...

Et la voix de Luc, ses chuchotements obscènes : « Je suis n'importe quoi... homme ou femme, jeune ou vieux, je prends tout ce qui se présente... Le meilleur, ici, c'est moi... » En dépit de l'expérience acquise dans sa vie personnelle et professionnelle, elle n'avait jamais pu imaginer l'existence d'individus comme Luc, capables de fonctionner sexuellement à n'importe, quel niveau et en n'importe quelles circonstances, de se satisfaire de tout ce qui leur tombait sous la main. *Comment* Luc était-il devenu ainsi ? La dose de souffrance morale et de cruauté qu'il fallait pour modeler un tel personnage lui fit peur. Luc avait pourtant tout pour lui, beauté, intelligence, santé. La jeunesse, surtout. Pourtant, il n'avait rien. Loin d'être comblé, il était démuni. Une coquille vide.

Et Neil, tout à l'heure, un Neil inconnu, sûr de lui, manœuvrant pour lui soutirer des aveux qu'elle n'avait pas eu le temps de pleinement comprendre elle-même. Depuis le temps qu'elle le connaissait, elle n'avait pas perçu la force innée qu'il possédait; elle venait d'en avoir une idée. C'était, tout compte fait, un homme dur, insensible. Malheur à ceux qu'il n'aimait pas, à ceux qui repoussaient son amour ! Dans ses tendres yeux bleus, elle avait vu briller l'éclat de l'acier.

Elle vacillait encore sous le choc de sa réaction involontaire, mais profonde, lors de son bref contact physique avec Michael; une délicieuse faiblesse, un bondissement aussi, ressentis simultanément avant qu'elle n'en prenne conscience. Elle n'avait jamais encore éprouvé une si intense émotion, même au cours des élans les plus fous de ce qui lui avait semblé alors un amour passionné. Si Michael, à ce moment-là, lui avait simplement effleuré les lèvres, elle se serait ruée sur lui, l'aurait entraîné par terre, se serait donnée à lui sur-le-champ, comme une chienne en chaleur...

Une fois dans sa chambre, elle résista à l'envie d'ouvrir le tiroir de la commode où se trouvait le tube de somnifère. Tout à l'heure, la drogue lui avait été indispensable : si elle n'avait pas dormi tout l'après-midi, rien au monde n'aurait pu la forcer à retourner au pavillon X. Elle s'était administré un traitement de choc. Maintenant, le pire était passé, même si la fin de la journée lui avait réservé d'autres coups. Mais elle avait fait son devoir. Elle était retournée au pavillon X.

Neil avait raison, bien entendu. C'est elle qui avait changé, Michael en était responsable et ce changement les affectait tous de la manière la plus pénible. Elle avait été assez idiote pour ne pas comprendre que ses pressentiments de malheur imminent n'avaient rien à voir avec le pavillon ni avec les malades confiés à sa garde. Tout était en elle, tout venait d'elle. C'était donc à elle de stopper le processus, d'enrayer la dégradation. Il le fallait, absolument !...

Mon dieu, se dit-elle, je dois perdre la raison, je deviens aussi folle que tous ceux qui sont passés par le pavillon X !... Mais où aller, vers quel recours me tourner ? Que faire, mon dieu, que faire pour soigner ma folie ?

Dans un coin de la chambre, s'épanouissait une tache à l'endroit où elle avait un jour renversé le seul flacon d'essence à briquet qu'elle eût réussi à se procurer. Elle avait laissé la tache en souvenir de sa maladresse.

Honora Langtry alla chercher un seau et une brosse, se mit à quatre pattes et frotta jusqu'à ce que le bois fût blanc.

Par comparaison, le reste lui parut alors si sale qu'elle s'y attaqua; elle se mit à frotter le plancher latte par latte, tant et si bien que la pièce se trouva nettoyée jusque dans les moindres recoins.

Elle était épuisée, tombait de sommeil. Mais cette fatigue, tout compte fait, valait mieux qu'un somnifère.

6

— Et moi je vous dis qu'elle n'est pas bien ! répéta
Nugget. Bon dieu ! Ce que je suis mal foutu...

Il frissonna, fit entendre une toux caverneuse et de
longs raclements puis il cracha, avec une remarquable
précision, en direction d'un tronc de palmier derrière
Matt.

Ils étaient tous les six assis en tailleur sur la plage; de
loin, le cercle de leurs corps nus ressemblait à un ensemble de pierres levées, brunes et immobiles, placées là
pour une célébration de quelque rite magique. Il faisait
un temps idéal, sec et pas trop chaud; et pourtant, ils
tournaient le dos à la mer, au sable et aux palmiers.
Leurs regards, ils ne les accordaient qu'à eux-mêmes.

Honora Langtry était l'objet de leur conciliabule.
Cette « réunion plénière » avait été convoquée par Neil
et les participants la prenaient très au sérieux. Les opi-
nions divergeaient : Matt, Benedict et Luc affirmaient
qu'elle était un peu fatiguée mais, à part cela, en parfaite
santé; Nugget et Neil soutenaient au contraire qu'elle
était gravement atteinte; quant à Michael, à la fureur de
Neil, il s'abstenait de prendre position quand on lui
demandait son avis.

Combien sommes-nous à dire sincèrement ce que
nous pensons ? se demandait Neil. Nous nous ren-
voyons toutes sortes d'hypothèses, de la dermatose à la

malaria en passant par les troubles gynécologiques, comme si nous étions réellement persuadés qu'il s'agit uniquement du physique. Je suis le premier, d'ailleurs, à maintenir la discussion sur ce terrain. Si seulement je pouvais forcer Michael à ouvrir la bouche !... Mais non, rien à faire. Il n'est pourtant pas amoureux d'elle. C'est moi qui le suis, pas lui ! C'est trop injuste, elle ne me regarde même plus à cause de lui ! Pourquoi ne l'aime-t-il pas ? Je pourrais le tuer pour ce qu'il lui fait subir...

La discussion procédait par à-coups entrecoupés de longs silences, car, en fait, ils avaient tous peur. Pour eux, Honora Langtry comptait plus que tout et ils n'avaient encore jamais eu à s'inquiéter à son sujet. Elle était comme un roc inébranlable dans une mer agitée, ils s'y étaient amarrés pour laisser passer leurs tourmentes et attendre l'embellie. Quand ils parlaient d'elle, les métaphores se succédaient : elle était leur phare dans la nuit, leur madone, leur ancre dans la tempête, leur foyer, leur secours contre les épreuves. Chacun d'entre eux en avait son idée bien à lui et trouvait des raisons purement personnelles de l'aimer.

Pour Nugget, elle était la seule personne au monde, à l'exception de sa mère, à s'intéresser suffisamment à lui pour s'inquiéter de sa mauvaise santé. Transféré du service de chirurgie abdomino-thoracique au pavillon X — dans les cris de joie et de soulagement du personnel unanime —, il avait quitté un monde bruyant, puant, affairé, où personne n'avait le temps de prêter l'oreille à ses plaintes, ce qui l'avait forcé à parler fort, trop fort, pour attirer l'attention. Il était malade, et personne ne voulait le croire. En arrivant au pavillon X, il souffrait de maux de tête, non pas de ses migraines habituelles mais d'un martèlement provoqué par la tension excessive de tous ses muscles, phénomène encore plus douloureux. Alors, assise au bord du lit, *elle* l'avait écouté attentivement décrire par le menu les symptômes de ses souffrances, *elle* s'y était intéressée et avait compati. Plus il ajoutait de détails bouleversants, plus elle manifestait de sympathie pour son martyre. Puis elle était passée à l'action, lui avait appliqué des compresses froides, offert un assortiment de pilules et comprimés. Ah ! le bonheur indicible de pouvoir enfin discuter raisonnablement des solutions au problème complexe que représente le choix de la médication appropriée au mal dont on souffre, radicalement différent de tous ceux qui l'avaient précédé... Il savait, bien sûr, que cela faisait partie de sa tactique : en matière de maladie, on ne la fait pas à un Nugget ! Il savait aussi que le diagnostic qui le concernait était resté inchangé dans son dossier. Mais qu'importe : *elle* s'occupait de lui, *elle* lui consacrait son précieux temps. Pour Nugget, c'était ce qui comptait le plus. Et puis, elle était si jolie, si parfaite à tous points de vue... et malgré cela, *elle* le regardait toujours comme s'il avait vraiment de l'importance à ses yeux. Alors ?...

Benedict, lui, la jugeait de très loin supérieure à toutes les autres femmes et faisait comme d'habitude la distinction entre les « filles » et les femmes. Elles naissaient dans l'une ou l'autre catégorie et n'en changeaient plus. Les filles, il les avait en horreur : elles lui riaient au nez, le taquinaient, cruelles comme un chat qui joue avec une souris. Les femmes, au contraire, étaient des créatures dignes et calmes, les gardiennes de l'espèce, les bien-aimées du Seigneur. Les hommes étaient capables de tuer, de torturer, de forniquer; les filles de mettre le monde à feu et à sang par caprice; mais les femmes étaient la Lumière et la Vie. Honora Langtry, elle, incarnait toutes les perfections de la Femme. Dès qu'il la voyait paraître, il avait envie de se jeter à genoux pour lui laver les pieds, de mourir pour elle s'il le fallait. S'il s'efforçait de ne jamais avoir à son sujet de pensées impures, la plus vile des trahisons, il lui arrivait cependant, dans ses rêves les plus débridés, de la voir surgir au milieu de seins nus et de toisons impudiques, et ces errements occasionnels suffisaient à le convaincre qu'il était indigne de lever les yeux sur elle. Il ne pourrait faire pénitence qu'en trouvant la Réponse et, pour Benedict, Dieu n'avait créé Honora Langtry que pour lui en indiquer la voie. Celle-ci lui échappait encore, certes; mais depuis qu'il *la* connaissait, il se sentait moins différent, moins à l'écart de l'humanité où, grâce à elle, il trouverait un jour sa place. Michael lui donnait un peu la même impression et, depuis son arrivée, Benedict en venait à fondre Michael et l'infirmière en une seule personne, unique et indivisible, d'où émanaient le Bon et le Bien suprêmes.

Le pavillon X était en revanche, à l'image du monde, une juxtaposition de choses et de monstres. Nugget était une fouine, une belette, un furet, un rat. Benedict avait toujours l'impression absurde que si Nugget laissait pousser sa barbe, elle ressemblerait à des moustaches de rongeur; dans la baraque des douches, quand Nugget se rasait, Benedict avait du mal à ne pas empoigner un rasoir pour gratter de plus près tant il croyait voir pointer à fleur de peau ces pilosités animales. Matt, lui, n'était qu'un tas de boue, un caillou terne, un œil de verre, une groseille blette, un poulpe aux tentacules coupés, une larme, tout ce qui est rond et opaque — les larmes aussi sont opaques —, tout ce qui ne sert à rien et ne va nulle part. Neil, au contraire, était un flanc de montagne raviné, une colonne cannelée, un assemblage à tenons et à mortaises, les sillons laissés par des doigts angoissés sur la paroi d'un puits, une cosse de pois qui n'a pu germer parce que Dieu en a collé les bords de sa colle céleste et se rit d'un Neil. Mais Luc, c'était Benedict tel que Dieu aurait pu le façonner si Benedict Lui avait plu : un être plein de vie, de lumière, de gaieté. Luc, pourtant, était le Mal incarné; son existence trahissait Dieu, insultait Dieu dont il illustrait le contraire des intentions. Alors, dans ces conditions, que devenait Benedict ? Qui était-il, au fond ?

Neil était extrêmement inquiet. *Elle* lui échappait, c'était insupportable. Impensable. Il ne pouvait le permettre à aucun prix. Surtout pas maintenant qu'il commençait enfin à voir clair en lui-même, à comprendre combien il ressemblait au vieillard de Melbourne. Maintenant qu'il commençait à sentir ses forces intérieures lui revenir, s'affermir, et qu'il en jouissait. Bizarre, il avait fallu un type comme ce Michael pour lui tendre le miroir où il se voyait enfin avec clarté. La vie avait de ces ironies cruelles... En arriver à se connaître grâce à l'intervention de celui-là même qui vous enlève la raison de se découvrir soi-même... Honora Langtry appartenait à Neil Parkinson, à lui seul, et il était intolérable qu'on la lui arrachât. Il fallait trouver le moyen de la reprendre. Il le fallait.

Pour Matt, *elle* était le seul lien avec le monde extérieur, le foyer perdu, une voix dans la nuit plus chère que toutes les autres. Il savait ne jamais revoir sa maison, aussi passait-il ses nuits à tenter d'évoquer le son de la voix de sa femme, du rire de ses filles. En vain. La voix de l'infirmière, au contraire, imprégnait les cellules de son cerveau prêt à mourir; elle constituait le seul écho lui parvenant d'autres temps et d'autres lieux cristallisés en elle. Il l'aimait d'un amour profond où le désir physique n'avait pas de place. Il ne l'avait jamais vue, elle n'avait donc pas de corps. Lui restait-il d'ailleurs la force de désirer un corps, même par la pensée ? Retrouver Ursula le terrifiait, car elle exigerait de lui les preuves d'un désir qu'il n'éprouvait plus. L'idée même de caresser, d'enlacer sa femme lui répugnait, le ravalait au rang du

188

serpent ou de l'algue s'accrochant au hasard du premier obstacle rencontré. Ursula appartenait à un monde disparu et qu'il ne verrait plus. Honora Langtry était la lumière dans la nuit. Ni visage ni corps. La seule pureté de la lumière.

Luc essayait de ne pas penser à Honora Langtry. Malheureusement, il ne pensait qu'à elle et revoyait sans cesse son expression de dégoût et de refus. Comment être idiote à ce point ? Comment ne pas l'avoir estimé, d'un seul coup d'œil, à sa juste valeur ? Il ne désirait qu'une chose : lui montrer ce dont elle se privait en le dédaignant. Or, pour la première fois ou presque, il n'avait pas su s'y prendre pour convaincre une femme de l'essayer. C'était pourtant si facile, d'habitude ! Son échec incompréhensible ne venait donc pas de lui. Il la haïssait, cette garce ! Ce regard, l'horreur et le rejet définitif qu'il exprimait, il les lui ferait payer ! Aussi, loin de réfléchir à la santé de l'infirmière, Luc se concentrait-il sur sa vengeance et les délices qu'il en escomptait. Chacune de ses idées se concluait sur la même vision, celle d'Honora Langtry à genoux devant lui, confessant ses erreurs et le suppliant de lui accorder une dernière chance.

Michael la connaissait à peine mais devinait l'imminence d'une découverte, qui ne lui causait finalement aucun plaisir. L'amour physique mis à part, il avait des femmes une connaissance des plus limitées : la seule dont il ait été réellement proche était sa mère, morte quand il avait seize ans. Elle s'était laissée mourir, apparemment parce qu'elle ne voyait plus aucune raison de vivre. Son père et lui s'étaient considérés comme responsables, sans vraiment comprendre les fautes qu'ils avaient bien pu commettre pour la dégoûter de la vie. Sa sœur avait douze ans de plus que lui, il ne la connaissait donc pas du tout. A l'école, les filles s'intéressaient à lui et le trouvaient séduisant, ce qui lui faisait plaisir, mais les aventures dans lesquelles il s'était lancé avaient généralement mal tourné. Ses conquêtes se révélaient jalouses de ses chats perdus et de ses canards boiteux, auxquels il avait tendance à accorder la priorité. Ensuite, il avait eu une sorte de longue liaison avec une fille de Maitland, consistant essentiellement en des ébats physiques prolongés, fréquents et variés. Ces rapports convenaient parfaitement à Michael : les exigences de sa partenaire se limitaient à ce seul aspect de l'amour et il ne se sentait donc pas lié à elle. La guerre survint, il partit pour le Moyen-Orient et, peu après, cette fille se maria. La nouvelle ne lui causa pas un grand chagrin, car il était trop occupé à rester en vie pour s'affliger inutilement. Curieusement, cependant, il ne souffrait pas de la continence et s'en trouvait au contraire comme purifié, revigoré. Peut-être faisait-il simplement partie de ces gens qui ont la chance de pouvoir limiter leur sexualité à volonté. Quoi qu'il en fût, il ne s'en souciait pas.

Ce qu'il éprouvait pour Honora Langtry était une affectueuse amitié où il voyait poindre, sans savoir exactement depuis quand, quelque chose de plus personnel et de plus intime. Mais l'incident de l'office, ce matin-là, avait failli tout remettre en question. Luc se rendait odieux tandis qu'il conservait, lui, une parfaite maîtrise de sa colère jusqu'au moment où il la laissait éclater — sans pour autant céder à son effrayant désir de tuer. Or, le moment était venu. Il ouvrait la bouche pour remettre sèchement Luc à sa place quand il avait interrompu par un bruit à la porte. De quoi Luc et lui avaient-ils l'air ? Comment aurait-il pu l'expliquer de façon logique ? C'est pourquoi il n'avait même pas essayé. Et puis, tout de suite après, il l'avait touchée — et il s'était alors produit, entre eux et pour tous deux, quelque chose de difficile à définir, de plus profond qu'un simple

190

contact physique Ce courant les avait affectés autant l'un que l'autre, et de manière assez puissante pour se passer de mots et de regards. Pourquoi, grand dieu, n'avait-il pas trouvé à la tête du pavillon X le dragon maternel et d'âge canonique auquel il s'attendait ? A quoi bon nouer avec Honora Langtry des liens d'intimité inutiles, néfastes et ne menant à rien ? Et pourtant... Cette simple idée lui plaisait, mieux : l'excitait. En dehors de toute considération physique, Michael découvrait en effet que, pour la première fois de sa vie, il subissait avec délice la fascination d'une femme.

— Écoutez, vous autres, dit Neil, regardons les choses en face. Cela fait maintenant un an qu'elle est à la base 15, et il me semble logique d'imaginer qu'elle est fatiguée du pavillon X aussi bien que de nous. Elle ne voit que nous, vous rendez-vous compte ? Michael, vous êtes nouveau ici. Qu'en pensez-vous ?

— De vous tous, je suis précisément le moins qualifié pour en juger. Aussi vais-je poser la question à Nugget. Qu'en dis-tu, Nugget ?

— Je pense que cela ne veut rien dire ! déclara Nugget avec véhémence. Si elle en avait vraiment marre de nous, je serais le premier à le savoir !

— Je n'ai pas dit qu'elle en avait marre, mais qu'elle était simplement fatiguée de nous voir; il y a une nuance, répondit Neil patiemment. Et nous, ne sommes-nous pas fatigués d'être ici ? Pourquoi n'aurait-elle pas le droit de l'être, elle aussi ! Êtes-vous vraiment assez naïfs pour croire qu'elle se lève tous les matins en poussant des cris de joie à la seule perspective d'aller passer sa journée au pavillon X, en notre compagnie ? Allons, Michael, répondez. C'est votre avis que je vous ai demandé, pas celui de Nugget ou d'un autre C'est justement parce que vous êtes un nouveau et encore relativement en dehors du coup que vous pouvez voir les choses plus clairement. Alors, croyez-vous, vous aussi, qu'elle veuille vraiment passer tout son temps avec nous ?

— Je vous l'ai dit, je n'en sais rien ! Demandez plutôt à Ben, dit Michael en regardant Neil dans les yeux. Vous vous trompez de porte, mon vieux.

— Notre infirmière est une femme trop bonne et trop pleine de qualités pour se fatiguer de nous, déclara Benedict.

— Elle est frustrée, oui ! dit Luc.

Matt pouffa de rire :

— Il faut dire que le pavillon X est un endroit plutôt frustrant !

— Pas dans ce sens-là, andouille ! Je veux dire que c'est une femme et qu'elle est frustrée de ne pas se faire baiser.

La réprobation et la répugnance fondirent sur Luc comme des poignards, mais il affectait d'y prendre plaisir et souriait d'un air satisfait.

— Tu sais, Luc, tu es d'une telle bassesse que tu serais forcé de grimper à une échelle si tu voulais gratter le ventre d'un serpent, dit Nugget en faisant la grimace. Tu me donnes envie de dégueuler.

— Tu aurais plus vite fait de nous dire ce qui ne te donne pas envie de dégueuler, répondit Luc avec mépris.

— Ne sois pas si faraud, Luc, dit Benedict sans élever la voix. Sois humble, très humble. Tout homme devrait apprendre l'humilité avant de mourir, et nous ne savons ni les uns ni les autres quand nous mourrons. Ce peut aussi bien être demain que dans cinquante ans.

— Arrête tes sermons, minable ! gronda Luc. Si tu continues, tu te retrouveras clochard le lendemain de ta démobilisation.

— Tu ne me verras jamais dans cet état...

— Non, c'est vrai, je serai trop occupé à redevenir célèbre.

— Pas grâce à moi, en tout cas ! dit Matt. Je ne dépenserai pas un sou pour aller te regarder pisser.

Luc éclata de rire :

— Si tu es capable de me regarder pisser, Matt, c'est moi qui te paierai ton billet. Et un fauteuil d'orchestre, encore !

— Neil a raison ! intervint soudain Michael d'une voix forte.

La dispute s'arrêta net et toutes les têtes se tournèrent vers lui avec curiosité. Jamais encore sa voix n'avait eu un tel ton passionné, empreint de colère et d'autorité.

— Bien sûr qu'elle en a marre de nous, reprit-il, et comment le lui reprocher ? Tous les jours la même chose, Luc qui s'en prend à tout le monde et tout le monde qui s'en prend à Luc ! Vous ne pourriez pas un peu lui foutre la paix, cesser de vous asticoter les uns les autres à tout bout de champ, comme des gamins ? Si elle ne va pas bien, c'est son affaire, pas la vôtre. Et si elle avait voulu vous demander votre avis, elle vous en aurait parlé. Laissez-la tranquille, à la fin ! A vous écouter, on aurait envie de se mettre à boire !... Viens donc, Ben, poursuivit-il en se levant. Viens te laver. Je vais essayer moi aussi, mais avec toute la boue qui a été remuée par ici depuis tout à l'heure. j'en aurai peut-être pour huit jours.

Enfin ! se dit Neil. Un petit défaut à la cuirasse. Mais cette constatation ne lui faisait, finalement, pas plaisir. Il suivit des yeux Ben et Michael qui s'éloignaient vers la mer. Michael marchait d'un pas saccadé. Il pense à elle, il s'y intéresse, se dit encore Neil, il ressent quelque chose. Mais le sait-elle ? Non, sans doute pas. Et je ferai ce qu'il faut pour qu'elle ne s'en rende jamais compte.

— C'est la première fois que je te vois te mettre en colère, dit Benedict en avançant dans l'eau.

Michael s'arrêta, regarda le visage maigre et sombre où se lisait une évidente inquiétude.

— J'ai eu tort, répondit-il. C'est toujours idiot de perdre son sang-froid. Je n'ai pourtant pas mauvais caractère, c'est pourquoi je n'aime pas qu'on me pousse à bout. C'est tellement inutile... Il valait donc mieux les quitter. Si j'étais resté avec eux, je me serais encore plus couvert de ridicule.

— Toi, tu as la force de résister à la tentation, dit Ben avec regret. Si je pouvais en dire autant !

— Allons donc ! Tu es le meilleur de nous tous, répondit Michael d'un ton affectueux.

— C'est vrai ce que tu dis, Mike ? J'essaie, tu sais, mais c'est si dur. J'ai trop perdu...

— C'est toi qui t'es perdu, Ben, tout simplement. Tu as tout ce qu'il faut, là, en toi, qui ne demande qu'à repartir quand tu auras retrouvé ton chemin.

— C'est la guerre, vois-tu. Elle a fait de moi un assassin. Pourtant, je sais bien que ce n'est qu'une mauvaise excuse. Non, ce n'est pas la faute de la guerre mais la mienne. Je n'ai pas eu la force de surmonter l'épreuve que Dieu m'a envoyée.

— Non, c'est la guerre, crois-moi. Elle nous a tous fait quelque chose, Ben, pas seulement à toi. Nous sommes ici, au pavillon, à cause des dégâts que la guerre nous a infligés. Sinon, nous serions tous en pleine forme. On dit que la guerre est un phénomène naturel, indispensable à l'homme, mais ce n'est pas du tout mon avis. C'est peut-être un phénomène naturel au niveau de l'espèce, ou pour les vieux qui la déclenchent. Mais pour ceux qui sont obligés de la faire... Non, crois-moi, c'est bien le phénomène le plus anormal qui puisse bouleverser la vie d'un homme.

Benedict se plongea dans l'eau jusqu'aux épaules et se releva d'un bond.

— Dieu y a pourtant sa part, dit-il pensivement. Ce doit donc être naturel. C'est Dieu qui m'a envoyé faire la

194

guerre. Je ne m'étais d'abord pas porté volontaire parce que j'avais prié Dieu qu'Il m'éclaire et Il m'a dit d'attendre. Puis Il a dû se rendre compte que j'avais besoin d'être éprouvé, puisqu'Il m'y a envoyé. La guerre est donc quelque chose de naturel.

— Ouais, comme la naissance, le mariage... dit Michael avec lassitude.

— Vas-tu te marier, un jour ?

Benedict avait soudain l'air attentif, comme si la réponse avait une grande importance. Michael réfléchit avant de parler. Il pensa à Honora Langtry, une fille de bonne famille, bien élevée. Officier, aussi — cela comptait. Elle appartenait à une classe avec laquelle il n'avait pratiquement eu aucun contact avant la guerre, et à laquelle il avait choisi de ne pas se mêler depuis.

— Non, dit-il sobrement. Je n'ai plus grand-chose à offrir. Je ne suis plus ce que j'étais. Peut-être en sais-je trop sur mon propre compte et je crois qu'il faut conserver des illusions sur soi-même pour vivre avec une femme, élever des enfants. Je n'en ai plus. J'ai tout fait, tout vu, mais je ne suis plus ce que j'aurais été sans la guerre. Comprends-tu ce que je veux dire ?

— Oui, bien sûr ! répondit Ben chaleureusement pour faire plaisir à son ami — car il n'avait rien compris à sa tirade.

— J'ai tué des hommes. J'ai même essayé de tuer l'un de mes compatriotes. Les Dix Commandements n'ont plus la même portée, le même sens qu'avant la guerre. Comment le pourraient-ils, d'ailleurs ? J'ai nettoyé au jet d'eau des carlingues de bombardiers abattus pour en retirer des morceaux de chair humaine, trop insignifiants pour être enterrés. J'ai fouillé dans le sang et les tripes jusqu'aux chevilles pour retrouver des plaques d'identité, et je n'avais jamais vu cela dans un abattoir. J'ai eu peur à en être paralysé, à me demander si je pourrais de nouveau bouger. J'ai pleuré, aussi, beaucoup pleuré. Alors, je me demande parfois à quoi bon avoir un fils et l'élever pour le faire vivre dans un monde comme le nôtre... Non, décidément, non. Je ne pourrais pas, même si j'étais le dernier homme sur terre et le seul à pouvoir la repeupler.

— Tu te sens donc coupable ? dit Benedict.

— Non, répondit Michael. J'ai de la peine.

7

Il était quatre heures passées quand Honora Langtry arriva au salon des infirmières, presque désert à ce moment de la journée. C'était une vaste pièce lumineuse, aérée par deux grandes portes-fenêtres donnant de chaque côté sur une véranda. Les ouvertures étaient protégées des insectes par un grillage, luxe incroyable qui ne se retrouvait qu'au mess. L'inconnu responsable de son ameublement avait dû nourrir une vive affection pour les infirmières, car il avait enseveli les fauteuils de rotin sous une profusion de coussins et tendu les murs de chintz assorti aux rideaux. Depuis longtemps, l'humidité avait rongé le décor et la lessive décoloré l'étoffe, mais les bonnes intentions initiales subsistaient. Il en restait une grande salle dont l'atmosphère chaleureuse et gaie déteignait sur le caractère de ses occupantes.

A son entrée, Honora Langtry ne trouva qu'une infirmière, le major Sally Dawkin du service de neurologie, forte quadragénaire au franc-parler et à la bonne humeur inépuisables malgré son surmenage chronique. La neurologie jouissait, auprès des infirmières, d'une détestable réputation; Honora Langtry considérait même ce service comme le plus déprimant en temps de guerre. On n'y trouvait généralement que des cas désespérés et les survivants y végétaient pendant des mois au défi des lois de la nature. Un bras coupé ne repousse pas, mais l'organisme fonctionne sans lui et, tout en subissant le handicap de sa perte, il finit par s'en accommoder. Les cerveaux, les moelles épinières ne repoussent pas non plus; mais ce qui fait défaut, alors, ce n'est plus un simple outil, c'est l'organe moteur. Quelles que soient les convictions religieuses, on en arrive tôt ou tard dans un service de neurologie militaire à se demander comment concilier le respect de la personne humaine et les interdits moraux attachés à l'euthanasie.

Honora Langtry se savait capable de supporter le pire dans son pavillon, alors qu'elle n'aurait pas survécu à un passage prolongé en neurologie. Pour Sally Dawkin, c'était le contraire. Tout était donc pour le mieux. Les deux femmes possédaient à un même niveau d'excellence des qualifications professionnelles et un sens moral; elles les mettaient, chacune, au service de leurs préférences.

En voyant sa collègue, le major Dawkin eut un large sourire :

— Vous tombez bien, le thé est buvable ! Contente de vous voir, Honora.

Le capitaine Langtry s'assit à côté d'elle, devant la petite table en rotin où étaient disposées les tasses, se versa le breuvage noir dans une généreuse dose de lait et alluma une cigarette.

— Vous êtes en retard, aujourd'hui, Sally.

— A force de vivre avec des retardés, on finit par ne plus savoir où l'on en est... Oh ! mes pauvres pieds !

Sally Dawkin se pencha pour délacer ses chaussures et ôta ses bas, qu'elle jeta négligemment sur une chaise voisine.

— Quand je pense à vous, ma petite Honora, enfermée à l'autre bout du camp avec une demi-douzaine de cinglés, je ne vous envie pas. D'habitude, je préfère mes trente et quelques diminués et les chipies censées m'aider. Mais aujourd'hui, c'est l'une des rares occasions où je changerais volontiers de place avec vous.

Tout en parlant, elle tira devant elle un baquet plein d'eau posé près de sa chaise et y plongea les pieds avec un soupir de soulagement. Mi-attendrie, mi-amusée, Honora Langtry la regarda tortiller voluptueusement ses orteils ornés d'une floraison de cors, oignons et durillons, conséquences de ses années de service.

— Dieu, que c'est bon ! dit-elle avec un gloussement de plaisir. Une minute de plus et je tombais raide...

Un bruit de pas familier l'interrompit. Entrant de sa démarche de grenadier, le voile en losange impeccable à hauteur de la taille, l'uniforme sans un faux pli et les chaussures éblouissantes de cirage, l'infirmière en chef fit son apparition. A la vue de ses deux subordonnées, elle se résigna à leur adresser un sourire glacé et se dirigea vers elles.

Les trois femmes venaient de se saluer quand l'infirmière en chef remarqua le baquet et eut un haut-lecorps :

— Trouvez-vous convenable, major Dawkin, de prendre un bain de pieds dans un lieu public ?

— Cela dépend du lieu et des pieds, madame. Excusez mon manque d'usages, mais je suis venue directement de Moresby à la base 15 et je n'étais pas habituée à un tel confort. Cependant, poursuivit-elle en sortant un pied de l'eau pour l'examiner avec attention, je dois admettre que ce pied n'a rien de *convenable*. Il est déformé comme je ne sais quoi et franchement laid, à cause des mauvais traitements que je lui ai infligés au service de l'humanité souffrante. Mais par ailleurs, continua Sally Dawkin du même ton en replongeant son pied dans l'eau avec un joyeux clapotis, reconnaissez de votre côté que l'existence d'un service de neurologie comme le nôtre, aussi scandaleusement dépourvu de personnel, n'a rien non plus de très *convenable*.

L'infirmière en chef se raidit sous l'outrage, faillit exploser mais, devant un témoin tel qu'Honora Langtry, préféra ravaler ses remontrances, faire demi-tour et quitter la pièce.

— Vieille garce ! s'écria Sally Dawkin quand la porte se fut refermée. Je lui en ficherai, du *convenable* ! Elle est sur mon dos depuis huit jours parce que j'ai eu l'audace de lui demander du renfort devant un général américain en visite. Cela fait des semaines que je le lui disais discrètement sans arriver à rien, alors que pouvais-je perdre à le faire sans discrétion, hein ? Avec les trente pauvres bougres que j'ai sur les bras... Je vous le dis, ma petite Honour, s'il n'y avait pas les trois ou quatre convalescents du service pour nous donner un coup de main, il y a longtemps que nous aurions sombré corps et biens ! Alors, quand je vois celle-là, poursuivit-elle avec un bruit de bouche insultant, et ses moustiquaires, j'attends le jour où elle aura le culot de me dire que les moustiquaires de ma salle commune n'ont pas l'air *convenable*, parce que ce jour-là, je vous préviens, je lui en mets une autour du cou et je l'étrangle, vous verrez !

— L'étrangler ? Oh, Sally ! Vous aurez toujours trop bon cœur ! dit sa compagne en éclatant de rire.

Ce début prometteur tourna court à l'arrivée de l'infirmière Sue Pedder. Devant elle, pas question de tels écarts de langage. C'était une chose de se laisser aller devant une Honora Langtry qu'une femme comme Sally Dawkin pouvait traiter en égale — d'autant qu'elles avaient servi ensemble sur tous les théâtres d'opérations et renforcé leur amitié de la Nouvelle-Guinée à Morotai —, mais les choses n'étaient plus les mêmes avec une Sue Pedder, une gamine de l'âge des petites auxiliaires qu'on faisait trimer jusqu'à quarante-huit heures d'affilée à Moresby. Au fond, le problème était là : on ne voyait pas Sue Pedder travailler quarante-huit heures de suite n'importe où ni pour n'importe quel motif.

A vingt-deux ans, extrêmement jolie et pleine de vivacité, elle était assistante dans les salles d'opération et ne faisait partie du personnel de la base 15 que depuis peu. Son arrivée spectaculaire avait, disaient les mauvaises langues, opéré des miracles sur les plus décrépits, tel le vieux Carstairs, spécialiste des voies urinaires. Les infirmières qui restaient à la base 15 pour en assurer le fonctionnement jusqu'à sa clôture étaient toutes femmes d'âge et d'expérience, rescapées de la jungle et endurcies comme des briscards. Toutes, sauf Sue Pedder que les autres soumettaient à un ostracisme sournois, quand elles ne l'accablaient pas d'une hostilité ouverte.

— Bonjour ! lança gaiement la jeune fille en s'approchant de ses aînées. Cela fait une éternité que je ne vous ai vues. Comment vont les choses, chez vous ? Tout se passe bien ?

— Nettement moins bien qu'en salle d'opération, où on a le temps de faire de l'œil aux chirurgiens, répondit Sally Dawkin. Mais profitez-en tant que cela dure, ma petite, parce que si j'avais mon mot à dire, vous seriez mutée demain en neurologie.

— Oh non ! s'écria Sue Pedder, l'air terrifié. Pas en neurologie, c'est affreux ! Je ne tiendrais pas le coup.

— Quel dommage, ma pauvre petite ! répliqua Sally Dawkin sans la moindre commisération.

Honora Langtry intervint, par pitié pour la jeune fille :

— Je ne pourrais pas tenir, moi non plus, en neurologie. Il y faut à la fois de la tête, de l'estomac et des muscles, plus que je n'en ai, je l'avoue.

— N'est-ce pas ? renchérit Sue Pedder.

Un silence embarrassé s'appesantit. La jeune fille se versa du thé, s'aperçut trop tard qu'il était tiède et horriblement amer, se résigna à le boire en faisant la grimace. Gênée, craignant plus la réprobation qu'elle devinait chez ses aînées que la perspective d'une mutation, elle se tourna finalement vers Honora Langtry. De toutes ses consœurs, elle se montrait la plus aimable, bien qu'elle fût distante.

— Au fait, Honora, lui dit-elle, j'ai rencontré l'un de vos patients, il y a une quinzaine de jours. Nous étions allés ensemble à l'école ! N'est-ce pas une extraordinaire coïncidence ?

Honora Langtry se redressa et se mit à scruter sa jeune collègue qui estima que cette attention était beaucoup plus grande que ne le justifiait sa banale déclaration.

— La fille du banquier ! dit-elle enfin. Par exemple... Je me demandais depuis des jours de laquelle d'entre nous il s'agissait et j'avoue ne pas avoir un instant pensé à vous. Avec Luc, je m'attends toujours à l'imprévu...

— Parlez-vous de Luc Daggett ? intervint Sally Dawkin. Eh bien, ma petite, poursuivit-elle en décochant un regard réprobateur à Sue Pedder, si vous vous amusez à le voir en cachette, vous feriez bien de mettre une culotte blindée — et ne lui laissez pas le temps de sortir son chalumeau !

Sue Pedder rougit jusqu'aux oreilles. Se retrouver sous les ordres de ce vieux dragon, quelle horreur !

— Ne vous inquiétez donc pas pour moi ! répondit-elle vexée. Luc est un ami d'enfance.

— Comment était-il, à cette époque-là ? demanda Honora Langtry.

Devant cette preuve d'intérêt, Sue Pedder se détendit :

— Oh ! guère différent de maintenant. Il était déjà beau comme un dieu et toutes les filles étaient folles de lui. Mais mes parents m'auraient tuée si j'avais seulement fait mine de le regarder. Heureusement, j'avais deux ans de moins que lui, si bien qu'il était déjà parti pour Sydney quand j'ai quitté l'école. Son départ ne nous a pas empêchées toutes de suivre sa carrière avec passion. Je n'ai jamais manqué la retransmission de ses pièces à la radio. Certaines de mes amies sont même allées le voir sur scène au Royal de Sydney, mais mon père me l'avait formellement interdit.

— Et son père, comment était-il ?

— Je ne me le rappelle pas très bien. Il était chef de gare et il est mort juste après le début de la Dépression. La mère de Luc était trop fière pour demander des secours et c'est pourquoi elle faisait des lessives.

— Il a des frères, des sœurs ?

— Pas de frères, deux sœurs plus âgées que lui. Ravissantes toutes les deux. Mais elles ont mal tourné. L'une d'elles s'est mise à boire et mieux vaut ne pas parler de la vie qu'elle mène. L'autre s'est fait faire un enfant qu'elle a gardé, une petite fille, et vit toujours avec sa mère.

— Luc était-il bon élève ?

— Très intelligent, comme toute la famille.

— S'entendait-il avec ses professeurs ?

— Grand dieu, non ! dit Sue Pedder avec un rire forcé. Les professeurs le détestaient. Il se moquait tout le temps d'eux et s'arrangeait pour leur glisser entre les mains, si bien qu'ils n'arrivaient presque jamais à le punir. Ceux qui y avaient réussi s'en repentaient, car Luc se vengeait, souvent méchamment.

— Comme vous le disiez, il n'a donc pas beaucoup changé.

— Dans ce sens-là, peut-être. Mais il est devenu encore plus beau. Je n'ai jamais vu de ma vie quelqu'un de plus beau que lui, dit Sue Pedder avec un sourire rêveur.

— Allons bon, encore une pauvre malheureuse qui se prépare un triste avenir ! dit Sally Dawkin avec un rire ironique.

Honora Langtry lui jeta un coup d'œil irrité, de crainte de voir tarir sa source de renseignements.

— Ne faites pas attention à elle, Sue. Elle souffre d'un bon œdème et l'infirmière en chef lui rend la vie impossible

203

Sally Dawkin sortit ses pieds du baquet, les essuya sommairement et se pencha pour reprendre ses bas et ses chaussures.

— C'est ça, faites comme si je n'étais pas là ! Avec mes quatre-vingts kilos, je ne passe pourtant pas inaperçue... Ouf ! Je me sens quand même mieux ! Si je n'avais pas ces fichus brodequins à garder toute la nuit... Allons, j'ai juste le temps de faire une petite sieste. Au revoir, mes enfants. Ne vous ruez pas sur l'eau du baquet, elle est pleine de moutarde.

Elle leur adressa un salut moqueur et sortit dignement, ses chaussures à la main. Une fois leur rire calmé, les deux infirmières se retrouvèrent seules à leur table dans un silence embarrassé.

Honora Langtry se demandait s'il était judicieux de mettre Sue Pedder en garde contre Luc. Après avoir hésité un instant, elle comprit que c'était sans doute son devoir de le faire, même si cette tâche lui paraissait déplaisante. Elle savait combien la situation de la jeune fille, sans amis, isolée au milieu du groupe hostile des aînées, était inconfortable à la base 15. Luc constituait donc un danger pour cette victime consentante et appétissante. Sue ne s'en méfiait sans doute même pas, car il représentait pour elle des souvenirs d'enfance, une évocation de sa petite ville natale.

Elle se décida enfin à parler :

— Dites-moi, Sue, j'espère que Luc ne cherche pas à vous faire des ennuis.

L'autre sursauta et s'arracha à sa rêverie :

— Non, bien sûr que non, voyons !

Honora Langtry prit ses cigarettes, les laissa tomber dans le panier posé à ses pieds.

— Vous êtes infirmière depuis assez longtemps, reprit-elle, pour être capable de vous défendre, du moins je l'espère. Mais ne perdez cependant pas de vue que si Luc est au pavillon X, c'est parce qu'il a des problèmes mentaux. Nous sommes capables de nous en occuper, mais nous ne pourrions pas faire grand-chose pour vous s'il devenait contagieux...

— Vous en parlez comme s'il avait la lèpre ! interrompit Sue Pedder avec indignation. Il n'y a pourtant pas de honte à faire une dépression. Les plus braves peuvent craquer au bout de semaines ininterrompues sur le front !

— Ah ? C'est ce qu'il vous a dit ?

— Oui. Parce que... c'est vrai, n'est-ce pas ?

Honora Langtry avait perçu le doute dans l'affirmation de son interlocutrice. Quelque chose avait dû éveiller la méfiance de la jeune Sue Pedder. Intéressant, peut-être révélateur.

— Non, répondit-elle, ce n'est pas vrai. Luc ne s'est jamais approché du front, il n'a jamais dépassé un dépôt d'intendance.

— Alors, pourquoi est-il dans votre service ?

— Je n'ai malheureusement pas le droit de vous le dire. Sachez seulement que ses chefs lui ont découvert des traits de caractère assez déplaisants pour justifier son affectation au pavillon X.

Au souvenir de cet abominable va-et-vient mécanique, indifférent, des morsures brutales qu'il lui avait infligées, Sue Pedder redevint rêveuse. Elle avait gardé sur le cou de telles marques qu'elle remerciait encore le ciel d'avoir pu les dissimuler sous le fond de teint épais qui était un vestige de ses achats au PX américain de Port Moresby.

— Il est en effet un peu... bizarre, par moments, dit-elle à regret.

— Alors, ne le voyez plus, répondit Honora Langtry en se levant. Je ne veux pas vous donner de conseils, encore moins me mêler de vos affaires, mais Luc fait à tous égards partie des miennes. Écoutez ce que je vous dis, Sue, ne vous approchez pas de ce garçon.

C'en était trop pour l'amour-propre de Sue Pedder.

205

Indignée par la réprimande et l'humiliation qu'elle croyait subir, elle se redressa, pâle de colère :

— Est-ce un ordre ?

Honora Langtry la regarda avec une surprise amusée :

— Bien sûr que non ! Vous savez bien que je n'ai pas d'ordres à vous donner.

— Alors, vous pouvez vous mettre vos conseils où je pense !

Elle s'interrompit aussitôt devant sa propre audace. Mais son propos était tombé à plat, car Honora Langtry avait déjà quitté la pièce, apparemment sans l'avoir entendu.

La jeune Sue Pedder resta un long moment assise devant sa tasse à demi vide, à mordiller nerveusement sa lèvre inférieure. Elle n'arrivait pas à décider ce qui la troublait davantage : l'attrait quasi magnétique qu'elle éprouvait pour Luc, ou le sentiment grandissant qu'il se souciait d'elle comme d'une guigne.

QUATRIÈME
PARTIE

1

Il fallut près d'une semaine à Honora Langtry pour
surmonter le trouble et la gêne qu'avait provoqués son
instant de faiblesse à l'office. Michael, Dieu merci, semblait ne s'être douté de rien et n'avait rien changé à ses
manières courtoises et amicales. Sa fierté d'infirmière
s'en félicitait, mais sa sensibilité féminine s'affligeait de
cette indifférence. De toute façon, chaque jour qui passait réduisait la survie du pavillon X et la rapprochait de
la liberté.

Une quinzaine de jours après la scène de l'office, au
moment où elle pénétrait au pavillon en fin d'après-
midi, elle buta presque contre Michael qui sortait en
hâte de la salle d'eau, un bol de métal bosselé à la main.

— Couvrez ce récipient, Michael, lui dit-elle machinalement.

Il stoppa sa course, pris entre l'urgence de sa mission
et l'autorité du chef de service qui l'interpellait.

— C'est pour Nugget, expliqua-t-il. Il a très mal à la
tête et envie de vomir.

L'infirmière fit un pas, tendit le bras pour prendre sur
une étagère un chiffon dont elle recouvrit le bol que lui
donna Michael.

— Nugget a donc sa migraine, dit-elle calmement.
Cela ne lui arrive plus très souvent, grâce à Dieu, mais il
en souffre beaucoup, le pauvre garçon.

En entrant dans la grande salle, elle vit Nugget couché sur son lit, une compresse froide sur les yeux; elle approcha silencieusement une chaise et s'assit à son chevet.

— Que puis-je faire pour vous, Nugget ? lui demanda-t-elle en posant sans bruit le bol sur son armoire.

— Rien, merci, répondit-il sans presque remuer les lèvres.

— Cela va être long ?

— Des heures. Cela vient tout juste de me prendre.

Il parlait d'une voix mourante et l'on voyait deux larmes ruisseler sous la compresse.

— Restez couché tranquillement et ne vous inquiétez pas. Je suis là, je m'occuperai de vous.

Elle demeura auprès de lui en silence quelques minutes avant de se lever pour retourner à son bureau. Michael l'y attendait, la mine inquiète.

— Etes-vous sûre qu'il va bien ? Je ne l'avais encore jamais vu comme cela ! Il n'a pas bougé, pas même gémi.

— Il va aussi bien que vous et moi ! répondit-elle en riant. Nugget a tout simplement une bonne migraine qui lui fait si mal qu'il n'ose ni bouger ni faire un bruit.

— Vous ne pouvez donc rien lui donner ? dit Michael, énervé de la voir si insensible. Pourquoi pas une dose de morphine ? C'est souverain contre la douleur.

— Pas contre les maux de tête, dit-elle d'un ton catégorique.

— Ainsi, vous n'allez rien faire pour le soulager ?

Ses reproches finirent par agacer l'infirmière :

— Nugget n'est pas en danger, répondit-elle sèchement. Il a un malaise et il souffre. Dans quelques heures, cinq ou six probablement, il va vomir, ce qui le soulagera déjà beaucoup. Je compatis sincèrement à ses douleurs, croyez-moi, mais je n'ai pas pour cela envie de risquer de l'accoutumer à des drogues comme la morphine ! Vous êtes ici depuis assez longtemps pour connaître Nugget et savoir ce dont il souffre réellement. Pourquoi, dans ces conditions, vouloir me faire passer pour un bourreau ? Je ne suis certes pas infaillible, mais je n'aime pas que mes patients aient la prétention de m'apprendre mon métier !

Il éclata de rire, se pencha pour lui donner une bourrade amicale sur l'épaule :

— Bien répondu, chef ! dit-il avec un éclair affectueux dans ses yeux gris.

Le regard de l'infirmière s'alluma de reconnaissance, car elle ne pouvait pas se méprendre sur la manière dont il la dévisageait. En un instant, ses doutes s'évanouirent : elle l'aimait. Plus besoin de se torturer, de se livrer à des examens de conscience. Elle l'aimait. Elle était arrivée au terme d'un voyage qu'elle n'avait pourtant pas voulu entreprendre.

Il continuait à la scruter du regard, la main posée, caressante, sur son bras. Elle le vit entrouvrir les lèvres, attendit qu'il parlât. Mais il garda le silence. Elle pouvait presque deviner ce qui se passait dans son cerveau. Crainte ? Prudence ? La pression, sur son bras, changea de qualité; de caresse, elle se mua en un geste amical, impersonnel.

A la fin, il se leva :

— A tout à l'heure, dit-il.

Et la porte se referma sur lui.

Luc ne lui laissa pas le temps de réfléchir à ce qui venait de se produire. Elle était encore debout, figée à la même place, quand il entra, livide.

— Il faut que je vous parle, dit-il. Immédiatement.

Elle s'humecta les lèvres, se força à ne plus penser à Michael.

— Bien sûr. De quoi s'agit-il ?

Luc s'avança et se planta devant son bureau. Elle battit en retraite derrière le meuble et s'assit sur sa chaise.

211

— J'ai un compte à régler avec vous...

— Asseyez-vous, dit-elle calmement.

Ses lèvres s'écartèrent en un rictus qui découvrit ses dents :

— Pas la peine, mon chou, ce ne sera plus long. Qu'est-ce qui vous a pris de faire foirer mon coup avec ma copine, la fille du banquier ?

Honora Langtry écarquilla les yeux, stupéfaite :

— Qu'est-ce que... quoi ?

— Ne jouez pas l'innocente ! Vous savez très bien ce que vous avez fait. Tout baignait dans l'huile et puis brusquement, sans raison, la voilà qui me déclare que ce n'est pas convenable pour une fille comme elle de fréquenter un minable comme le sergent Luc Daggett, parce que la conversation qu'elle a eue avec vous lui a ouvert les yeux sur un tas de choses qu'elle n'avait pas encore remarquées !

— Il n'est convenable pour aucun de vous deux de vous fréquenter clandestinement. Le règlement interdit aux officiers d'avoir des rapports intimes avec des hommes de troupe.

— Pas de boniments, je vous en prie ! Vous savez comme moi ce que l'on en fait du règlement, la nuit, dans ce trou à rats ! Qu'y a-t-il comme mâles, ici, à part les hommes de troupe, hein ? Les toubibs ? Pas un n'est capable de bander en voyant Betty Grable à poil ! Les officiers en traitement ? Ils sont tellement débiles qu'ils ne sauraient même pas se branler devant la Sainte Vierge !...

— S'il faut que vous soyez ignoble et grossier, Luc, abstenez-vous au moins de blasphémer ! dit-elle sèchement.

— Il s'agit pourtant d'un sujet ignoble et vulgaire, ma toute belle, et je suis d'humeur à faire bien pire que de blasphémer ! Espèce de vieille fille bégueule ! Pas de ragots de popote sur l'intouchable infirmière Langtry, hein ?...

Penché sur le bureau, auquel il s'appuyait des deux mains, il s'approcha d'elle à la toucher, comme il l'avait fait une fois. Mais l'expression de ses traits était fort différente.

— Ecoutez-moi bien, reprit-il. Ne vous avisez plus de vous mêler de mes affaires, vous m'entendez, sinon vous le regretterez amèrement, est-ce clair ? Je m'amusais avec la petite Sue comme vous ne pouvez même pas vous en douter, espèce de vieille pute desséchée !

L'insulte pénétra plus douloureusement qu'il ne s'y attendait. A la vue du sursaut de honte et de douleur qui échappait à sa victime, Luc se hâta de pousser son avantage, manifestant toute la méchanceté dont il était capable :

— Avouez-le, vous êtes desséchée comme une vieille peau ! Vous n'êtes pas une femme, à peine un simulacre. Vous crevez d'envie de coucher avec Mike, et vous n'êtes même pas capable de le traiter comme un homme, le pauvre corniaud. Un toutou, voilà ce que vous en avez fait. Apporte, Mike, assis, Mike ! Vous croyez qu'il va faire le beau et mendier ce que je pense ? Vous vous fourrez le doigt dans l'œil, ma jolie, il ne s'y intéresse pas assez, à cette chose-là !

— Inutile d'essayer de me mettre en colère, Luc, répondit-elle froidement. Je préfère ignorer vos injures. Rien n'est plus inutile que de s'appesantir sur le passé et votre liaison avec le lieutenant Sue Pedder appartient au passé. Je suis enchantée pour vous deux, mais surtout pour elle, qu'elle ait réfléchi à vos relations et décidé d'y mettre fin. Ce n'est pas en m'injuriant grossièrement que vous changerez ses sentiments à votre égard.

— Décidément, vous n'êtes pas un iceberg, *capitaine* Langtry, car la glace fond, elle. Vous êtes une pierre, un rocher ! Mais vous me le paierez, je vous le garantis ! Je vous ferai verser des larmes de sang !

— Assez de mélodrame stupide ! répondit-elle avec mépris. Vous ne me faites pas peur, sergent Daggett.

Vous me répugnez, oui, mais je n'ai pas peur de vous. Vous ne pouvez pas non plus me bluffer, comme vous le faites avec d'autres. Je vous connais trop bien. Vous n'êtes rien d'autre qu'un petit tricheur minable.

— Oh ! Je ne bluffe pas ! dit-il en se redressant avec désinvolture. Vous verrez ! J'ai trouvé quelque chose que vous croyez posséder, et ce quelque chose je vais prendre plaisir, un très grand plaisir, à le détruire en menus morceaux. Vous verrez...

Michael. Elle et Michael. Non, Luc ne pouvait rien contre ce qui existait entre eux. Une seule personne pouvait le détruire. Michael. Elle aussi, peut-être.

— Allez-vous-en, Luc. Sortez. Vous me faites perdre mon temps.

— La salope ! dit Luc d'une voix sourde.

Il contemplait ses mains crispées comme si leur aspect le surprenait, regardait le lit où Benedict était assis, prostré, les murs de la salle qui lui paraissaient se rapprocher pour l'étouffer.

— La sale garce ! répéta-t-il plus fort, en s'adressant directement à Ben. Tu sais de qui je parle, espèce de pauvre couillon ? Ta chère Langtry, cette salope, voilà de qui je parle !

Luc était hors de lui, trop obsédé par sa haine pour se rappeler que Benedict n'était pas homme à se laisser provoquer impunément. Il avait besoin de quelqu'un à qui s'en prendre, et Benedict lui était tombé sous la main.

— Tu crois que tu l'intéresses, hein ? Tu te trompes. Elle se fout de tout le monde, tu entends, de tout le monde ! Sauf de son héros chéri, le beau sergent Wilson ! Il y a de quoi rigoler, je te jure ! Langtry amoureuse d'un pédé !

Benedict se déplia lentement pour se mettre debout :

— Tais-toi, Luc. Ne dis pas ces saletés sur elle et sur Mike, dit-il sans élever la voix.

— Arrête, pauvre imbécile ! Il faut vraiment te faire un dessin pour que tu comprennes ? Langtry n'est qu'une vieille fille détraquée, amoureuse de la folle la plus démente de toute l'armée australienne...

Il se leva à son tour, fit deux pas entre les lits d'une allure lente et menaçante.

— Une folle, tu m'entends, Ben ? Un pédé ! C'est de Mike que je parle.

La rage qui emplissait Benedict le fit, lui aussi, paraître plus grand, plus formidable. Son visage sombre et maigre sembla se dépouiller des voiles de découragement et de crainte derrière lesquels il se dissimulait et révéla quelque chose de terrifiant.

— Arrête, Luc, dit-il sans perdre son calme. Tu ne sais même pas de quoi tu parles.

— Oh ! mais si, Ben ! Mais si, je sais de quoi je parle. Je l'ai lu dans son dossier. Ton petit Michael chéri n'est qu'une tante !

Deux bulles firent leur apparition aux coins de la bouche de Benedict, faites d'une salive épaisse et luisante. Il eut un bref frémissement, vite réprimé.

— Tu mens, dit-il.

— Pourquoi me fatiguer à mentir ? C'est dans son dossier. Il a défoncé la moitié des culs de son bataillon...

Luc fit un pas en arrière, estimant qu'il valait mieux ne pas rester à la portée de Ben, mais il ne put se retenir d'ajouter :

— Alors, dis-moi, si Mike est une tante, qu'est-ce que tu es, toi ?

Benedict lâcha une sorte de cri, un gémissement strident comme le bruit d'une bombe en train de tomber. Mais avant que ses muscles hypertendus n'aient obéi à la violence qui l'étreignait, Luc émit des sons saccadés comme le crépitement d'une mitrailleuse. Stoppé net,

Benedict se plia en deux, le corps secoué de tremblements, au rythme de la rafale.

— Ta-ta-ta-ta... Ça ne te rappelle rien, mon pote ? Mais si, voyons ! C'est le bruit que faisait ta mitraillette en tuant tous ces innocents. Penses-y, Ben ! Par douzaines, femmes, enfants, vieillards, tous morts ! Tu les a tous assassinés, toi, de sang-froid, tout cela pour te retrouver enfermé ici, chez les dingues, à ramper devant une ordure comme Michael Wilson !

Sa colère étouffée par un tourment plus puissant encore, Benedict se laissa tomber sur son lit, les yeux clos, les joues trempées de larmes, paralysé par un désespoir sans fond.

Soudain, derrière Luc, la voix de Matt éclata :

— Dehors, Luc ! Fous le camp !

Luc sursauta. Puis, se rappelant que Matt ne pouvait pas le voir, il prit le temps d'essuyer son visage en sueur.

— Va te faire foutre ! répondit-il.

Il bouscula Matt au passage, prit son chapeau sur son lit et traversa nonchalamment la grande salle en direction de la porte d'entrée du baraquement.

Matt avait presque tout entendu, mais n'avait eu le courage d'intervenir qu'au moment où le risque de bagarre lui avait paru s'écarter. Il n'aurait pu qu'aggraver les choses en se jetant entre eux au hasard, et il savait que Ben était de taille à tenir Luc en respect, sinon à le battre.

Il tâtonna pour trouver le pied du lit de Ben, s'y assit et promena ses mains sur la couverture jusqu'à ce qu'il rencontrât un bras, qu'il serra affectueusement.

— Calme-toi, Ben, ce n'est pas grave. Il est parti, le salaud, et il ne t'embêtera plus, je te le promets. Mon pauvre vieux, va, ne te mets pas dans des états pareils...

Benedict n'entendait même pas. Les yeux secs, les bras serrés contre la poitrine, il se balançait lentement, sans un bruit.

A part Matt, la scène n'avait pas eu de témoins. Abruti par sa migraine, Nugget avait sombré dans un sommeil comateux. Michael était parti vers le baraquement le plus proche pour y chercher du lait en poudre. Quant à Neil, il était arrivé au bureau de l'infirmière au moment où Luc le quittait en claquant la porte. Il y trouva Honora Langtry assise à sa table, le visage dans les mains.

— Que se passe-t-il ? Que vous a-t-il fait, le salaud ?

Elle se releva immédiatement et lui montra un visage calme, sans larmes, reflétant une parfaite maîtrise de soi.

— Rien du tout, répondit-elle.

— Impossible ! Je l'entendais crier jusque dans la grande salle.

— Il faisait son numéro, rien de plus. Luc est un comédien, vous le savez bien. En fait, il était furieux parce que j'ai mis fin à son idylle avec l'une des infirmières. La fille du banquier, vous vous rappelez ?

Neil s'assit, laissa échapper un soupir de soulagement.

— Je m'en souviens parfaitement. C'est la seule fois où j'ai couru le risque de trouver Luc sympathique.

Il sortit son étui à cigarettes, le tendit. Elle en prit une avec empressement.

— Il ne s'intéresse aux filles que par désir de vengeance, dit-elle en exhalant la première bouffée. Je ne l'ai compris qu'en découvrant ce qui se passait. Elle n'avait sans doute jamais encore figuré dans les fantasmes de Luc, mais quand il l'a vue en chair et en os, il a tout de suite su comment se servir d'elle.

— Oui, l'illustre Rhett Ingham, vedette de Hollywood, faisant un pied de nez aux notables de son trou de province.

217

— La pauvre avait le béguin pour Luc quand elle était petite, mais elle était trop « comme il faut » pour le dire au fils de la laveuse, et surtout trop jeune pour se le permettre. Luc a dû être ravi de pouvoir enfin la compromettre.

— Vraisemblablement. Dois-je en déduire qu'il a été mécontent de voir ses projets contrecarrés ?

— C'est le moins qu'on puisse dire ! répondit-elle avec un bref éclat de rire.

— Je m'en doutais. Je ne comprenais pas ce qu'il disait, mais le ton de sa voix était éloquent. Vous a-t-il menacée ? ajouta Neil en examinant le bout de sa cigarette.

— Pas vraiment. Il trouvait sans doute plus amusant de m'instruire de mes divers défauts, répondit-elle avec une grimace de dégoût. Pouah ! Bref, je me suis contentée de lui faire comprendre qu'il ne disait que des insanités.

— Pas de menaces, êtes-vous sûre ? insista Neil.

— Que voulez-vous qu'il me fasse ? dit-elle avec impatience. Me violer ? M'assassiner ? Allons, Neil, un peu de bon sens ! Ces choses-là n'arrivent que dans les romans. D'ailleurs, où en trouverait-il l'occasion ? Vous savez aussi que Luc tient beaucoup trop à sa précieuse peau et qu'il ne fera jamais rien pour la mettre en danger, qu'il ne risquera même pas une simple punition. Il se contente de déployer ses ailes sinistres au-dessus de nos têtes et de laisser nos imaginations faire le travail à sa place. Pour ma part, je ne suis pas dupe de ses mauvais tours.

— Je l'espère.

— Écoutez, Neil, dit-elle gravement, tant que je suis assise ici, je ne peux pas me *permettre* d'avoir peur de l'un de mes patients. Comprenez-vous ?

Il haussa les épaules, fit un geste insouciant.

— Soit, changeons de sujet. Permettez-moi donc de vous informer d'une rumeur qui m'est parvenue aux oreilles aujourd'hui A vrai dire il s'agit d'un fait plus que d'une rumeur

— Trop aimable, Neil. De quoi s'agit-il ?

— Cet endroit est enfin définitivement condamné.

— Où l'avez-vous entendu dire ? Les infirmières n'en savent encore rien.

— Je le tiens du cher vieux colonel en personne, répondit-il en souriant. Je passais par hasard devant chez lui cet après-midi, et je l'ai vu à son balcon, comme Juliette après une visite de Roméo, plongé dans l'extase à l'idée de bientôt retrouver son cher cabinet de Macquarie Street. Il m'a invité à boire un verre et m'a alors appris — entre officiers et *gentlemen* on se doit bien cela — que nous n'en aurions probablement plus que pour un mois. Le chef de camp l'aurait appris ce matin même du QG de la division.

Elle eut soudain une expression de désarroi que Luc lui-même n'avait pas su provoquer.

— Mon dieu ! Pas plus d'un mois ?

— A huit jours près. Juste à temps, en tout cas, pour échapper à la mousson...

Surpris de sa réaction, il la regarda en fronçant les sourcils :

— Vous m'étonnerez toujours. La dernière fois que nous avons parlé sérieusement, ici même, vous étiez catastrophée, vous ne saviez pas si vous seriez capable de tenir jusqu'au bout. Maintenant que le bout en question est décidément en vue, vous avez l'air encore plus désemparée.

— Ce jour-là, je ne me sentais pas bien.

— Si vous voulez mon avis, vous ne devez pas être mieux en ce moment.

— Vous ne pouvez pas comprendre, Neil... Le pavillon X va me manquer.

— Quoi ? Même Luc ?

— Oui, même Luc. Sans lui, je ne vous connaîtrais pas

219

aussi bien, vous autres. Moi non plus, d'ailleurs, ajouta-t-elle avec un sourire ironique

On frappa un coup à la porte. Michael passa la tête :

— Excusez-moi de vous déranger. Le thé est prêt.

— Avez-vous réussi à trouver du lait ?

— Sans problème.

Elle se leva aussitôt, soulagée d'avoir un prétexte pour interrompre cette conversation avec Neil.

— Eh bien, allons-y ! dit-elle. Neil, soyez gentil, prenez donc la boîte de biscuits. Vous en êtes plus près que moi.

Un instant plus tard, elle entrait dans la grande salle à la suite des deux hommes.

2

Devant le lit de Nugget, elle fit signe à Neil et Michael de continuer sans elle et se glissa derrière le paravent que quelqu'un avait installé. Nugget était couché; à son entrée, il ne fit pas un geste pour indiquer qu'il l'avait reconnue. Elle se borna donc à changer sa compresse froide et le laissa se reposer.

Luc n'était pas à table avec les autres. Honora Langtry consulta sa montre : il était plus tard qu'elle ne l'avait cru.

— Luc devient négligent, il va finalement avoir de mauvaises notes, dit-elle. Quelqu'un sait-il où il est ?

— Sorti, répondit Matt avec brusquerie.

— C'est un menteur, dit Benedict.

Il se balançait mécaniquement, comme en proie à une hypnose. L'infirmière l'examina attentivement. Il paraissait plus renfermé, plus lointain que jamais et ce balancement était un phénomène nouveau.

— Comment allez-vous ce soir, Ben ? lui demandat-elle.

— Très bien. Non, très mal. Tout va très mal. Tout est faux. Il a menti. C'est un menteur.

Elle consulta Michael du regard, un sourcil levé en signe d'interrogation. Aussi étonné qu'elle de ce comportement bizarre, Michael secoua la tête. Neil fronçait les sourcils, perplexe.

221

— Qu'est-ce qui est faux, Ben ? demanda-t-elle encore.

— Tout. Des mensonges, tout n'est que mensonges. Il a vendu son âme au diable.

Neil se pencha, posa une main rassurante sur la maigre épaule voûtée :

— Ne te fais donc pas de mauvais sang pour un type comme Luc, voyons.

— Il est possédé du Diable. Il est le Diable.

— As-tu pleuré, Ben ? demanda Michael en s'asseyant près de lui.

— Il parlait de toi, Mike. Des horreurs.

— Tu sais bien que ce n'est pas vrai, Ben. Alors, pourquoi te tracasser à ce point ?

Sans répondre, Michael se releva et alla chercher l'échiquier.

— Ce soir, je prends les noirs, dit-il en disposant les pièces sur les cases.

— Non, c'est moi qui suis noir.

— Comme tu veux, je prendrai les blancs. Tu me donnes l'avantage, répondit Michael avec bonne humeur.

Soudain, les traits de Benedict se contractèrent et des larmes commencèrent à sourdre entre ses paupières closes.

— Je ne savais pas, Mike, je ne savais pas qu'il y avait des enfants, tu comprends ? dit-il en gémissant.

Michael affecta de n'avoir pas entendu. Il avança de deux cases le pion du roi et attendit patiemment. Au bout d'un moment, Benedict rouvrit les yeux, vit l'échiquier à travers un écran de larmes et joua son ouverture machinalement, en reniflant et en s'essuyant le nez d'un revers de main. Michael joua alors le pion de la reine, Benedict l'imita de nouveau; et quand Michael joua son cavalier du roi pour amorcer le classique « coup du berger », Benedict avait séché ses larmes et eut un bref gloussement amusé accompagné d'un geste fataliste.

— Décidément, tu ne feras donc jamais de progrès ? dit-il affectueusement en tripotant son fou.

La ruse de Michael avait réussi, la partie était bien engagée. Honora Langtry poussa un soupir de soulagement, se leva, souhaita le bonsoir à la cantonade et sortit dans l'indifférence générale. Neil se leva à son tour mais, au lieu de la suivre, il contourna la table pour rejoindre Matt, assis tout seul à l'écart et quelque peu oublié depuis le début de ce petit drame.

— Viens donc bavarder dans ma chambre, lui dit-il en lui touchant légèrement l'épaule. Jugulaire m'a fait un petit cadeau cet après-midi, quelque chose qui te fera sûrement plaisir. C'est pourvu d'une étiquette noire et cela ressemble à de l'or liquide, je ne te dis que ça...

— N'est-il pas l'heure du couvre-feu ? demanda Matt, étonné.

— Officiellement, peut-être. Mais nous avons tous l'air un peu énervés, ce soir, et c'est sans doute pourquoi notre chère infirmière est partie sans nous border dans nos lits. Ben et Mike sont lancés dans leur partie d'échecs. Et si nous allons nous coucher avant que Nugget vomisse ses tripes, nous sommes bons pour nous réveiller en sursaut. Autant rester debout un petit moment.

Matt se leva, le geste apparemment moins sûr que d'habitude, mais le visage éclairé d'un sourire de plaisir.

— J'adore bavarder, dit-il. Et je voudrais bien savoir ce qui porte une étiquette noire et ressemble à de l'or liquide...

La chambre de Neil méritait plutôt l'appellation de réduit. C'était une cellule d'à peine deux mètres sur trois où il avait réussi à caser un lit, une table et une chaise en bois, sans compter quelques étagères plus ou moins bien accrochées aux cloisons, à des endroits où l'on ne risquait pas de se cogner la tête en se levant. La pièce était jonchée d'un attirail de peintre : crayons, papiers, fusains et pinceaux voisinaient avec des pots d'eau sale, des boîtes d'aquarelle, des tubes de gouache et des pastels. Le chaos régnait sans partage. Honora Langtry avait depuis longtemps perdu tout espoir de rétablir un semblant d'ordre et subissait stoïquement les remontrances périodiques de l'infirmière en chef sur l'état déplorable de la chambre du capitaine Parkinson. Heureusement, Neil était capable, quand il le voulait, de soumettre n'importe qui à son charme, y compris — comme il le disait irrévérencieusement — une vieille chouette telle que l'infirmière en chef.

En hôte attentionné, il installa Matt confortablement sur le lit et débarrassa la chaise pour s'y asseoir lui-même. Deux verres à dents et deux bouteilles de scotch, du Johnny Walker « Etiquette noire », trônaient sur un coin de la table. Neil fit sauter du pouce la bande de l'une des bouteilles, extirpa précautionneusement le bouchon et versa une dose généreuse dans chaque verre.

— Tchin ! dit-il avant d'avaler une longue lampée.

— A la nôtre ! répondit Matt en faisant de même.

Ils haletèrent, comme des plongeurs refaisant surface dans une eau glacée.

— Je suis resté sobre depuis beaucoup trop longtemps, dit Neil les yeux embués. Ça cogne, ce truc-là.

— Un vrai nectar, répondit Matt en buvant une autre gorgée.

Ils firent une pause pour reprendre leur souffle et savourer l'effet de l'alcool.

— Que s'est-il donc passé, ce soir, pour mettre Ben dans un tel état ? demanda Neil. Es-tu au courant ?

— Luc s'amusait à imiter le bruit d'une mitrailleuse et à l'accuser d'assassiner des civils. Le pauvre Ben a fondu en larmes. Fumier de Luc ! Il m'a envoyé au diable avant de ficher le camp je ne sais où. Il est possédé, ce type-là.

— A moins qu'il ne soit vraiment le Diable incarné.

— Oh non ! Il est bien de ce monde, pas de doute.

— Dans ce cas, il devrait se montrer prudent, sinon il pourrait donner envie à quelqu'un de s'assurer s'il est ou non un simple mortel.

Matt éclata de rire et tendit son verre vide :

— Je me porterais volontaire avec plaisir.

Neil remplit les verres, leva le sien :

— Bon dieu, j'en avais vraiment besoin ! Ce brave Jugulaire doit pratiquer la télépathie.

— Il t'en a réellement fait cadeau ? Je croyais que tu plaisantais.

— Non, ces bouteilles viennent tout droit de chez lui.

— A quoi rime cette générosité ?

— Bah ! Il a dû se constituer des réserves plus ou moins illicites, calculer combien il était capable d'en liquider avant la fermeture du camp et préférer jouer les Père Noël plutôt que de se faire prendre la main dans le sac au moment du déménagement.

Le verre de Matt se mit à trembler :

— Parce que... nous allons être renvoyés chez nous ?

Neil s'en voulut de son bavardage intempestif et regarda Matt avec une gentillesse qui, bien entendu, ne put franchir le mur de sa cécité.

— Oh ! pas avant un bon mois, mon vieux ! répondit-il.

— Déjà ? Seigneur, elle va s'en apercevoir...

— Il le faudra bien, un jour ou l'autre.

— J'espérais quand même avoir un peu plus de temps devant moi pour l'y préparer...

— Voyons, Matt, c'est ta femme. Elle comprendra.

— Crois-tu ? Ecoute, Neil, je ne veux plus d'elle. Je ne suis même plus capable d'y penser. Elle s'attend à retrouver son mari, et que va-t-elle récolter à la place ? Tout sauf un mari !

— Ne dis donc pas des choses pareilles dans la situation où tu te trouves en ce moment. Essaie de ne pas porter de jugement hâtif, de ne pas prévoir systématiquement le pire. Au fond, tu ne sais pas comment les choses vont tourner. Plus tu te feras de mauvais sang, pire ce sera.

Matt soupira, vida son verre d'un trait :

— Au moins, je suis content que tu aies du whisky ce soir. Cela me fait l'effet d'un anesthésique.

Neil hésita à répondre et préféra changer de sujet :

— Luc était d'une humeur de chien, ce soir. Je l'ai entendu s'engueuler avec Langtry avant sa scène avec Ben.

— Oui, je sais.

— Tu l'as donc entendu, toi aussi ?

— Non, mais j'ai surpris ce qu'il racontait à Ben.

— Il y a eu autre chose avant la mitrailleuse ?

— Bien sûr. Luc est sorti du bureau en écumant et s'en est pris à Ben parce qu'il protestait contre les propos que Luc tenait contre l'infirmière. Mais ce qui a mis le feu aux poudres, je crois, c'est ce que Luc a dit sur le compte de Mike.

Neil tourna la tête pour couver Matt des yeux, comme un trésor :

— Qu'a-t-il donc dit sur Michael ? demanda-t-il.

— Que Mike était une tapette. Comment peut-on proférer de telles insanités ? Il prétendait l'avoir lu dans son dossier.

— Le salaud !

Intérieurement, Neil jubilait. Le sort réserve parfois de bien douces surprises ! Un renseignement pareil, et le tenir d'un aveugle, d'un type incapable d'observer l'effet que lui faisait cette bombe !...

— Encore une goutte, Matt.

Ensuite, le whisky monta très vite à la tête de Matt. Un coup d'œil à sa montre apprit à Neil qu'il était plus de onze heures. Il se leva, posa le bras de Matt sur son épaule, le mit debout en le soutenant — et en s'appuyant en même temps sur lui, car il ne se sentait pas non plus très ferme sur ses jambes.

— Allons, viens te coucher, mon vieux. Il est grand temps.

Michael et Benedict rangeaient leur échiquier. A la vue des deux silhouettes titubantes, Michael se hâta de porter secours à Neil. A eux deux, ils déshabillèrent Matt et le glissèrent dans son lit, pour une fois sans son pyjama.

— Il est assommé, fit observer Michael en souriant.

Alors, devant ce visage si sûr de sa force tranquille, Neil comprit qu'il ne tenait qu'à lui de le défigurer et il sentit soudain une grande affection l'envahir à travers les vapeurs d'alcool qui embrumaient son cerveau. Au bord des larmes, il prit Michael par le cou, posa sa tête sur son épaule :

— Venez boire un coup chez moi, dit-il tristement. Venez, Ben et vous, venez boire un verre avec un vieil homme. Si vous ne venez pas, je vais pleurer, car je suis le fils unique d'un très vieil homme. Je vais pleurer si je reste seul à penser à vous, à lui et à elle. Venez avec moi, venez boire.

Michael se dégagea sans brutalité, sourit patiemment :

— On ne va pas vous laisser tout seul à pleurer. Ben ! Viens, nous avons reçu une invitation !

Benedict finit de ranger l'échiquier dans l'armoire et les rejoignit. Neil lui passa l'autre bras autour du cou.

— Venez boire, venez tous les deux, dit-il. Il me reste une bouteille et demie. J'ai eu mon compte, mais je ne peux quand même pas laisser se perdre tout ce bon whisky, n'est-ce pas ? Ce serait un crime.

— Je ne bois pas, dit Benedict avec un mouvement de recul.

— Ce soir, tu vas boire, ça te fera du bien, dit Michael avec fermeté. Allons, viens avec nous, ne joue pas ton petit saint.

Ils retraversèrent tous trois la grande salle, Neil au milieu soutenu par les deux autres. Au coin du couloir, Michael leva la main pour éteindre l'interrupteur; et c'est à ce moment-là qu'ils entendirent le cliquetis discordant du rideau de capsules. Luc apparut, s'avança sans se cacher, d'un air provocant comme s'il espérait qu'Honora Langtry était restée à l'attendre pour l'accabler de reproches.

Immobiles, les quatre hommes s'observaient sans mot dire. Michael maudissait Neil, poids mort gênant sa liberté de mouvements, alors qu'il redoutait l'effet sur Benedict de la soudaine apparition de Luc. Un nouveau coup de théâtre survint alors : Nugget mettait fin à sa migraine en vomissant à grand bruit.

Neil retrouva instantanément toute sa lucidité :

— Bon dieu, quel répugnant vacarme ! s'écria-t-il.

Il poussa fermement Michael et Benedict dans son réduit, les y suivit et referma soigneusement la porte.

3

Luc se dirigea vers son lit sans plus un regard sur la porte de Neil. Dans la grande salle plongée dans la pénombre, il n'avait pour seule compagnie que le bruit peu ragoûtant d'un homme en train de vomir.

Recru de fatigue, il se laissa tomber sur le bord du lit. Des heures durant, il avait arpenté tous les sentiers de la base, le long des plages, à travers les palmeraies. Pendant tout ce temps, il avait pensé, réfléchi, retourné la même image dans son cerveau enfiévré. Il s'était vu et se voyait encore rouer de coups Langtry jusqu'à ce que la tête lui tombe et roule à terre, comme un ballon. La garce, la sale garce prétentieuse ! Luc Daggett n'était pas assez bon pour elle. Et elle avait le culot, pour aggraver l'injure, de se jeter à la tête d'un pédé ! Folle. Elle était folle ! Avec lui, elle aurait mené une vie de princesse car il allait être riche, lui, riche et célèbre. Une star, plus éblouissante qu'un Clark Gable et un Gary Cooper réunis. Quand on veut réussir aussi intensément que Luc, on ne peut pas échouer. C'est impossible. Impensable. Elle l'avait dit elle-même, l'autre jour. Depuis qu'il s'était évadé de son trou de province, il avait consacré chaque minute de sa vie à cette unique ambition : devenir l'acteur le plus illustre de son époque.

En arrivant à Sydney, adolescent mal dégrossi d'à peine quinze ans, il savait déjà que la scène lui ouvrirait les portes de la gloire, une gloire dont il était affamé. Il n'avait encore jamais assisté à une pièce de théâtre ni vu un film; mais il avait passé toute son enfance, à l'école, à écouter les jacassements des filles en adoration devant tel ou tel acteur. Lorsqu'elles lui suggéraient de faire du cinéma plus tard, il haussait les épaules avec mépris. Ces cruches n'avaient qu'à se mêler de leurs affaires : il le ferait, mais quand bon lui semblerait, sans qu'une imbécile puisse se vanter de l'y avoir poussé et d'avoir eu, à sa place, cette idée de génie.

Il avait trouvé un emploi de magasinier chez un grossiste en textiles, près du port, alors qu'il se trouvait en concurrence avec plusieurs centaines de postulants. Le directeur n'avait pas pu résister au sourire de ce gamin si beau, si engageant, à l'esprit vif et dégourdi. Il n'avait d'ailleurs pas regretté sa décision, car sa jeune recrue ne renâclait pas au travail.

Ensuite, Luc s'était rapidement introduit dans les milieux de théâtre. Il avait un salaire, donc de quoi se nourrir, si bien qu'il grandit, forcit et parut bientôt plus que son âge. Ses heures de loisirs, il les passait chez *Repins,* devant un café, dans les coulisses de *l'Indépendant,* partout où il avait intérêt à se faire connaître. A force de persévérance, il finit par obtenir de petits rôles dans des pièces radiophoniques où sa voix faisait merveille : posée, bien timbrée, non sifflante, elle était secondée par une oreille sûre pour capter les accents. Au bout de six mois, Luc avait complètement éliminé de sa diction les intonations typiquement australiennes, sauf lorsqu'un rôle l'exigeait.

Jaloux de ceux qui possédaient les moyens de s'instruire, Luc s'éduqua de son mieux. Il lisait tous les ouvrages dont on lui parlait sans, par fierté, aller jusqu'à en demander les titres. Ces renseignements, il s'arrangeait pour les soutirer habilement à ses interlocuteurs et il allait ensuite se procurer les livres à la bibliothèque.

A dix-huit ans, il gagnait déjà assez d'argent à la radio

pour quitter son emploi de magasinier. Il dénicha dans Hunter Street une petite chambre à louer, qu'il décora artistement en tapissant les murs de livres — sans dire qu'il les achetait le plus souvent par lots à un chiffonnier. Son acquisition la plus dispendieuse, une édition complète de Dickens reliée en cuir, lui avait coûté la somme mirifique de deux livres et huit pence.

Sa réputation de radinerie fut vite établie auprès des filles avec qui il sortait et qui, régulièrement, réglaient les additions. A la réflexion, la plupart d'entre elles décidaient toutefois de s'en accommoder de bon cœur, car cela valait la peine d'être vues avec un homme capable de faire tourner les têtes partout où il entrait. Bien entendu, Luc ne fut pas long à découvrir le monde infiniment séduisant des femmes mûres, toujours prêtes à payer pour s'offrir le plaisir de sa compagnie en public et dans leur lit.

A cette époque-là, il entreprit un entraînement systématique qui devait lui permettre, quel que fût le physique de celle qui lui ouvrait les bras, de faire face à la situation de manière satisfaisante. Parallèlement, il mettait au point un répertoire de propos d'alcôve conçus pour charmer ses « conquêtes » et les aveugler sur leur propre pouvoir de séduction. Le fruit de ces efforts techniques ne se fit pas attendre et les cadeaux affluèrent : complets, chaussures, chapeaux, boutons de manchettes et montres en or, cravates et chemises de soie, sous-vêtements sur mesure. Il n'éprouvait aucun scrupule à accepter toutes ces largesses, car il était conscient de les avoir largement payées.

Il n'hésita pas davantage quand il découvrit que de nombreux messieurs âgés étaient tout disposés à se montrer généreux à son égard en échange de faveurs bien précises; il en arriva bientôt à préférer leur compagnie à celle des dames. Ils avouaient leurs désirs avec infiniment plus de franchise et Luc n'avait pas à faire l'effort continuel de les convaincre qu'ils étaient toujours beaux et désirables. Ces messieurs avaient également meilleur goût que leurs contemporaines. C'est d'eux que Luc apprit à s'habiller à la perfection, à se conduire avec une aisance aristocratique en toutes circonstances, dans un simple cocktail ou à une réception ministérielle, ainsi qu'à déceler sans erreur les gens véritablement supérieurs.

De la radio, il passa dans de petits théâtres où il interpréta des rôles mineurs dans des pièces mineures; puis il auditionna pour le Royal où, au second essai, il décrocha la timbale : un rôle important dans une comédie dramatique réputée. Les critiques se montrèrent bienveillants et Luc comprit, en lisant leurs articles, qu'il avait enfin posé le pied sur le premier barreau de l'échelle.

Mais on était en 1942, Luc avait vingt et un ans et l'armée s'assura ses services exclusifs. A compter de ce moment-là, sa vie ne fut plus à ses yeux qu'une vaste étendue stérile et désolée. Il s'était pourtant bien débrouillé en dénichant très vite la planque confortable et le vieil imbécile de qui se jouer sans risque. C'était un officier de carrière proche de la retraite, homosexuel par l'esprit plutôt que par la pratique jusqu'à l'apparition de son nouvel adjoint. L'infortuné était alors tombé violemment et désespérément amoureux de Luc, qui s'empressa de l'exploiter au mieux de ses intérêts. Cela dura jusque vers le milieu de 1945, moment où Luc, accablé d'ennui et que la fin toute proche de la guerre rendait rétif, prit l'initiative de la rupture. Traîné dans la boue et rejeté sans ménagements, le malheureux protecteur tenta de se suicider et le scandale éclata. La commission d'enquête découvrit de graves irrégularités dans les comptes et apprécia Luc à sa juste valeur, celle d'un individu sans scrupules et toujours prêt à semer la discorde sur son passage. Ou s'en débarrassa de la manière la plus simple en l'expédiant au pavillon X, d'où il n'avait pas bougé depuis.

Mais je n'en ai plus pour longtemps, se dit Luc.

— Non, il n'y en a plus pour longtemps, répéta-t-il à haute voix dans la salle obscure.

Tout à l'heure, un policier de ses amis l'avait arrêté dans ses pérégrinations pour lui apprendre la fin prochaine de la base 15. Ils avaient partagé une bière au poste de garde et bu à l'heureuse nouvelle. Revenu entre les murs du pavillon, Luc savait que ses rêves d'après-guerre allaient devoir attendre. Il y avait plus urgent. Un problème à résoudre en priorité.

Régler son compte à Langtry.

4

Neil tint parole et ne se servit plus de whisky. Il remplit les deux verres à dents, en tendit un à Benedict et l'autre à Michael.

— J'en ai jusque-là, dit-il en clignant les yeux. La tête me tourne comme une toupie. Idiot, de se bourrer comme cela. Il va me falloir des heures pour récupérer.

Michael but une gorgée, la garda un moment dans sa bouche avant de l'avaler :

— C'est vrai que c'est fort. Curieux, pourtant, je n'ai jamais aimé le whisky.

Pour sa part, Benedict semblait avoir surmonté sa répugnance initiale car il liquida son premier verre en deux lampées et le tendit pour le faire remplir. Neil s'exécuta : le pauvre type, cela ne pourrait que lui faire du bien, dans son état...

Quel salaud, ce Luc ! Mais n'est-ce pas curieux ? Les renseignements vous parviennent quand on désespère de les obtenir. D'une manière détournée, ce que Neil brûlait d'apprendre sur Michael lui avait été servi par Luc. Il se força à fixer Michael, à déceler dans son expression les indices de ce que Luc avait dit de lui. Bien entendu, on ne pouvait jamais jurer de rien. Malgré les affirmations du dossier, Neil n'arrivait pas à y croire. Ces types-là se trahissent toujours, ils y sont même forcés pour appâter leurs partenaires. Or, Neil en était sûr, Michael n'avait rien à trahir. D'un autre côté, Honora Langtry avait lu le dossier et elle était loin de posséder l'expérience d'un homme venant de passer près de six ans dans la compagnie exclusive d'autres hommes. Nourrissait-elle des doutes sur les mœurs de Michael ? Probablement. Ce ne serait pas humain, encore moins féminin, de ne pas en avoir, d'autant plus que, ces derniers temps, elle paraissait ne plus être sûre de rien ni d'elle-même. Par conséquent, il ne s'était encore rien passé entre Michael et elle. Neil avait donc le temps de réagir.

— A votre avis, dit-il d'une voix pâteuse, notre infirmière sait-elle que nous sommes tous amoureux d'elle ?

Benedict leva sur lui des yeux vitreux :

— Nous ne sommes pas *amoureux*, Neil ! Nous l'aimons d'un amour pur, total...

— En fait, intervint Michael, elle est la première femme que nous ayons approchée depuis longtemps. Ce serait anormal que nous ne l'aimions pas, et elle mérite d'être aimée.

— La trouvez-vous vraiment, comment dire ?... adorable, Michael ? dit alors Neil. Pour moi, ce mot-là évoque un nez en trompette, des fossettes aux joues, un fou rire, tout ce qui saute aux yeux et vous séduit. Elle n'est pas du tout comme cela. Au premier abord, elle est empesée, raide. Elle a un franc-parler de poissarde, bien élevée, certes, mais sans les grâces ni les circonlocutions d'une jeune fille timide. Elle n'est pas jolie, non plus. De la classe, du magnétisme, mais rien de joli. Non, décidément, adorable n'est pas le mot qui lui convient.

Michael reposa son verre, réfléchit un instant puis secoua la tête en souriant :

— Si vous l'avez vue ainsi, Neil, vous deviez être vraiment bien mal en point. Au début, je l'ai trouvée... gentille, amusante même. Elle me donnait envie de rire, pas d'elle mais rien que par sa présence. Non, sincèrement, je n'ai jamais remarqué l'amidon et la raideur dont vous parlez, du moins pas au début. Je l'ai toujours trouvée adorable. Séduisante, plutôt.

— Et vous le pensez encore ?

— C'est ce que je viens de vous dire.

— Alors, sait-elle que nous l'aimons, à votre avis ?

— Pas comme vous le dites. C'est une personne trop dévouée pour passer sa vie à rêver d'amour. Elle n'a pas la mentalité d'une jeune fille romanesque. Et puis j'ai l'impression que si, un jour, il lui fallait faire un choix, son métier l'emporterait sur tout le reste.

— Allons donc ! Dans de bonnes conditions, aucune femme au monde n'hésiterait à choisir le mariage.

— Pourquoi ?

— Parce que les femmes ne vivent que pour l'amour.

— Je vous en prie, Neil, ne parlez pas comme un gamin ! dit Michael avec une expression de pitié dédaigneuse. Les hommes n'ont-ils pas le droit, eux aussi, d'aimer et de vivre pour l'amour ? L'amour n'est-il pas un sentiment digne d'être éprouvé par tous et en toutes circonstances ?

— Qu'en savez-vous donc ? répliqua Neil sèchement.

Il était cruellement vexé d'avoir été ainsi rabroué et il se sentait rabaissé, diminué comme il lui arrivait de l'être en présence de son père. C'était inadmissible. Michael Wilson n'allait quand même pas se prendre pour un Longland Parkinson !

— J'ignore comment, mais je le sais, répondit Michael. D'instinct, sans doute, car il y a un certain nombre de choses que je sais sans me rappeler les avoir apprises. Sans prétendre être un expert sur la question, chacun de nous découvre ainsi son domaine de prédilection. Et puis, nous sommes tous différents, après tout...

Il se leva, s'étira :

— Je reviens tout de suite. Je vais voir où en est Nugget.

A son retour, quelques instants plus tard, Michael

trouva Neil qui le regardait d'un air moqueur Il avait vidé l'eau sale d'un de ses pots d'aquarelle qu'il avait rempli de whisky, et il brandissait ce récipient en direction de Michael.

— A la vôtre, Michael ! Je me suis dit qu'il m'en fallait un, en fin de compte. Pourquoi être le seul à m'en priver ?

5

A une heure du matin, le réveil sonna chez Honora
Langtry. Elle voulait aller voir si la migraine de Nugget s'était calmée; elle obéissait également à un pres-
sentiment. Ce soir, l'humeur des hommes ne lui avait
pas semblé normale, et vérifier ce qui se passait au
pavillon n'était pas une mauvaise idée.

Elle s'était depuis longtemps entraînée à fonctionner
lucidement dès le réveil. Aussi sauta-t-elle immédiatement de son lit pour s'habiller. Au milieu de la nuit,
personne n'irait regarder de trop près la correction de
sa tenue, elle prit donc des libertés vestimentaires.
Elle mit sa torche électrique dans une poche de sa
vareuse, ses clefs dans l'autre. Ceinturon bouclé, il ne
lui restait qu'à prier : mon dieu, faites que tout soit
calme au pavillon X !

Lorsqu'elle se glissa entre les rangs du rideau de
capsules et s'engagea sur la pointe des pieds dans le
couloir, tout lui sembla calme, en effet. Trop paisible,
pourtant, comme si le pavillon entier retenait son
souffle. Il manquait un élément à l'atmosphère habituelle et il lui fallut quelques secondes pour comprendre lequel : l'absence du bruit de la respiration des
dormeurs. Il y avait autre chose : un mince rayon de
lumière passait sous la porte de Neil ainsi qu'un murmure de conversation. Dans la grande salle, les mous-

tiquaires de Matt et de Nugget étaient les seules bordées.

Arrivée près de Nugget, elle distingua ses yeux ouverts luisant dans la pénombre. Le seau, à côté de lui, était vide.

— N'avez-vous pas réussi à vomir ? lui demanda-t-elle, étonnée.

— Si, il y a un petit moment. Michael m'a donné un seau propre.

— Vous vous sentez mieux ?

— Beaucoup mieux.

Elle prit son pouls, sa température, sa tension et inscrivit des chiffres sur le graphique accroché au pied du lit.

— Vous sentez-vous capable de boire une tasse de thé ? Je peux vous en faire une.

— Si je m'en sens capable ? répondit Nugget d'une voix soudain plus ferme. J'ai la bouche comme une cage à poules ! Rien ne me ferait plus plaisir.

Elle lui adressa un sourire et disparut dans l'office. Personne ne préparait le thé aussi bien et aussi vite qu'elle, et elle semblait à peine partie qu'elle revenait déjà auprès de Nugget, un quart fumant à la main. Elle le posa sur l'armoire, aida le malade à s'asseoir, puis approcha une chaise pour lui tenir compagnie pendant qu'il buvait.

— Vous savez, dit-il en soufflant sur le liquide brûlant, tant que j'ai mal j'ai l'impression que je n'oublierai jamais ce que je ressens, que je pourrais décrire exactement mes douleurs, comme je le fais pour mes maux de tête ordinaires. Mais dès que j'ai fini de souffrir, je n'arrive pas à m'en souvenir. Tout ce que je peux en dire c'est que c'était effroyable.

— C'est normal, Nugget, répondit-elle en souriant. Plus un souvenir est pénible, plus vite notre mémoire l'efface. Il s'agit d'un réflexe de défense parfaitement sain. N'essayez donc pas de vous rappeler vos douleurs, cela ne ferait que les aggraver. Vous n'avez plus mal ? C'est tout ce qui compte.

— Oh oui ! dit Nugget avec conviction.

— Encore un peu de thé ?

— Non, merci, c'était parfait.

— Alors, soyez gentil, faites l'effort de vous lever une minute. Pendant que vous changerez de pyjama, je vous mettrai des draps frais et vous dormirez comme un loir.

Quelques instants plus tard, Nugget bordé dans sa moustiquaire, elle s'approcha du lit de Matt. Il dormait dans un abandon inhabituel, la bouche ouverte, la poitrine nue. Son sommeil paraissait si profond qu'elle jugea inutile de le déranger mais, en se relevant, elle fronça soudain le nez, indignée. Aucun doute, l'haleine de Matt empestait l'alcool !

Les lits déserts qui l'entouraient lui arrachèrent un mouvement de colère. Sans plus hésiter, elle traversa la salle à grands pas et, parvenue à la porte de Neil, dédaigna d'y frapper et l'ouvrit à la volée :

— Que veut dire cette comédie ? Je n'aime pas me conduire avec vous comme l'infirmière en chef, mais vous avouerez qu'il y a de quoi !

Neil était vautré sur son lit, Benedict affalé sur la chaise, le dos rond. Deux bouteilles de Johnny Walker étaient posées sur la table, l'une vide, l'autre pleine.

— Espèce d'idiots ! s'écria-t-elle. Vous voulez nous faire tous passer en conseil de guerre ? Où avez-vous pris cela ?

— C'est le bon colonel Gu... Ju... expliqua Neil d'une voix qu'il s'efforçait de rendre intelligible.

— S'il a été assez inconscient pour vous donner cet alcool, Neil, vous auriez au moins dû avoir le bon sens de le refuser. Où sont Luc et Michael ?

Neil se plongea dans une profonde réflexion et répondit laborieusement, avec des pauses fréquentes :

— Mike prend une douche. Pas rigolo, ce type. Luc n'est pas venu. Dans son lit. Bon débarras.

— Luc n'est pas au lit. Je ne l'ai vu nulle part.

Neil fit un effort pour se lever, retomba, recommença :

— Je vais vous le trouver. Je ne serai pas long. Ben, attends-moi, vieux frère. Il faut trouver Luc. C'est elle qui le veut. Pas moi. Moi je n'en veux pas, de Luc. Mais elle, elle veut le trouver. Pourquoi, je n'en sais rien. Cela me dépasse... Je crois que je vais d'abord dégueuler.

— Si vous osez vomir ici, Neil, je vous mettrai le nez dedans ! Restez ici. Dans l'état où vous êtes, vous ne seriez pas même capable de marcher.

Sa colère s'apaisait, cependant, et elle sut glisser dans sa voix une touche amicale pour conclure :

— Et maintenant, au moins, soyez chics. Faites disparaître les traces de votre débauche et mettez-vous au lit. Il est près d'une heure et demie !

Michael et Luc n'étaient pas sous la véranda. Honora Langtry en examina tous les recoins avant de se rendre à la baraque des douches. Elle marchait d'un pas martial, le menton levé, les épaules en arrière, encore frémissante de colère. Que diable leur était-il passé par la tête pour se conduire ainsi ? Ce n'était pourtant pas la pleine lune ! Dieu merci, le pavillon X était au bout du camp, loin des baraquements encore habités, sinon... Absorbée dans ses réflexions, elle se jeta la tête la première dans la corde à linge installée par les hommes pour faire sécher leur lessive, et se débattit au milieu des serviettes, des chemises et des caleçons. Elle jura, pesta, trop irritée pour saisir le comique de sa situation, se dépêtra tant bien que mal et se remit en marche.

La silhouette trapue de la baraque se profilait droit devant elle. Une porte de bois donnait accès à une sorte de vaste grange : les pommes de douche étaient alignées le long d'un mur, les lavabos en face et quelques lessiveuses au fond. Il n'y avait pas de cloisons, pas de stalles séparées, aucun réduit où se cacher. Creusé d'une rigole au milieu, le sol en ciment était toujours humide du côté des douches.

On laissait une faible ampoule allumée en permanence pendant la nuit. Ces derniers temps, la baraque ne recevait pourtant que de rares visites nocturnes, car les hommes du pavillon X allaient y faire leur toilette le matin et les latrines étaient situées dans un bâtiment séparé, de dimensions plus petites.

Honora Langtry sortait de l'obscurité d'une nuit sans lune et n'eut donc pas à accommoder sa vision. L'incroyable spectacle qui l'accueillait lui parut illuminé comme une scène sur laquelle les acteurs s'apprêtaient à jouer. Près de la porte, une douche oubliée chuintait dans un mince rideau de pluie. Au bout, dans un coin, Michael nu, encore humide, fixait Luc comme s'il était hypnotisé. A quelques pas, nu lui aussi et en érection, Luc souriait. Ils ne remarquèrent ni l'un ni l'autre la silhouette apparue à la porte.

Horrifiée, paniquée, elle crut revivre une version cauchemardesque de la scène de l'office. Un instant paralysée, elle se vit soudain incapable de faire face à une telle situation. Elle ne possédait ni la compétence ni les connaissances nécessaires pour la maîtriser. Alors, elle tourna les talons et se précipita dans une course folle vers le pavillon, grimpa les marches, traversa la grande salle et fit irruption dans la cellule de Neil.

Benedict et lui semblaient exactement dans l'état où elle les avait laissés. Si peu de temps s'était-il écoulé ? Non, il y avait en effet un changement : les bouteilles de whisky avaient disparu, ainsi que les verres. Pourquoi fallait-il qu'ils soient soûls en un moment pareil ?

Haletante, elle s'immobilisa sur le pas de la porte :

— La baraque des douches ! parvint-elle à articuler Vite !

Neil fut immédiatement dégrisé, ou du moins elle le vit se lever et marcher plus vite et faire preuve de plus d'assurance qu'elle ne l'en aurait cru capable. Benedict n'avait pas, lui non plus, l'air trop hébété. Elle les poussa dehors comme un berger son troupeau, puis les entraîna à sa suite. Neil s'empêtra dans la corde à linge et s'étala de tout son long. Sans attendre qu'il se redresse, elle empoigna par le bras Benedict ahuri et lui fit prendre le pas de course.

Dans la baraque, la scène s'était modifiée. A demi accroupis comme des lutteurs sur le ring, les bras tendus, prêts à s'affronter, Luc et Michael tournaient lentement l'un autour de l'autre. Luc ne souriait plus : il riait.

— Viens donc, mon beau chéri. Tu sais bien que tu en crèves d'envie. Qu'est-ce qu'il y a, tu as peur, maintenant ? C'est trop gros pour toi ? Ne joue donc pas les vierges effarouchées avec moi, va ! Je suis au courant. Je sais ce que tu es !

L'expression de Michael semblait parfaitement calme, presque détachée. Mais on devinait, derrière cette façade, un feu en train de couver, un bouillonnement terrifiant, mortel, que Luc affectait pourtant de ne pas remarquer. Si Michael restait impassible sous les provocations qui pleuvaient et paraissait ne pas même tenir compte de l'existence de son adversaire, c'était pour mieux se concentrer sur la tempête qui se levait en lui.

Neil intervint alors d'une voix forte :

— Assez, vous deux ! Séparez-vous !

Le tableau se défit instantanément. Luc se retourna d'un bloc, fit face aux nouveaux venus. Michael garda un instant sa posture défensive puis s'abattit, comme une masse, contre le mur derrière lui. Haletant, il succomba à un tremblement convulsif. Ses dents s'entrechoquaient, sa poitrine se soulevait et s'abaissait dans un bruit de soufflet de forge.

Honora Langtry s'avança vers lui et Michael, à cet instant seulement, s'aperçut de sa présence. Le visage ruisselant de sueur, la bouche grande ouverte, tordue par l'effort de respirer, il refusa d'abord d'admettre l'évidence. Alors, il adressa à la jeune femme un regard chargé d'une intense supplication qui se mua en désespoir, se détourna et ferma les yeux comme si plus rien n'avait d'importance. Affalé contre le mur, on aurait dit qu'il se vidait, qu'il rapetissait.

— Nous ne sommes ni les uns ni les autres en état de régler cette question ce soir, dit l'infirmière à Neil.

Puis, jetant à Luc un regard de mépris écœuré :

— Sergent Daggett, je vous verrai demain matin. Retournez immédiatement au pavillon et ne le quittez sous aucun prétexte.

Nullement repentant, Luc jubilait au contraire comme s'il venait de remporter un triomphe. Il haussa les épaules, ramassa ses vêtements jetés à terre et sortit. Ses épaules nues avaient l'air d'exprimer son intention bien arrêtée de compliquer les choses au maximum le lendemain matin.

— Capitaine Parkinson, reprit l'infirmière, vous surveillerez le sergent Daggett et je vous tiendrai responsable de sa conduite. En prenant mes fonctions tout à l'heure, j'entends trouver tout et tout le monde dans son état normal, et gare à ceux qui ne le seraient pas ! Je suis extrêmement mécontente. Vous avez honteusement abusé de ma confiance ! Le sergent Wilson ne retournera pas au pavillon ce soir, ni jusqu'à ce que j'aie interrogé le sergent Daggett. Comprenez-vous ce que je viens de vous dire, capitaine ? Etes-vous en état de faire face à la situation ?

Ces derniers mots avaient été prononcés moins durement et l'éclat de ses yeux s'était adouci.

— Je ne suis pas aussi soûl que vous le croyez, répondit Neil en la regardant sombrement. Vous êtes le patron, vous avez donné vos ordres. Ils seront exécutés à la lettre.

Depuis son arrivée à la baraque, Benedict n'avait ni esquissé un geste ni proféré une parole. Quand Neil fit un demi-tour pour partir, il sursauta et son regard, jusqu'alors fixé sur l'infirmière, se posa sur Michael, toujours adossé au mur.

— Comment va-t-il ? demanda-t-il avec inquiétude.

Elle hocha la tête et se força à sourire :

— Ne vous faites pas de soucis, Ben, je vais m'occuper de lui. Rentrez au pavillon avec Neil et essayez de dormir, vous en avez besoin.

Désormais seule avec Michael, Honora Langtry explora la baraque sans trouver ses vêtements. Elle ne découvrit qu'une serviette. Il s'était probablement dévêtu avant de venir prendre sa douche, enveloppé dans la serviette. C'était, bien entendu, contraire au règlement, mais il ne s'attendait évidemment pas à être découvert à cette heure tardive.

Elle décrocha la serviette et alla fermer la douche qui coulait toujours.

— Venez, dit-elle d'une voix soudain lasse. Couvrez-vous, je vous prie.

Il ouvrit les yeux et prit la serviette dont il s'enveloppa gauchement de ses mains encore tremblantes. Sans regarder sa compagne, il s'écarta du mur en hésitant, comme s'il craignait de ne pouvoir tenir debout tout seul.

— Et vous, combien en avez-vous bu ? demanda-t-elle avec amertume.

Elle lui prit le bras sans douceur, voulut le faire marcher. Il résista, se raidit :

— Pas plus d'une cuillerée à soupe, répondit-il d'une voix sans timbre. Où m'emmenez-vous ?

Il se dégagea d'un geste brusque, blessé de la manière dont elle voulait exercer son autorité.

— A mon cantonnement. Je vous installerai jusqu'au matin dans l'une des chambres libres. Vous ne pouvez pas retourner au pavillon sans une escorte de police, et c'est précisément ce que je tiens à éviter.

Vaincu par l'argument, il se laissa faire sans plus protester. Que dire à cette femme pour démentir les faits dont elle venait d'être le témoin oculaire ? C'était la scène de l'office, en cent fois pire. Michael était épuisé, vidé de ses forces après la lutte surhumaine menée contre lui-même. Dès l'instant où Luc avait surgi, il savait comment cela se terminerait, par la joie sublime de tuer enfin cette ordure.

Deux éléments contradictoires l'avaient pourtant retenu de sauter sur-le-champ à la gorge de Luc : le souvenir de l'adjudant-chef et le désir de faire durer l'instant pour mieux le savourer. Aussi, quand Luc passa à l'offensive, Michael se raccrocha-t-il désespérément à ce qui lui restait de contrôle de soi, qu'il sentait lui échapper.

Luc avait l'air musclé, viril et capable de se battre. Mais Michael le savait dépourvu d'expérience, d'endurcissement et, surtout, du désir de tuer. Derrière ses rodomontades et son insatiable appétit de nuire, ce n'était qu'un lâche. Luc s'imaginait pouvoir toujours échapper aux conséquences de ses méfaits en déployant sa carrure et sa méchanceté. Or Michael avait compris qu'il suffisait de relever son bluff pour qu'il s'effondrât. Aussi, tandis qu'il adoptait d'instinct sa position de combat, Michael voyait-il son avenir se dessiner devant lui, mais il était déjà trop tard pour reculer. Luc avait bluffé une fois de trop; et quand cet imbécile comprendrait que son bluff se retournait contre lui, Michael le tuerait. Pour le plaisir.

Pour la seconde fois de sa vie, Michael devait faire face à cette certitude : il ne valait pas plus cher que n'importe quel autre tueur, il pouvait, lui aussi, tout compromettre et tout gâcher pour satisfaire un besoin bestial. Car ce n'était rien d'autre, il le savait désormais. Au fil des ans, il avait appris sur son compte bien des choses dont il avait pu ou su s'accommoder. Mais cela ? Etait-ce la conviction d'avoir ce cancer en lui qui l'avait contraint à retenir les mots d'amour prêts à s'échapper de sa bouche, l'autre jour, dans le bureau d'Honora Langtry ? Il craignait de ne plus pouvoir se retenir. C'est alors qu'il avait senti une ombre, une présence terrifiante, sans nom, qui l'avait rendu muet. C'était cela

247

l'envie, le goût, le *besoin* de tuer. Ce ne pouvait être rien d'autre. Il avait d'abord cru au sentiment de sa propre indignité. Maintenant, et à jamais, l'indignité se précisait. Elle avait un nom.

Dieu merci, *elle*, était arrivée à temps pour l'arracher au cauchemar. Mais comment pourrait-il le lui expliquer ? Comment ?

7

En arrivant à son baraquement, Honora Langtry s'aperçut que les chambres vides étaient verrouillées. Ce n'était pas assez pour s'avouer vaincue : pour elle, comme pour ses collègues qui avaient subi la vie quasi carcérale des foyers d'infirmières, il existait plus d'un moyen de déjouer les clôtures réputées inviolables. Mais cela prendrait du temps; aussi se décida-t-elle à ouvrir sa propre porte. Elle alluma et s'effaça sur le seuil pour laisser entrer Michael.

A l'exception de l'infirmière en chef lors de ses visites d'inspection, il était la seule personne à pénétrer dans son domaine. Plutôt que de se réunir les unes chez les autres, les infirmières préféraient en effet leur salon de repos, plus vaste et où elles n'avaient pas à faire le ménage. Cette nuit-là, en dépit de sa fatigue, Honora Langtry regarda son logement d'un œil neuf et pour la première fois remarqua qu'il était triste, dépouillé et impersonnel. C'était plus une cellule qu'une chambre, sommairement meublée d'un lit de camp identique à ceux du pavillon, d'une chaise de bois, d'une commode, d'un paravent derrière lequel elle pendait ses vêtements et de deux étagères clouées au mur sur lesquelles elle rangeait ses livres.

— Attendez ici, lui dit-elle. Je vais chercher de quoi vous habiller et ouvrir une autre pièce.

Tandis qu'il s'asseyait sur la chaise, elle referma la porte et s'éloigna à la lueur de sa torche électrique. Il était plus facile d'aller emprunter des vêtements à l'un des pavillons voisins que de faire tout le trajet jusqu'au sien. Elle n'avait pas non plus envie de revoir Luc avant le matin, il lui fallait le temps de réfléchir. La garde du pavillon B lui fournit un pyjama et une robe de chambre sous la promesse formelle de les remplacer à la première heure.

Le plus simple était d'héberger Michael dans la chambre contiguë à la sienne. Elle se mit donc au travail et, négligeant la serrure trop robuste pour être forcée avec une épingle à cheveux, s'attaqua aux jalousies de la fenêtre. Quatre devaient amplement suffire pour laisser le passage. En un instant, c'était fait. Elle éclaira l'intérieur pour s'assurer qu'il y restait un lit, le trouva au même endroit que le sien. Le matelas était roulé, il n'y avait pas de literie. Tant pis, Michael serait bien obligé de s'en passer.

Quand elle rentra chez elle, trois quarts d'heure s'étaient écoulés. Il faisait lourd, humide, elle était moite de sueur et avait mal au côté, un muscle froissé sans doute. Elle s'arrêta sur le seuil pour se masser d'une main, braqua sa torche de l'autre sur la chaise. Elle était vide. Michael s'était couché sur le lit et lui tournait le dos. Il dormait. Il dormait ! Comment pouvait-il dormir après ce qui lui était arrivé ?

Cette situation inattendue fit fondre ce qui lui restait de rancœur et de colère. A quoi bon, après tout, s'être ainsi mise dans tous ses états ? Pourquoi cette explosion de rage, cette envie de casser le premier objet qui lui tomberait sous la main ? Parce qu'ils étaient tous ivres ? Parce que Luc n'avait fait que jouer son personnage, qu'elle connaissait pourtant par cœur ? Ou n'était-ce pas, plutôt, parce qu'elle n'était plus si sûre de Michael, depuis qu'il s'était détourné d'elle dans son bureau ? Le whisky y était sans doute pour quelque chose. Mais, quoi, c'étaient de pauvres bougres et on pouvait excuser une petite folie passagère. Luc ? Il ne comptait pas, n'avait jamais compté. Sa colère, découvrait-elle enfin avec lucidité, venait presque entièrement de son incertitude au sujet de Michael.

Le réveil sur sa commode marquait deux heures et demie, et le jeune homme dormait si paisiblement qu'elle n'eut pas le cœur de le réveiller. Il ne bougea même pas quand elle tira le drap froissé sous lui pour l'en couvrir.

Pauvre Michael ! C'était lui la première victime de la vengeance de Luc contre elle, pour la punir de son intervention auprès de la fille du banquier. La situation de ce soir avait dû faire à Luc l'effet d'un don du ciel : Nugget cloué au lit par sa migraine, les autres réduits à l'impuissance par l'ivresse et personne pour lui barrer la route lorsque Michael s'était dirigé seul vers la baraque des douches. Elle était convaincue que Michael n'avait rien fait pour provoquer les propositions de Luc. Si ce dernier avait agi ouvertement, Michael l'aurait envoyé au diable : il n'avait jamais eu peur de Luc, il avait conscience d'être plus fort que lui. Mais n'était-ce pas, justement, ce sentiment de puissance dont il avait peur ? Ah ! si seulement elle connaissait mieux les hommes...

En attendant, il semblait évident que c'était à elle d'aller coucher à côté et sans draps, à moins qu'elle ne se résignât à le tirer de sa torpeur. Décision difficile, qu'il valait mieux retarder en allant prendre une douche. Elle décrocha donc sa robe de chambre derrière le paravent, se rendit à la baraque et, rapidement dévêtue, se glissa avec délice sous le jet d'eau tiède. Se sentir propre, pure !... Cela allait souvent au-delà de la sensation physique.

Plutôt que de se sécher, formalité inutile par une nuit si humide, elle se tamponna sommairement avec une serviette et s'enveloppa de son kimono dont elle noua la ceinture. Et puis, se dit-elle en quittant la baraque, je ne

251

vois pas pourquoi ce serait à moi d'aller passer la nuit sur un matelas grouillant de punaises ! Qu'il y aille donc, tant pis pour lui !

Il était trois heures cinq au cadran de la pendulette. Honora Langtry jeta ses vêtements trempés de sueur dans un coin de la chambre, s'approcha du lit et posa la main sur l'épaule de Michael. A la dernière minute, elle hésita, se retint d'appuyer. Allait-elle ou non le réveiller ? Trop fatiguée pour se moquer de son indécision, elle se laissa tomber sur la chaise sans ôter sa main posée sur la peau nue. Elle ne voulait plus résister à l'envie inassouvie qui l'étreignait depuis trop longtemps : le toucher, le sentir.

Elle s'efforça d'évoquer le souvenir du contact de la main sur la peau nue de l'homme aimé, mais elle n'y parvint pas. Entre celui-ci et l'autre, il s'était écoulé une vie, un monde de sensations si différentes qu'elles avaient oblitéré tout souvenir sensuel. Six ans durant, elle avait enfoui, refoulé ses propres besoins sous ceux des autres. Et ses besoins — elle s'en aperçut soudain avec stupeur —, ne lui avaient pas même manqué. Ou si peu...

Sous sa main, Michael n'était pas un souvenir évanoui. Il était tangible, réel comme les sentiments qu'il lui inspirait. Depuis longtemps — depuis toujours ? — elle attendait ce moment, elle désirait le toucher, sentir la vie bouillonner en lui. Elle en avait pleinement le droit : voici l'homme que j'aime, se dit-elle. Qu'importe ce qu'il est, qui il est. Je l'aime.

Sur l'épaule, sa main se déplaça, timidement d'abord puis en petits cercles, d'un mouvement caressant. Cet instant lui appartenait, à elle seule. Elle n'avait pas honte de savoir qu'il n'avait rien fait, rien dit pour le demander ni y consentir. Elle le touchait, elle le caressait amoureusement pour son seul plaisir, pour s'offrir un souvenir. Alors, absorbée par l'extase de le sentir vivre sous sa main, elle se pencha, posa sa joue sur son dos et resta ainsi, se tournant à peine pour goûter à sa peau en l'effleurant des lèvres.

Elle éprouva pourtant un choc quand il se rapprocha d'elle. Mortifiée d'être surprise dans son paradis personnel, furieuse de sa propre faiblesse, elle s'écarta d'un bond. Il l'attrapa aux poignets et la souleva de sa chaise d'un mouvement si vif et avec tant de légèreté qu'elle crut venir à lui de son plein gré. Il agissait sans brutalité, évoluait, la déplaçait si habilement qu'elle n'avait pas conscience d'un effort. Elle se retrouva assise au bord du lit, une jambe repliée sous elle, le dos appuyé contre ses bras. Il avait posé sa tête sur la poitrine de la jeune femme, qui le sentait trembler. D'un geste possessif, elle l'enlaça et ils restèrent ainsi, immobiles, jusqu'à ce que cessât le tremblement — ou qu'en disparût la cause.

Elle sentit les mains de Michael relâcher leur étreinte sur son dos, descendre pour dénouer sa ceinture. Elle les vit écarter l'étoffe, de sorte qu'il pût à son tour poser sa joue sur sa peau nue, emprisonner l'un de ses seins menus d'un geste si plein de vénération qu'elle en fut bouleversée. Il releva la tête, s'écarta et c'est elle qui tourna son visage vers le sien. D'un mouvement des épaules, elle l'aida à faire glisser son vêtement. Elle le prit aux épaules, colla sa poitrine contre la sienne, ses lèvres contre ses lèvres.

Alors, elle laissa son amour l'envahir pleinement. Les yeux clos, elle accordait chaque vibration de son corps à l'amour qu'elle ressentait en lui. Car il fallait qu'il l'aimât pour soulever en elle tant de bonheur, pour réveiller tant de sensations si longtemps oubliées, insignifiantes et restées pourtant si familières, pour le faire avec une acuité toute neuve, bouleversante par son étrangeté.

Ensemble, ils se mirent à genoux, face à face. Il laissa ses mains redescendre le long de son corps, lente-

253

ment, hésitant comme s'il voulait prolonger leur contact jusqu'à l'extase. Elle n'avait la force ni de l'encourager ni de lui résister : elle ne pouvait que s'absorber dans ce miracle et se laisser emporter.

CINQUIÈME
PARTIE

1

Peu avant sept heures le lendemain matin, Honora Langtry sortit silencieusement de sa chambre. Elle portait sa tenue de jour, robe grise, voile blanc, cape rouge, col et manchettes de celluloïd blanc, et l'emblème d'argent à son cou, au soleil levant, étincelait de l'éclat du neuf. Elle avait apporté à sa toilette un soin particulier accordé à son humeur, celle d'une femme aimée. Souriante, elle leva son visage pour saluer la journée nouvelle et étira voluptueusement ses muscles las.

Le chemin du pavillon ne lui avait jamais semblé si long et si court à la fois. Mais elle ne regrettait pas d'avoir laissé Michael dormir, aucune arrière-pensée ne la troublait alors qu'elle se rendait au pavillon X. Elle n'avait pas fermé l'œil, et Michael ne s'était laissé aller au sommeil qu'à six heures, quand elle avait quitté le lit. Avant de prendre sa douche, en effet, elle voulait remettre en place les jalousies de la chambre voisine, si bien qu'elle s'absenta une demi-heure environ. A son retour, elle le trouva dormant à poings fermés et elle le quitta en posant un baiser sur ses lèvres inertes. Sans regret : elle aurait désormais le temps, des années. Bientôt ils seraient démobilisés et la campagne ne lui faisait pas peur, elle y était née. Maitland n'était d'ailleurs pas si loin de Sydney et la vie d'un éleveur dans la vallée du Hunter ne pouvait se comparer à l'existence rude des cultivateurs ou des éleveurs de moutons dans l'Ouest.

A six heures trente, en temps normal, tout le monde aurait dû être levé, elle aurait dû être arrivée au pavillon, avoir préparé le premier déjeuner et tiré les hommes du lit. Ce matin, rien ne bougeait dans la grande salle où toutes les moustiquaires, sauf celle de Michael, étaient sagement bordées.

Elle déposa sa cape et son panier dans son bureau avant d'aller à l'office, où un homme de corvée avait déjà déposé la ration quotidienne de pain frais, un pot de beurre et un de confiture — encore des prunes ! Le réchaud à alcool refusa de s'allumer et, quand elle parvint à le faire fonctionner, elle avait perdu tous les bienfaits de sa douche matinale. La chaleur du jour et les flammes du réchaud l'avaient couverte de sueur. La mousson était proche et, en une semaine, le taux d'humidité avait grimpé de plus de vingt pour cent.

Une fois le thé infusé et le pain beurré, elle plaça les quarts et les tartines sur la planche servant de plateau, qu'elle alla déposer dans la véranda. La théière, maintenant; il ne manquait plus rien ?... Si, un dernier détail. Hier soir, furieuse contre eux tous, elle avait eu l'intention de ne pas s'apitoyer sur leur sort; mais sa nuit avec Michael avait fait fondre sa décision de se montrer impitoyable. Après l'orgie du whisky de cet imbécile de colonel, les malheureux devaient avoir une effroyable gueule de bois.

Elle retourna donc à son bureau et, dans le tiroir à pharmacie, prit un flacon d'aspirine caféinée. Il y en avait assez pour en donner une cuiller à café à chacun, vieux truc qui, en maintes circonstances, avait sauvegardé la réputation d'un jeune interne ou d'une infirmière étourdie.

En passant devant chez Neil, elle se contenta d'ouvrir la porte en criant : « Debout ! Le thé est prêt ! » Le réduit sentait terriblement le lapin et elle se hâta de s'en éloigner pour continuer son chemin vers la grande salle.

Nugget. réveillé, l'accueillit avec un sourire pitoyable.

— Comment va la migraine ?

— Très bien, merci.

— Tant mieux. Bonjour, Matt ! Bonjour, Ben !

A chaque fois, elle tirait la moustiquaire, la dégageait et la lançait, roulée en boule, par-dessus l'anneau. Il serait toujours temps, tout à l'heure, de les draper réglementairement.

Le lit de Michael était évidemment vide et elle se dirigea vers celui de Luc, sa gaieté sévèrement refroidie. Qu'allait-elle lui dire ? Comment allait-il se comporter pendant cet interrogatoire, qu'elle ne pourrait raisonnablement retarder au-delà du petit déjeuner ? Mais Luc n'était pas dans son lit. La moustiquaire avait été dégagée du matelas, les draps étaient froissés comme si on y avait couché et cependant ils étaient froids.

Elle se tourna vers Matt et Benedict, les vit tous deux assis au bord de leur lit la tête dans les mains, le dos voûté comme si le plus petit geste leur eût causé une douleur intolérable.

— Au diable le colonel et le Johnny Walker ! grommela-t-elle.

A cet instant, Neil sortit en titubant de sa chambre, le visage verdâtre, et se précipita en hoquetant vers la salle d'eau, de l'autre côté du couloir.

Une fois de plus, elle était donc seule en état de retrouver la trace de Luc. Elle passa par la véranda et se dirigea vers les douches.

C'était une belle, une superbe journée en dépit de l'humidité étouffante. Elle voyait trouble, le manque de sommeil lui donnait le vertige et les reflets du soleil levant sur les palmiers tout proches l'aveuglaient. Mais jamais la lumière ne lui avait paru plus limpide et plus douce. La corde à linge tout emmêlée la fit sourire et elle enjamba l'amoncellement des chemises, des caleçons et des chaussettes en s'imaginant son cher Neil, toujours si digne, en train de se débattre dans son ivresse pour échapper au piège de la lessive.

La baraque des douches était calme. Trop calme. Luc aussi était tranquille. Beaucoup trop. Il était étendu à terre, le dos contre un mur, un rasoir dans sa main crispée. Sa peau dorée était zébrée de balafres de sang séché; une mare de sang à demi coagulé stagnait au creux de son ventre, où se voyaient d'autres choses encore plus atroces, et tout autour de lui le ciment disparaissait sous le sang.

Elle s'en approcha juste assez pour constater ce qu'il s'était infligé : mutilation des parties génitales, éventration totale. Le rasoir était le sien, un coupe-chou à manche d'ébène qu'il avait toujours préféré à un rasoir de sûreté, afin d'être rasé de plus près. Ses doigts étaient manifestement les seuls à s'y être posés : leur prise sur le manche était trop naturelle ainsi que le magma sanglant qui les y soudait. Sa tête, rejetée en arrière, accusait un angle exagéré, et Honora eut l'impression fugitive d'un regard moqueur la suivant sous les paupières à demi baissées. Mais ce sourd éclat était le voile de la mort et non plus le reflet d'or qui avait fait la fierté de sa vie.

Honora Langtry ne hurla pas. Le spectacle une fois enregistré, elle réagit d'instinct, recula, sortit, referma soigneusement la porte derrière elle en se battant avec le cadenas qui pendait d'un piton arraché. Elle domina sa panique, parvint à faire passer l'anneau de fermeture par-dessus l'autre piton, revissa le premier. Alors, épuisée par l'effort, elle s'appuya au montant de la porte : sa bouche s'ouvrait et se fermait avec l'automatisme mécanique d'une marionnette.

Il lui fallut plus de cinq minutes pour sortir de sa léthargie et décoller ses mains du bois rugueux Ses cuisses étaient gluantes et elle craignit, affreusement humiliée, d'avoir uriné sans s'en être rendu compte Mais ce n'était que la sueur.

Dans un sursaut de rage désespérée, elle martela le vantail à coups de poing. Que Luc brûle à jamais dans les flammes de l'enfer pour le punir de ce qu'il avait fait ! Pourquoi, oh ! pourquoi ces imbéciles d'ivrognes avaient-ils été incapables de le surveiller ? Fallait-il donc toujours ne compter que sur elle-même, en tout ? Luc, horrible salaud, vous avez quand même gagné ! Ignoble, répugnant inverti à l'esprit malade, vous avez osé pousser la vengeance jusque-là !...

Les larmes, maintenant, ruisselaient sur son visage, des larmes de rage et de deuil sur son bonheur trop bref, trop brutalement anéanti. Sur un matin de joie et de lumière dont les débris, à ses pieds, gisaient dans une mare de sang. C'était trop injuste ! Michael, *mon* Michael... Ils ne s'étaient pas encore parlé. Ils n'avaient même pas eu le temps de dénouer ensemble les fils de leurs rapports antérieurs, de les tresser pour n'en faire plus qu'un. Elle se redressa, s'écarta de la porte. Elle savait désormais, et de manière définitive, irrévocable, qu'il ne pourrait jamais y avoir de bonheur sur cette terre pour elle et Michael. Pas même de rapports d'amitié. Luc était finalement vainqueur.

Elle traversa le camp comme un automate, d'un pas rapide, mécanique. Elle se souvint qu'elle avait pleuré et s'essuya les yeux d'une main, tripota son voile pour le remettre en place, se lissa les sourcils. Voilà. Elle était redevenue l'infirmière-chef Langtry, le *capitaine* Langtry. C'était elle, et elle seule, la responsable du pavillon X. Elle, et elle seule, devait régler l'affreux problème. C'est ton devoir, ma fille, ton devoir, ne l'oublie pas ! Non seulement envers toi-même mais, plus encore, envers les malades à ta charge. Ils sont cinq, là-bas, cinq que tu dois protéger à tout prix, oui, à tout prix, contre les conséquences du dernier méfait de Luc Daggett.

2

Assis sur le petit balcon de son bungalow privé, le colonel tournait pensivement le sucre dans sa tasse de thé sans, à vrai dire, penser à grand-chose. C'était un jour comme tant d'autres, sans rien de spécial comme c'était généralement le cas après une nuit passée près de l'infirmière Heather Connolly. La nuit dernière avait cependant été différente des autres, pénible en un certain sens. Ils avaient passé le plus clair de leur temps à parler de la fermeture prochaine de la base 15 et des possibilités de poursuivre leur liaison dans la vie civile.

Le colonel avait la manie de tourner interminablement sa cuillère dans sa tasse et il était encore en train de le faire quand l'infirmière Honora Langtry, irréprochable dans sa tenue et décidée dans son allure, surgit au pas cadencé de derrière le bungalow et s'immobilisa dans l'herbe, sous le balcon, pour le héler :

— Colonel ! Je viens vous signaler un suicide ! dit-elle d'une voix forte.

L'infortuné bondit de sa chaise, s'y laissa retomber puis, après avoir posé sa petite cuillère sur la soucoupe, réussit à se relever convenablement. Il traversa le balcon en deux enjambées hésitantes et s'appuya avec précaution à la balustrade branlante :

— Un suicide, dites-vous ? Mais c'est abominable !

— En effet, colonel.

— De qui s'agit-il ?

— Du sergent Daggett, colonel. Dans la baraque des douches. Il s'est tailladé à coups de rasoir et le spectacle n'est guère plaisant.

— C'est abominable, répéta-t-il d'une voix mourante.

— Préférez-vous y jeter d'abord un coup d'œil, colonel, ou voulez-vous que j'aille directement prévenir la police ?

Cette diablesse prenait un malin plaisir à le pousser vers des décisions qu'il n'avait pas le courage de prendre. Le colonel sortit son mouchoir et s'épongea le visage, si pâle que son nez violacé restait seul témoin de son goût immodéré pour les boissons fortes. Il vit sa main trembler, la fourra rageusement dans sa poche et se détourna pour rentrer dans le bungalow :

— Il vaut sans doute mieux que je fasse les premières constatations... Mais où est donc passée ma satanée casquette ? s'écria-t-il pour prendre une contenance.

De loin, ils avaient l'air normal tandis qu'ils traversaient le camp côte à côte. Mais le colonel s'époumonait à suivre le train imposé par sa compagne.

— Avez-vous... idée du... mobile, capitaine ? demanda-t-il d'une voix haletante.

Il essayait de ralentir l'allure, en vain. Ce monstre en jupons continuait de marcher au pas de charge, sans la moindre considération pour son âge et son souffle court.

— Je le crois, colonel. Hier soir, j'ai surpris aux douches le sergent Daggett qui tentait de violenter le sergent Wilson. J'ai tout lieu de croire que, plus tard dans la nuit, le sergent Daggett a été saisi de remords et a voulu mettre fin à ses jours sur les lieux mêmes de son délit. Son acte a très vraisemblablement des motivations d'ordre sexuel, comme l'attestent les mutilations infligées à ses parties génitales.

Comment diable peut-on parler avec tant d'aisance quand on soutient une telle allure ? Le colonel n'y tint plus :

— Allez-vous vous décider à ralentir, bon sang ? cria-t-il.

Alors, d'un seul coup, ce qu'il venait d'entendre sur des parties génitales mutilées pénétra sa conscience et il sentit l'horreur tomber sur lui comme une méduse. Il faillit gémir, se retint à temps et ne sut que grommeler :

— Quelle histoire, mon dieu ! Quelle histoire...

Le colonel se contenta d'un rapide coup d'œil à l'intérieur de la baraque des douches, dont l'infirmière lui avait ouvert la porte d'une main qui ne tremblait pas. Il en ressortit à peine entré, l'estomac au bord des lèvres mais décidé à ne pas perdre la face, surtout devant une femme aussi odieuse. Les mains derrière le dos, la mine aussi importante et méditative que les sursauts de son petit déjeuner voulaient bien le lui permettre, il fit les cent pas tout en reprenant discrètement son souffle et sa dignité. Enfin, dans un raclement de gorge qui se voulait sévère, il s'arrêta devant l'infirmière Langtry. L'affreuse chipie attendait patiemment son bon plaisir et dans son regard s'allumait une lueur moqueuse qui donnait au colonel des envies de meurtre et de mutilation.

— Quelqu'un d'autre est-il au courant ? demanda-t-il.

Il s'épongea de nouveau le visage dont, Dieu merci, il sentait les belles couleurs lui revenir peu à peu.

— En ce qui concerne le suicide, je ne le pense pas, colonel, répondit-elle avec un sang-froid exaspérant. Malheureusement, l'attentat aux mœurs contre le sergent Wilson a eu trois témoins oculaires, le capitaine Parkinson, le sergent Maynard et moi-même.

— Extrêmement regrettable ! dit-il avec un claquement de langue réprobateur. Et à quelle heure cela s'est-il produit ?

— A environ une heure trente du matin, colonel.

Il lui jeta un regard soupçonneux :

— Que diable fabriquiez-vous tous aux douches à une heure pareille ? Et comment avez-vous pu laisser de tels actes se commettre ? Vous auriez dû faire appel à une garde ou à une infirmière de permanence pendant la nuit !

— Si vous pensez à l'agression contre le sergent Wilson, répondit-elle avec la même impassibilité, je n'avais aucune raison de me douter que le sergent Daggett eût de telles inclinations. Quant à son suicide, colonel, rien ne pouvait non plus me prévenir que le sergent Daggett nourrît de funestes projets contre lui-même.

— Pour vous, il s'agit donc bien d'un suicide ?

— Sans aucun doute, colonel. C'était sa main qui tenait le rasoir. Ne l'avez-vous pas constaté par vous-même ? La prise sur le manche était parfaitement naturelle.

Furieux de se faire ainsi rappeler qu'il n'avait pas eu le cran de rester aussi longtemps qu'elle pour inspecter le cadavre, le colonel changea de tactique :

— Je vous répète ma question, capitaine Langtry : pourquoi n'avoir pas assuré une garde de nuit ? Et pourquoi ne m'avez-vous pas immédiatement signalé l'agression contre le sergent Wilson ?

Elle écarquilla les yeux, pleine d'innocence :

— Voyons, colonel ! Il était deux heures du matin ! Vous m'auriez fort mal reçue si j'étais venue vous importuner pour une simple question de discipline. Nous avons d'ailleurs séparé les deux hommes avant que le sergent Wilson n'ait subi de sévices et le sergent Daggett, quand je l'ai quitté, me paraissait en pleine possession de ses facultés. Le capitaine Parkinson et le sergent Maynard avaient d'ailleurs accepté de le surveiller jusqu'à la fin de la nuit à condition que le sergent Wilson fût éloigné du pavillon. Je n'avais donc aucune raison d'user de coercition à l'encontre du sergent Daggett, pas plus que d'appeler à l'aide. De fait, colonel, poursuivit-elle calmement, j'espérais n'avoir pas même à attirer votre attention sur ce regrettable incident. Je pensais pouvoir résoudre le problème sans intervention extérieure après m'être entretenue avec les deux hommes, quand ils auraient retrouvé leur état normal. Au moment où j'ai quitté le pavillon, tout me portait à croire que l'affaire n'aurait pas d'autres suites.

— Que voulez-vous dire par éloigner le sergent Wilson du pavillon ? demanda le colonel, soupçonneux.

— Il était sévèrement traumatisé, colonel. Aussi, compte tenu des circonstances, ai-je pensé qu'il était plus judicieux de l'héberger chez moi plutôt que de le renvoyer dans son lit, exposé à la rancune du sergent Daggett.

— Le sergent Wilson était donc avec vous toute la nuit ?

— Oui, colonel. Toute la nuit.

— En êtes-vous bien certaine ?

— Absolument, colonel. Il est d'ailleurs toujours dans ma chambre. Je ne voulais pas le ramener au pavillon avant d'avoir interrogé le sergent Daggett.

— Et vous avez passé toute la nuit avec lui ?

Horrifiée, elle vit où il voulait en venir. Le colonel ne nourrissait pas de pensées salaces au sujet de Michael et d'elle — il devait d'ailleurs la croire incapable de la moindre lubricité. Non, ce n'était pas à l'amour qu'il pensait, mais plutôt au crime.

— Je n'ai pas quitté le chevet du sergent Wilson jusqu'à ma prise de service il y a une demi-heure, colonel. J'ai découvert le corps du sergent Daggett quelques minutes plus tard et j'ai pu constater que sa mort remontait à plusieurs heures.

Elle avait répondu d'un ton qui ne souffrait pas de

discussion. Les lèvres pincées, le colonel encaissa le coup.

— Je vois, dit-il sèchement. Nous voilà dans de beaux draps...

— Malheureusement non, colonel. Ils n'ont rien de beau

Il ne releva pas l'impertinence et, tel un chien de chasse obstiné, en revint à son idée première :

— Selon vous, le sergent Daggett n'a donc rien dit ni rien fait qui puisse vous laisser entrevoir un état dépressif ou suicidaire ?

— Absolument rien, colonel, répondit-elle fermement. Je suis même stupéfaite qu'il ait attenté à ses jours, non que je l'en aurais cru incapable, mais il l'a fait d'une manière si sanglante, si... repoussante... Je ne puis que me perdre en conjectures sur ce qui l'a poussé à se mutiler des attributs d'une virilité dont il était par ailleurs exagérément fier. Mais il en est malheureusement ainsi avec la plupart des gens, ils font rarement ce que l'on attend d'eux. Vous voyez que je suis très franche avec vous, colonel. J'aurais pu mentir, vous dire que l'état mental du sergent Daggett le prédisposait au suicide, mais j'ai choisi de vous dire la vérité. En tout cas, ma perplexité et mon incrédulité face au suicide du sergent Daggett n'altèrent en rien ma conviction quant à sa réalité. Ce ne peut être rien d'autre qu'un suicide.

Sans répondre, le colonel prit le chemin du pavillon X à une allure que son exécrable compagne fut bien obligée d'adopter. Il marqua un arrêt devant la corde à linge effondrée et, du bout de son stick, fouilla dans la pile de linge comme une surveillante d'internat examinerait les sous-vêtements de ses jeunes pensionnaires pour y déceler des souillures suspectes.

— On s'est battu, ici ? demanda-t-il en se redressant.

Elle eut du mal à réprimer un sourire :

— Oui, colonel. Un combat nocturne entre le capitaine Parkinson et un détachement de chemises et de caleçons.

Il poursuivit son chemin en haussant les épaules :

— Justement, je voudrais bien voir le capitaine Parkinson et le sergent Maynard avant de convoquer les autorités.

— Bien entendu, colonel. Je ne suis pas allée au pavillon depuis ma découverte du corps et je suppose donc qu'ils ne sont encore au courant de rien. Aucun, de toute façon, n'a pu s'introduire dans la baraque des douches, je l'avais cadenassée avant d'aller vous chercher.

— Voilà au moins une heureuse initiative...

Il s'interrompit en découvrant soudain que la vie lui accordait — enfin ! — la chance unique de déboulonner une bonne fois cette chipie de Langtry. Seule toute la nuit avec un homme dans sa chambre, une sombre affaire de mœurs couronnée par un crime, mais il y avait là de quoi la rouler dans la boue devant toute l'armée et l'en faire chasser ignominieusement ! Quel bonheur, mon dieu, quel bonheur !...

— Permettez-moi de vous dire, capitaine Langtry, que vous vous êtes montrée de bout en bout au-dessous de tout dans cette affaire, et que je veillerai personnellement à ce que vous receviez les sanctions exemplaires que vous méritez.

— Je vous en remercie, colonel Donaldson, répondit-elle sans ironie. Permettez-moi simplement d'ajouter la précision suivante : la cause directe de toute l'affaire se trouve dans deux bouteilles de whisky, de marque Johnny Walker, consommées la nuit dernière par les patients du pavillon X. Si je connaissais l'identité de l'imbécile criminel qui a donné, hier, ces deux bouteilles au capitaine Parkinson, dont la stabilité mentale est encore précaire, je me ferais une joie de veiller *personnellement* à ce qu'*il* reçoive les sanctions exemplaires qu'*il* mérite.

269

Le colonel buta contre la première marche de la véranda et dut se rattraper précipitamment à la rampe. L'imbécile criminel ? Bien sûr, bougre d'idiot !... Il avait complètement oublié le whisky. Mais elle savait, elle. Elle était au courant, l'abominable chipie ! Finie, la douce vengeance. Il fallait même faire marche arrière, et vite. Une femme, ça ? Non, le diable en personne ! Cette insolence masquée par une fausse politesse, cette hardiesse, cette certitude de l'impunité... Rien, pas même l'armée, ne pourrait la civiliser. Rien.

Matt, Nugget, Benedict et Neil étaient assis à la table de la véranda, la mine hagarde. Les pauvres ! Honora n'avait pas encore pu leur administrer leur aspirine caféinée, et il n'était évidemment plus question de le faire sous le nez de ce fichu colonel.

A la vue de ce dernier, ils se levèrent en un garde-à-vous approximatif. Le colonel se laissa tomber lourdement sur un banc.

— Repos, messieurs, reprenez vos places, dit-il. Capitaine Parkinson, je vous serais obligé de me donner une tasse de thé.

Neil versa le thé d'une main mal assurée. Le colonel s'empara du quart sans paraître remarquer son piteux état et s'y enfouit le nez avec soulagement. Il lui fallut quand même en émerger et, désormais au pied du mur, il jeta sur les quatre hommes et leur infirmière un regard chargé de rancune.

— Je crois comprendre qu'un incident est survenu cette nuit aux douches entre les sergents Wilson et Daggett, dit-il pour leur faire croire qu'il n'était venu de si bon matin que pour ce seul motif.

— En effet, mon colonel, répondit Neil avec aisance. Le sergent Daggett a cherché à attenter aux mœurs sur la personne du sergent Wilson. Le capitaine Langtry nous a appelés en renfort, le sergent Maynard et moi-même, et nous l'avons accompagnée à la baraque des douches où nous avons séparé les deux hommes.

— Avez-vous été témoins oculaires de cet acte, ou vous appuyez-vous simplement sur ce que vous en a dit l'infirmière Langtry ?

Neil regarda le colonel avec un mépris qu'il ne cherchait même pas à dissimuler.

— Nous l'avons vu de nos propres yeux, bien entendu. Le sergent Wilson a probablement été surpris alors qu'il se douchait, car il était nu et mouillé. Le sergent Daggett était dévêtu, lui aussi, mais sec, et nous avons constaté son état d'excitation sexuelle. Quand le capitaine Langtry, le sergent Maynard et moi-même sommes arrivés sur les lieux, il s'apprêtait à violenter le sergent Wilson, qui avait adopté une attitude défensive.

Neil s'interrompit, s'éclaircit la voix et fixa des yeux un point imaginaire au-dessus de la tête du colonel :

— Heureusement, poursuivit-il, le sergent Wilson n'avait consommé qu'une très faible quantité du whisky en notre possession hier soir, sinon les choses auraient vraisemblablement assez mal tourné pour lui. Son assaillant, en effet, était parfaitement sobre...

— C'est bon, c'est bon, pas de détails inutiles ! interrompit sèchement le colonel, pour qui chaque nouvelle allusion au whisky était comme un coup de poignard. Sergent Maynard, êtes-vous d'accord avec la version des faits que vient de donner le capitaine Parkinson ?

Benedict leva les yeux pour la première fois. Il avait les traits tirés par une lassitude incurable, les yeux cerclés de rouge, conséquence du whisky sans doute. Il se mit à parler avec une lenteur extrême, comme s'il avait passé des heures à chercher ses mots et ne les lâchait qu'à regret :

271

— Oui, mon colonel, c'est bien ainsi que ça s'est passé, Luc Daggettt était une souillure sur la surface de la terre. Une ordure répugnante.

Matt s'était levé précipitamment pour poser sans hésiter une main sur l'épaule de Ben, qu'il força à se lever :

— Vite, Ben, je t'en prie ! Emmène-moi aux feuillées. Avec la cuite que j'ai prise hier soir, je vais encore être malade.

Le colonel ne protesta pas, trop assommé par cette nouvelle allusion importune aux effets de son Johnny Walker. Tandis que Matt et Benedict quittaient la véranda, il resta tassé sur le banc puis se tourna de nouveau vers Neil :

— Que s'est-il passé quand vous avez mis fin à l'incident en question, capitaine ?

— Le sergent Wilson a eu une assez violente réaction nerveuse, mon colonel. Cela se produit couramment quand on s'apprête à se battre et que l'on est privé de la détente indispensable. Il était affecté de tremblements convulsifs, avait du mal à respirer, au point qu'il me paraissait avoir besoin de soins. J'ai donc suggéré au capitaine Langtry de l'éloigner le plus vite possible du sergent Daggett en l'emmenant, par exemple, à son cantonnement. Cela ôtait toute tentation au sergent Daggett qui, par ailleurs, était quelque peu inquiet des conséquences de son acte. J'avoue bien volontiers avoir tout fait pour l'entretenir dans son anxiété car je ne vous cacherai pas, mon colonel, que je n'éprouve aucune sympathie pour le sergent Daggett.

Au début de la tirade, Honora Langtry écoutait Neil avec une indifférence polie. Mais en l'entendant déclarer que l'idée d'éloigner Michael du pavillon était de lui, elle passa de la stupéfaction à la gratitude. Cher Neil, toujours aussi chevaleresque ! Naturellement, le colonel ne douterait par un instant de sa parole car, à ses yeux, seuls les hommes étaient capables de décider. Mais en prenant l'initiative à son propre compte, Neil montrait qu'il savait où Michael avait passé le reste de la nuit, et cela donnait à réfléchir. Avait-elle été trahie par l'expression de son visage, ou Neil avait-il simplement lancé au hasard une hypothèse vérifiée, à son insu, par les faits ?

— Dans quel état était le sergent Daggett après votre retour au pavillon ? demanda le colonel.

— Dans son état habituel, mon colonel. Grossier, vantard, sans autre regret que celui de s'être fait prendre. Il nous menaçait tous de sa vengeance, et tout particulièrement le capitaine Langtry pour qui il semble éprouver de la haine.

Le colonel était choqué d'entendre parler si durement d'un mort. Puis il se rappela qu'ils ignoraient sa fin. Mieux valait hâter le dénouement de cette tragi-comédie :

— Où se trouve en ce moment le sergent Daggett ? demanda-t-il d'un air négligent.

— Je n'en sais rien et je m'en moque, mon colonel, répondit Neil. En ce qui me concerne, je serais enchanté d'apprendre qu'il ne remettra jamais plus les pieds ici.

— Je vois .... Au moins, vous êtes franc, capitaine.

On sentait que le colonel se dominait de son mieux pour ne pas trop compromettre le précaire équilibre mental des pensionnaires du pavillon X. Quand il se tourna vers Nugget, cependant, il eut du mal à contenir son agacement :

— Et vous ? Vous n'avez encore rien dit. Avez-vous quelque chose à ajouter à ces déclarations ?

— Moi, mon colonel ? Impossible, j'avais la migraine...

Il se lança alors dans un flot de paroles pour décrire les symptômes très particuliers et certainement uniques du mal qui l'avait terrassé. Le colonel finit par l'interrompre :

— Parfait, dit-il avec lassitude. Si vos connaissances guerrières égalaient votre culture médicale, vous seriez déjà général et nous aurions occupé Tokyo en 1942. Etiez-vous étudiant en médecine, dans le civil ?

— Hélas non, mon colonel, je n'ai que mon brevet élémentaire. Mais j'envisage très sérieusement de devenir infirmier.

— Dommage, le monde aura peut-être perdu un nouveau Pasteur. Mais vous ferez certainement un infirmier très dévoué. Continuez ! Bonne chance.

Matt venait d'arriver, seul, sans Benedict; immobile sur le pas de la porte, il écoutait avec intérêt. Le colonel se tourna vers lui, la mine abattue :

— Et vous, qu'avez-vous à dire ?

— Que je n'ai rien vu, mon colonel, répondit Matt paisiblement.

Le colonel retint une grimace gênée et prit une profonde inspiration.

— L'un d'entre vous, messieurs, s'est-il déjà rendu aux douches depuis l'incident qui a opposé les sergents Daggett et Wilson ? demanda-t-il sèchement.

— J'ai bien peur que non, mon colonel, répondit Neil. Vous nous avez surpris mal rasés et pas lavés. Après notre petite folie d'hier soir, où nous avons bu un peu trop de whisky, je dois dire, nous avions surtout besoin de beaucoup de thé, ce matin.

— Vous auriez au moins pu leur administrer de l'aspirine caféinée ! lança le colonel d'un ton cinglant à l'infirmière.

— J'ai déjà préparé les doses, colonel, répondit-elle en souriant. Mais votre présence...

— C'est bon, c'est bon !

Il marqua une pause et se lança dans sa péroraison :

— De ce que nous venons de dire, je conclus qu'aucun de vous ne sait encore que le corps du sergent Daggett a été trouvé ce matin dans la baraque des douches.

S'il s'attendait à un coup de théâtre, il en fut pour ses frais. Nul ne manifesta de surprise, de douleur, voire d'intérêt, et on le regardait comme s'il venait de proférer quelque banalité sur le temps qu'il faisait.

Finalement, Neil comprit que le colonel attendait au moins un semblant de commentaire et se dévoua pour les autres :

— Luc, mort ? Qu'est-ce qui lui a pris ? Je ne l'aurais jamais cru aussi serviable.

— Cette ordure ! déclara Matt. Bon débarras !

— Je n'avais encore jamais eu d'aussi beau cadeau du Père Noël ! s'écria Nugget en jubilant.

— Qu'est-ce qui vous fait croire au suicide, capitaine ? s'enquit le colonel.

Neil le regarda avec étonnement :

— Comment pourrait-il s'agir d'autre chose ? Il est trop jeune pour mourir de sa belle mort, n'est-ce pas ?

— Certes, sa mort n'est pas naturelle. Mais pourquoi parlez-vous tout de suite d'un suicide ? insista le colonel.

— S'il n'a pas eu de crise cardiaque ou d'embolie, c'est donc qu'il s'est zigouillé d'une manière ou d'une autre, cela me paraît évident. Comprenez-moi bien, mon colonel, nous tous, ici présents, aurions été enchantés de lui donner un coup de main. Mais, hier soir, nous n'étions pas d'humeur homicide, voyez-vous. Avec le whisky, l'atmosphère était plutôt euphorique.

— De quoi est-il mort, mon colonel ? demanda Nugget avec gourmandise. Il s'est tranché la gorge, poignardé ? Pendu, peut-être ?

Le colonel eut soudain l'air très abattu :

— Evidemment, il fallait que vous le demandiez, espèce de sadique !... Il a pratiqué ce que les Japonais appellent, je crois, harakiri.

— Et qui a trouvé le corps ? demanda Matt, sur le pas de la porte.

— Votre infirmière, le capitaine Langtry.

Cette fois, leur réaction dépassa tout ce qu'il avait espéré en leur annonçant la mort de Luc : dans un silence bouleversé, tous les regards se tournèrent vers la jeune femme. Nugget était au bord des larmes, Matt comme assommé, Neil accablé sous le poids du désespoir.

— Ma pauvre amie, balbutia-t-il enfin, c'est affreux...

Elle secoua la tête, leur décocha un sourire affectueux :

— Mais non, mais non, je m'en suis très bien remise, vous le voyez vous-mêmes. Ne soyez pas si catastrophés, c'est inutile, je vous assure.

Définitivement vaincu, le colonel poussa un soupir déchirant et laissa ses mains retomber sur ses cuisses dans un bruit mou. Que faire, grand dieu ! que faire avec de tels hommes, sans trace de commisération devant la mort d'un des leurs mais littéralement brisés parce que leur Langtry adorée avait été soumise quelques instants à un sepctacle déplaisant ? Résigné, il se leva, leur adressa un bref salut :

— Au revoir, messieurs. Je vous remercie de votre attention. Merci aussi pour la tasse de thé.

Tout en traversant la grande salle, il dit à voix basse à Honora Langtry :

— Ils étaient au courant ! Ces individus savaient que leur camarade était mort, j'en suis certain.

— Vraiment ? répondit-elle froidement. Vous vous trompez, colonel. Pour moi, ils essayaient tout simplement de vous faire sortir de vos gonds. Vous ne devriez d'ailleurs pas leur donner si facilement satisfaction, ils vont devenir impossibles.

— Je n'ai pas de conseils à recevoir de vous, mademoiselle ! répliqua le colonel, écumant de rage.

Il se souvint alors de sa position délicate dans cette malheureuse affaire, grâce à quoi l'odieuse Langtry le tenait à sa merci, mais il ne put s'empêcher d'ajouter méchamment :

— Il faudra bien qu'il y ait une enquête.

— Bien entendu, colonel, dit-elle calmement.

Non, c'en était trop — surtout après la nuit qu'il avait passée. La lassitude le voûta, assourdit sa voix :

— Il semblerait que le meurtre soit à écarter. Heureusement pour lui, le sergent Wilson a un alibi à toute épreuve grâce à vous qui jouissez d'une réputation irréprochable, dit-il, dépité. Je réserve cependant ma décision jusqu'à ce que la police militaire ait examiné le corps. Si ses conclusions rejettent également l'hypothèse du crime, l'enquête ne sera donc plus qu'une brève formalité. Cela dépend toutefois du colonel Seth, à qui je vais immédiatement adresser mon rapport...

Un nouveau soupir à fendre l'âme, un regard en coin :

— Oui, il en a de la chance, ce jeune Wilson ! Si seulement les infirmières de mon service faisaient toutes preuve d'autant de dévouement envers leurs malades...

Elle s'arrêta devant le rideau de capsules, se demanda pourquoi on éprouvait l'envie de blesser certaines personnes, pourquoi on était surpris quand il leur arrivait de se venger. Ses rapports avec le colonel avaient été de cette espèce dès la première minute de leur première rencontre : c'était à qui frapperait le plus fort et le plus sournoisement. Aussi, par habitude, ne se sentit-elle pas assez charitable pour laisser impunis ses sous-entendus au sujet de Michael :

— Je vais chapitrer mes hommes pour qu'ils s'abstiennent désormais de toute référence à leur beuverie, dit-elle d'un ton doucereux. Il n'y a aucune raison d'en parler, puisque les conclusions de la police militaire confirmeront le suicide du sergent Daggett. Ne serait-ce pas souhaitable à tous points de vue, colonel ?

Le colonel accusa le coup bas. Il aurait donné n'importe quoi pour lui rejeter ses paroles à la figure, effacer à coups de poing son sourire venimeux et lui dire d'aller clamer à tous les échos, si cela lui chantait, que lui, colonel Donaldson et chef du service de neurologie, avait fait boire du whisky à des malades mentaux... Mais c'était impossible, il le savait trop bien. Se résigner, une fois de plus !...

— A votre aise, capitaine, dit-il en hochant la tête. Pour ma part, je n'en ferai certainement pas mention.

— Par ailleurs, colonel, vous n'avez pas encore interrogé le sergent Wilson. Il dormait quand je l'ai quitté, mais il avait pleinement récupéré — assez, en tout cas, pour que vous lui parliez. Si vous le désirez, je vais vous accompagner jusqu'à ma chambre. J'aurais préféré le loger dans l'une des pièces vides, mais elles sont toutes verrouillées comme vous le savez. En quelque sorte, malheur est bon, si je puis dire, puisque je l'ai surveillé en permanence, dans ma propre chambre. C'était fort incommode, je l'avoue, car je n'ai qu'un lit très étroit.

La garce, l'abominable chipie ! Un tortionnaire, un véritable Hitler en jupons, voilà ce qu'elle était... Dépité, le colonel devait se rendre à l'évidence : même dans ses meilleurs jours, il n'égalait pas cette Langtry en perfidie et en vivacité. Aujourd'hui, déjà épuisé au réveil, il était loin d'être au mieux de sa forme et cette horrible affaire de suicide avait fini de le terrasser. Inutile d'insister, dans ces conditions.

— Je verrai le sergent Wilson plus tard dans la matinée, dit-il avec lassitude. Au revoir, capitaine.

3

Avant de retourner à sa chambre, Honora Langtry voulut s'assurer que le colonel prenait bien le chemin de son bungalow. Elle le suivit des yeux puis, l'ayant vu disparaître, descendit à son tour la rampe d'accès.

Si seulement les événements survenaient au moment où l'on avait le temps de réfléchir ! Ce n'était malheureusement jamais le cas et elle ne pouvait rien faire de mieux qu'essayer de les prévoir. Elle ne faisait aucune confiance au colonel. Il était parti se terrer chez lui comme un cafard dans une fissure, certes; mais il était du genre à dépêcher aussitôt l'infirmière en chef pour exécuter ses basses besognes. Pour ne pas s'exposer à la voir surgir dans la chambre, il fallait en faire sortir Michael sur-le-champ. Elle aurait pourtant voulu disposer d'un peu plus de temps, de quelques heures, pour trouver les mots à lui dire. Quelques heures, sans plus — des jours, des semaines n'y auraient pas suffi.

L'atmosphère était chargée de sinistres présages. Les réalistes ou les cyniques pouvaient l'attribuer à la mousson imminente, mais Honora Langtry savait qu'il n'en était rien. Les situations, les sentiments, les choses se développaient parfois aussi vite qu'ils se désintégraient, sans qu'on pût distinguer les raisons et les causes. C'était vrai de ses rapports avec Michael : comment avait-elle pu former l'espoir d'une relation durable alors qu'ils

279

vivaient une situation totalement artificielle ? N'était-ce pas justement pour cette raison qu'elle avait refusé de s'engager plus avant avec Neil Parkinson ? Le plus souvent, un homme couche avec une femme qu'il connaît ou croit connaître. Or il ne pouvait rien y avoir de réel ni de solide en Honora Langtry aux yeux de Michael. Elle n'était qu'une ombre, un fantasme. En fait de Langtry, il ne connaissait que l'infirmière. Avec Neil, elle avait réussi à garder assez de bon sens pour comprendre ce phénomène et refouler ses espérances jusqu'au moment où ils pourraient tous deux se voir dans des circonstances normales, jusqu'à ce que Neil ait enfin l'occasion de faire connaissance avec Honora Langtry, et non plus avec l'infirmière-capitaine Langtry. Avec Michael, aucune réflexion n'était intervenue, aucun bon sens, rien qu'un désir impérieux de rencontrer l'amour sur-le-champ, dans l'instant — et au diable les conséquences. Elle avait agi comme si, au tréfonds de sa conscience, une voix lui répétait d'en profiter avant que le mirage ne s'évanouisse.

Longtemps auparavant — elle n'était encore qu'étudiante — une infirmière avait fait une conférence sur les risques liés à l'exercice de leur profession, parmi lesquels celui de tomber amoureuse d'un malade. S'il était impossible de l'éviter, avait dit la conférencière, il fallait à tout prix écarter les malades chroniques. On pouvait, à la rigueur, aimer durablement une péritonite ou une fracture du fémur. Mais l'amour pour un paraplégique ou un tuberculeux constituait dans tous les cas une situation invivable. Cette phrase, dite d'un ton mesuré, Honora Langtry ne l'avait jamais oubliée. Une situation invivable.

Michael n'était évidemment pas malade, encore moins de façon chronique. Mais elle avait fait sa connaissance dans un cadre et des circonstances particulières, encore assombries par l'atmosphère débilitante du pavillon X. Il n'en avait pas subi la contagion, c'était elle qui en était affectée. Son premier, son seul devoir aurait dû consister à ne voir en Michael qu'un patient parmi les autres. Elle y était parvenue avec Neil Parkinson... Oui, mais elle n'était pas amoureuse de lui et son devoir avait été facile.

Elle se retrouvait maintenant forcée de concilier deux inconciliables, l'amour et le devoir. Pour le même homme. Le même « malade » — selon les règles de sa profession. Peu importait qu'il ne le fût pas réellement : son devoir, toujours lui, commandait de le considérer comme tel. Le devoir passait avant tout, et tout l'amour du monde ne pourrait modifier des réflexes si bien ancrés en elle.

Mais que dois-je être pour lui ? se demandait-elle en gravissant les marches d'un pas pesant. Sa maîtresse aimante, ou son infirmière et sa protectrice ? Et lui, qu'est-il ? Mon amant ou un malade confié à ma garde ? Une bouffée de brise, en soulevant son voile, lui apporta la réponse : ce voile est l'insigne de ma profession. Je dois donc faire mon devoir, et lui seul.

Vêtu du pyjama et de la robe de chambre empruntés au pavillon B, Michael l'attendait patiemment, assis sur la chaise. Il l'avait remise à sa place, à l'autre bout de la chambre, loin du lit refait au carré. Rien ne rappelait que cette couche dure, d'allure si chaste, avait été le théâtre de plus de joie et de peine exquises que le plus voluptueux divan. Elle en éprouva un choc, tant elle s'attendait à retrouver Michael encore nu, endormi et couché sur le lit.

Si elle l'avait trouvé dans cette position, elle aurait cédé à l'attendrissement, à la faiblesse de sa nature féminine. Elle se serait laissée tomber sur le lit, à côté de lui, elle se serait abandonnée à ce qu'elle désirait plus que tout, l'enlacer, offrir sa bouche à ses baisers exigeants et passionnés; raviver, surtout, et faire renaître les souvenirs merveilleux de la nuit à demi effacés par l'image de cette chose inerte encore recroquevillée dans la baraque des douches.

Mais Michael était éveillé. Elle s'immobilisa sur le seuil, incapable de sourire, de bouger, de parler, vidée de toutes ses ressources intérieures. Son expression avait dû la trahir car, à sa vue, Michael se leva immédiatement et vint vers elle, tout proche mais pas assez pour la toucher.

— Que s'est-il passé ? demanda-t-il. De quoi s'agit-il ?

Elle vacilla, eut un bref sursaut de courage, lâcha d'un coup la nouvelle :

— Luc s'est suicidé.

— Suicidé ?

La stupeur et l'horreur s'évanouirent de son visage plus vite qu'elles ne l'auraient dû pour faire place à une consternation accablée :

— Oh ! mon dieu ! Mon dieu...

Il pâlissait, submergé par une détresse où se lisait le sentiment de sa propre culpabilité.

— Qu'ai-je fait, grand dieu, qu'ai-je fait ? dit-il d'une voix sans timbre, la voix d'un vieillard, d'un moribond.

Elle sentit son cœur tressaillir, fit un pas vers lui pour lui prendre le bras, le serrer, le soutenir.

— Vous n'avez rien fait, Michael, dit-elle d'un ton implorant. Vous n'êtes responsable de rien, de rien. C'est Luc qui s'est tué, Luc lui-même, vous m'entendez ? Il se servait de vous pour se venger de moi. Vous n'avez rien à vous reprocher. Ce n'est pas vous qui l'y avez poussé, encouragé...

— Ah oui ! Vraiment ? s'écria-t-il durement.

— Assez !

— J'aurais dû rester là-bas, avec lui, pas avec vous ici. Je n'avais pas le droit de l'abandonner.

Epouvantée de cette réaction, elle le dévisageait comme si elle le voyait pour la première fois. Finalement, elle se força à puiser un sourire moqueur dans sa réserve d'attitudes toutes faites réservées aux urgences et aux désastres :

— Merci bien ! Vous êtes doué pour les compliments.

— Ce n'est pas ce que je voulais dire... Comprenez-moi, vous êtes la dernière personne au monde que je voudrais blesser.

— Avez-vous donc oublié de m'appeler par mon prénom ? Est-ce déjà si lointain ?

— Je voudrais pouvoir. Honora vous va si bien... Mais je ne peux plus, pas maintenant en tout cas. Je ne dis pas cela pour vous vexer, vous être désagréable, Dieu m'en garde. Mais si j'étais resté à ma place, cette nuit, rien de tout cela ne se serait produit. Il serait encore vivant et moi... je serais libre, soulagé. Innocent, comprenez-vous ? C'est de ma faute. Tout est de ma faute à moi.

Ces scrupules, ces tourments dont elle ignorait les causes profondes lui échappaient complètement. Qu'était-il, qui était-il en réalité ? Une nausée mêlée à une profonde tristesse la submergea, transparut dans son regard incrédule. Quel genre d'homme pouvait, après des heures d'amour passionné, se tenir là, devant elle, à les regretter — pire, à les renier — et pour qui, pour quoi ? Pour un Luc ? Elle aurait compris, elle aurait compati à des sentiments d'horreur, de douleur, mais le voir éprouver l'éventail complet de ces émotions pour le seul Luc Daggett ! Jamais encore elle ne s'était sentie si totalement dépouillée de sa féminité, voire de son humanité. C'était pire qu'un affront. Un anéantissement.

— Je vois, dit-elle sèchement. Ai-je été assez aveugle ! Assez idiote...

Un éclat de rire amer lui échappa, qui le fit frémir.

— Attendez un instant, reprit-elle en s'éloignant. Je fais un brin de toilette, puis je vous remmène au pavillon. Le colonel veut vous poser quelques questions et je préférerais qu'il ne vous trouve pas ici.

Sous la fenêtre. sur une étagère, elle avait disposé une petite bassine d'eau pour se rafraîchir après ses siestes. Le visage trempé de larmes, elle s'y précipita, noya ses sanglots dans de grands éclaboussements et se redressa, trempée, dissimulée sous une serviette dont elle se tamponnait, appliquant toutes les ressources de sa volonté à faire cesser ces larmes ridicules qui la couvraient de honte.

Cet homme était ce qu'il était, soit. Mais cela impliquait-il obligatoirement que son amour pour lui perdait toute valeur ? N'y avait-il en lui rien qu'elle puisse aimer parce qu'il lui préférait un Luc ? Michael, Michael... Jamais encore elle ne s'était sentie autant trahie, déshonorée — mais son sentiment était-il justifié ? Michael était ainsi, soit, mais il devait être digne de son amour, sinon elle n'aurait pu l'aimer. Un fossé infranchissable se creusait entre sa raison et les réactions viscérales de sa nature féminine. La découverte d'une rivale ne l'aurait pas blessée à ce point. Mais Luc ! Il osait lui préférer Luc et le lui dire ouvertement.

Quel imbécile, ce colonel ! Soupçonner Michael d'avoir assassiné Luc ! Dommage qu'il n'ait pas été témoin de ce qui venait de se produire, ses soupçons se seraient évanouis sur-le-champ. S'il existait un homme sincèrement bouleversé par la mort de Luc Daggett, c'était bien le sergent Michael Wilson ! Sans doute, il aurait eu le temps matériel d'accomplir son crime quand elle s'était absentée de sa chambre. Elle restait pourtant convaincue de son innocence. Pauvre Michael... Le pire, c'est qu'il avait raison. S'il était resté au pavillon, la nuit dernière, Luc n'aurait pas eu besoin de se tuer. Sa victoire sur elle aurait été complète. Définitive.

Quel gâchis, grand dieu ! Quel horrible nœud de vipères, grouillant de désirs confus, de mobiles inavouables ! Pourquoi, d'abord, avoir éloigné Michael du pavillon ? Sur le moment, c'était à ses yeux la meilleure, la seule solution. Mais n'obéissait-elle pas ainsi à son envie de se l'approprier ? Et puis, autant l'admettre elle s'était jetée à la tête de Michael alors même qu'il était encore choqué, désorienté par les suites de sa rencontre avec Luc. Pourquoi, dans ces conditions, lui reprocher d'avoir saisi l'occasion qu'elle lui offrait ?

Ses larmes séchées, elle reposa la serviette, alla se regarder dans le miroir. Aucune trace de sa crise, grâce à Dieu. Mais son voile était de travers — son voile, symbole d'un devoir qui ne l'avait encore jamais trahie. L'amour peut trahir, le devoir non. Avec lui, on sait toujours où l'on en est. Ce qu'on lui donne, il vous le rend. Elle eut conscience de refuser cet amour, de l'enfermer au plus profond d'elle-même. Puis elle redressa son voile devant le miroir qui lui renvoyait l'image de deux yeux lucides, froids, détachés comme ceux de l'instructrice qui, jadis, l'avait mise en garde contre les périls des sentiments. Oui, c'était une situation invivable.

Elle se détourna de son propre reflet :

— Venez, dit-elle avec douceur. Je vais vous reconduire.

D'un pas mal assuré, Michael marchait à côté d'elle, trop plongé dans ses propres tourments pour remarquer sa présence. Tout recommençait mais, cette fois, à perpétuité. Il était condamné. Mais pourquoi lui ? Qu'avait-il donc fait pour mériter ce supplice ? Autour de lui, tout le monde mourait. A cause de lui, de quelque malédiction qu'il portait en lui. Pourquoi ?

La tentation avait été trop forte de se coucher dans *son* lit, de humer *son* odeur dans *ses* draps, de s'étendre là où *son* corps s'était posé... Elle le regrettait, maintenant; mais elle y avait consenti. Cet amour, si intense, si exaltant, il n'en avait jamais connu de semblable, il était là, soudain, comme un rêve qui se matérialise; il avait surgi à la fin d'un cauchemar hideux, il avait couronné la honte insoutenable d'avoir été surpris nu avec Luc Daggett. Le rêve était né des cendres de sa dignité et, plus grave encore, de sa découverte de n'être rien d'autre qu'une bête sanguinaire. Un tueur.

Des images de Luc se bousculaient dans sa tête : Luc en train de rire, de se moquer de lui quand il avait nettoyé le quart de thé renversé. Luc dans les douches, incrédule, ne comprenant pas qu'on le repoussât. Luc souverainement inconscient devant l'imminence de sa mort violente. Pauvre imbécile ! lui avait dit Luc. C'était à lui, maintenant, d'insulter son fantôme. Misérable, pitoyable imbécile ! Ne te rendais-tu pas compte de ce qui t'attendait ? Ne savais-tu pas que la guerre habitue les hommes à tuer, anéantit les barrières morales dressées contre le crime ? Non, bien sûr, comment l'aurais-tu su ? Tu n'as jamais été plus près du front que dans un dépôt d'intendance...

Pour lui, désormais, il n'y avait plus d'avenir. Plus d'espoir. Peut-être n'en avait-il jamais eu ? Tout était de sa faute, tout venait de lui, Michael. Et elle, elle qu'il ne connaissait pas, il ne pourrait désormais plus la connaître. A ses yeux, il était un criminel. Un assassin. Et c'était vrai : il avait assassiné l'espoir.

4

A peine au pavillon, Michael s'éloigna. Un seul bref regard au cours du trajet avait rouvert les blessures de l'infirmière. Dans les yeux gris de Michael, elle avait vu un désespoir si profond que, prête à faire de nouveau abstraction de ses propres sentiments, elle voulait lui offrir tout le réconfort dont elle était capable. Peine perdue ! Sitôt arrivé, il lui échappait, comme s'il lui tardait de la fuir : apercevant Benedict prostré sur le bord de son lit, il avait couru le rejoindre.

C'en était trop pour Honora Langtry. Partagée entre la colère et la douleur, elle chercha refuge dans son bureau. Décidément, tout le monde pour Michael comptait plus qu'elle.

Neil survint peu après, portant du thé et des tartines beurrées. Elle fut d'abord tentée de le renvoyer, mais quelque chose dans son expression l'en empêcha, un désir si sincère de l'aider qu'elle ne pouvait pas le traiter à la légère.

— Buvez et mangez, lui dit-il. Cela vous fera du bien.

Elle avala le thé, se crut incapable de goûter au pain. A la deuxième tasse, elle se força et se sentit effectivement un peu mieux.

Neil l'observait. Il était visiblement touché par son chagrin, frustré par sa propre impuissance à la consoler et les limites qu'elle avait imposées à leur intimité. Il lui était également insupportable de la savoir prête à accorder à Michael ce qu'elle lui refusait, quand il était de très loin supérieur à son rival. A tous points de vue, lui seul était capable de la rendre heureuse. Michael, lui, devait en être conscient. Mais elle, comment l'en persuader ? Elle refuserait même de l'écouter.

Il entama la conversation quand elle repoussa son assiette :

— Je suis bouleversé de savoir que c'est vous qui avez découvert Luc. Ce ne devait pas être beau à voir.

— Non, en effet. Mais j'ai l'habitude de ce genre de spectacles. J'en ai vu de bien pires, ne vous inquiétez pas...

Elle se forçait à sourire, sans avoir conscience de son expression hagarde.

— Merci, Neil, d'avoir pris à votre compte ma décision d'éloigner Michael du pavillon.

— Pas de quoi, répondit-il avec un haussement d'épaules. Laissons ce brave colonel à ses illusions sur le sexe fort. Si je lui avais dit que j'étais ivre mort, il ne m'aurait pas si bien cru, n'est-ce pas ?

— C'est bien probable...

Elle réprima une grimace.

— Êtes-vous sûre d'aller bien ? dit-il avec sollicitude.

— Tout à fait. La seule impression vraiment désagréable que je retire de toute cette affaire, c'est d'avoir été trompée.

— Trompée ? Quelle drôle d'expression !

— Pas pour moi. Saviez-vous que j'avais emmené Michael chez moi, ou avez-vous lancé cela au hasard ?

— C'était logique, tout simplement. Où d'autre auriez-vous pu l'installer ? Je me doutais, hier soir, que vous ne voudriez pas créer un scandale en traînant Luc à la police et que, par conséquent, vous ne pouviez pas loger Michael dans un autre pavillon. Exact ?

— Exact. Vous êtes très astucieux. Neil.

— Vous ne pouvez pas savoir à quel point je le suis !

Ne sachant que répondre, elle regarda par la fenêtre. Neil était partagé entre la pitié et la fureur, car il savait qu'elle lui interdirait d'aborder certains sujets.

— Cigarette ? demanda-t-il en tendant son étui.

— Je n'ose pas, Neil. L'infirmière en chef va faire irruption d'une minute à l'autre. Le colonel a déjà dû mettre tout le monde au courant, et elle ne voudra pas être la dernière à se ruer sur l'aubaine. Elle adore le scandale quand il arrive aux autres.

— Tirez au moins quelques bouffées de la mienne. Il vous faut plus que du thé pour vous remettre d'aplomb.

— Si vous osez me parler de whisky, je vous ferai mettre aux arrêts de rigueur jusqu'à la fin du mois ! Merci quand même pour la cigarette, Neil. Si je ne sauve pas les apparences, cette vieille chipie sera trop contente de me faire mettre à la porte comme une malpropre. Elle est capable de renifler mon haleine pour y détecter l'odeur du tabac.

— Le colonel ne dira rien. Il est trop gêné par ses libéralités avec le scotch...

— A propos de whisky, passez la consigne aux autres : pas un mot à âme qui vive, est-ce clair ? Tenez, prenez le flacon et donnez-en une dose à chacun. C'est souverain contre la gueule de bois.

— Vous êtes un ange... commença-t-il avec un sourire.

L'infirmière en chef entra à ce moment-là et le coupa dans ses élans. Neil lui fit un salut approximatif et s'éclipsa, laissant Honora Langtry faire face toute seule à la vindicte de son supérieur hiérarchique.

5

La visite de l'infirmière en chef n'était que le coup d'envoi d'une journée épuisante. Sur ses talons arriva le chef du camp, petit colonel effacé éprouvant pour les hôpitaux un intérêt administratif et abstrait mais totalement désarçonné devant les malades en chair et en os. Il lui incombait de lancer l'enquête, d'en déterminer la nature et l'ampleur. Après un bref coup d'œil aux douches, il appela le QG divisionnaire et requit les services d'un inspecteur de la police militaire. Surchargé d'activités, le commandant du camp n'avait pas de temps à perdre avec un vulgaire suicide, même s'il lui avait semblé particulièrement horrible; il délégua donc ses pouvoirs à l'intendant de la base, jeune homme aimable et à l'esprit vif du nom de John Pennyquick et, débarrassé d'un déplaisant fardeau, retourna se consacrer à la tâche autrement captivante de préparer l'anéantissement d'un centre hospitalier.

Encore plus débordé que le colonel commandant la base, le capitaine Pennyquick était efficace et travailleur. Quand il vit se présenter l'inspecteur dépêché par le QG, il l'observa par-dessus ses lunettes, lui trouva la mine avenante et le regard pénétrant, apprit que ce sergent s'appelait Watkin et lui tint ce bref discours :

— J'interrogerai ceux qui vous paraîtront suspects, si toutefois il y a des suspects. Mais je n'y tiens pas. L'enquête est à vous, débrouillez-vous. Si elle devait vraiment tourner mal, n'hésitez pas et appelez-moi à la rescousse, je ne vous laisserai pas tomber.

Le sergent Watkin passa dix minutes dans la baraque des douches en compagnie du major faisant office de médecin légiste. Il arpenta ensuite avec soin la distance séparant la baraque de l'entrée arrière du pavillon, qu'il contourna enfin pour se présenter par l'entrée principale. Alertée par le bruit du rideau de capsules, le capitaine Honora Langtry accourut à sa rencontre. Il la jaugea d'un coup d'œil exercé et approbateur : impeccable, précise, plaisante, excellent officier sans doute et douée pour le commandement. Il la salua aimablement et lui prodigua les marques extérieures de respect prévues au règlement des forces armées.

— Bonjour, sergent, lui dit-elle en souriant.
— Capitaine Langtry ? s'enquit-il pour la forme.
— Oui.
— Sergent Watkin, service des enquêtes criminelles, police militaire, QG divisionnaire. Je suis chargé de me renseigner sur la mort du sergent Lucius Daggett.

Il parlait avec une lenteur presque somnolente, mais il n'y avait pourtant rien d'assoupi dans sa personne. Une fois installé dans le bureau de l'infirmière, il déclina l'offre d'une tasse de thé et entra dans le vif du sujet :

— Je vais interroger vos patients, capitaine, mais j'aimerais auparavant vous poser quelques questions, si vous n'y voyez pas d'inconvénient.
— Je vous écoute, dit-elle calmement.
— Le rasoir lui appartenait-il ?
— Sans aucun doute. Il n'était pas le seul à se servir d'un coupe-chou, mais le sien avait un manche d'ébène très reconnaissable. Douteriez-vous par hasard du suicide, sergent ? J'ai noté la façon dont Luc tenait le rasoir. Ses doigts étaient crispés sur le manche dans la position

291

exacte qu'ils ont en temps normal. Le bras et la main étaient couverts de sang, ce qu'expliquent les lacérations qu'il s'est infligées. Combien en avez-vous relevé ?

— Rien que trois, mais une seule aurait suffi.

— Qu'en pense le médecin légiste ? Avez-vous fait appel au major Menzies ou à quelqu'un de l'extérieur ?

Le sergent Watkin éclata de rire :

— Prêtez-moi donc un lit ! Je vais faire la sieste pendant que vous poursuivrez l'enquête.

Elle affecta la mine contrite d'une fillette prise en faute :

— Ai-je vraiment l'air si autoritaire ? Je vous présente toutes mes excuses, sergent. Mais l'affaire m'intéresse au premier chef, vous vous en doutez.

— Bien entendu, capitaine. Pour en revenir aux choses sérieuses, le suicide ne fait, en effet, aucun doute. Vous avez parfaitement raison au sujet de la position de la main sur le rasoir, et le major Menzies confirme que le sergent Daggett s'est bien infligé lui-même ces blessures mortelles. Je me bornerai donc à vérifier auprès des hommes si le rasoir appartenait à la victime et tout devrait être réglé assez vite.

Elle laissa échapper un profond soupir de soulagement et lui adressa un sourire enchanteur :

— Vous m'en voyez ravie ! Je sais qu'on prend les malades mentaux pour des gens capables de tout, mais je vous assure que mes hommes sont inoffensifs. Le seul capable de violence parmi eux était précisément le sergent Daggett.

Il la regarda avec curiosité :

— Ce sont pourtant tous des soldats, n'est-ce pas ?

— Oui, naturellement...

— Et la plupart viennent des théâtres d'opérations, sinon ils ne seraient pas devenus « tropicaux », comme on dit pudiquement. Je suis donc désolé de devoir vous contredire, capitaine, mais il est impossible que vos hommes soient aussi inoffensifs que vous le croyez.

Elle comprit alors que son enquête allait être aussi minutieuse que possible et ne laisserait aucun indice dans l'ombre. Tout tournerait donc autour d'une seule question : était-il sincère lorsqu'il se disait persuadé que Luc s'était suicidé ?

Son investigation sur les rasoirs confirma que Luc était en effet le seul à en posséder un à manche d'ébène. Celui de Matt était en ivoire et Neil s'enorgueillissait d'un jeu de trois coupe-choux à manche de nacre, fabriqués sur mesure pour son père avant la Première Guerre mondiale. Michael ne se servait que d'un rasoir de sûreté, tout comme Benedict et Nugget.

Nul, au pavillon X, ne fit mystère de l'antipathie éprouvée pour le mort. Les patients n'essayèrent pas non plus d'entraver l'enquête du sergent Watkin par les moyens pourtant efficaces dont ils disposaient, allant de l'accès de folie furieuse au mutisme hébété. Honora Langtry avait d'abord craint qu'ils ne se montrassent récalcitrants, car leur isolement et leur oisiveté les poussaient parfois à se montrer odieux comme ils l'avaient fait le jour de l'arrivée de Michael. Ses craintes étaient sans fondement : les hommes se rallièrent tous à la voix du bon sens et coopérèrent efficacement. Le sergent Watkin donna l'impression de les écouter avec le plus vif intérêt, y compris les interminables digressions de Nugget sur les symptômes exacts du mal qui l'avait terrassé ce soir-là et empêché de voir et d'entendre.

Michael fut le seul que l'intendant demanda à voir personnellement. Ce fut cependant plus une conversation amicale qu'un interrogatoire en règle; et si

293

l'officier reçut Michael dans son bureau, c'est parce qu'il était impossible de s'isoler au pavillon X.

Son apparence était, sans que Michael s'en doutât, son plus éloquent défenseur. Il se présenta en grande tenue, mais sans couvre-chef, et se mit donc au garde-à-vous au lieu de saluer. Le capitaine Pennyquick lui fit signe de s'asseoir. Il n'avait sur son bureau que le seul dossier concernant la mort du sergent Lucius Daggett. Le rapport du médecin légiste occupait deux pages manuscrites, où étaient indiquées en détail la nature et la description des blessures ayant occasionné la mort, ainsi que le fait que le sang et l'estomac de la victime ne contenaient aucune substance suspecte, narcotique ou toxique. Le rapport du sergent Watkin, manuscrit également, était plus long et comprenait les résumés de ses entretiens avec les pensionnaires du pavillon X et l'infirmière Langtry. Dans une armée sur le pied de guerre, les moyens dont disposaient les enquêteurs étaient forcément limités et n'allaient pas jusqu'au relevé des empreintes digitales. S'il avait nourri de graves soupçons, le sergent Watkin aurait sans doute été assez consciencieux pour en prendre l'initiative. Mais il n'était guère familiarisé avec cette technique, les faits ne justifiaient aucun soupçon particulier et le médecin légiste lui-même avait validé la thèse du suicide. On s'en était donc tenu là.

— N'ayez aucun sujet d'inquiétude, sergent, dit à Michael le capitaine Pennyquick. Je veux simplement vous poser quelques questions sur les circonstances ayant précédé la mort du sergent Daggett. Aviez-vous des raisons de penser le sergent Daggett capable de vous faire des propositions malhonnêtes ? Vous avait-il auparavant fait des avances équivoques ?

— Une fois, mon capitaine, répondit Michael. L'incident n'avait cependant pas eu de suites. En toute franchise, je ne crois pas que le sergent Daggett ait été un vrai homosexuel. Il cherchait simplement à se rendre odieux.

— Et vous-même, sergent ? poursuivit l'intendant avec embarras. Avez-vous des tendances homosexuelles ?

— Non, mon capitaine.

— Avez-vous de l'antipathie pour les homosexuels ?

— Non plus, mon capitaine.

— Et pourquoi cela ?

— J'ai combattu avec et sous le commandement d'homosexuels. J'ai eu des amis qui l'étaient. Tous étaient des types bien et dignes de respect. C'est la seule qualité que je demande à n'importe qui. Les homosexuels, après tout, sont comme les autres hommes. Il y en a de bons, de mauvais et surtout de médiocres.

Le capitaine Pennyquick eut un léger sourire.

— Sauriez-vous par hasard pourquoi le sergent Daggett s'en prenait à vous en particulier ?

Michael eut un soupir fataliste :

— Je crois, mon capitaine, qu'il a pris connaissance de mon dossier, je ne vois vraiment pas d'autre raison plausible. Si vous l'avez vous-même lu, mon capitaine, dit-il en regardant l'intendant dans les yeux, vous savez sans doute que ce n'est pas la première fois que j'ai des problèmes à cause d'homosexuels.

— Je le sais en effet et je le regrette infiniment pour vous, sergent. Avez-vous quitté la chambre du capitaine Langtry à un moment quelconque, cette nuit-là ?

— Non, mon capitaine.

— Ainsi, après votre rencontre aux douches, vous n'avez plus revu le sergent Daggett vivant ?

— Non, mon capitaine, je ne l'ai plus revu.

Le capitaine hocha la tête :

— C'est bon, sergent, je vous remercie. Je n'ai rien d'autre à vous demander.

— Merci, mon capitaine.

Après le départ de Michael, le capitaine Pennyquick

295

réintégra dans leur dossier tous les papiers concernant la mort du sergent Lucius Daggett, posa une feuille blanche au milieu de son bureau et se mit à rédiger son rapport au colonel commandant la base 15.

6

Il restait à la base 15 près d'un mois de survie. Mais, pour les cinq pensionnaires du pavillon X et leur infirmière, tout sentiment d'appartenir à un quelconque corps constitué s'était évanoui à la mort de Luc Daggett. Ils marchaient sur des œufs, se contournaient, s'évitaient, trop conscients des terreurs muettes et des doutes prêts à les assaillir pour oser risquer de les déchaîner en communiquant les uns avec les autres. La détresse collective était palpable, mais chacun, honteux et pudique, cachait ses tourments. Ils ne pouvaient pas davantage en parler ouvertement qu'affecter une fausse gaieté. Ils restaient sur leur quant-à-soi et priaient pour que l'enquête prenne vite fin et soit classée sans suite.

Honora Langtry, moins absorbée dans ses problèmes, s'inquiétait de déceler chez ses hommes les signes avant-coureurs d'un effondrement moral. Elle fut heureusement surprise de ne rien voir venir. Repliés sur eux-mêmes, ils ne fuyaient pas la réalité — mais ils l'évitaient, *elle*. Ils l'avaient placée en orbite, à la limite de l'infini, et elle n'existait plus que pour leur rendre de menus services, insignifiants et impersonnels : le premier déjeuner, le réveil, le ménage, le coucher. Ils lui manifestaient la même courtoisie. Il n'était cependant plus question d'amitié.

Quand elle sentit et comprit ce changement, elle vou-

lut leur crier qu'elle ne méritait pas d'être punie si cruellement; qu'elle souffrait, elle aussi, qu'elle avait désespérément besoin d'être à nouveau intégrée dans leur
cercle chaleureux, soutenue par leur affection, et qu'ils
la tuaient en la traitant ainsi. Bien entendu, elle se
domina et n'en montra rien. A la lumière de son propre
sentiment de culpabilité, elle avait interprété leur réaction selon ses réflexions du moment : ils étaient foncièrement trop bons pour l'accuser d'avoir failli à son devoir et, en conséquence, de les avoir trahis. Folie ! Elle
avait succombé à un accès de folie ! Car il fallait être
démente pour perdre à ce point la notion du bien de ses
malades et les abandonner à seule fin de s'accorder un
plaisir physique ! En temps normal, son équilibre et sa
lucidité lui auraient dénoncé l'absurdité de ce raisonne-
ment simpliste. Mais ces facultés l'avaient désertée.

Honora Langtry avait connu bien des souffrances,
mais aucune n'égalait celle-ci, diffuse, envahissante,
nourrie de ses propres poisons au point de l'asphyxier.
Elle ne redoutait pas de poursuivre sa vie au pavillon X;
ce qui la rongeait, c'était de constater la désintégration
du pavillon X. A ses yeux, la cellule familiale était désormais brisée.

Trois jours après la mort de Luc, elle apprit à Neil que
la conclusion de l'enquête lui avait été notifiée. Il ne
manifesta aucun intérêt particulier.

— Ah oui ? Depuis quand ?

Il venait toujours régulièrement bavarder avec elle,
mais ils parlaient avec indifférence de choses et d'autres,
échangeaient des banalités.

— Cet après-midi, répondit-elle. Le colonel Jugulaire était fier de me l'annoncer avant tout le monde.
Conclusion officielle : suicide provoqué par un état dépressif aigu consécutif à une crise de morbidité cyclothy-
mique. Cela ne veut strictement rien dire, mais il fallait

bien mettre des mots compliqués dans le rapport officiel.

— Rien d'autre ? dit-il en se penchant pour secouer sa cendre.

— Non. Nous sommes tous mal vus, évidemment, mais on nous épargne le blâme officiel.

— Et vous-même ? Pas même un coup de règle sur les doigts ?

— En principe, non. Mais l'infirmière en chef ne s'est pas privée de faire des commentaires sur la présence de Michael dans ma chambre. Heureusement, ma réputation irréprochable ne lui a pas permis d'ouvrir d'autres horizons. Elle s'est plainte simplement que ce ne soit pas *convenable* et que j'aie fait jaser ! J'ai dû faire jaser pas mal de gens, ces derniers temps...

Neil ferma les yeux. Depuis trois jours, son imagination lui jouait des tours pendables; il la voyait avec Michael dans cent situations diverses, pas toutes amoureuses d'ailleurs. Ce qu'il considérait comme sa trahison le rongeait, malgré ses efforts pour être objectif et la comprendre. Mais il n'y avait pas de place pour la compréhension dans sa jalousie exacerbée, dans son désir inébranlable de s'approprier ce qu'il voulait, ce dont il avait besoin, c'est-à-dire Honora Langtry, en dépit de sa préférence évidente pour Michael. Neil ne pouvait le lui pardonner. Son attirance pour elle était cependant aussi puissante, aussi impérieuse que jamais. Je l'aurai, se dit-il, je ne la lâcherai pas ! En cela, je suis bien le digne fils de mon père, et il aura fallu tous ces événements pour me le faire comprendre. Etrange, mais bénéfique...

Pendant ce temps, elle souffrait. Neil ne pouvait y prendre plaisir, encore moins souhaiter cette épreuve. Il ne pouvait néanmoins s'empêcher de penser qu'Honora reviendrait inéluctablement là où il fallait qu'elle soit, avec lui et non pas avec Michael.

— Ne vous frappez pas autant, dit-il enfin.

Elle crut qu'il faisait allusion à ses démêlés avec l'infirmière en chef et sourit d'un air désabusé :

— Bah ! C'est fini, n'y pensons plus... Dommage que Luc ait été si invivable. Je ne souhaitais certes pas sa mort, mais j'ai souvent regretté d'être obligée de subir sa présence. C'était devenu un véritable enfer...

— En était-il le seul responsable ? demanda-t-il prudemment.

L'enquête terminée et la tension disparue, il espérait voir renaître leur confiance et se renouer leur dialogue.

— Non, répondit-elle tristement. Personne n'en est responsable que moi. Moi seule.

Michael frappa à la porte et passa la tête :

— Le thé est prêt, annonça-t-il.

Elle oublia aussitôt où la menait sa conversation avec Neil et s'adressa à Michael :

— Entrez un instant, voulez-vous ? J'aimerais vous parler. Neil, soyez gentil, allez tenir compagnie aux autres, je vous rejoins tout de suite. Annoncez-leur donc la nouvelle.

Michael entra et referma la porte sur Neil. Son expression dénotait la tristesse, la crainte, le malaise aussi. Il donnait l'impression de vouloir se trouver n'importe où sauf là, devant *son* bureau. Devant *elle*.

Les sentiments qu'elle déchiffrait sur le visage de Michael n'avaient rien à voir avec elle. Elle en était pourtant la cause première : Michael avait une peur panique de craquer devant elle tout en brûlant d'envie de lui déballer ses tourments. Il se l'interdisait pourtant, de peur de libérer le torrent qui dévastait tout en lui. Il éprouvait une impression de vide et de désespoir. Il aurait voulu tout changer, mais c'était impossible. Il ne pouvait rien lui dire car il ne fallait pas qu'elle sût. Le bonheur qu'elle cherchait, il ne pouvait pas le lui donner. Il savait qu'il l'avait cruellement blessée, qu'il la torturait encore, et la souffrance qu'il en ressentait transparaissait malgré lui sur ses traits.

Cette mine de martyr fit à Honora Langtry l'effet d'une étincelle qui libéra une réserve d'orgueil blessé qu'elle ne pensait pas posséder.

— Pour l'amour du ciel, cessez de faire cette tête-là ! s'écria-t-elle en réprimant sa rage. Qu'attendez-vous donc de moi, que je me mette à genoux pour vous supplier de repartir à zéro ? Plutôt mourir ! Vous entendez ? Plutôt mourir !

Il pâlit, cligna les yeux, serra les dents.

— Je vous assure, sergent Wilson, que je pense à tout sauf à renouer des rapports personnels avec vous ! reprit-elle du même ton fébrile. Je ne voulais que vous informer des conclusions de l'enquête sur la mort de Luc. C'est un suicide. Comme nous tous, vous êtes blanchi de tout soupçon. J'espère que cela vous suffira pour mettre fin à cet écœurant étalage de culpabilité imaginaire et de remords absurdes ! Ce sera tout.

Michael n'avait pas encore réalisé que la torture qu'il lui infligeait était due, en très grande partie, à sa crainte d'être rejetée par lui. Horrifié par cette découverte, il s'efforça de se mettre à sa place, de ressentir cet échec comme elle l'éprouvait, un affront personnel dirigé contre sa féminité. S'il avait eu plus d'estime pour lui-même, il aurait sans doute mieux compris, et plus vite. Mais il n'avait pas compris cette réaction et Honora avait interprété les faits d'une manière qu'il ne pouvait concevoir. Non par insensibilité, par aveuglement ou par indifférence envers elle, mais parce que ses obsessions depuis la mort de Luc étaient totalement étrangères à ce qui s'était passé, ce soir-là, dans la chambre de la jeune femme. Il avait été tellement absorbé par d'autres considérations — et d'autres activités — qu'il n'avait pas même pris le temps de se demander comment elle jugeait son comportement. Maintenant, il était trop tard.

Il semblait accablé, sans défense. Et pourtant, il restait ce qu'il était, un homme sûr de lui, indépendant. Michael.

— Merci, dit-il sans ironie.

— Arrêtez de me regarder comme cela ! lui cria-t-elle.

— Je suis désolé...

— Moi aussi, sergent, croyez-moi.

Elle baissa les yeux vers les papiers étalés sur son bureau, n'y vit qu'un fouillis de signes incompréhensibles. Et puis, d'un coup, c'en fut plus qu'elle n'en pouvait supporter. Elle releva la tête, vaincue :

— Michael ! Oh ! Michael !...

Il était déjà parti.

Tremblante, claquant des dents, il lui fallut cinq longues minutes pour se ressaisir. Elle croyait devenir vraiment folle. Pourquoi tant de respect humain et si peu de bon sens ? Elle ne se savait pas capable de faire tant de mal à un être qu'elle aimait, ni de souffrir autant par lui. Mon dieu, si c'est cela, l'amour, guérissez-moi ! Guérissez-moi ou laissez-moi mourir, je ne peux plus vivre un seul instant dans cette torture...

Elle parvint enfin à se lever, alla décrocher son chapeau derrière la porte puis se rappela qu'il fallait rechausser ses brodequins. Ses mains étaient encore tremblantes et elle mit longtemps à lacer les chaussures, à boucler les guêtres.

Neil apparut au moment où elle se penchait pour reprendre son panier.

— Vous partez maintenant ? lui demanda-t-il, surpris et déçu.

Il espérait poursuivre leur conversation au point où l'arrivée de Michael l'avait interrompue. Mais Michael, une fois de plus, avait eu la préférence.

— Je tombe de fatigue, répondit-elle. Pouvez-vous vous débrouiller sans moi jusqu'à la fin de la soirée ?

Un seul regard permit à Neil de se rendre compte que le ton léger qu'elle affectait cachait mal un désespoir profond. Malgré lui, il lui prit la main pour la frictionner entre les siennes et lui communiquer un peu de chaleur.

— Non, très chère amie, nous ne pouvons pas nous débrouiller sans vous. Mais pour une fois, nous allons essayer. Allez vous coucher et dormez bien.

Elle rendit son sourire à son vieil et fidèle ami, et se demanda ce qu'était devenu l'amour qu'elle avait cru éprouver pour lui et que l'arrivée de Michael avait brutalement fait disparaître. Le malheur, c'est qu'elle ignorait tout de la logique de l'amour — s'il en existait une.

— Merci, vous êtes toujours un réconfort, dit-elle.

Cette phrase, il la lui avait dite et de l'entendre dans sa bouche lui fit un tel effet qu'il lâcha précipitamment sa main. Le moment n'était pas encore venu de lui dire ce qui l'étouffait.

Il lui prit son panier, la fit sortir comme s'il était le maître de maison et elle la visiteuse, et ne lui rendit son léger fardeau qu'au bas de la rampe. Il resta là longtemps après que la mince silhouette grise se fut fondue dans l'obscurité, le visage levé vers le ciel noir, l'oreille tendue pour saisir le tintement des gouttes sur le toit, le chœur discordant des crapauds et le murmure inlassable du ressac, au loin, sur le corail. L'air était humide, chargé d'une pluie imminente. Si *elle* ne se pressait pas, *elle* allait être trempée.

— Où est-elle ? demanda Nugget.

Neil s'assit et tendit la main vers la théière :

— Elle a mal à la tête, répondit-il en évitant de regarder Michael, assis à l'autre bout de la table et qui semblait avoir lui aussi la migraine.

— J'ai horreur de jouer les maîtresses de maison, reprit-il en faisant la grimace. Qui a encore raflé le lait ?

— Moi ! répondit Nugget. Alors, ça y est, hein ? Luc est bien mort et enterré ! Quel soulagement !

— Que Dieu ait pitié de son âme, dit Benedict d'un ton lugubre.

— De nos âmes à tous, ajouta Matt.

Pendant ce temps, Neil remplissait les quarts et les tendait à ses compagnons. Sans Honora Langtry, ce thé du soir perdait sa saveur, se dit-il en observant Michael qui, de son côté, accordait toute son attention à Matt et Benedict.

Nugget avait exhibé un gros livre qu'il posa délicatement sur la table, à l'abri des taches, et commença à le feuilleter. Michael lui jeta un regard amusé et attendri :

— A quoi sert-il, celui-là ? lui demanda-t-il.

— J'ai réfléchi à ce que m'a dit le colonel et je crois que je pourrais reprendre mes études et faire ma médecine. Qu'est-ce que tu dis de ça ?

— Tu as raison, mon vieux. Bon courage et bonne chance.

Neil n'avait pas quitté Michael des yeux. Si seulement je pouvais le haïr ! se dit-il. Voilà sans doute la leçon que mon père voulait m'enseigner à la guerre : ne pas permettre à son cœur de se mêler de ce qui doit être fait et le faire taire une fois l'acte accompli. C'est donc avec calme qu'il prit la parole pour développer la dernière réplique de Michael :

— Nous aurons tous besoin de chance et de courage une fois sortis de la jungle. Je me demande l'allure que j'aurai dans un complet d'homme d'affaires, je n'en ai encore jamais porté de ma vie.

Matt réagit le premier, comme Neil s'y attendait :

— Comment vais-je gagner ma vie ? laissa-t-il échapper comme malgré lui. Je suis comptable, j'ai besoin de mes yeux. Et l'armée ne veut pas me verser une pension d'invalidité, ils affirment que rien ne cloche dans ma vision ! Bon dieu, Neil, que vais-je devenir ?

Immobiles, les autres regardaient Neil. Le cri angoissé de Matt l'avait aussi profondément ému que ses camarades, mais le but qu'il poursuivait fit taire son mouvement de pitié. Il importait de savoir si Michael allait mordre à l'appât. Il posa une main ferme sur le bras de Matt :

— C'est *ma part*, Matt, dit-il avec confiance. Ne t'inquiète de rien, je m'occuperai de toi.

— Je n'ai jamais demandé la charité et ce n'est pas maintenant que je vais commencer ! répondit Matt en se redressant.

— Il ne s'agit pas de charité ! insista Neil. C'est de *ma part* que je parle, tu sais ce que je veux dire. Nous avons tous conclu un pacte, auquel je n'ai pas encore contribué complètement. Laisse-moi donc le faire.

Il avait dit ces derniers mots en regardant Michael.

— Oui, c'est vrai..., dit Michael.

Il avait tout de suite compris ce qu'on allait exiger de lui et, en un sens, il se sentait soulagé qu'on le lui demandât plutôt que d'avoir eu à le proposer. Il savait, depuis quelque temps déjà, qu'il s'agissait de la seule solution, mais il n'en voulait pas et n'avait pas eu le courage de l'offrir de lui-même.

— Je suis d'accord avec Neil, reprit-il. C'est sa part. Il n'est pas question de charité, Matt. De justice, tout simplement.

Il avait détourné les yeux du regard inflexible de Neil pour les poser avec affection sur le visage de l'aveugle.

7

Au moment précis où Honora Langtry ouvrait sa porte, la pluie se mit à tomber à torrents, faisant surgir en quelques instants un grouillement de créatures : des moustiques, des sangsues, des crapauds, des araignées trop délicates pour se mouiller les pattes, des fourmis en longs ruissellements sirupeux, des phalènes aux ailes dépenaillées, des cafards en ordre de bataille. Les deux fenêtres de sa chambre étaient protégées par des grillages, aussi l'infirmière négligeait-elle généralement de déployer sa moustiquaire. Ce soir-là, pourtant, la première chose qu'elle fit fut de la libérer de ses anneaux et de la draper soigneusement autour de son lit.

Elle alla se doucher puis, enveloppée dans sa robe de chambre, cala ses deux maigres oreillers contre le mur et s'y adossa, prit un livre qu'elle n'eut pas le courage d'ouvrir, bien qu'elle sentît le sommeil lui échapper. La tête en arrière, elle écoutait le crépitement caverneux de la pluie sur le toit de tôle. Jadis, dans la région où s'était déroulée son enfance, l'arrivée de la pluie promettait la prospérité, la vie, et ce bruit lui paraissait le plus merveilleux du monde. Mais, ici, sous ce climat excessif où la prodigalité menait à la pourriture, la pluie n'était qu'un appauvrissement de tous les sens et vous laissait seul avec vous-même. On n'entendait quelqu'un que s'il vous hurlait à l'oreille, et les seules voix audibles étaient celles qui murmuraient dans la tête.

Sa première réaction, d'horreur, lorsqu'elle avait pris conscience qu'elle pouvait faire mal à celui qu'elle aimait, avait fait place à un dégoût apathique. Un sournois désir de se justifier était venu s'y mêler ensuite. Il lui avait fait subir une humiliation qu'aucun homme n'a le droit d'infliger à une femme : il avait manifesté une préférence scandaleuse pour un homme. Pire encore, Luc Daggett ! Un comble...

Non, son indignation factice ne la menait à rien. Elle se sentait tourner en rond dans des cercles de plus en plus étroits sans déboucher nulle part. Elle en avait assez d'elle-même. Comment avait-elle laissé les choses prendre cette tournure ? Et Michael, qui était-il au fond ? Elle n'en savait rien. A quoi bon des questions sans réponses ?

La moustiquaire l'étouffait, et elle la repoussa impatiemment. Elle n'avait perçu aucun bruit de moustique — mais dans le fracas de la pluie, elle n'aurait même pas entendu un bombardier en piqué. La résille atténuait aussi la lumière. Libérée, Honora Langtry se sentit mieux. Elle allait lire un peu en attendant le sommeil qui, espérait-elle, viendrait vite.

Une sangsue rampa alors par un interstice du toit et, arrivée au-dessus d'elle, se laissa tomber sur sa jambe nue dans un bruit mou et des contorsions obscènes. Elle essaya de l'arracher, écœurée par le contact gluant, tira, tordit. En vain. Elle bondit, alluma une cigarette et, sans se soucier de se brûler, appliqua le bout incandescent sur le dos de la bête. C'était une grosse sangsue des tropiques, longue de près de quinze centimètres, et la jeune femme exultait en regardant cette chose immonde se gonfler, se gorger de son sang jusqu'à rouler, enfin rassasiée, comme un homme se détache d'une femme après l'amour.

La chose enfin grillée se recroquevilla et tomba d'elle-même. La jeune femme la jeta par terre et, encore tremblante, l'écrasa sous un de ses brodequins. Elle se sentait violée, souillée comme l'héroïne malheureuse d'un roman fin de siècle. Quelle chose abjecte ! Quel climat inhumain ! Et cette pluie, affolante, assourdissante, qui tambourinait sans fin sur les tôles nues du toit...

La plaie ouverte par la sangsue saignait toujours, imprégnée de la substance anticoagulante sécrétée par la gueule avide. Il fallait immédiatement la soigner pour éviter l'infection.

Il était rarement arrivé à Honora Langtry d'être aussi cruellement rappelée à la réalité de la base 15, à ses conditions de vie difficiles, à son isolement matériel et moral. De fait, se disait-elle tout en maniant la teinture d'iode et le coton stérile, ce camp était en apparence le moins impressionnant de tous ceux qu'elle avait connus. D'abord, elle n'avait rien éprouvé. L'ensemble lui avait fait l'effet d'un décor de cinéma, sans réalité concrète, une toile de fond devant laquelle pouvait se développer le jeu complexe des sentiments, des désirs, des vouloirs. Il y avait, dans ce jugement, une certaine logique car la base 15 trouvait pour ainsi dire son existence véritable dans son caractère d'irréalité. Ce lieu avait été conçu et exécuté non pour les besoins des hommes mais pour ceux de la guerre. On l'avait installé dans un endroit commode, sans considération pour le site, le confort du personnel ni le bien-être des malades. Tout y était artificiel, comme du carton peint.

La jambe levée, appuyée sur la chaise, entourée de murs suintants et parsemés de plaques de moisissure grandissant à vue d'œil, et d'une armée de cafards agitant leurs antennes à la recherche du moindre coin d'obscurité propice, Honora Langtry regarda autour d'elle comme si elle doutait de la réalité de son cauchemar.

Alors, pour la première fois, elle se sentit submergée sous une vague de nostalgie. Rentrer ! se dit-elle. Oh ! que je serai heureuse de rentrer chez moi ! Chez moi...

SIXIÈME
PARTIE

1

Le lendemain, vers quatre heures de l'après-midi, Honora Langtry arriva au salon des infirmières, remise de ses émotions de la nuit et se réjouissant de prendre le thé en compagnie de ses collègues. Elles étaient cinq, réparties en deux groupes, et Sally Dawkin seule à l'écart, les pieds sur une chaise, dodelinait de la tête et se réveillait par intermittence. Au moment de refermer les yeux, elle reconnut la silhouette apparue dans la porte, lui sourit et lui fit signe de s'approcher.

En traversant la pièce pour rejoindre son amie, Honora Langtry eut un vertige. La peur la saisit : elle ne dormait pas assez, mangeait mal et trop peu. Si elle n'y prenait garde, elle allait tomber malade. Son expérience au pavillon X lui avait appris à reconnaître dans ces symptômes un désir de fuite, un moyen commode d'esquiver ses responsabilités pour échapper à l'humiliation de demander une mutation. Par fierté, il lui fallait donc se soigner, dormir, manger. Ce soir, elle allait prendre un somnifère, solution qu'elle avait évitée depuis l'incident de l'office entre Luc et Michael.

— Asseyez-vous, ma pauvre petite, vous avez l'air épuisée, lui dit son aînée en approchant une chaise.

— Vous devez l'être aussi si vous arrivez à somnoler dans ce chahut.

— J'étais de service toute la nuit, répondit Sally

311

Dawkin en replaçant ses jambes d'une manière plus confortable. Si vous aviez entendu notre vieille chipie de chef, ma pauvre ! Oser insinuer des choses pareilles sur votre compte !...

L'allusion était claire et Honora Langtry fit la grimace. Si seulement cette vieille garce d'infirmière en chef avait eu le bon goût de tenir sa langue ! Mais non, elle n'avait pas pu s'empêcher de colporter ses racontars si bien que, de proche en proche, la base au grand complet devait maintenant savoir que l'irréprochable Honora Langtry avait passé la nuit avec un soldat dans sa chambre — comme si cette sombre histoire de suicide n'avait déjà suffi à alimenter les ragots ! Sa réputation, Dieu merci, était assez solidement établie pour qu'on voie dans sa conduite un désir sincère et louable de protéger l'infortuné soldat de périls menaçants. Si elles se doutaient de la vérité, se dit-elle, sentant les regards que dardaient sur elle les autres, si elles savaient vraiment dans quel pétrin je suis fourrée : perversion sexuelle, crime crapuleux, amour trompé... Non, on ne parle plus de crime, c'est déjà cela.

Le regard affectueux, sa voisine l'observait attentivement; elle bougea un peu mais ne dit toujours rien. Pour la tirer de son mutisme, Sally Dawkin s'y prit autrement :

— Savez-vous, ma chérie, que nous retrouvons la mère patrie et les joies de la vie civile la semaine prochaine ?

Honora Langtry reposa précipitamment sa tasse, manqua la soucoupe et renversa son thé sur la table.

— La barbe ! s'écria-t-elle. Regardez ce que j'ai fait...

Elle se pencha pour prendre un mouchoir dans son panier et épongea la flaque avec soin.

— Honora ! insista sa voisine. La nouvelle n'a pas l'air de vous faire plaisir.

— Elle me prend par surprise, c'est tout. Quand l'avez-vous entendu dire, Sally, et par qui ?

— Il y a quelques minutes et de la bouche même de notre charmante garde-chiourme. Elle en est toute catastrophée, bien entendu. Pensez, retourner à la minable maison de convalescence qu'elle dirigeait avant la guerre ! Aucune clinique décente, aucun grand hôpital n'en voudrait. Je me demande comment elle a fait pour obtenir tous ses galons.

Honora Langtry étala son mouchoir sur un coin de la table pour le sécher et se versa une nouvelle tasse.

— Je me le demande aussi. Elle restera peut-être dans l'armée, justement, si l'on veut bien d'elle. Elle y gagnera mieux sa vie et aura une meilleure retraite. Elle ne doit plus en être loin, j'imagine.

— Ce serait une veine scandaleuse ! Enfin...

Sally Dawkin s'interrompit pour remplir elle aussi sa tasse.

— Je ne suis pas enchantée, moi non plus, de rentrer au pays, reprit-elle. J'abomine cet endroit, j'ai détesté tous ceux où l'armée m'a expédiée, mais j'ai toujours adoré le travail et surtout la liberté. Oui, la liberté...

— C'est vrai, Sally. Moi aussi, cela me manquera. Vous rappelez-vous, en Nouvelle-Guinée, quand nous étions les deux seules personnes valides en salle d'opération ? Je ne l'oublierai jamais !

— Nous nous en sommes plutôt bien tirées, n'est-ce pas, ma petite ? répondit Sally Dawkin avec un sourire plein de fierté. On a réparé tous ces pauvres bougres mieux que les chirurgiens, et le patron nous a fait citer à l'ordre de la division ! C'est la décoration dont je suis le plus fière.

— Dans un sens, moi aussi je regrette que ce soit fini... Et maintenant, il va falloir se réhabituer aux pots de chambre, aux femmes qui passent leur temps à se plaindre et à gémir. Avec ma veine, je vais me

313

retrouver en gynéco ! Les hommes sont tellement plus faciles à vivre..

— C'est bien vrai ! Quand les femmes arrivent dans un hôpital, elles s'attendent à être servies comme des reines. Mais les hommes, on dirait qu'ils se transforment tous en petits saints et font ce qu'ils peuvent pour nous persuader que leurs femmes ne les ont jamais traités aussi bien que nous le faisons.

— Qu'allez-vous faire quand vous serez démobilisée, Sally ?

— D'abord, prendre des vacances, répondit-elle sans conviction. Et puis, retourner à North Shore. J'y ai fait presque toute ma carrière et je m'y sens un peu chez moi. Mon infirmière en chef sera contente de me revoir, même si les autres ne le sont pas, et je crois pouvoir bientôt devenir son adjointe. Et vous, Honora ? Reprendrez-vous le collier au Prince-Alfred ? Je n'ai jamais aimé ces grands hôpitaux.

— Je n'en sais rien, à vrai dire. Je me demande si je ne vais pas tâter de Callan Park.

Au nom de cet hôpital psychiatrique, Sally Dawkin se redressa et décocha un regard sévère à sa jeune amie.

— Callan Park ? Parlez-vous sérieusement, Honora ?

— Très sérieusement.

— Mais c'est ce qu'il y a de pire, ma pauvre petite ! Vous savez bien que les infirmières psychiatriques sont considérées comme les rebuts de la profession !

— J'ai toujours mes diplômes, je pourrai reprendre du service en médecine ou en chirurgie quand cela me plaira. Mais je voudrais bien essayer un établissement psychiatrique, après mon expérience au pavillon X.

— Ce n'est pas du tout la même chose, voyons ! Vos « tropicaux » ne sont pas de vrais malades, ils s'en remettent presque tous. Mais quand un malheureux passe les grilles d'un hôpital comme celui-là, c'est à perpétuité.

— Je sais, je sais... Mais tout cela va changer, du moins je l'espère. La guerre a permis des progrès considérables dans des domaines comme la chirurgie plastique, je ne vois pas pourquoi il n'y en aurait pas en psychiatrie. C'est pourquoi j'aimerais être là quand les changements se produiront.

Sally Dawkin lui tapota affectueusement la main :

— Ma chérie, vous êtes assez grande pour savoir ce que vous voulez et ce n'est pas mon genre de prêcher. Rappelez-vous quand même ce que je vous dis : il y a des risques. On a toujours prétendu que les infirmières, dans ces établissements-là, finissent plus cinglées que leurs malades.

A ce moment-là, la jeune Sue Pedder fit son apparition. Elle parcourut la pièce du regard, cherchant un groupe disposé à l'accueillir aimablement, et, lorsqu'elle aperçut Sally Dawkin en compagnie d'Honora Langtry, elle fit un large sourire à la première et un signe de tête glacial à sa voisine. Agacée par l'impolitesse de la jeune fille, Sally Dawkin l'interpella :

— Holà ! jeune Pedder ! Connaissez-vous la nouvelle ?

Forcée de répondre, Sue Pedder s'approcha de la table comme s'il y régnait une odeur nauséabonde :

— Non, quelle nouvelle ? demanda-t-elle.

— Nos jours sont comptés, petite fille.

— Vous voulez dire... Nous allons rentrer chez nous ? s'écria-t-elle avec ravissement.

— C'est comme si nous y étions.

Les yeux de la jeune fille se remplirent de larmes et sa bouche esquissa un sourire d'extase :

— Oh ! mon dieu ! Quel bonheur, enfin !...

— Allons bon, voilà quand même une réaction sincère ! commenta Sally Dawkin. Ce n'est pas comme certains vieux chevaux de retour !

Sue Pedder pleurait de plus belle et vit aussitôt quel parti en tirer. Entre deux sanglots, elle déclara d'une voix si bien articulée que toutes les têtes se tournèrent :

— Que vais-je pouvoir dire à *sa* pauvre mère ? J'en mourrai de honte...

Cette sortie ne fut pas du goût de Sally Dawkin :

— Assez de simagrées, fillette ! grommela-t-elle. J'ai horreur des larmes de crocodile. Quant à vous permettre de juger vos aînées...

— Sally ! s'écria Honora Langtry en se levant d'un bond. Ne vous mêlez pas de cela, je vous en prie. C'est inutile !

Les cinq autres infirmières ne feignirent plus la discrétion. Celles qui tournaient le dos déplacèrent carrément leurs chaises pour voir et écouter à leur aise, non par méchanceté mais plutôt pour juger, en connaisseuses, comment Sally Dawkin allait s'y prendre pour mater cette prétentieuse jeune imbécile de Sue Pedder.

Celle-ci se séchait ostensiblement les yeux et se remit à parler d'une voix entrecoupée de sanglots :

— Toute la nuit dans votre chambre avec ce sergent Wilson, toute la nuit sous prétexte de le soigner ! Vous en avez de la chance d'être seule dans votre baraquement ! Mais je sais bien, moi, ce qu'il y avait entre vous deux ! Je le sais bien, Luc m'a tout raconté...

— Taisez-vous, petite garce ! s'écria Sally Dawkin d'une voix de tonnerre, trop énervée pour être discrète.

— Ne vous inquiétez pas, Sally, intervint Honora Langtry. Ce n'est pas grave, voyons. Ce qu'elle dit n'a aucune importance.

— Cela en a beaucoup, au contraire ! clama-t-elle du ton qui faisait trembler les novices. Je me refuse à écouter ce tissu d'horreurs ! Ne vous amusez plus à répandre des calomnies de cette nature, ma petite, vous devriez en avoir honte ! Oser accuser Honora Langtry d'inconduite avec un homme de troupe ! C'est vous qui vous êtes déshonorée, tout le monde le sait !

— Quoi ? suffoqua Sue Pedder. Vous osez ?...

— Oui, j'ose ! répliqua Sally Dawkin, plus redoutable que jamais malgré sa posture. Rappelez-vous, petite sotte, que vous allez bientôt redevenir ce que vous étiez dans le civil, une gamine sans importance. Et je vous préviens, n'essayez pas de venir chercher du travail là où je serai ! Je ne voudrais même pas de vous comme fille de salle ! Voilà ce que c'est, aussi, d'affubler des petites cruches dans votre genre d'un uniforme galonné, vous vous prenez tout de suite pour...

La tirade indignée du major Dawkin fut brusquement interrompue par un tel cri de désespoir que les adversaires en oublièrent leur querelle. Honora Langtry s'était laissée tomber sur une chaise et avait éclaté en sanglots, de grands sanglots secs, profonds, sans larmes, qui la secouaient au point que ses compagnes affolées crurent à des convulsions.

Quel soulagement, pourtant ! Quelle libération, en quelque sorte, de pouvoir, dans cette atmosphère d'hostilité, en butte à l'affection maladroite de Sally Dawkin et à l'agressivité de la jeune Sue Pedder, se délivrer enfin de cette affreuse masse de douleur qui, des jours durant, avait grossi en elle pour la ronger et l'étouffer.

Sally Dawkin se leva pesamment et s'assit à côté de son amie, dardant sur la coupable un regard furieux :

— Vous voyez ce que vous avez fait, petite misérable ! Allez-vous-en, filez ! Allez, ouste !

Terrorisée, Sue Pedder s'enfuit tandis que les autres infirmières se rassemblaient autour d'Honora Langtry.

Sally Dawkin hocha la tête, l'air navré, et se mit à caresser tendrement les épaules de la jeune femme, dont tout le corps était secoué de tremblements. Mais Honora Langtry n'avait pas conscience des paroles réconfortantes que lui prodiguait son amie, des regards pleins de sollicitude que lui adressaient ses compagnes massées autour d'elle. Pour la première fois, avec un sentiment de délivrance, elle laissait couler ses larmes.

2

La fermeture imminente de la base fut annoncée au pavillon X par un homme de corvée. Il entreprit Michael à l'office, un sourire jusqu'aux oreilles, bredouillant des sons inarticulés sur le thème : « La quille ! La quille ! On va enfin rentrer chez soi. »

Michael n'alla pas tout de suite transmettre la nouvelle dans la véranda. Figé au milieu de la pièce, d'une main distraite il s'épilait un sourcil, de l'autre il se massait l'abdomen, et essayait d'assimiler l'événement. Déjà ! se répétait-il dans un brouillard. Déjà... Je n'y suis pas préparé, j'ai peur. Pas déprimé, non. Pas réticent non plus. Simplement effrayé de ce que l'avenir me réserve, de ce que je vais devenir. Mais il faut y passer et j'ai du courage. En fin de compte, cela vaut mieux pour tout le monde. Pour moi aussi. Et pour elle...

— La semaine prochaine à cette heure-ci, nous serons en route pour l'Australie, dit-il simplement en arrivant dans la véranda.

Sa déclaration tomba dans un silence profond. Allongé sur un lit, Nugget tenait un gros livre de médecine prêté par le colonel Jugulaire; il leva les yeux et regarda dans le vide. Matt serra les poings, et ne bougea plus. Penché sur une feuille de papier, Neil, qui crayonnait les mains de Matt, laissa tomber son crayon et parut d'un coup dix ans de plus que son âge. Quant à Benedict, qui se balançait sur une chaise, il fit comme si de rien n'était.

Un sourire se forma lentement sur les lèvres de Nugget :

— On est vraiment rapatriés ? dit-il avec incrédulité. On rentre à la maison ? Alors, je vais revoir maman !

Matt ne se détendait pas, au contraire, et Michael savait qu'il pensait à ses retrouvailles avec sa femme.

Neil étouffa un juron, reprit son crayon et constata d'un air dépité que son modèle avait changé de pose. Il reposa son crayon d'un geste rageur, se leva et alla s'accouder à la balustrade, tournant délibérément le dos aux autres.

— Merde ! lança-t-il aux palmiers.

Benedict se balançait toujours sur sa chaise, qui faisait entendre des craquements inquiétants. Il avait fermé les yeux et son expression ne trahissait rien.

— Je vais la voir et la mettre au courant, dit soudain Michael d'une voix forte.

Il avait parlé à la cantonade mais ses paroles s'adressaient en fait à Neil, dont la position se modifia sensiblement sans pourtant qu'il se retournât. Tout à coup, Neil n'était ni voûté ni accablé et ses épaules avaient pris une allure agressive. Sa voix même avait changé :

— Non, Mike ! dit-il d'un ton menaçant. Vous ne lui direz rien.

— Il le faut !

Michael avait senti se raidir Matt, Nugget et Benedict mais il ne leur accorda pas un regard. C'était à Neil qu'il parlait.

— Vous ne lui en soufflerez pas un seul mot, Mike. Pas un seul, entendez-vous ? Vous ne pouvez le faire qu'avec notre consentement à tous, et nous ne vous le donnerons pas.

— J'ai parfaitement le droit de lui parler et je le ferai. Cela n'a plus aucune importance, maintenant, et qu'elle

319

soit au courant n'y changera rien. Nous avons d'ailleurs décidé ce que nous ferions dans ce cas...

Il posa la main sur l'épaule de Ben, comme si son balancement l'énervait, et Ben stoppa immédiatement.

— J'ai accepté la plus lourde part, reprit Michael, parce que je suis le seul en mesure de l'assumer et parce que c'était ma faute plutôt que celle des autres. Mais je n'ai pas l'intention de souffrir en silence ! Je ne suis pas héroïque à ce point. Oui, je sais, je ne suis pas le seul à souffrir, mais cela ne m'empêchera pas de tout lui raconter.

— Vous ne lui parlerez pas, Michael, dit Neil d'un ton coupant. Si vous passez outre, je vous tuerai de mes mains ! C'est trop dangereux.

Michael prit la menace avec impassibilité :

— Ce serait inutile de me tuer, Neil, vous le savez très bien. Il y a eu bien assez de morts comme cela...

Au bruit du pas de l'infirmière, tout le monde se figea. Elle pénétra dans la véranda et resta sur le seuil, surprise de les trouver ainsi, se demandant quelle conversation elle avait interrompue. Ils se querellaient à son arrivée, c'était évident. Quelqu'un avait dû leur apprendre la clôture imminente de la base, mais il n'y avait pas là de quoi se battre !

Matt brisa le silence qui s'éternisait :

— Ce bruit de pas ! s'écria-t-il. Ce merveilleux bruit de pas, le seul pas de femme que je connaisse ! Quand je voyais, je n'écoutais pas, je ne savais pas écouter et reconnaître les sons. Si ma femme entrait, je ne saurais même pas que c'est elle.

Honora Langtry s'approcha de Matt et s'arrêta derrière lui, les mains posées sur ses épaules.

— Ce n'est pas tout à fait vrai, Matt. Il y a au moins un autre pas féminin que vous entendez ici. L'infirmière en chef vient une fois par semaine...

Matt ferma les yeux et se laissa doucement aller contre elle, juste assez pour ne pas l'embarrasser.

— C'est vous qui vous trompez ! répondit-il en souriant. Elle ne marche pas comme une femme. J'ai toujours eu l'impression d'entendre une vieille jument.

Elle partit d'un éclat de rire trop bruyant, comme si elle riait d'une plaisanterie connue d'elle seule.

— Sally Dawkin sera ravie quand je le lui répéterai, répondit-elle.

De son lit de repos Nugget intervint alors :

— Vous connaissez la grande nouvelle ? s'écria-t-il joyeusement. On rentre la semaine prochaine. Je vais revoir maman !

— Oui, Nugget, je sais. C'est une vraie bonne nouvelle.

Neil avait toujours le dos tourné, réprobateur. Honora Langtry se pencha sur la table pour regarder le dessin interrompu et s'écarta de Matt. Elle osa enfin tourner les yeux vers Michael. Ils se dévisagèrent un instant, affichant une froideur polie, indifférente, tels deux étrangers se croisant dans la rue.

Alors, elle tourna les talons et rentra dans le pavillon.

Neil la rejoignit peu après et referma la porte du bureau comme s'il regrettait de ne pas pouvoir y accrocher un écriteau « Ne pas déranger ». Il observa son visage bouffi, ses yeux encore rouges et gonflés et fronça les sourcils :

— Vous avez pleuré.

— Comme une madeleine. Je me suis ridiculisée au beau milieu du salon des infirmières, et je n'y étais malheureusement pas seule. Mes chères collègues étaient ravies du spectacle. La petite jeune, vous savez, la fille du banquier, est arrivée au mauvais moment pour m'accuser en public d'avoir persécuté Luc. Cette brave Sally Dawkin, le major de neurologie, a volé à mon secours et je me suis retrouvée nageant dans une mer de larmes. Grotesque !

— C'est vraiment ainsi que ça s'est passé ?

— Comment voudriez-vous que j'invente une pareille histoire ? dit-elle, retrouvant son calme habituel.

— Et maintenant ? répondit-il en lui tendant son étui à cigarettes. Cela vous a-t-il au moins fait du bien ?

— Au fond, oui, dit-elle en souriant. Mais en surface, c'est pire que jamais. Je me sens comme une souris à moitié morte que le chat rapporte à la maison pour jouer encore avec elle. Ou comme un ressort détendu.

— Vos métaphores s'accordent mal.

— Admettons qu'il s'agisse d'une souris mécanique... C'est vrai, je me sens par moments un jouet mécanique. Cela vous convient-il mieux ?

Neil soupira avec résignation :

— A votre aise... Je n'aborderai plus la question et je vous ficherai désormais une paix royale. A mon corps défendant, toutefois.

— Merci, Neil. Votre sollicitude me touche.

— Si j'ai bien compris, tout sera liquidé dans huit jours ? dit-il sur le ton du badinage.

— En effet. Je crois qu'ils veulent nous évacuer avant le début de la mousson.

— Vous rentrez en Australie, après votre démobilisation ?

— Bien sûr.

— Pour y faire quoi, si je puis me permettre de vous le demander ?

Malgré les traces encore visibles de ses larmes, elle lui apparaissait plus lointaine que jamais.

— Je compte travailler à Callan Park. Comme vous êtes de Melbourne, vous ignorez probablement qu'il s'agit d'un grand hôpital psychiatrique de Sydney.

Il eut un haut-le-corps, mais comprit qu'elle ne plaisantait pas.

— Grand dieu, il faut avoir tué père et mère pour faire un boulot pareil !

— Absolument pas. C'est un travail utile, indispensable même, et j'ai le plus grand besoin de faire quelque chose d'utile. J'ai la chance d'avoir une famille assez aisée pour ne pas être réduite à la mendicité dans mes vieux jours. Je peux donc faire de ma vie ce qui me plaît, me passer mes caprices si vous préférez... Et vous ? poursuivit-elle en le regardant en face. Que comptez-vous faire, Neil ?

— Oh ! moi, je vais rentrer au bercail, à Melbourne, dit-il avec désinvolture. J'aurais évidemment préféré retourner vivre en Grèce, j'ai une petite maison près de Pylos. Mais mes parents, mon père surtout, ne rajeunissent pas, moi non plus d'ailleurs, si bien que la sagesse me dicte de réintégrer le milieu familial. En Grèce, j'aurais dû me remettre à peindre et je sais aujourd'hui que je ne vaux pas grand-chose. Croyez-le ou non, j'en avais énormément souffert, à l'époque. Plus maintenant. Depuis six ans, j'ai beaucoup appris et mon séjour au pavillon X a merveilleusement complété mon éducation. A présent, je connais les véritables priorités, je pense être capable de seconder mon père. Si je suis destiné à lui succéder, il est grand temps que je me mette au courant de ses affaires.

— Vous aurez de quoi vous occuper.

— Je le crois, en effet, dit-il en se levant. Voulez-vous m'excuser ? Si nous déménageons vraiment aussi vite, il faut que je m'attaque sans tarder à mes bagages.

Elle le suivit des yeux pendant qu'il prenait congé et refermait la porte derrière lui. Michael lui avait au moins appris une chose : la différence entre l'amour et l'affection — et cette différence était considérable. Certes, elle avait de l'amitié pour Neil; mais de l'amour, non. Neil, tout bien pesé, était un homme plein de qualité : stabilité, honnêteté, droiture, galanterie; il était bien élevé, généreux au point de vouloir lui donner tout ce qu'il possédait. Un excellent parti, sans aucun doute. Bel homme, aussi, et doté ce cette sociabilité qui rend la vie plus facile. Lui préférer Michael était manquer de jugement. Elle prisait par-dessus tout la force intérieure de Michael, sa volonté de ne jamais se détourner du chemin choisi. Il représentait pour elle une énigme, c'est vrai, mais qui ne l'avait pas empêchée de l'aimer. Elle aimait sa vigueur, sa stabilité, son obstination. Précisément, elle n'aimait pas chez Neil son empressement à soumettre ses propres désirs aux siens, à plier devant elle.

Ces derniers temps, elle était étonnée de trouver Neil mieux dans sa peau. Il devait pourtant avoir compris qu'elle était décidée à ne pas poursuivre leurs relations après la guerre. Aussi était-elle soulagée de constater qu'il ne semblait ni mal prendre cette décision, ni souffrir de se sentir rejeté. Depuis l'incident de l'office, elle avait sans cesse redouté de le blesser; mais il s'était passé tant de choses entre-temps qu'elle n'avait, à vrai dire, plus guère eu l'occasion de réfléchir sur les sentiments de Neil. Elle n'avait donc pas de raison de se sentir coupable envers lui. Aujourd'hui, il lui avait donné de nouvelles preuves d'amitié, et aucun signe de ressentiment. Tant mieux ! Elle avait réussi à se libérer de sa douleur trop longtemps contenue sans que Neil fût affecté par sa conduite. Il y avait longtemps, des semaines, qu'elle n'avait vécu une aussi bonne journée.

3

La semaine qui suivit fut étrange à bien des égards. Quand on quitte un endroit où l'on a longtemps vécu, on est normalement submergé sous mille choses à faire, mille détails à régler. La fermeture accélérée de la base 15 ne donna lieu à rien de semblable. Pendant des mois, sa population s'était régulièrement amenuisée si bien qu'il ne restait qu'une poignée d'hommes et de femmes, dont l'évacuation ne posait aucun problème de logistique. Nul n'était encombré de ce bric-à-brac qui entrave si souvent une vie nomade. La base était implantée dans une région dépourvue de cet artisanat pittoresque, et parfois beau, qui éveille l'instinct du collectionneur chez ceux qui ont parcouru les théâtres d'opérations d'Europe, du Moyen-Orient ou d'Afrique du Nord. Sans doute les infirmières avaient-elles presque toutes reçu de touchants souvenirs de leurs malades, mais c'étaient de petits objets fabriqués avec les moyens du bord. Aussi, à de rares exceptions près, les occupants de la base 15 se préparaient-ils à en partir sans plus de bagages qu'ils n'en possédaient à leur arrivée.

On avait affiché, dans chaque service, des tableaux indiquant les dates limites de préparation et les stades intermédiaires, auxquels tout le monde se conformait avec l'aisance disciplinée d'un personnel expérimenté. L'infirmière en chef s'affairait comme la mouche du

coche, moins soucieuse désormais du drapé des moustiquaires que du respect des horaires sans lesquels elle ne
faisait plus un pas; elle les consultait ostensiblement lors
des interminables séances d'instruction qu'elle imposait
aux infirmières — qui l'auraient étranglée avec joie.

Le pavillon X restait à l'écart de ce modeste tourbil-
lon d'activité, tant par sa position excentrique au bout
du camp que par la faiblesse de son effectif, réduit à une
seule infirmière et cinq pensionnaires. Dans ce groupe
minuscule, il régnait pourtant plus de gêne que de joie.
Les silences subits étaient difficiles à rompre, la gaieté
sonnait faux quand l'ambiance devenait insoutenable et
les rapports, lorsqu'ils s'établissaient, restaient froids.
Honora Langtry était fréquemment absente, accaparée,
contre son gré, par les travaux des commissions créées à
l'instigation de l'infirmière en chef pour préparer l'évacuation. Aussi les cinq pensionnaires passaient-ils leurs
journées à la plage, car les règlements étaient tombés en
désuétude.

Honora Langtry constatait avec tristesse que « ses
hommes » avaient décidé de se passer d'elle, quand bien
même elle s'efforçait de leur consacrer le plus de temps
possible. Si Neil semblait lui avoir pardonné, les autres
lui en voulaient apparemment encore. Elle remarquait
également que des clivages divisaient ce groupe naguère
homogène. Nugget prenait ses distances vis-à-vis des
autres, nourrissant enfin des projets optimistes où se
mêlaient sa joie de retrouver sa mère et l'ambition de se
réintégrer dans la vie civile en devenant médecin. Ses
maux et ses misères avaient disparu comme par enchantement. Neil et Matt étaient inséparables, et l'infirmière
savait que l'aveugle s'appuyait entièrement sur Neil, à
qui il confiait tous les problèmes auxquels il allait être
confronté. Quant à Michael, il avait complètement pris
Benedict en charge.

Aux yeux d'Honora Langtry, Benedict était le seul
gravement atteint, et elle ne savait que faire à son sujet.

Elle en avait parlé au colonel Jugulaire sans, bien entendu, en obtenir quoi que ce fût. Il se faisait fort, cependant, donnant la preuve d'une étonnante bonne volonté, d'obtenir de l'armée une pension d'invalidité pour Matt, en dépit du verdict d'hystérie et de maladie imaginaire inscrit sur son dossier. Mais quand elle avait supplié le colonel de faire envoyer Benedict dans un établissement psychiatrique où il serait enfin soumis à des examens valables, il était resté inflexible. Qu'attendait-elle de lui, avait-il demandé, si elle n'avait rien de plus solide à lui soumettre que de vagues soupçons ? Il avait personnellement examiné le sergent Maynard et constaté que son état s'était stabilisé, sinon amélioré. Comment, dans ces conditions, convaincre un neurologue, compétent dans sa spécialité mais dépourvu d'intérêt pour les désordres mentaux sans cause organique, qu'elle cherchait désespérément à sauver un homme sur le point de se noyer ? Le sauver comment, d'ailleurs ? Personne au monde ne le savait. Ben avait toujours été un malade difficile par ses tendances à se replier sur lui-même. Privé de la sécurité que lui offrait le pavillon X, il se replierait si bien qu'il finirait par s'anéantir. C'est pourquoi elle considérait comme un don du ciel l'intérêt que lui portait Michael; il était le seul à avoir pu, jusqu'à présent, communiquer avec Ben et le sortir de son isolement malsain.

Tandis qu'elle les regardait se détacher d'elle, elle commençait à comprendre la nature du processus en cours. L'interprétation exagérément émotionnelle qu'elle avait donnée de leur comportement depuis la mort de Luc s'effaçait peu à peu. Sans en être pleinement conscients, les occupants du pavillon X dénouaient d'eux-mêmes les liens qui s'étaient formés entre eux. La « famille » se désintégrait. Elle, la figure maternelle, y était plus sensible que les hommes, ses enfants, et en souffrait davantage; et pendant que ses propres forces diminuaient, les leurs semblaient revenir.

Était-ce là le mystère de la maternité ? Fallait-il tenter de préserver l'unité de la cellule familiale quand ses raisons d'être semblaient évanouies ?

Ils me quittent pour un autre monde, se dit-elle, et je les y envoie presque tous prêts à y entrer. Du moins ai-je fait de mon mieux. Il ne faut donc pas que je me raccroche à eux plus qu'ils ne doivent se raccrocher à moi. J'ai le devoir de les laisser prendre leur vol — et garder, en les perdant, toute la dignité dont je suis capable.

L'opération Rapatriement débuta dans un grondement de camions. La mousson n'en était heureusement qu'à ses débuts, si bien que tout pourrait être terminé avant que le camp, les hommes et le matériel ne soient engloutis sous la pluie.

L'apathie générale se mua en euphorie : maintenant, on commençait vraiment à y croire, le retour au foyer n'était plus un rêve. Çà et là, en entendait des cris de joie, des ordres, des coups de sifflet, un refrain de chanson.

Pour une fois dépouillées de leur corset de discipline, les infirmières se laissaient porter par l'exubérance. Elles volaient de bras en bras, de rires en pleurs d'attendrissement et retrouvaient, pour la plupart, une féminité oubliée. Cette séparation constituait un sommet de leur vie. Célibataires, le plus souvent à mi-chemin de la retraite, elles avaient consacré, dans ce lieu ingrat, toutes leurs forces au service d'une cause juste. Jamais plus, sans doute, la vie ne leur accorderait une telle démesure. Ces garçons, ces hommes pour lesquels elles s'étaient dévouées, étaient les fils qu'elles n'avaient jamais eus et dont elles étaient devenues les mères adoptives. Maintenant que tout était fini, elles pouvaient remercier Dieu mais elles savaient que rien n'égalerait jamais les plaisirs et les peines des années qu'elles venaient de vivre.

Au pavillon X, les hommes attendaient la fin de cette matinée mémorable. Ils avaient revêtu leurs grandes tenues, au lieu des effets disparates qui leur tombaient habituellement sous la main. Les cantines, les paquetages, les sacs à dos s'amoncelaient à terre et, pour la première fois depuis sa construction, le plancher résonnait du bruit des bottes et des brodequins. Un adjudant vint donner à l'infirmière des instructions de dernière minute concernant l'embarquement et superviser l'enlèvement des bagages que les hommes n'étaient pas censés transporter eux-mêmes.

Après son départ, Honora Langtry vit Michael seul à l'office en train de préparer du thé. Elle s'assura d'un coup d'œil qu'il n'y avait personne dans la grande salle; tout le monde devait être dans la véranda à attendre de se faire servir. Elle s'approcha, resta sur le pas de la porte :

— Michael, lui dit-elle, voudriez-vous venir vous promener avec moi ? Il nous reste une demi-heure, et cela me ferait plaisir que vous me consacriez dix minutes.

Il tourna vers elle un regard sérieux. Elle le revit exactement tel qu'il était l'après-midi de son arrivée, en tenue vert jungle, avec son harnachement, ses bottes impeccablement cirées, ses boucles étincelantes, son linge repassé de frais, toute sa personne nette, précise. Un soldat modèle.

— Cela me ferait plaisir aussi, répondit-il. Laissez-moi le temps de déposer le plateau dans la véranda, je vous rejoins au bas de la rampe.

Va-t-il apparaître remorquant Benedict ? se demanda-t-elle. On ne les voyait plus l'un sans l'autre... Mais Michael vint seul. Ils s'engagèrent sur le sentier de la plage et s'arrêtèrent à la limite de la dune.

— Tout s'est passé trop vite, lui dit-elle, hésitante. Je ne suis pas du tout prête à partir.

— Moi non plus.

Elle respira, se lança trop vite, bredouilla :

— C'est la première fois que j'ai l'occasion de vous voir seul depuis... depuis la mort de Luc. Non, depuis les conclusions de l'enquête. J'ai été affreuse avec vous, je vous ai dit tant de choses désagréables. Je tenais à vous dire que je ne les pensais pas vraiment, Michael. Je vous demande pardon.

Il l'avait écoutée en silence, le visage triste.

— Ce n'est pas à vous de vous excuser mais à moi, à moi seul. Les autres s'y opposent, mais je vous dois une explication, surtout maintenant que cela n'a plus guère d'importance.

Elle n'entendit que ses derniers mots :

— Plus rien n'a d'importance. Changeons de sujet, voulez-vous ? Allez-vous retourner à votre élevage ? Que vont faire votre sœur et votre beau-frère ? Cela m'intéresse et nous n'avons pas le temps d'en parler longuement.

— Nous n'avons jamais eu beaucoup de temps devant nous... Mais, pour répondre à ce que vous me demandiez, je vais commencer par me faire démobiliser. Ensuite, Ben et moi allons nous installer dans ma ferme. J'ai reçu une lettre de ma sœur, son mari et elle comptent les jours jusqu'à mon retour. Harold, c'est mon beau-frère, a hâte de reprendre son ancien emploi avant qu'il n'y ait trop de militaires sur le marché.

Elle avait poussé un cri de surprise :

— Ben et vous ? A la ferme ?

— Oui, Ben et moi.

— Mais au nom du ciel, pourquoi ?

— Parce que je le lui dois.

Elle fit une grimace de douleur :

— Non, je vous en prie, ne m'infligez pas encore...

Il l'interrompit, redressa les epaules :

— Ben est seul au monde. Personne ne l'attend à son retour et vous savez comme moi qu'il a besoin de compagnie en permanence. Moi, en l'occurrence. Car c'est de ma faute, et je voudrais pouvoir vous le faire comprendre ! J'ai le devoir de m'assurer que cela ne se reproduira jamais plus.

Stupéfaite par ces propos sibyllins, elle le dévisageait en se demandant si elle parviendrait un jour à percer le mystère dont Michael était perpétuellement entouré.

— De quoi parlez-vous ? Qu'est-ce qui ne doit pas se reproduire ?

— Comme je voulais vous le dire tout à l'heure, répondit-il patiemment, je vous dois une explication. Les autres ne sont pas d'accord, ils estiment que vous ne devriez rien savoir. Mais moi, il faut que je vous parle. Je comprends pourquoi Neil veut vous tenir dans l'ignorance, mais Neil n'était pas avec vous cette nuit-là. C'est moi qui y étais et cela vous donne le droit de savoir.

— De quelle explication parlez-vous ? Qu'est-ce que c'est, toute cette histoire ?

A côté d'eux, là où le sentier disparaissait dans le sable, se trouvait renversé un gros bidon de pétrole, Michael y posa un pied et baissa les yeux vers sa chaussure.

— Les mots ne sont pas faciles à trouver. Mais je ne veux plus que vous me regardiez comme vous l'avez fait depuis ce matin-là, sans savoir, sans comprendre. Neil estime que vous en parler ne changera rien, et je l'approuve. Je ne peux quand même pas accepter, pour notre dernière rencontre, peut-être, que vous me regardiez comme si vous me haïssiez... C'est pourtant difficile à dire.

Il se redressa, la regarda dans les yeux.

— Je ne vous hais pas, Michael. Je ne pourrai jamais vous haïr. Ce qui est fait est fait, et je n'aime pas revenir sur le passé. Alors, parlez, dites ce que vous avez à me dire. J'ai le droit de savoir, en effet. Mais sachez que je ne vous hais pas. Je ne le pourrai jamais.

— Eh bien... Luc ne s'est pas suicidé. C'est Benedict qui l'a tué.

Elle se retrouva d'un seul coup transportée au milieu de toute cette horreur, de tout ce sang, de cette beauté détruite. Luc était trop comédien pour ne pas continuellement rechercher l'effet, prendre la pose. Avait-il voulu cette horreur ? Non. Il était bien trop amoureux de lui-même. Il n'aurait jamais songé à s'infliger une telle mutilation...

Elle devint si pâle que la lumière, en passant à travers les frondaisons, lui donna une teinte verdâtre. Pour la seconde fois depuis qu'ils se connaissaient, Michael vint à son secours. Il la prit par la taille, la maintint avec tant de force qu'elle n'eut conscience que d'une seule chose : elle était serrée contre lui.

— Allons, n'allez pas vous évanouir, maintenant ! Respirez un bon coup, là, voilà...

Il lui parlait avec tendresse, la soutenait avec tendresse. Elle se laissa aller contre lui sans raison, eut un vertige, se reprit à temps.

— Je m'en suis toujours doutée, dit-elle quand elle fut enfin capable de reprendre la parole. Il y avait dans toute cette histoire quelque chose qui ne collait pas. Luc n'aurait pas été capable de ce geste, mais Benedict oui... Mon dieu ! ai-je été assez idiote !

La couleur lui était revenue et elle serrait les poings, dans un mouvement de colère dirigé contre elle seule. Michael la lâcha et fit un pas en arrière. Il avait repris son assurance.

— Je ne vous aurais rien dit si vous ne comptiez pas tant pour moi, mais je ne pouvais plus supporter de vous voir me haïr. C'est cela qui me rongeait, et Neil le sait très bien.

Il hésita, reprit avec une nouvelle détermination :

— Benedict ne le refera plus jamais, je vous en donne

ma parole Du moins tant que je veillerai sur lui Vous me comprenez, n'est-ce pas ? J'ai le devoir de m'occuper de lui, j'en suis responsable. Ce qu'il a fait, c'était pour moi, ou du moins le croyait-il, ce qui revient au même. Rappelez-vous ce que je vous ai dit, ce matin-là : que j'avais eu tort de passer la nuit avec vous, que j'aurais dû retourner au pavillon. C'était pour surveiller Ben. Si j'avais été à ma place, ce ne se serait jamais produit. C'est drôle... j'ai tué des hommes qui valaient sans doute mieux que Luc. Mais la mort de Luc, j'en suis seul responsable. Les autres, je les ai tués au nom du roi, c'est le roi qui aura à en répondre devant Dieu, pas moi. J'aurais pu, j'aurais dû en empêcher Ben. Personne ne pouvait le faire, car personne ne savait comme moi ce qui se passait dans sa tête. Mais j'ai eu un instant de faiblesse, poursuivit-il en fermant les yeux. Je me suis laissé aller... Oh ! Honora ! Si vous saviez combien j'avais envie, combien j'avais besoin de rester avec vous ! Je ne pouvais même pas y croire. Le paradis ouvrait enfin ses portes devant moi, qui étais resté si longtemps en enfer... Je vous aimais, oui, je vous aimais, et je n'aurais jamais osé rêver que vous m'aimiez aussi jusqu'à cet instant.

Elle épuisa en une réplique les forces qui lui restaient :

— Je n'aurais jamais dû douter que vous m'aimiez...

Mais il reprenait déjà, heureux de pouvoir enfin lui parler :

— Je n'ai pensé qu'à moi. Si vous saviez combien, avec quelle amertume, je me le suis reproché ! Luc n'avait pas besoin de mourir, c'était inutile, absurde. Il suffisait que je sois à ma place pour démontrer à Ben que j'allais bien, que Luc ne pouvait pas me faire de mal, dit-il avec un soupir qui ressemblait à un sanglot. Pendant que j'étais dans votre chambre, avec vous, Ben était seul. Il croyait que Luc avait réussi à me détruire d'une manière ou d'une autre. Alors, le reste a suivi. Si

Neil s'en était douté, il aurait peut-être pu intervenir Mais il avait autre chose en tête. Et je n'étais même pas là pour réparer les dégâts, ce sont les autres qui ont dû s'en charger... J'ai trop de choses à me reprocher, Honora, poursuivit-il avec un geste timide. Il n'y a pas non plus d'excuse pour la manière dont je vous ai blessée. Je ne me le pardonne pas. Je voudrais au moins vous faire comprendre que... que j'en ai conscience, que je comprends ce que je vous ai fait. De tout ce qu'on peut me reprocher, le pire à mes yeux est de vous avoir fait mal.

Elle pleurait, le visage couvert de larmes, moins sur sa propre peine que sur celle de Michael.

— Ne m'aimez-vous donc plus ? demanda-t-elle. Oh ! Michael ! Je peux tout supporter, sauf perdre votre amour.

— Oui, je vous aime. Mais où cela pourrait-il nous mener ? Nous ne pouvons pas bâtir d'avenir ensemble, nous ne l'avons jamais pu, même sans Luc ni Ben. S'il n'y avait pas eu la guerre, je n'aurais jamais rencontré quelqu'un comme vous. Vous auriez connu des hommes comme Neil, pas comme moi. Tout, mes amis, la vie que je mène, la maison où je vis, tout nous sépare.

— On n'aime pas un mode de vie, dit-elle en s'essuyant les yeux. On aime un homme d'abord et ensuite on fait sa vie avec lui.

— Comment pourriez-vous faire votre vie avec moi ? Je ne suis qu'un éleveur de vaches, je produis du lait !

— C'est idiot de dire cela ! Voulez-vous me dire quelle différence il y a entre un paysan et un autre ? Mon père en est un, à une plus grande échelle, c'est tout. Et je ne compte pas non plus sur l'argent pour être heureuse.

— Je sais. Vous appartenez quand même à une autre classe que la mienne. Nous ne voyons pas les choses de la même manière.

Cette repartie inattendue l'intrigua :

— Vraiment ? Vous êtes la dernière personne dont j'attendais une pareille remarque, Michael ! Je suis persuadée, au contraire, que nous voyons l'essentiel de la même manière. Nous aimons tous deux nous occuper des êtres moins bien armés que nous dans la vie et nous avons tous deux le même but, leur donner les moyens de vivre sans devenir des assistés.

— C'est vrai, dit-il lentement. C'est très vrai... Dites-moi, Honora, qu'est-ce que l'amour représente, pour vous ?

Elle fut décontenancée par ce coq-à-l'âne :

— Ce que l'amour représente pour moi ? répéta-t-elle pour gagner du temps.

— Oui. Vous m'avez bien compris.

— Mon amour pour vous, Michael ? Ou pour les autres ?

— Votre amour pour moi.

— Eh bien... Il signifie partager ma vie avec vous.

— A quoi faire ?

— A vivre avec vous ! Tenir votre maison, avoir et élever vos enfants. Vieillir ensemble...

Il paraissait plus lointain que jamais. Ses mots l'avaient touché, elle le voyait, mais pas assez pour pénétrer jusqu'à ce noyau de résolution inébranlable qu'elle devinait en lui.

— Vous n'avez pourtant aucune expérience de ce que vous venez de dire, répondit-il. Vous avez trente ans, votre apprentissage de la vie a porté sur tout autre chose. Sur un mode de vie radicalement différent. Est-ce vrai, ce que je dis ?

Il s'interrompit sans la quitter des yeux, pour mieux observer son désarroi où se mêlaient la compréhension de ce qu'il disait et le refus de la conclusion logique de ses propos.

— Je crois, reprit-il, qu'aucun de nous deux n'est vraiment fait pour le genre de vie que vous avez décrit. Vous êtes obstinée, Honora, vous ne vous avouerez jamais vaincue sans avoir été au fond des choses.

— Non, en effet.

— Eh bien, le fond des choses, en ce qui nous concerne, est précisément là : nous ne sommes pas faits pour vivre ainsi. Il est trop tard pour se demander comment et pourquoi, nous sommes ce que nous sommes. Moi, je me méfie toujours de certains de mes désirs, que je suis par ailleurs capable de maîtriser. Ne croyez pas que je les méprise, que je les traite de vulgaires désirs physiques, ni que je veuille amoindrir la valeur de mes sentiments envers vous. Mais écoutez-moi, Honora ! dit-il en lui prenant l'épaule. Je suis le genre d'individu à ne pas rentrer chez moi un soir parce que je serai tombé, en ville, sur quelqu'un qui me semblera avoir plus besoin de moi que vous. Cela ne veut pas dire que je vous abandonnerais, et il ne s'agit pas obligatoirement d'une autre femme. Je vous sais capable de vous passer de moi jusqu'à mon retour, mais mon absence pourrait aussi bien durer deux jours que deux ans, le temps de remettre quelqu'un sur ses pieds, comprenez-vous ? Je suis comme cela, un point c'est tout. La guerre m'a donné l'occasion de le comprendre. Elle vous a donné, à vous aussi, la chance de découvrir votre vraie personnalité. J'ignore jusqu'à quel point vous êtes prête à l'admettre en ce qui vous concerne. Pour ma part, j'ai compris qu'une fois ma pitié éveillée, rien ne peut m'empêcher d'aller au secours de celui qui a besoin de moi. Vous, Honora, vous êtes forte, vous êtes intacte, vous n'avez ni n'aurez besoin de mon aide et je sais que vous pouvez vivre sans moi. Aussi, voyez-vous, il n'y a guère de place pour l'amour, dans tout cela.

— Vous vous réfugiez derrière un paradoxe, dit-elle en réprimant une nouvelle montée de larmes.

— Peut-être... Peut-être aussi n'ai-je pas une assez bonne opinion de moi-même, sinon je n'aurais pas autant besoin d'être indispensable. Je l'éprouve pourtant, ce besoin. Comprenez-vous, Honora ? Je ne peux pas vivre sans me sentir utile !

— Mais moi, j'ai besoin de vous, Michael ! Mon

337

âme, mon cœur, mon corps, tout en moi a besoin de vous, un besoin qui ne s'éteindra jamais ! Ignorez-vous, Michael, qu'il y a tant de besoins différents, tant d'espèces de solitude ?... Ne prenez pas ma force de caractère pour une absence de besoins, de désirs ! Je vous en supplie, ne faites pas cette erreur ! J'ai besoin de vous pour réaliser ma vie, pour être complète. Sans vous, je ne suis que la moitié de moi-même...

Il secoua la tête, buté :

— Non, Honora. Vous n'êtes pas, comme vous dites, incomplète, vous ne serez jamais incomplète, imparfaite. Parfaite, vous l'êtes déjà ! Je le sais, je l'ai vu, et c'est précisément pourquoi je vous aime. N'importe quelle femme est capable de créer un foyer, d'avoir des enfants. Mais vous, vous êtes trop différente des autres pour vivre en cage. Votre expérience ne vous y a pas préparée et votre personnalité même ne s'y adapte pas. Ce genre de vie, centrée sur un seul homme, un seul foyer, vous apparaîtra très vite comme une cage ! Vos ailes sont trop grandes, trop fortes pour y rester enfermées. Il vous faudra bientôt les déployer et reprendre votre vol sur de plus vastes espaces.

Livide, désespérée, elle tenta de résister :

— Je suis prête à en prendre le risque.

— Pas moi. S'il ne s'agissait que de vous, je l'accepterais peut-être. Mais je vous ressemble trop. Il s'agit de moi aussi.

— Vous vous liez à Ben avec des chaînes infiniment plus pesantes.

— Oui, mais je ne pourrai jamais faire autant de mal à Ben que je risquerais de vous en faire.

— Vous aurez besoin de tout votre temps pour vous occuper de lui. Vous ne pourrez même plus aller en ville et tomber sur le chien perdu que vous parliez d'aider.

— Ben a besoin de moi. Je vivrai donc pour lui.

— Et si je vous offrais de partager votre fardeau ?

Accepteriez-vous de vivre avec moi et de partager notre besoin de nous sentir indispensables aux autres ?

Il hésita, ébranlé par l'argument :

— Êtes-vous sérieuse ? Me l'offrez-vous vraiment ?

— Non. Je ne peux pas vous partager avec un Benedict Maynard.

— Alors, nous n'avons plus rien à nous dire.

— En ce qui nous concerne, non. Une dernière question : les autres sont-ils d'accord pour que vous, exclusivement, preniez Ben en charge ?

Il la tenait toujours aux épaules, sans qu'elle fasse l'effort de se dégager.

— Nous avons conclu un pacte, répondit-il. Quoi qu'il arrive, Ben n'ira jamais dans un asile de fous. De même, la famille de Matt ne sera pas dans le besoin. Nous avons tous juré de respecter notre engagement.

— Vous tous ? Ou simplement Neil et vous ?

Plutôt que de répondre, il fit un signe de tête.

— Il faut nous dire au revoir, maintenant, dit-il.

Il remonta lentement les mains le long de ses épaules, lui emprisonna le cou en un mouvement caressant. Alors, ils échangèrent un baiser, un long baiser d'amour et de peine, d'acceptation stoïque de ce qui devait être et de regret de ce qui aurait pu advenir. Un baiser plein de volupté, d'érotisme nourri des souvenirs de cette seule nuit. C'est lui qui y mit fin, qui s'arracha brusquement, trop vite, trop tôt — mais une vie entière aurait été trop courte.

A un pas d'elle, il se raidit en un imperceptible garde-à-vous, lui adressa un sourire, fit demi-tour et s'éloigna.

Le gros bidon de pétrole était là, derrière elle. Elle s'y laissa tomber et baissa la tête pour ne pas le suivre des yeux jusqu'à ce qu'il disparaisse sur le sentier. Elle contemplait le bout de ses chaussures, les brins d'herbe brunis, les grains de sable qui, par millions, formaient la dune. La plage. Le fond de la mer.

Voilà. C'était fini. Comment aurait-elle pu lutter contre Benedict, contre le besoin qu'il avait de Michael pour vivre ? C'était lui qui avait raison, peut-être. Mais quelle solitude que la sienne, quel fardeau à porter ! Seul. Comme elle. N'en était-il pas toujours ainsi ? Le fort délaissé au profit du faible. L'obsession — ou le remords ? — qui pousse le fort à se mettre au service du faible. Qui faisait le premier pas ? Etait-ce le faible, en exigeant, ou le fort, en s'offrant ? La force engendrait-elle la faiblesse, l'accentuait-elle ou la supprimait-elle ? Et d'ailleurs, que voulaient dire les mots force et faiblesse ? Michael avait raison, elle était capable de vivre sans lui. Etait-ce parce qu'elle n'avait pas vraiment besoin de lui ? Il aimait sa force à elle — mais il n'avait pas lui-même la force de vivre avec celle qu'il aimait. L'amour le détournait de l'amour — parce que l'amour ne pouvait pas pleinement le satisfaire.

Elle aurait voulu le rappeler, lui crier : « Oublie que le monde existe, Michael ! Viens te blottir près de moi, en moi. Avec moi, tu connaîtras un bonheur dont tu n'as jamais pu rêver. » Mais non, autant lui offrir la lune... Avait-elle fait exprès d'aimer un homme pour qui le dévouement comptait plus que l'amour ? Dès qu'elle avait jeté les yeux sur lui, elle l'avait admiré et son amour était né de cette admiration, de l'estime qu'elle lui vouait. Chacun d'eux avait aimé en l'autre sa force de caractère, son indépendance, son besoin de donner. Et ces mêmes qualités les séparaient au lieu de les rapprocher. Deux pôles positifs se repoussent... Michael, mon bien-aimé, je ne t'oublierai pas. Je prierai pour toi, pour que tu ne perdes jamais cette force qui t'habite et te fait vivre, pour que Dieu te la redonne si tu venais à chanceler...

Elle releva les yeux vers la plage, battue par le vent et les pluies de ces derniers jours. Toutes blanches dans le soleil, deux hirondelles de mer planaient au-dessus des vagues, côte à côte, comme liées par les ailes. Elle les vit tourner du même mouvement, plonger et disparaître à sa vue, toujours inséparables. Voilà ce que je voulais pour nous, Michael. Pas de cage, non, mais voler ensemble, toi et moi liés pour toujours, dans l'immensité bleue du ciel.

Il était temps de revenir à terre, à la réalité du devoir : convoyer Matt, Nugget, Benedict et Michael jusqu'au point de rassemblement. En sa qualité d'officier, Neil partirait séparément, elle ne savait pas encore à quelle date. On l'en informerait bientôt.

Elle se leva et se mit en marche, tandis que ses pensées se tournaient vers d'autres sujets que Michael. Ainsi, les patients du pavillon X avaient conspiré; Michael avait de son plein gré participé au complot dont Neil était l'instigateur et le meneur. C'était absurde ! Oh ! certes, elle comprenait qu'ils aient voulu la garder dans l'ignorance de ce qui s'était réellement passé dans la baraque des douches, au moins jusqu'à ce que l'enquête fût officiellement close et entérinât la thèse du suicide. Mais pourquoi Neil refusait-il à Michael le droit de le lui raconter, alors même que cela n'avait plus d'importance ? Neil la connaissait assez pour savoir qu'elle ne courrait pas rapporter toute l'histoire au colonel Jugulaire ou aux autorités ! A quoi bon, d'ailleurs ? Cela ne changerait plus rien. Au mieux, elle pourrait obtenir l'internement de Benedict dans un établissement civil; mais cette démarche entraînerait la réouverture de l'enquête et le risque de les voir tous finir en prison. Avaient-ils donc eu peur d'elle, n'avaient-ils pas eu confiance en sa loyauté envers eux, avaient-ils craint qu'elle ne les dénonçât ? Pourquoi Neil avait-il tant insisté pour qu'elle restât en dehors de tout ? Et Neil n'était pas seul : Matt et Nugget s'étaient, eux aussi, rangés à son avis.

Qu'avait donc dit Michael ? Ah oui ! qu'ils avaient

conclu un pacte. La femme et les enfants de Matt seraient à l'abri du besoin. Sans aucun doute, Nugget allait pouvoir se lancer dans ses études de médecine sans craindre, lui non plus, de mourir de faim. Benedict n'irait jamais dans un asile de fous. Restaient donc Michael et Neil. Ils s'étaient partagé les responsabilités. Michael et Neil... Que gagnerait donc Neil à pourvoir à l'entretien de la famille de Matt et aux études de Nugget ? Il y a quinze jours, elle aurait répondu : rien. Aujourd'hui, elle n'en était plus si sûre.

D'autres indices lui revinrent alors : la placidité que Neil affectait vis-à-vis d'elle, cette sorte d'invulnérabilité à la perspective d'être rejeté, répudié par elle. Qui avait bien pu mettre dans la tête de Michael ces notions périmées de différences de classes ? Elle se raccrocha aussitôt à cet espoir, qui lui rendait un peu de sa fierté : quelqu'un avait endoctriné Michael, s'était efforcé de le convaincre d'abandonner tout espoir de l'épouser. Et ce quelqu'un, c'était Neil !

5

L'évacuation avait été parfaitement organisée. Quand Honora Langtry arriva au point de rassemblement avec les quatre hommes, ils lui furent arrachés en quelques instants, le temps d'une accolade et d'un petit baiser sur la joue de chacun. Après, elle ne se rappelait même pas comment Michael et elle avaient échangé leurs derniers regards. Il était inutile de s'attarder dans l'espoir de les apercevoir une dernière fois, aussi se faufila-t-elle entre les hommes qui attendaient et les infirmières qui les accompagnaient et reprit-elle le chemin du pavillon X.

Par habitude, elle rangea, nettoya, parcourut la grande salle pour tirer sur un drap froissé, draper les moustiquaires, ouvrir les armoires, replier les paravents autour de la table de réfectoire.

De retour à son bureau, elle ôta ses chaussures et s'assit les jambes repliées sous elle, position qu'elle n'avait encore jamais prise sur ce siège officiel. Plus personne ne viendrait constater ce manquement aux règles et le lui reprocher. Neil lui-même était parti, un sergent affairé, porteur de listes zébrées de rayures, l'en avait informée. Elle ignorait par quelle erreur elle avait été empêchée de lui faire ses adieux, mais il était maintenant trop tard pour se perdre en regrets. Mieux valait, au fond, éviter une dernière confrontation avec l'instigateur de cette ridicule conspiration; elle aurait eu trop de questions déplaisantes à lui poser.

La tête penchée sur sa main, elle s'assoupit et rêva de Michael.

Deux heures plus tard environ, Neil traversait le camp d'une allure dégagée en sifflotant gaiement, le stick sous le bras, à l'aise dans son uniforme impeccable de capitaine. Il gravit avec légèreté les marches du pavillon X et, à le voir obscur et désert, il eut un mouvement de surprise et de recul. Un instant immobile sur le seuil de la grande salle, il reprit sa marche mais avec moins d'assurance. Il ouvrit la porte de son réduit, n'y trouva plus ses bagages. Les dernières traces de Neil Parkinson, malade affecté de troubles « tropicaux », avaient été effacées.

Nouveau choc : la voix d'Honora Langtry lui parvint faiblement à travers la cloison.

— Il y a quelqu'un ? Qui est là, je vous prie ?

Il traversa le couloir en une enjambée et ouvrit sa porte. Jamais encore il ne l'avait vue dans une posture aussi dénuée de dignité professionnelle : appuyée de côté à son bureau, elle était assise les jambes repliées sous elle, ses chaussures jetées par terre au hasard. La pièce était enfumée, des cigarettes étaient posées en évidence sur la table, devant elle. Elle paraissait être restée ainsi très longtemps.

Elle lui lança un regard stupéfait :

— Neil ! s'écria-t-elle. Je vous croyais parti. On m'a annoncé votre départ il y a plusieurs heures.

— Non, pour moi c'est demain. Et vous ?

— J'attends qu'on m'affecte à un convoi de grands blessés à destination de je ne sais où, Brisbane ou Sydney probablement. Demain, après-demain, on verra... Je vais vous trouver de quoi manger, dit-elle en faisant mine de se lever.

— Pas la peine, sincèrement Je n'ai pas faim du tout Mais je suis enchanté de ne partir que demain, dit-il avec un soupir d'aise. Je vous ai enfin pour moi tout seul !

Les yeux d'Honora Langtry s'allumèrent d'un éclair de colère :

— Le croyez-vous vraiment ?

La sécheresse de sa réponse le fit hésiter. Il s'assit néanmoins avec désinvolture sur la chaise des visiteurs et lui adressa un sourire :

— Mais oui, je le crois. Et il est grand temps que nous nous parlions enfin ! A vrai dire, j'ai dû tirer quelques ficelles pour rester, mais ce bon colonel a encore des scrupules au sujet de l'affaire du whisky et j'ai obtenu qu'il retarde mon départ de vingt-quatre heures. Pendant qu'il y était, d'ailleurs, il m'a décerné un certificat de bonne santé si bien que, pour ce soir, je ne suis plus pensionnaire au pavillon X, mais simple locataire.

Elle préféra répondre d'une manière détournée :

— Vous savez, Neil, j'ai horreur de la guerre et de ce qu'elle a fait de nous. Je m'en sens personnellement responsable.

— Vous, responsable de tous les péchés du monde ? Allons, ma chère amie, allons, vous exagérez ! dit-il d'un ton amicalement railleur.

— Je ne parlais pas de tous les péchés du monde, Neil. Simplement de ceux que les autres et vous n'avez pas osé m'avouer, répondit-elle durement en le dévisageant.

Il exhala un long sifflement.

— Je vois... Michael n'a pas pu tenir sa foutue langue.

— Michael a eu cent fois raison de parler. J'avais le droit d'être au courant et maintenant j'exige de savoir toute la vérité, Neil. Que s'est-il exactement passé, cette nuit-là ?

Avec un haussement d'épaules et une grimace, il se carra sur son siège comme s'il allait entreprendre un récit particulièrement ennuyeux, inutile à raconter à une jolie femme. Elle le regardait attentivement et trouvait à ce visage, qui se détachait sur le mur dépouillé des portraits déjà serrés dans ses bagages, un relief accentué dont il avait été jusqu'à présent dépourvu.

— Eh bien, ce soir-là donc, j'ai éprouvé le besoin de boire un dernier verre, commença-t-il en allumant une cigarette sans penser à lui en offrir. Luc faisait un tel chahut qu'il en a réveillé Matt et Nugget, si bien qu'ils sont venus m'aider à finir la bouteille. Il ne restait donc plus que Benedict pour surveiller Luc qui, entre-temps, s'était mis au lit. J'avoue que nous ne pensions plus à lui — ou peut-être préférions-nous oublier son existence.

A mesure qu'il avançait dans son récit, le souvenir de cette nuit de cauchemar ravivait en lui son horreur première et se reflétait sur sa physionomie.

— Ben a alors fouillé dans son paquetage pour en sortir un de ces souvenirs illicites que nous dissimulons tous, en l'occurrence un pistolet d'officier japonais. Il a obligé Luc à se lever, à saisir son rasoir et, le canon de son arme dans les côtes, l'a forcé à marcher jusqu'aux douches.

— Est-ce Benedict qui vous l'a raconté ?

— Oui. C'est d'ailleurs tout ce que nous avons pu tirer de lui et je n'ai qu'une très vague idée de ce qui s'est réellement produit à l'intérieur. Ben lui-même n'en garde qu'un souvenir confus et fragmentaire.

Neil retomba dans le silence.

— Alors ? demanda-t-elle.

— Alors, de la baraque des douches, nous avons entendu Luc hurler, hurler comme un damné, reprit-il avec une grimace. Nous nous y sommes précipités, mais il était déjà trop tard. C'est un miracle que personne d'autre n'ait entendu, mais ce jour-là le vent soufflait vers la palmeraie et nous sommes, comme vous le savez, à l'écart de la civilisation... Bref, nous sommes arrivés trop tard — je l'ai déjà dit, je crois ?

— Oui. Avez-vous au moins idée de ce que Ben a fait ?

— Je ne peux que supposer, reconstituer. Luc n'avait pas le cran de se battre et il ne devait pas non plus se rendre compte de ce qui l'attendait. Ces coupe-choux sont tellement aiguisés... Ben l'a sans doute forcé, sous la menace de son pistolet, à prendre son rasoir en main avant de la lui saisir et de l'éventrer. Quand Luc hurlait, il ne sentait probablement pas vraiment la douleur. Avec un rasoir comme ceux-là, vous savez, on ne sent presque rien. Sur le moment, du moins...

Les sourcils froncés, elle réfléchissait.

— Luc n'avait aucune trace d'ecchymoses sur les mains, dit-elle. Le médecin légiste s'en serait aperçu. Or Ben a dû serrer très fort pour le forcer à faire ces gestes.

— La peau des mains ne se meurtrit pas aussi facilement que celle des bras, par exemple. Le major Menzies n'a même pas cherché dans ce sens-là — Dieu merci, nous n'avions pas affaire à Scotland Yard. Connaissant Ben, tout a dû être vite expédié, donc il n'a pas eu le temps de lui imprimer des marques sur les mains. Il y avait sans doute longtemps qu'il réfléchissait à la manière de tuer Luc, et il n'y a rien eu d'improvisé dans tout cela. Mais il n'aurait jamais pu exécuter son projet sans être presque aussitôt découvert car il était devenu fou, ou atteint d'une autre variété de folie, je ne sais pas. Il n'avait pas peur de se faire prendre. Tout ce qu'il voulait, c'était tuer Luc lentement de telle sorte qu'il reste conscient jusqu'à la fin et, plus encore, qu'il puisse voir les mutilations de ses parties génitales.

— Luc était-il mort quand vous êtes arrivés ?

— Pas tout à fait, et c'est ce qui nous a sauvés. Nous avons écarté Ben juste avant que Luc n'ait une dernière convulsion qui a affermi sa prise sur le rasoir et parfait la mise en scène. Il avait trois artères sectionnées. Tandis que Matt entraînait Ben à l'extérieur, je suis resté avec Nugget pour faire un peu de rangement. Le plus long a été d'attendre que Luc rende son dernier soupir, car nous n'osions pas le toucher jusque-là.

— Vous n'avez donc même pas eu l'idée d'appeler à l'aide pour tenter de le sauver ? dit-elle avec indignation.

— Ma pauvre amie, il n'y avait pas la moindre chance de le sauver ! Ne me prenez pas pour plus bête que je ne le suis. Si nous avions pu le sauver, Ben ne courrait pas tant de danger. Je n'ai peut-être pas de formation médicale, mais je suis soldat, j'ai souvent vu la mort de près et je sais la reconnaître. J'avoue bien volontiers n'avoir jamais pu supporter Luc mais, croyez-moi, ce n'était pas particulièrement plaisant d'être obligé de rester devant lui à le regarder mourir.

Le visage gris, il se pencha pour secouer sa cendre. Elle l'écoutait, fascinée par l'horreur.

— Le croiriez-vous ? Nugget a fait preuve, de bout en bout, d'un calme et d'une compétence admirables. Cela prouve qu'on peut passer des mois avec quelqu'un sans se douter de ce qu'il est réellement. Depuis, je ne l'ai jamais vu si maître de lui, si plein de sang-froid...

Il écrasa son mégot d'une main tremblante avant de poursuivre :

— Le plus difficile a été de tout faire pour accréditer la version du suicide, tout disposer, tout arranger pour que l'on ne puisse soupçonner un crime... Bref, une fois tout fini, nous avons emmené Ben aux douches les plus proches et, pendant que Matt montait la garde — il ferait un exceptionnel veilleur de nuit, il entend et distingue les moindres bruits —, Nugget et moi avons nettoyé Ben au jet. Il était couvert de sang, sans heureusement s'en être mis sur les pieds, je ne crois pas que nous aurions réussi à effacer ses empreintes. Après cela, nous avons brûlé son pantalon de pyjama — il vous en manquait un dans votre inventaire cette semaine-là, vous rappelez-vous ?

— Comment était Ben, pendant ce temps ?

— Très calme et pas du tout repentant. Il a toujours, je crois, l'impression d'avoir accompli son devoir de chrétien. Pour lui, Luc n'était pas un homme mais une incarnation de Satan, un démon vomi par l'enfer.

— Ainsi, vous avez tous décidé de protéger Benedict ? dit-elle avec froideur.

— Oui, tous. Y compris Michael. Quand vous lui avez appris la mort de Luc, il a tout de suite compris la vérité. J'en suis encore désolé pour lui, le pauvre garçon. On aurait dit qu'il l'avait tué de ses mains tant il était bourrelé de remords. Il répétait sans cesse qu'il n'aurait pas dû être aussi égoïste, qu'il n'aurait pas dû rester chez vous et que son devoir était de ne pas quitter Benedict.

Elle accueillit cette déclaration sans sourciller : cette part de remords, cette culpabilité-là, c'était la sienne.

— C'est ce qu'il m'a dit aussi. Qu'il aurait dû rester avec lui... Avec *lui* ! Il n'a jamais dit un nom, et je croyais qu'il parlait de Luc !...

Sa voix se brisa et elle dut s'interrompre pour se ressaisir.

— Je n'ai pas pensé un seul instant qu'il voulait parler de Benedict. J'ai cru qu'il pensait à Luc, et j'en ai déduit qu'il avait quelque liaison homosexuelle avec lui... Et quand je pense à tout ce que je lui ai dit, à tout ce que je lui ai fait ! Grand dieu, comme j'ai dû le blesser, le faire souffrir ! J'en suis littéralement malade...

— Votre erreur est compréhensible. Son dossier le classait, en quelque sorte, parmi les homosexuels.

— Comment le savez-vous ?

— Je le tiens de Luc, indirectement. Il en a parlé à Ben et à Matt, je crois.

— Vous êtes un homme habile, Neil, Vous savez tout, ou vous avez su tout deviner. Alors, pourquoi

349

avez-vous volontairement tout embrouillé, pourquoi m'avez-vous délibérément leurrée ? Pourquoi, je vous le demande ?

Il affecta de prendre le « vous » au pluriel :

— Que pouvions-nous faire d'autre ? Nous n'allions quand même pas livrer Ben à la police militaire ! Luc n'était pas une grande perte et Ben ne mérite certainement pas de finir sa vie dans un asile de fous pour avoir accompli une œuvre de salubrité publique en supprimant cet individu ! N'oubliez pas, ma chère, nous sommes tous internés au pavillon X. Nous avons un petit avant-goût de ce que peut être la vie dans ce genre d'établissement !

— Je comprends, répondit-elle avec patience. Mais cela ne change rien au fait que vous vous êtes arrogé le droit exorbitant de vous substituer à la loi, que vous avez choisi froidement de dissimuler un crime, et que vous avez également cru bon de me priver de toute possibilité de redresser la situation. Si j'avais été au courant, je l'aurais fait interner sur-le-champ ! Il est dangereux, ne le comprenez-vous pas ? La place de Benedict est dans un hôpital psychiatrique. Vous avez tous eu tort, mais vous, Neil, plus encore que les autres. Vous êtes officier, vous connaissez le règlement et vous êtes censé le respecter ! Et si vous vous excusez de vos actes en plaidant l'aliénation, alors vous devez vous aussi être enfermé ! Sans mon consentement, sans même me mettre au courant, vous m'avez rendue complice et je n'aurais jamais rien su si Michael n'avait pas parlé. Je lui ai bien des motifs de reconnaissance, mais le plus important est qu'il m'ait dit la vérité sur la mort de Luc. Il ne raisonne pas beaucoup mieux que vous autres, mais il lui reste au moins une lucidité que vous n'avez plus, ma parole ! Je remercie Dieu que Michael ait parlé !

Neil jeta son étui à cigarettes sur la table si violemment qu'il rebondit, tomba sur le plancher avec un bruit métallique et s'ouvrit sous le choc. Les cigarettes volèrent aux quatre coins de la pièce. Ni l'un ni l'autre n'y firent même attention.

— Michael, Michael, Michael ! Encore et toujours Michael ! s'écria Neil le visage convulsé par la rage et les larmes aux yeux. Quand allez-vous enfin vous débarrasser de cette... cette obsession que vous avez de ce Michael ! J'en ai assez, plus qu'assez de toujours entendre ce nom, comme une litanie ! Depuis le moment où vous avez posé les yeux sur lui, vous n'avez plus eu le temps de vous occuper de personne d'autre ! Et nous, alors, et nous ? Nous ne comptons plus ?

Elle se sentait prise au piège comme lors de sa confrontation avec Luc. Mais elle avait reconnu la sincérité de Neil, dont le cri venait du fond du cœur, et sa colère s'évanouit d'un seul coup.

Accoudé au bureau, en face d'elle, Neil se frottait nerveusement les yeux et luttait pour se maîtriser. Qu'il a changé ! se dit-elle. Qu'il a mûri, surtout ! Il y a deux mois à peine, il aurait été incapable de se ressaisir et de dominer une peine si visiblement intolérable.

— Ecoutez, reprit-il d'une voix plus calme, je sais que vous l'aimez. Matt lui-même l'a compris depuis longtemps, tout aveugle qu'il est. Admettons donc le fait et mettons-le de côté, comme une donnée essentielle du problème. Avant l'arrivée de Mike, vous étiez à nous tous et nous étions tous à vous. Vous vous intéressiez à nous. Tout ce que vous étiez, tout ce que vous aviez nous était consacré, ou était consacré à notre guérison si vous préférez. Mais quand on est malade, on ne raisonne pas de manière aussi objective. Tout se rapporte à soi, si bien que — comment dire ? — nous nous voyions comme enveloppés par vous, en vous. Nous ne pouvions concevoir votre cœur, vos forces autrement que liés, absorbés par le seul pavillon X et par nous — me fais-je bien comprendre ? Quand nous avons vu Michael, nous avons tout de suite compris qu'il était parfaitement normal et nous en avons conclu, logiquement, que vous

351

n'aviez donc pas besoin de vous occuper de lui. Or c'est le contraire qui s'est produit : vous vous êtes détournée de nous pour vous consacrer à lui ! Vous nous avez abandonnés, trahis ! Et c'est pour cela que Luc est mort. Luc est mort parce que vous ne regardiez plus que Michael, parce que vous n'aviez plus d'yeux que pour toute cette... normalité, cette santé morale, physique, cette force qui émanait de lui et que vous avez tout de suite aimée ! Vous l'aimiez : quel effet croyez-vous que cela nous faisait, à nous autres ?

Elle eut envie de lui crier : « Je n'ai jamais cessé de penser à vous ! Tout ce que je voulais, tout ce dont j'avais besoin, c'était pour une fois de penser un peu à moi. On ne peut pas donner, toujours donner, sans prendre quelque chose, ici ou là. Cela n'allait pourtant pas bien loin, ce n'était pas une exigence excessive. J'en avais presque fini avec le pavillon X. J'étais vidée, comme morte, et j'avais tant besoin de refaire le plein de mes forces... Oui, je l'aimais ! Oui, j'étais lasse de toujours donner, donner... Pourquoi n'avez-vous pas su faire preuve d'un peu de générosité, à votre tour, et me permettre d'avoir un peu de bonheur ? »

Elle ne pouvait pourtant pas le lui dire. Alors, cédant à l'affolement, elle se leva d'un bond, voulut courir à la porte, s'échapper, le fuir, oui, le fuir... Mais il lui agrippa le poignet au passage et lui emprisonna les deux mains qu'il serra brutalement jusqu'à ce qu'elle cessât de se débattre.

Quand elle fut à nouveau immobile devant lui, il desserra son étreinte et lentement remonta ses mains le long de ses bras :

— Vous voyez ? dit-il en souriant. Je viens de vous serrer beaucoup plus fort que Ben n'a dû serrer la main de Luc et vous n'avez pourtant aucune ecchymose. Regardez.

Au lieu de baisser les yeux, elle les releva pour le dévisager. Neil était beaucoup plus grand que Michael.

Il avait la mine à la fois sérieuse et pensive, comme s'il comprenait ce qu'elle ressentait et ne le lui reprochait pas — mais aussi comme s'il était déterminé à tout faire et tout subir pour parvenir au but qu'il s'était fixé.

Jusqu'à cette conversation, elle n'avait pas vraiment compris qui était Neil ni mesuré la passion qui dormait en lui. Elle n'avait pas non plus jaugé la profondeur des sentiments qu'il éprouvait pour elle. Peut-être avait-il trop habilement dissimulé sa peine; peut-être, comme il le lui reprochait, sa propre obsession pour Michael l'avait-elle rendue aveugle aux sentiments des autres et lui avait-elle fait croire trop facilement que Neil acceptait sa défection. Elle voyait maintenant combien il en avait souffert. Mais cela ne l'avait pas empêché de manœuvrer pour écarter la menace que faisait planer son rival. Ses facultés étaient intactes, sans doute plus aiguisées que jamais. Bravo, Neil !

— Je suis vraiment navrée, dit-elle calmement. Je n'ai décidément plus la force de me tordre les mains, de fondre en larmes ou de me jeter à genoux devant vous. Mais je suis quand même désolée, plus que vous ne pouvez le croire, Neil. Je ne peux ni ne veux me justifier. Tout ce que je puis vous assurer c'est que nous, nous qui nous occupons de vous, pouvons par moments être aussi inconscientes, aussi dépourvues de jugement que le plus atteint de tous ceux qui ont passé les portes de ce pavillon. Ne me traitez pas comme une déesse ni comme quelque oracle infaillible. Je ne le suis pas, je ne l'ai jamais été. Nulle d'entre nous ne peut y prétendre... Et pourtant, Neil, poursuivit-elle les larmes aux yeux, si vous saviez comme je voudrais l'être, comme nous le voudrions toutes !

Il la serra doucement contre lui, déposa un léger baiser sur son front et la lâcha.

— Eh bien, ce qui est fait est fait. Comme on dit, Dieu peut faire des miracles sauf celui de réconcilier des œufs brouillés. Je suis content, dans un sens, de vous avoir parlé Par ailleurs, j'ai de la peine, car je ne peux pas me réjouir de vous blesser, quand bien même vous ne m'aimez pas.

— Je voudrais pouvoir vous aimer, Neil...

— Mais vous ne le pouvez pas, et il n'y a rien à y faire. Vous m'avez d'abord vu tel que j'étais à mon arrivée ici et c'est probablement un handicap impossible à éliminer, avec ou sans Michael. S'il vous a séduite, c'est parce que vous l'avez vu d'emblée comme un homme. Il ne vous a jamais infligé le spectacle d'un être diminué, aveuglé par son égoïsme, châtré par sa faiblesse. Vous n'avez jamais eu à lui changer son caleçon ni à nettoyer ses saletés. Il ne vous a pas non plus fait subir des heures durant la litanie de ses malheurs — les mêmes sans doute que vous ont infligés tous les types comme moi.

— Non, Neil ! s'écria-t-elle. Ne dites pas cela ! Je ne vous ai jamais jugé comme cela, jamais !

— C'est du moins ainsi que je me juge, quand je regarde en arrière ce que j'étais. Car je suis devenu capable de regarder en arrière, vous savez ? Et je peux brosser ainsi un portrait de moi infiniment plus ressemblant que vous ne le croiriez. Maintenant, je suis guéri, au point que je n'arrive pas à m'expliquer comment ni pourquoi j'étais tombé si bas. Cela ne m'arrivera plus.

— J'en suis heureuse, Neil, dit-elle en s'approchant de la porte. Pouvons-nous nous dire au revoir maintenant, tout de suite ? Comprenez-vous sincèrement que je ne cherche pas à me débarrasser de vous, que ce n'est pas une forme d'antipathie ou de négligence ? J'ai désespérément envie de voir la fin de cette journée, et je ne pourrai pas trouver le repos tant que vous serez avec moi. Et puis... je préférerais aussi ne plus vous revoir, Neil. Ce serait comme une veillée mortuaire. Le pavillon X est mort, et bien mort. N'en réveillons pas les ombres.

— Eh bien, je ferai ma veillée tout seul... Si jamais vous aviez envie de me revoir, je serai à Melbourne.

354

Mon adresse est dans l'annuaire. J'ai mis longtemps à trouver la femme idéale. J'ai trente-sept ans, il est donc peu probable que je change d'avis à la légère. D'ailleurs, ajouta-t-il en riant, comment pourrais-je vous oublier ? Je ne vous ai même pas embrassée !

— Alors, faites-le tout de suite, Neil.

Elle se sentit prête à succomber, à l'aimer. Non, pas encore assez.

— Je ne le ferai pas, répondit-il. Vous avez raison, le pavillon X est bien mort. Mais je suis encore dans son cadavre qui n'a pas eu le temps de refroidir. Ce que vous m'offrez, c'est une grâce, une faveur. Je n'en veux plus. Jamais plus.

— Alors, adieu, Neil, dit-elle en lui tendant la main. Au revoir, peut-être. Bonne chance. Je suis sûre que vous en aurez.

Il prit la main tendue, la serra avec affection puis la porta à ses lèvres, pour y poser un baiser.

— Au revoir, Honora. Pas d'adieu. Et n'oubliez pas : je suis dans l'annuaire de Melbourne !

La dernière traversée du camp, du pavillon X au cantonnement des infirmières. La dernière... On n'imagine pas que cela puisse arriver, même quand on en brûle d'envie. Sa vie à la base 15, elle en avait oublié le début et n'en avait pas vu la fin. Maintenant, c'était fini. Ce long épisode de sa vie s'était achevé avec Neil, en une conclusion somme toute appropriée. Il était devenu un homme, un vrai. Et pourtant, il avait eu raison de lui dire que, devant elle, il était affligé d'un handicap insurmontable. Pour elle, en effet, il n'avait été qu'un patient parmi les autres, avec les autres. Affligeant, pitoyable, fragile... Il ne l'était plus, et c'était une sorte de triomphe. Mais il ne devait pas sa guérison à son séjour au pavillon X, comme il le croyait. C'était en lui qu'il l'avait trouvée, car on ne guérit jamais que par sa propre

355

volonté. Malgré tout, malgré sa souffrance encore vive et bien des souvenirs pénibles, elle pouvait quitter le pavillon X avec la satisfaction de savoir qu'il avait rempli son rôle.

Neil n'avait pas même pris la peine de lui demander si elle comptait intervenir pour influer sur les conséquences de leur justice expéditive. Il n'en était bien entendu plus temps. Ah ! si Michael n'avait pas parlé !... Mais la vérité l'avait libérée, en grande partie, de la culpabilité qu'avait fait naître sa conduite envers eux. S'ils se croyaient trahis parce qu'elle s'était tournée vers Michael, elle savait qu'eux aussi l'avaient trahie. C'était à eux, désormais, de vivre avec le souvenir de Luc Daggett. A elle aussi, en un sens. Neil n'avait pas voulu la mettre au courant de peur que son intervention ne délivrât Michael — parce qu'il ne voulait pas non plus lui en faire porter le remords. Un peu de bien, un peu de mal... C'était la vie.

SEPTIÈME
PARTIE

1

Personne n'attendait Honora Langtry à sa descente de train, pour la bonne raison qu'elle n'avait pas prévenu les siens de son arrivée. Elle les aimait, certes, et de tout son cœur. Mais les revoir au bout de tout ce temps n'était pas chose aisée, et mieux valait que la rencontre ne se déroulât pas en public. C'était aussi un retour à son enfance, à un monde terriblement lointain. Comment allait-on la recevoir, la juger ? Elle avait donc préféré retarder l'épreuve de cette confrontation. La propriété de son père n'était pas très éloignée de la ville, elle trouverait bien quelqu'un de serviable pour l'y conduire.

Elle ne connaissait pas le chauffeur qui accepta de la prendre et put donc accomplir le trajet en paix, sans bavardages inutiles. La famille devait vraisemblablement être au courant : le chef de gare l'avait reçue à bras ouverts, lui avait trouvé l'automobiliste complaisant et avait aussitôt dû téléphoner pour annoncer la grande nouvelle.

Ils s'étaient, en effet, tous rassemblés sous la véranda : son père, plus corpulent et plus chauve que dans ses souvenirs; sa mère, qui n'avait pas du tout changé; son frère Ian, copie conforme de son père mais plus jeune et plus mince. Elle fut immédiatement prise sous un déluge d'embrassades, de baisers, de regards affectueux, d'exclamations admiratives et de phrases jamais complétées parce qu'un autre trouvait toujours le moyen de les interrompre au beau milieu.

Puis il y eut le dîner, véritable festin pour célébrer le retour de l'enfant prodigue, suivi enfin d'un peu de calme. Charlie Langtry et son fils allèrent se coucher, car leurs journées commençaient à l'aube. Sa mère suivit Honora dans sa chambre pour lui tenir compagnie pendant qu'elle défaisait ses valises — et surtout pour lui parler.

La pièce était agréable, sans prétention, mais vaste et décorée avec goût. On sentait que tout y était coûteux, sans ostentation toutefois. Le lit paraissait confortable, les fauteuils accueillants. Une grande table ancienne, au bois bien ciré, composait avec une chaise le coin travail; le long d'un mur, une vaste armoire-penderie, un haut miroir-psyché, une coiffeuse. Tout était simple et beau.

Tandis qu'Honora s'affairait entre ses valises, la penderie et les tiroirs de sa commode, sa mère avait pour la première fois l'occasion de l'observer attentivement. Elles s'étaient, bien entendu, revues de temps à autre à l'occasion des permissions, mais ces rencontres avaient été trop brèves et trop hâtives pour leur laisser à toutes deux des impressions durables. Les circonstances, aujourd'hui, étaient différentes, et Faith Langtry pouvait enfin se rassasier de la vue de sa fille sans penser à la séparation du lendemain, sans s'inquiéter de ce qui attendait Honora dans sa prochaine et dangereuse affectation. Ian, son cadet, n'avait pu s'engager car il était indispensable à l'exploitation. Je n'aurais jamais pensé, se disait Faith Langtry, que je verrais ma fille partir pour la guerre ! Mon aînée. Décidément, les différences de sexe ne sont plus ce qu'elles étaient...

A chacune de ses brèves visites, ils avaient tous remarqué son teint jauni par le climat des tropiques, l'apparition de menus tics, d'habitudes qui la transformaient et en faisaient un individu à part, différent d'eux, une adulte. Une femme. Six ans !... Dieu seul savait ce que ces années lui avaient apporté ou coûté car Honora, quand elle revenait chez elle, refusait de parler de la guerre ou, pressée de questions, les éludait habilement et détournait la conversation. Elle en avait cependant subi la marque indélébile; en contemplant sa fille, Faith Langtry comprenait que celle-ci vivait désormais sur une autre planète que celle où s'était déroulée son enfance.

Elle avait minci, ce qui était prévisible. Son visage était sillonné de rides légères mais, Dieu merci, elle n'avait pas encore de cheveux gris. Elle paraissait presque sévère, mais sans dureté, et ses gestes trahissaient une nature décidée. Lointaine, elle n'était pourtant pas renfermée, et s'il n'était pas possible qu'elle devînt jamais, aux yeux de sa mère, une étrangère, elle était devenue... autre. Différente.

Ses parents avaient été heureux de lui voir choisir une carrière d'infirmière plutôt que de médecin. Mais les longues études médicales l'auraient obligée à rester chez elle et, en observant Honora, sa mère se demandait si cela ne lui aurait pas épargné bien des peines à long terme.

Elle sortit de la valise ses médailles et ses décorations. Incroyable ! se dit sa mère. Ma fille décorée, comme un homme ! Charlie et Ian vont en crever d'orgueil...

— Tu ne m'avais jamais parlé de ton O.B.E.*, dit Faith d'un ton de reproche.

Honora leva les yeux, étonnée :

— Vraiment ? J'ai dû oublier. Nous étions tellement débordés à ce moment-là que mes lettres s'en ressentaient. De toute façon, la confirmation ne m'est parvenue que tout récemment.

— As-tu des photos à montrer, ma chérie ?

— Oui, je les ai mises quelque part...

Honora fouilla dans une poche de sa valise et en tira

---

* O.B.E. : Order of the British Empire.

deux enveloppes de tailles inégales. Elle alla s'asseoir près de sa mère et lui tendit la plus petite en allumant une cigarette.

— Voilà. Sur celle-ci, c'est Sally, Teddy, Wilma et moi... Là, c'est notre patron... C'est moi à Darwin, prête à décoller pour je ne sais plus où... Moresby... L'équipe médicale à Morotai... Le pavillon X.

— Le chapeau de brousse te va à merveille.

— C'est surtout plus confortable que le voile, peut-être parce qu'on peut l'enlever à l'intérieur.

— Et qu'y a-t-il dans cette autre enveloppe ? Des photos ?

Honora hésita à prendre la plus grande des deux enveloppes et se décida à l'ouvrir.

— Non, ce sont des dessins, les portraits de mes malades du pavillon X. Mon dernier commandement, si je puis dire.

— Ils sont remarquablement dessinés.

Faith Langtry regardait attentivement chacun des portraits et Honora fut soulagée de voir qu'elle ne s'attardait pas sur celui de Michael plus longtemps que sur les autres. Comment aurait-elle pu deviner que celui-ci avait pour Honora une valeur toute particulière ? Elle ne pouvait naturellement pas voir en Michael ce dont sa fille avait été frappée lors de leur première rencontre, dans le couloir du pavillon X.

— Qui donc les a dessinés ? demanda Faith en les reposant.

Honora feuilleta la pile et mit le portrait de Neil sur le dessus :

— Lui, Neil Parkinson, mais ce n'est pas ressemblant. Il a été incapable de se représenter lui-même.

— C'est malgré tout assez fidèle pour qu'il me rappelle quelqu'un... Je suis sûre de l'avoir déjà vu. D'où vient-il ?

— De Melbourne. Son père est quelqu'un de très important, je crois.

— Longland Parkinson, mais oui, bien sûr ! s'exclama Faith Langtry. Je me disais aussi que j'avais rencontré ce garçon. Au Grand Prix de Melbourne, en 1939. Il était avec ses parents. J'ai souvent rencontré sa mère dans des réceptions.

Que lui avait donc dit Michael, déjà ? Que dans « son monde » elle fréquenterait des hommes comme Neil, pas comme lui... Bizarre. A un moment ou à un autre, elle aurait pu, en effet, faire la connaissance de Neil dans quelque mondanité — s'il n'y avait pas eu la guerre.

Pendant ce temps, sa mère avait repris la collection de dessins et y retrouva celui qu'elle cherchait.

— Et celui-ci, Honora, qui est-ce ? Ces traits, cette expression dans le regard ! dit-elle, comme fascinée. Je ne crois pas que je l'aimerais, mais il est extraordinaire.

— Le sergent Lucius Daggett, nous l'appelions Luc. Il a... Il s'est suicidé, peu avant la fermeture de la base.

Seigneur ! Elle avait failli laisser échapper : « Il a été assassiné »...

— Pauvre garçon. Je me demande ce qui a pu le pousser à un tel acte de désespoir. Cela ne lui ressemble guère, à voir son portrait. Je les préfère de beaucoup aux photos, dit-elle en lui rendant les dessins. On n'apprend pas grand-chose sur la personnalité des gens en regardant leurs bras et leurs jambes. Quand je vois des photos, j'essaie toujours de discerner les visages mais, la plupart du temps, ce ne sont que des taches indistinctes. Lequel était ton préféré ?

Elle ne put résister à la tentation et tendit à sa mère le portrait de Michael.

— Celui-ci, répondit-elle. Le sergent Michael Wilson.

— Vraiment ? dit Faith d'un air incrédule. Tu le connais, tu as donc pu le juger. C'est un beau garçon, j'en conviens, l'air franc, honnête. Mais il a l'allure d'un garçon de ferme, si tu veux mon avis.

Bravo, Michael ! se dit-elle. Ton jugement est infaillible. Voilà bien la réaction de l'épouse du riche propriétaire terrien qui fréquente un Neil Parkinson aux courses et flaire d'instinct les gens de sa classe, sans pour autant être snob...

— Il est éleveur, répondit-elle.

— Ah bon, cela explique le côté paysan. Te sens-tu fatiguée, ma chérie ? dit Faith en s'étirant.

— Non, maman, pas le moins du monde.

Elle posa les dessins par terre, à côté d'elle, et alluma une nouvelle cigarette.

— Toujours pas de mariage en vue ?

— Non, maman, répondit Honora en souriant.

— Tu as raison, mieux vaut rester célibataire que faire un mauvais mariage.

Elle avait fait cette remarque d'un ton si ironique que sa fille ne put s'empêcher d'éclater de rire.

— Je suis parfaitement d'accord avec toi, maman !

— Tu vas donc redevenir infirmière, si je comprends bien.

— Oui.

— Prince-Alfred ?

Faith Langtry connaissait assez sa fille pour ne pas lui suggérer un petit hôpital comme celui de Yass, la ville voisine. Honora voyait toujours tout en grand.

— Non, je ne crois pas...

Elle s'interrompit, hésita.

— Où, alors ?

— Je vais d'abord faire un stage dans un endroit qui s'appelle Morisset pour apprendre la... psychiatrie.

— Tu plaisantes ! s'exclama Faith Langtry.

— Non, maman, je suis très sérieuse.

— Mais... Mais, c'est ridicule ! Tu es infirmière diplômée, tu as de l'ancienneté, de l'expérience, toutes les portes s'ouvriraient devant toi ! Et tu veux finir dans un asile de fous ? Dieu tout-puissant, Honora, autant chercher un emploi de gardienne de prison, ce n'est pas plus infamant et c'est mieux payé !

Son visage se ferma, ses lèvres prirent un pli dur et sa mère vit pour la première fois, sur son visage, les marques d'une obstination inflexible.

— C'est précisément une des raisons pour lesquelles je me lance dans cette spécialité, répondit Honora fermement. Depuis un an et demi, je soigne des hommes atteints de troubles mentaux et ce travail m'a cent fois plus intéressée que tout ce que j'avais fait jusqu'à présent. On a justement *besoin* de gens comme moi, parce que les gens comme vous poussez des cris d'horreur dès qu'on parle de ce problème ! Dans les hôpitaux psychiatriques, les infirmières ont en effet une effroyable réputation si bien qu'on n'en recrute pas de valables. Si des femmes comme moi n'y vont pas, il n'y a donc aucune chance de progresser ! Quand j'ai appelé le ministère de la Santé publique pour m'informer sur les stages de formation en psychiatrie et j'ai dit qui j'étais, on m'a presque prise pour une folle. Il a fallu que j'y aille deux fois pour les convaincre. Quand on pense que les gens du ministère, responsables de l'administration des hôpitaux psychiatriques, considèrent eux-mêmes qu'on n'y fait rien de plus que garder des fous !...

— C'est pourtant très exactement ce que tu vas faire.

— Ecoute, maman, répondit-elle sur le ton d'un plaidoyer passionné, un malade qui entre dans l'un de ces établissements est presque toujours condamné à y rester à vie. Ceux que j'ai soignés n'étaient évidemment pas aussi gravement atteints, mais j'en ai suffisamment appris avec eux pour comprendre qu'il y a toujours un espoir d'amélioration et qu'il faut précisément des gens comme moi pour adoucir le sort de ces malheureux, tenter d'en sauver quelques-uns peut-être !

— Ma petite fille, tu me donnes l'impression de vouloir faire pénitence ou de prêcher quelque nouvelle religion ! Je ne sais pas ce que tu as subi pendant la guerre, mais cela n'a quand même pas pu altérer ton jugement à ce point !

Honora alluma pensivement une cigarette avant de répondre :

— Je dois en effet donner l'impression de vouloir remplir une quelconque mission, et c'est assez ridicule, soit. Il ne s'agit pourtant pas de cela et je n'ai aucune raison de faire pénitence, rassure-toi. Je me refuse cependant à admettre que vouloir faire quelque chose pour améliorer le sort des malades mentaux puisse être considéré comme un signe d'aliénation de ma part !

— D'accord, ma chérie, d'accord, j'ai eu tort de dire ce que j'ai dit, répondit sa mère d'un ton apaisant. Ne te fâche pas non plus si je te pose une seule question : gagneras-tu quelque chose de concret dans ce que tu entreprends, un nouveau certificat, par exemple, ou un diplôme ?

Honora éclata de rire :

— Non, maman, rien du tout. Il n'existe ni programme d'études à proprement parler, ni certificat, ni diplôme. Rien. Quand j'aurai fini mon stage de formation, je n'aurai droit qu'au titre d'infirmière, un point c'est tout. Je comptais d'abord entrer à Callan Park, mais, réflexion faite, je préfère Morisset. L'enseignement y est aussi bon, paraît-il, et l'ambiance bien meilleure.

Faith Langtry se leva pour faire les cent pas :

— Morisset... C'est aux environs de Newcastle, n'est-ce pas ?

— Oui, à cent kilomètres de Sydney. Je pourrai facilement y aller quand j'aurai besoin de distractions, et j'ai l'impression que cela m'arrivera souvent. Tu sais, maman, je ne regarde pas du tout cette aventure à travers des lunettes roses. Ce sera très dur, surtout en redémarrant à zéro comme je vais le faire. Mais je préfère me retrouver novice et apprendre quelque chose qu'aller m'enfermer à Prince-Alfred pour courber l'échine devant tout le monde, de l'infirmière en chef aux moindres chefs de service, et pour me trouver toutes les cinq minutes ligotée par des règlements stupides ou des jalousies personnelles. Je ne pourrais plus supporter ces mesquineries, après la vie que j'ai menée dans l'armée.

Faith tendit la main vers les cigarettes de sa fille et en alluma une posément.

— Maman ! Tu fumes ! s'écria Honora, stupéfaite.

Sa mère éclata de rire :

— Je suis contente de voir que tu as encore des principes et des préjugés ! Tu fumes comme une cheminée, pourquoi pas moi ?

— Tu as raison, répondit Honora en se levant pour l'embrasser. Mais rassieds-toi et mets-toi à l'aise. On a beau se croire large d'esprit, on a toujours tendance à considérer ses parents comme des divinités, des êtres parfaits, surhumains. Je te demande pardon.

— Et je te l'accorde. Charlie fume, Ian fume, tu fumes. Je commençais à me sentir toute bête, la seule de mon espèce. Je me suis également mise à boire, je te préviens. Un whisky tous les soirs avant le dîner, avec Charlie. C'est très agréable.

— Très raffiné, aussi, dans cette cambrousse...

Faith Langtry exhala une longue bouffée.

— J'espère que tout ira bien, ma chérie, et que tes espoirs ne seront pas déçus. Je t'avoue cependant que j'aurais préféré ne jamais t'avoir vue affectée à ce pavillon de « tropicaux ».

Honora réfléchit longuement avant de répondre et choisit ses mots pour leur donner du poids :

— Écoute, maman, je m'aperçois que je ne peux rien dire, même à toi, de ce qui m'est arrivé pendant que je m'occupais de mes « tropicaux », et je ne pourrai sans doute jamais en parler. Tu n'y es pour rien, c'est entièrement de ma faute. J'ai subi, j'ai vécu des choses, des événements trop importants, trop douloureux. Je n'essaie pas de les refouler, je crois plutôt que personne ne peut comprendre sans avoir connu un monde comme celui du pavillon X. Et puis, je n'ai vraiment pas le courage de me lancer dans des explications, de donner tous les détails, je crois que cela me tuerait. Je peux quand même te dire au moins ceci : j'ignore pourquoi, mais je *sais* que je n'en ai pas fini avec le pavillon X. Il va encore en sortir je ne sais quoi et je veux, en devenant infirmière psychiatrique, me préparer à y faire face.

— Que pourrait-il survenir de nouveau ?

— Je ne sais pas. J'ai des pressentiments, c'est tout.

Faith Langtry écrasa soigneusement sa cigarette, se leva et se pencha vers sa fille qu'elle embrassa tendrement :

— Il est temps de nous dire bonsoir, ma chérie. Je suis heureuse de te voir enfin revenue à la maison. Nous étions toujours dans l'inquiétude quand nous ne savions pas exactement où tu étais, ni si tu te trouvais près du front. A côté de cela, ton hôpital psychiatrique nous paraîtra un paradis.

Arrivée dans sa chambre, Faith Langtry alluma la lampe de chevet et éclaira impitoyablement son mari endormi. Il grogna, fit la grimace et voulut se tourner de l'autre côté. Mais Faith s'étendit à côté de lui et, lourdement appuyée sur son épaule, lui caressa la joue d'une main pendant qu'elle le secouait sans ménagements de l'autre.

— Charlie ! Réveille-toi. Si tu ne te réveilles pas, je t'étrangle !

Il finit par ouvrir les yeux, se redressa en maugréant et promena ses doigts dans les quelques cheveux qui lui restaient :

— Que se passe-t-il ? Pourquoi ce raffut, à une heure pareille ?

Il ne manifestait cependant pas de colère : Faith n'était pas femme à le sortir de son sommeil pour rien.

— C'est Honora, répondit-elle. Je ne m'en étais pas rendu compte jusqu'à la conversation que je viens d'avoir avec elle.

— Rendu compte de quoi ? demanda-t-il d'une voix parfaitement éveillée.

Elle fut incapable de répondre. La peine, la peur lui serraient la gorge, et elle pleura longuement.

— Elle est partie, loin, très loin, parvint-elle enfin à articuler. Et elle ne reviendra plus jamais...

Charlie eut un haut-le-corps :

— Partie ? Mais où cela ?

— Pas vraiment. Je veux dire, son corps est toujours là, dans sa chambre... Oh ! je dis n'importe quoi ! Pardonne-moi, je ne voulais pas t'effrayer. C'est de son âme, que je parle. De son esprit, de ce qui l'anime et que je ne reconnais plus. Oh ! Charlie, Charlie, je me sens comme une enfant, à côté d'elle. C'est pire que si notre fille était religieuse. Dans un couvent, au moins, elle serait en sécurité. Le monde ne l'aurait pas blessée. Mais Honora a été comme écrasée par le monde entier et, pourtant, elle en sort grandie. Non, décidément, je ne sais plus ce que je dis. Il faut que tu lui parles, que tu comprennes par toi-même ce que j'essaie de t'expliquer. Vois-tu, je me suis mise — bien modestement — à boire et à fumer. Honora, elle, s'est mise à prendre à son compte tous les soucis, tous les malheurs du monde et c'est insoutenable à observer. Aucune femme ne veut voir son propre enfant souffrir à ce point...

— C'est la guerre, répondit Charlie Langtry. Nous n'aurions pas dû la laisser y aller.

— Elle ne nous a pas demandé la permission ! Rappelle-toi, elle avait presque vingt-cinq ans quand elle s'est engagée. Une femme, une adulte. Et moi qui la croyais assez forte pour y résister... Oui, c'est la guerre, qui lui fait cela. La guerre.

2

Honora Langtry abandonna donc son voile pour un simple bonnet, son rang et ses prérogatives pour n'être qu'infirmière stagiaire à l'hôpital psychiatrique de Morisset. C'était un vaste ensemble de bâtiments disséminés sur plusieurs hectares dans l'un des plus beaux paysages que l'on pût imaginer : d'un côté, la mer dessinant des baies, des promontoires et des plages; de l'autre, des montagnes couvertes de forêts luxuriantes et des plaines fertiles et paisibles.

Elle se trouva, au début, dans une situation malaisée : personne n'avait encore vu d'infirmière médicale de sa valeur jeter sa carrière et ses avantages aux orties pour redevenir stagiaire dans un établissement tel que Morisset. Ses compagnes en cours de formation étaient, pour la plupart, de son âge ou plus âgées, certaines avaient aussi des états de service dans le corps de santé militaire — car la psychiatrie est une carrière mieux faite pour les femmes mûres que pour les jeunes filles — mais son statut très particulier la tenait néanmoins à l'écart. Elles savaient toutes, en effet, que l'infirmière en chef lui avait accordé une dérogation inouïe, celle de se présenter au bout de deux ans, au lieu de trois, à l'examen des chefs de service, et une telle marque d'estime et de respect attirait sur Honora Langtry l'attention générale. On savait d'elle peu de chose : elle avait eu de brillants états de service pendant la guerre, qui lui avaient valu la médaille de l'O.B.E., mais les on-dit s'arrêtaient là, et l'infirmière Langtry était avare de paroles sur cette période de sa vie.

Il lui fallut six mois pour apporter la preuve qu'elle ne purgeait pas quelque condamnation infamante, qu'elle n'était là ni en exil ni pour espionner au profit du ministère et qu'elle ne souffrait d'aucun dérangement mental. Au bout de ces six mois de mise à l'épreuve, elle avait, au contraire, gagné la confiance unanime des chefs de service, qui voyaient en elle une personne infatigable et efficace, jamais absente ni malade. Sa formation médicale et chirurgicale était une bénédiction dans un hôpital comme Morisset, où une poignée de médecins débordés ne pouvait surveiller d'assez près tous les malades pour diagnostiquer les maladies physiques susceptibles d'aggraver leur état mental. L'infirmière Langtry, elle, était en mesure de déceler une pneumonie en train de couver, savait comment l'enrayer et avait le don de transmettre ses connaissances aux autres. De même, elle diagnostiquait instantanément un herpès, une inflammation gastro-intestinale, une infection de l'oreille interne ou des amygdales, bref tout ce dont pouvaient se plaindre, le plus souvent de manière confuse, les malades confiés à ses soins. Elle savait différencier une foulure d'une fracture, un rhume de cerveau d'une allergie, une migraine d'un simple mal de tête. Elle se rendait indispensable et savait ne pas en profiter insolemment.

Le travail était exténuant. Il se faisait en deux postes de douze heures, le jour de 6 h 30 à 18 h 30 et la nuit de 18 h 30 à 6 h 30. Chaque service comprenait soixante à cent vingt malades et ne disposait que de trois ou quatre infirmières, y compris le chef de service. Il n'y avait pas de personnel de salle. Tous les malades devaient être baignés quotidiennement, alors que chaque service ne comptait qu'une seule baignoire et une seule douche. Les infirmières assuraient le ménage et l'hygiène, y compris le lessivage des murs et des sols. Elles allumaient et entretenaient les chaudières à coke alimentant en eau chaude les pavillons et les salles communes. Elles lavaient et raccommodaient le linge des malades. Les repas, préparés dans une cuisine centrale, étaient livrés en vrac dans les services où les infirmières découpaient la viande, répartissaient les portions et, le plus souvent, confectionnaient les desserts et cuisaient même les légumes. La vaisselle, les couverts et la batterie de cuisine étaient lavés directement dans les services par les mêmes infirmières. C'était elles, enfin, qui préparaient les repas de régime nécessaires à certains malades, car l'établissement ne comportait pas, bien entendu, de cuisine spéciale, encore moins de diététiciens.

Quels que fussent les efforts et les heures de labeur que les infirmières consacraient à ces tâches, il était matériellement impossible à trois ou quatre femmes, privées de la moindre assistance domestique, de les accomplir pour soixante malades, parfois le double. Aussi, comme à la base 15, fallait-il mettre les malades eux-mêmes au travail. Ils attachaient le plus grand prix aux responsabilités qu'ils se voyaient ainsi confier et toute infirmière débutante devait apprendre à ne jamais interférer avec le travail d'un patient. Les disputes entre malades provenaient le plus souvent du fait que l'un s'était approprié le travail de l'autre, ou s'ingéniait à lui en rendre l'exécution impossible. Ces travaux étaient presque toujours impeccablement exécutés et il s'était formé entre les patients une hiérarchie fondée sur l'utilité de la fonction remplie ou la fierté de son titulaire. Il n'y avait jamais un grain de poussière dans les locaux, les sols brillaient comme des miroirs, les salles de bain et les cuisines étaient éblouissantes.

Contrairement à ce que l'on s'imagine volontiers sur les hôpitaux psychiatriques, il régnait à Morisset une atmosphère chaleureuse. Tout le monde faisait de son mieux pour y créer une impression de vie familiale et les infirmières, dans leur quasi-totalité, éprouvaient une réelle affection pour leurs malades. De fait, le personnel et les malades ne formaient qu'un seul et même groupe, parfaitement intégré. On voyait à Morisset des familles entières, le père, la mère et de grands enfants, qui y étaient employés et y demeuraient, si bien que l'hôpital était pour eux un véritable foyer.

Il y régnait également une vie sociale active, à laquelle participaient avec un intérêt égal les malades et le personnel. Tous les lundis soir, on projetait un film dans le grand hall; les concerts étaient fréquents et tous les habitants du complexe y contribuaient et y assistaient avec le même enthousiasme. Une fois par mois se déroulait un bal, toujours suivi d'un souper raffiné. Les hommes étaient assis le long d'un mur, les femmes de l'autre côté et, au début de chaque danse, les messieurs traversaient la salle en courant pour inviter leur cavalière préférée. Le personnel participait aussi à ces festivités et dansait de préférence avec les malades.

Normalement, les locaux étaient fermés à clef en permanence et les hommes logeaient dans des bâtiments distincts de ceux des femmes. On procédait toujours à un appel avant et après les réunions où les deux sexes avaient le droit de se rencontrer. Les femmes étaient soignées par un personnel exclusivement féminin, les hommes par des infirmiers.

Rares étaient les malades qui recevaient des visites, plus rares encore ceux disposant de ressources indépendantes. Certains percevaient une petite rémunération pour des travaux sortant de l'ordinaire qu'ils exécutaient parfois à l'hôpital ou dans les jardins. En tout état de cause, les pensionnaires considéraient l'hôpital comme leur domicile permanent; certains ne se rappelaient pas en avoir eu d'autre; quelques-uns, en revanche, avaient la nostalgie d'un véritable foyer où vivaient des êtres chers. Il n'était pas rare de voir ensemble, pendant les heures autorisées, un vieux couple dont l'un seulement était interné mais dont l'autre avait choisi de tout quitter pour ne pas se séparer de son compagnon.

Ce n'était pas un paradis, certes; mais il régnait une bonne volonté générale et le personnel hospitalier était parfaitement conscient du fait qu'il n'y avait rien à gagner et beaucoup à perdre à détériorer ce climat. On trouvait, bien sûr, des pavillons mal tenus, des infirmières désagréables ou indifférentes, mais c'était l'exception. Dans les services où Honora Langtry avait travaillé et observé le comportement de ses collègues, on ne tolérait ni le sadisme ni l'indépendance abusive dont faisaient preuve les infirmières tentées de diriger leur service comme leur royaume personnel.

L'établissement prenait, par moments, des allures surannées, d'un humour involontaire. Certains pavillons étaient si éloignés du bâtiment qu'aux heures de changement de poste ou à celles des repas les infirmières se déplaçaient dans une carriole à cheval conduite par l'un des malades. L'infirmière en chef et le directeur faisaient leurs tournées journalières dans une sorte de cabriolet mené, lui aussi, par un malade. C'était un spectacle réjouissant que de voir la digne dame trônant sur sa banquette, drapée dans la blancheur de ses voiles, abritée du soleil par un parasol et de la pluie par une ombrelle, tandis que le cheval, par les fortes chaleurs, était coiffé d'un chapeau de paille percé de deux trous pour les oreilles.

Honora Langtry prenait en patience les inconvénients de son statut. Il lui avait été extrêmement pénible de rétrograder au rang de simple stagiaire, moins parce qu'elle devait accepter les ordres qu'on lui donnait que parce qu'elle se trouvait dépouillée de tous ses privilèges et du petit confort auquel elle était accoutumée. Cela lui aurait évidemment paru encore plus dur si elle n'avait pas connu et supporté pendant la guerre des conditioins de vie souvent inhumaines. Il n'empêche que, pour une femme d'à peine plus de trente ans ayant eu la responsabilité de plusieurs services et assumé la lourde charge d'hôpitaux de campagne sous le feu de l'ennemi, ce n'était pas chose aisée que de se soumettre tous les mardis, par exemple, à l'inspection de sa chambre faite par l'infirmière en chef. Il lui fallait rouler son matelas, replier ses draps et ses couvertures d'une certaine manière, ouvrir ses tiroirs. Elle subissait ces vexations en silence et préférait se rappeler qu'on lui avait accordé le privilège, dû à son âge et à ses qualifications professionnelles, de ne pas partager sa chambre avec une collègue.

Vers la fin de sa première année à Morisset, elle en avait pris l'habitude, et sa personnalité, libérée de ces entraves sans conséquence, s'épanouit de nouveau. Elle n'avait pas cherché à la refouler car elle s'était mise en sommeil d'elle-même, par un phénomène inconscient de défense qui lui avait permis de s'ajuster à sa nouvelle position jusqu'à en maîtriser parfaitement tous les aspects.

Mais cela ne pouvait durer éternellement; et la redoutable capitaine Honora Langtry reparut, fortifiée semblait-il par son long repos forcé. Cela ne la desservit en rien, car ses justes fureurs étaient toujours dirigées contre la bêtise, l'incompétence et la négligence.

Un jour, elle surprit une infirmière en train de brutaliser une malade et rapporta l'incident séance tenante au chef de service. Celle-ci traita la stagiaire Langtry d'hystérique et l'accusa d'interpréter les faits de manière erronée.

— D'ailleurs, conclut-elle, Suzanne est épileptique. On ne peut pas faire confiance à ces malades-là.

— C'est complètement idiot ! répondit Honora Langtry d'un air méprisant.

— Ce n'est pas vous qui allez m'apprendre mon travail sous prétexte que vous êtes diplômée ! répliqua l'infirmière. Si vous ne me croyez pas, ouvrez votre Livre Rouge, c'est écrit en toutes lettres. Les épileptiques sont menteurs, méchants et malhonnêtes.

— Le Livre Rouge est une ânerie ! Vous connaissez Suzanne aussi bien que moi, elle n'est rien de tout cela. De toute façon, là n'est pas la question : le Livre Rouge n'a jamais recommandé de rouer de coups un malade.

L'infirmière la regarda avec horreur, comme si elle avait entendu un blasphème. De fait, c'en était un, car le Livre Rouge — ainsi appelé pour la couleur de sa couverture — était le seul manuel d'instruction dont disposaient les infirmières des établissements psychiatriques. En vérité, cet ouvrage était parfaitement démodé, fourmillait d'erreurs et avait été conçu pour des élèves d'un niveau mental au-dessous de l'imbécillité congénitale. Quels que fussent le désordre ou la maladie, on y recommandait invariablement le lavement comme une panacée. Honora Langtry l'avait feuilleté et y avait trouvé une telle quantité d'inepties qu'elle avait résolu de ne plus le rouvrir, et de ne faire appel qu'à son propre jugement. A chacun de ses voyages à Sydney, elle achetait des traités de psychiatrie et les étudiait avec soin. S'il devait y avoir, ou plutôt lorsqu'il y aurait, une réforme, elle ne pourrait que prendre en compte les progrès accomplis dans ce domaine et que ses manuels lui permettaient de suivre.

La bataille au sujet de Suzanne fit rage et alla jusqu'à l'infirmière en chef. Rien ne put faire reculer ni amener à un compromis Honora Langtry qui, de bout en bout, se montra intraitable. A la fin, l'infirmière coupable des sévices fut sanctionnée, changée de service et soumise à une surveillance attentive. Son chef trop complaisant ne reçut aucune punition mais comprit la leçon : mieux valait être sûr de soi avant de croiser le fer avec Langtry ! Intelligente et intrépide, Honora Langtry ne se laissait pas intimider par l'autorité d'un titre — et possédait une langue au pouvoir de persuasion redoutable.

Honora Langtry savait que la ferme de Michael n'était qu'à une centaine de kilomètres de Morisset. Quand elle n'était pas trop épuisée pour se contenter de dormir et de manger, elle pensait à Michael — et à Benedict. Un jour, peut-être, au lieu de descendre à Sydney elle s'aventurerait du côté de Maitland. Mais il était encore trop tôt. Sa blessure, trop fraîche, n'était pourtant pas la seule raison de sa répugnance à entreprendre cette expédition. Elle devait laisser à Michael le temps de se rendre compte que sa tentative de sauvetage de Ben était condamnée à l'échec. L'année qu'elle venait de passer à l'hôpital lui avait appris au moins une chose, mais d'importance : on ne pouvait pas confiner des malades tels que Benedict dans l'isolement d'une ferme en pleine campagne, ni aggraver leur solitude en limitant leurs contacts à la compagnie d'une seule personne, même aussi dévouée et pleine de compassion que pouvait l'être Michael. Dans une telle situation, l'état de Ben ne pouvait qu'empirer. Elle en concevait une extrême inquiétude, tout en sachant qu'il serait inutile de s'en mêler tant que Michael n'aurait pas compris par lui-même qu'il avait eu tort et, elle, raison.

Dans une prison-hôpital, construite dans l'enceinte de Morisset, étaient internés les criminels irresponsables. La vue de ce bloc massif de brique rouge, aux ouvertures barrées de grilles, et isolé du monde par des murs et des gardiens, lui faisait toujours froid dans le dos. C'est là que Benedict aurait été relégué, se disait-elle, si l'affaire de la baraque des douches avait tourné d'une manière différente. Cet endroit était atroce, à ses yeux, et elle ne pouvait reprocher à Michael de l'avoir épargné à son ami. Aussi ne lui restait-il qu'à attendre le jour où il l'appellerait à l'aide — ou celui où elle se sentirait capable de lui offrir cette aide.

3

Un soir, on prévint Honora Langtry que quelqu'un l'attendait au parloir. Immédiatement, elle pensa à Michael. S'il avait eu assez de persévérance pour retrouver sa trace, c'est qu'il avait besoin d'elle. Mais ce pouvait être Neil, qui avait les moyens de retrouver quiconque sans se donner de mal. Cela ressemblerait d'ailleurs assez à Neil — le nouveau Neil, quitté dix-huit mois auparavant — de se lasser d'attendre et de venir la chercher. Honora savait aussi que sa mère aurait pu avoir l'occasion de rencontrer la sienne et de trahir le secret de sa retraite — mais elle n'y avait pas fait allusion dans ses dernières lettres.

Elle se dirigea donc vers le parloir, aussi calme qu'elle le pouvait, se répétant la scène prête à se dérouler dans ses moindres détails, dans deux versions différentes. Elle ne doutait cependant pas de son plaisir à les revoir l'un ou l'autre.

Mais ce n'était ni l'un ni l'autre. Affalée sur une chaise, ses pieds déchaussés posés sur une autre, Sally Dawkin la regardait.

Honora Langtry s'immobilisa sur le seuil, les mains à la poitrine comme si elle avait reçu un coup de fusil. Mon dieu, se dit-elle, pourquoi faut-il qu'une femme soit toujours aussi bêtement sentimentale ? Elle se força à sourire et s'approcha de la première visiteuse qu'elle recevait depuis son arrivée à Morisset. Oui, se dit-elle encore, nous sommes toutes les mêmes, incorrigibles dès qu'il s'agit d'un homme. Pendant des mois, on croit ne plus y penser et puis, à la première occasion, nous voilà toutes prêtes à lui laisser le droit de faire battre nos cœurs et bouleverser nos vies...

Selon son habitude, Sally Dawkin sourit sans se lever :

— J'étais venue tout à l'heure mais je n'ai pas voulu vous arracher à votre pavillon avant la relève. Alors, je suis allée manger un petit quelque chose à Wyong et me revoilà. Comment va, Honora ?

Honora Langtry s'assit en face de son amie, sans perdre son sourire figé.

— Très bien, Sally, très bien. Et vous ?

— Comme un ballon de football à la fin d'un match. Je me demande quelle couture lâchera la première.

— Cela ne vous ressemble pas, vous êtes increvable.

— Dites plutôt cela à mes pieds ! Pour ma part, j'ai abandonné.

— Vos pieds ! Vous ne changerez jamais !

Sally Dawkin était affublée d'une robe informe au tissu passé : comme beaucoup d'infirmières chevronnées, elle portait en dehors de son service des vêtements modestes et reparaissait ensuite dans toute la gloire amidonnée de son voile et de son uniforme.

— Vous, Honora, vous avez changé. Vous avez l'air rajeunie, plus heureuse aussi.

C'était vrai : on aurait pu la confondre avec les jeunes stagiaires de n'importe quel hôpital. Elle portait d'ailleurs une tenue fort voisine de celle de sa jeunesse, une robe longue à rayures lilas et blanc, au col haut, aux manches longues, terminées par des manchettes en celluloïd. Et, par-dessus, un grand tablier empesé tenu par des rubans aux nœuds compliqués.

Sur sa tête, un petit bonnet blanc était orné d'une bande frontale à deux plis, signalant son statut de stagiaire de deuxième année.

— C'est l'uniforme, sans doute, qui vous donne cette impression. Vous aviez l'habitude de me voir en voile et sans tablier.

— Quoi qu'il en soit, vous êtes pimpante comme une poupée sortie de sa boîte.

— Dites-moi, Sally, avez-vous eu votre poste de chef adjointe à North Shore ?

— Non, répondit-elle tristement, je n'ai pas pu rester à Sydney. Je me suis retrouvée à Royal Newcastle, mais c'est tout près de chez moi et je peux y habiter. Et la psychiatrie, cela vous plaît toujours ?

— Plus que jamais ! répondit Honora Langtry en s'animant. C'est radicalement différent de notre métier, même s'il nous arrive d'avoir des urgences médicales. Tenez, je n'ai jamais vu autant d'épileptiques de ma vie et nous n'arrivons pas à les sauver tous, les malheureux. Mais ici, voyez-vous, je me sens utile, on a besoin de moi plus que je ne l'ai jamais éprouvé. Avec mon rang, j'avais perdu l'habitude de soigner, ce que j'appelle soigner des malades. Ici, c'est tout le contraire. Les malades sont pour moi comme des parents. On sait qu'ils sont ici pour aussi longtemps que vous, plus longtemps même s'ils ne meurent pas entre-temps car ils sont généralement d'une santé plus délicate que nous. Et laissez-moi vous dire autre chose, Sally : si vous croyez que notre métier d'infirmière exige du dévouement, essayez un peu la psychiatrie ! Je regrette, voyez-vous, poursuivit-elle avec un soupir de ne pas y avoir passé au moins deux ans avant de prendre en charge mon pavillon X. J'y ai commis de graves erreurs par ignorance. Enfin, mieux vaut tard que jamais...

— Si vous continuez, vous allez finir comme moi, un vieux poison qui se rend odieux à tout le monde !

— Comme vous ? Je ne demanderais pas mieux !...

Oh ! Sally, que je suis contente de vous revoir ! Je me demandais qui pouvait bien être ce mystérieux visiteur. On est tellement perdu dans la brousse, ici, que personne n'a encore eu le courage de m'y rendre visite.

— Moi aussi, figurez-vous, cela me fait plaisir de vous revoir, Honora. Vous avez brillé par votre absence à toutes les réunions d'anciennes. Ne gardez-vous même pas le contact avec votre équipe et les vieilles amies de la base 15 ?

— Non. Je n'ai jamais aimé l'évocation des fantômes et des souvenirs...

— Méfiez-vous, à vous enfermer ici vous allez devenir dingue comme vos malades, malgré les beaux jardins et le reste.

— Soyez franche, Sally, pourquoi m'avoir parlé de la base 15 ?

— Bah ! pour rien de particulier, sauf qu'avant de quitter North Shore pour Newcastle j'ai eu dans mon service l'un de vos anciens pensionnaires du pavillon X.

Honora Langtry eut soudain la chair de poule.

— Lequel ? demanda-t-elle la bouche sèche.

— Matt Sawyer. Sa cécité n'avait rien de psychosomatique.

— J'en étais sûre ! Qu'était-ce?

— Une énorme tumeur au cerveau qui avait attaqué le nerf optique avant de s'en prendre aux centres olfactifs et de grossir démesurément. Mais ce n'est pas pour cela qu'il avait été admis à North Shore. Hémorragie subarachnoïde.

— Il en est mort, bien entendu.

— Il est tombé dans le coma et il s'est éteint en quelques jours, sans souffrir d'ailleurs. Le plus triste, c'est pour sa famille. Trois petites filles adorables et une jeune femme charmante.

— Oui, c'est triste. Trop triste...

Honora Langtry avait pâli et il y eut un long silence, non de gêne mais de deuil, de respect pour le disparu.

381

Honora Langtry se demandait comment sa femme avait appris la cécité de Matt, quel effet cela avait produit sur les enfants. Avait-elle cru le diagnostic infamant d'hystérie, avait-elle plutôt attribué l'infirmité de Matt à une cause physique plus dangereuse et fatale ? Si le photographe avait su capter sa personnalité, telle qu'elle transparaissait dans cette photo posée en permanence sur l'armoire de Matt, elle était probablement plus forte, plus compréhensive que ne le craignait ce pauvre garçon. Repose en paix, cher Matt. Ton long combat contre la mort et la douleur est terminé.

— Pourquoi avoir quitté North Shore pour Newcastle, Sally ? demanda son amie, surprise d'apprendre qu'elle avait renoncé à une promotion qui lui tenait pourtant tellement à cœur.

Sally Dawkin se tassa sur sa chaîse :

— Mon vieux père. Artériosclérose, dégénérescence corticale, aliénation sénile... J'ai dû le faire interner ce matin.

— Oh ! ma pauvre amie ! Où cela, ici ?

— Oui. J'ai fait de mon mieux pour l'éviter, croyez-moi. J'étais rentrée à Newcastle précisément pour tenter de m'en occuper moi-même, mais ma mère a soixante-dix ans passés et elle est incapable de subir plus longtemps un mari qui urine dans son lit ou s'avise d'aller chez l'épicier en oubliant de s'habiller. Il aurait fallu que je m'arrête de travailler, mais je suis la seule à gagner de l'argent dans la famille et, pour tout arranger, je suis vieille fille. Dans ces conditions...

— Ne vous inquiétez pas, Sally, nous prendrons bien soin de lui. J'y veillerai personnellement. Comment m'avez-vous dénichée ici ?

— Je vous croyais à Callan Park et j'avais justement essayé d'y faire entrer papa. Je suis même allée voir l'infirmière en chef — cela aide d'être du métier ! — et c'est elle qui m'a appris où vous étiez.

Sally se tut un instant, et reprit, encore plus tassée sur sa chaise :

— Je suis trop froussarde pour dire à cette pauvre maman que papa est enfermé ici... Et me voilà, à pleurer sur votre épaule comme une sale gamine.

— Grand dieu, Sally, j'ai bien sangloté sur la vôtre !

— Oui, c'est vrai. Quand je pense à cette garce de Sue Pedder !...

— Vous ne savez pas ce qu'elle est devenue, par hasard ?

— Non, et franchement je m'en moque éperdument. Elle doit être mariée, à cette heure, avec un type plein de fric. Elle n'était pas faite pour travailler toute sa vie, celle-là.

— Eh bien, souhaitons-lui que ce soit le cas et que son mari la satisfasse à tous points de vue !

— Au moins, la profession en sera débarrassée...

Sally Dawkin s'interrompit, hésita et déglutit à plusieurs reprises, comme si on la forçait à avaler une potion amère.

— En fait, Honora, je ne voulais pas seulement vous voir pour vous parler de papa. Il m'est venu de drôles d'idées quand l'infirmière en chef de Callan Park m'a appris que vous étiez ici. Vous arrive-t-il de lire les journaux de Newcastle ?

Honora Langtry accueillit la question avec étonnement :

— Non, pourquoi ?

— Eh bien, reprit Sally Dawkin avec embarras, je savais que vous n'étiez pas originaire de cette région et je pensais que vous ne vous intéressiez sans doute pas aux nouvelles locales, sinon... Sinon, vous ne seriez sans doute plus là.

Comprenant soudain où sa visiteuse voulait en venir, Honora Langtry rougit, se redressa sur son siège et prit un air si lointain, si hautain que Sally Dawkin eut du mal à poursuivre :

— A la base, je m'étais rendu compte de votre préférence pour Michael Wilson, si bien que je vous voyais déjà mariés, tous les deux. C'est en lisant les journaux que j'ai compris que votre... amitié n'avait pas eu de suites. Et puis, en apprenant que vous étiez à Morisset, je me suis demandé si vous ne vous étiez pas postée à proximité dans l'espoir de tomber sur lui un jour ou l'autre, ou d'aller le voir quand les choses se seraient tassées... Voyons, Honora, vous ne voyez pas de quoi j'essaie de vous parler ?

— Non, pas du tout, répondit-elle d'une voix étranglée.

Sally Dawkin rassembla son courage. Ce n'était pas la première fois qu'elle devait faire face à une situation de ce genre, mais elle avait le devoir de s'y prendre d'une manière directe : ce serait la moins cruelle.

— Ma chère petite, Michael Wilson est mort il y a près de quatre mois.

Le visage d'Honora Langtry pâlit mais ne refléta aucune expression.

— Vous savez que je ne suis pas du genre à colporter des ragots, reprit Sally Dawkin, ni à vous raconter cette histoire pour le plaisir de vous voir souffrir. Je crois simplement qu'il fallait vous mettre au courant. J'ai eu votre âge, ma chérie, et je sais exactement ce par quoi vous passez en ce moment. L'espérance est souvent la chose la plus cruelle au monde, et parfois il faut la tuer quand elle mène au désespoir. Mes paroles pourront peut-être donner à votre vie un cours différent avant qu'il ne soit trop tard et que vous ne soyez prise au piège des habitudes, comme moi par exemple... Je crois aussi qu'il vaut mieux l'apprendre de moi que de quelque boutiquier de Maitland par un beau dimanche ensoleillé.

— Benedict l'a tué, déclara-t-elle d'une voix sans timbre.

— Non, c'est lui qui a tué Benedict avant de se tuer.

Tout cela à cause d'une histoire de chien qui était allé semer la terreur dans le poulailler d'un voisin. Le voisin est arrivé fou furieux et a voulu s'en prendre à Michael. Benedict a agressé le fermier et, si Michael ne l'avait pas retenu, le voisin serait mort lui aussi à l'heure qu'il est. A peine remis, il a couru à la police et quand les agents sont arrivés à la ferme de Michael, tout était fini. Ils étaient morts, tous les deux. Michael avait administré à Benedict une dose massive de soporifiques et s'était tiré un coup de pistolet. Il n'a pas eu le temps de souffrir, il connaissait trop bien son métier de soldat.

Honora Langtry s'était laissée aller sur sa chaise comme une poupée de son, inerte ! Oh ! mon Michael, mon Michael !... D'un coup, tout son amour pour lui, tout le besoin qu'elle avait de lui l'envahirent. Michael... Jamais plus elle ne le reverrait, alors qu'il lui avait manqué si longtemps et d'une manière si intolérable. Depuis des mois, elle vivait assez près de lui pour aller le voir au cours d'un après-midi de repos, et elle s'était refusé cette rencontre. Il était mort et elle n'en avait rien su, n'avait rien ressenti dans sa chair, dans ses os, dans son cœur qui ne battait que pour lui.

Les rapports de Michael avec Benedict avaient atteint leur conclusion inéluctable. La seule possible, elle le comprenait maintenant. Tant que Michael s'occupait de lui, Benedict était en sûreté. Michael était forcé de le croire : il avait assumé un devoir dont la seule récompense se trouvait dans le sentiment de la tâche accomplie. En constatant son erreur, Michael avait déposé son fardeau et tué Benedict avec toute la bonté et la douceur dont il était capable. Ensuite, il ne pouvait lui-même trouver refuge que dans la mort. Il était incapable de se résigner à vivre dans une prison, même dans le pavillon X ou un établissement comme Morisset. Michael était un oiseau : s'il devait être mis en cage, encore fallait-il qu'il la tressât de ses mains. Michael, mon Michael. Quels que soient ses rêves, un homme reste un homme.

Elle se redressa dans un mouvement de révolte :

— Pourquoi n'est-il pas venu à moi ? Pourquoi ?

Peut-on dire la vérité sans faire mal ? Sally Dawkin en doutait, mais elle s'y efforça :

— Peut-être vous avait-il tout simplement oubliée, dit-elle avec douceur. Ils nous oublient presque toujours, vous savez.

— Ils ne peuvent pas, ils n'ont pas le droit de nous oublier ! s'écria Honora Langtry.

— Ils le font pourtant, Honora. La nature humaine est ainsi faite. Bien sûr, ils nous aiment, et sincèrement. Mais après, ils suivent leur chemin, nous le nôtre. Ni les uns ni les autres, ma chère petite, nous ne pouvons nous permettre de vivre de souvenirs. Sinon, dit-elle avec un geste pour désigner l'hôpital, nous finirions tous ici.

En silence, Honora Langtry s'efforça de recoller les morceaux de son cœur brisé. Le pourrait-elle jamais ?

— C'est vrai, dit-elle enfin. Sauf que moi, j'y suis déjà.

Sally Dawkin se leva, remit ses chaussures et prit Honora Langtry par la main pour la forcer à se mettre debout.

— Vous y êtes en effet, mais pas du même côté de la barrière, ma petite ! Du côté de ceux qui soignent, pas de ceux qui souffrent. C'est là qu'il faut rester, ne l'oubliez jamais, quoi que vous décidiez de faire par la suite !... Et maintenant, il faut que je m'en aille, dit-elle avec un soupir résigné. Ma mère doit être en train de m'attendre et de s'inquiéter.

Pauvre Sally ! se dit Honora Langtry en la raccompagnant à travers le hall. C'est elle qui affronte des problèmes graves, les seuls vrais. Ce n'est pas ainsi qu'on doit finir sa vie, sans argent, sans aide, avec de vieux parents à charge et la solitude pour toute perspective. Le devoir accompli n'avait apporté à Sally Dawkin que de nouveaux devoirs, des fardeaux encore plus lourds. Eh bien, se dit-elle, je ne veux plus entendre parler du devoir ! C'est lui qui a dirigé toute mon existence et l'a gâchée. C'est le devoir qui a tué Michael.

Elle allèrent ensemble jusqu'à la voiture qu'avait empruntée Sally Dawkin pour conduire son père. Les deux femmes s'embrassèrent avec émotion, serrées l'une contre l'autre.

— Bonne chance, Sally, et ne vous faites pas de souci pour votre père. Ici, il sera toujours bien soigné.

— Et ne vous en faites pas pour moi, Honora. Aujourd'hui, ça va mal mais demain, qui sait ? Je peux gagner le gros lot ! Et puis, Royal Newcastle n'est pas si mal, et je risque de m'y retrouver chef au lieu de me contenter d'être adjointe ailleurs. Si vous allez vous promener par là, dit-elle en s'asseyant lourdement au volant, passez-moi un coup de fil, on bavardera un peu. D'ailleurs, chaque fois que je viendrai rendre visite à papa, vous serez bien obligée de me voir !

— J'en serai toujours ravie, Sally, mais je ne sais pas si je vais rester ici très longtemps, en fin de compte. Je connais quelqu'un à Melbourne dont je ferais peut-être bien de rafraîchir la mémoire avant qu'il ne m'oublie complètement.

Sally Dawkin lui adressa un sourire épanoui :

— A la bonne heure ! Vivez votre vie comme il vous plaît, ma petite, et soyez heureuse !

Elle fit un salut de la main, embraya sans douceur et s'éloigna dans d'horribles grincement mécaniques. Honora Langtry la suivit des yeux, le bras levé en signe d'adieu Quand la voiture eut disparu, elle se retourna et prit lentement le chemin du bâtiment des infirmières. La tête baissée, elle ne voyait dans la pénombre du crépuscule que ses chaussures noires sur le gravier plus clair.

Neil lui avait dit qu'il l'attendrait. Par avion, Melbourne n'était pas loin, elle pourrait très bien y aller pendant sa prochaine période de repos de quatre jours

— et ne jamais revenir à Morisset si Neil était fidèle à sa promesse. Qu'avait-elle récolté jusqu'à maintenant ? Quelques morceaux de parchemin, des rubans, des médailles. Ni mari ni enfant, même pas une vie personnelle. Elle n'avait fait que servir les autres et vivre pour un souvenir, celui d'un mort. Ce n'était pas beaucoup. Ce n'était pas assez.

Elle releva la tête, regarda tout autour d'elle les rec- tangles de lumière qui délimitaient cette immense zone dans laquelle la société rejetait ses déchets. Quand aurait-elle quatre jours de repos consécutifs ? Voyons, trois jours de service suivis de trois jours de repos, puis quatre jours de service. Dans dix jours, donc.

Cela s'arrangeait d'ailleurs à merveille. Elle n'irait à Melbourne qu'après le grand concert de la semaine prochaine, le meilleur depuis longtemps — si seulement cette pauvre Marge pouvait se rappeler les deux mots qu'elle devait prononcer ! Elle avait si envie de monter sur scène, la pauvre, personne n'avait eu le cœur de le lui refuser. Et Annie, un coup de chance que son infirmière l'ait entendue chanter ! Une fois bien pomponnée, elle était jolie comme tout, surtout dans son déguisement. Les hommes de l'atelier de vannerie avaient construit une grande cage d'osier, peinte en doré, pour y enfermer Annie qui chanterait : « Je ne suis qu'un oiseau dans une cage dorée ». Elle aurait un succès fou... A l'entracte, le sketch du chat et de la souris ferait crouler la salle sous les applaudissements, si cette pauvre Suzanne n'avait pas de crise au beau milieu...

Honora Langtry stoppa net, comme si une main géante lui avait soudain barré la route. Mais que m'arrive-t-il, grand dieu, à quoi suis-je en train de penser ? Je ne peux pas les abandonner ! Je n'ai pas le droit ! Qui leur resterait-il, si tous les gens comme moi les laissaient pour courir après un rêve ? Car ce n'est qu'un rêve, un vague désir de gamine à la tête vide ! Ma vie, elle est ici, dans ce que je fais, dans ce que je viens d'apprendre pendant deux ans d'apprentissage. Michael le savait, lui. Et Sally Dawkin a raison : la vérité a beau être cruelle, on ne peut y échapper. Si elle fait mal, il faut supporter la douleur. Ils nous oublient, la voilà la vérité ! Dix-huit mois sans même un mot de Michael.. Neil aussi m'a complètement oubliée. Quand j'étais tout son univers, il m'aimait parce qu'il avait besoin de moi. De quelle utilité lui serais-je, maintenant ? Pourquoi m'aimerait-il ? Je l'ai remis sur ses pieds et je l'ai envoyé vers une autre vie, infiniment plus riche, plus excitante aussi et peuplée de femmes désirables. Pour quelle raison devrait-il se souvenir des moments les plus pénibles de sa vie ? Plus grave encore, pourquoi devrais-je m'attendre à ce qu'il s'en souvienne ? Michael avait raison. Il savait, lui, qu'un oiseau quand il est fort et libre a besoin de beaucoup d'espace.

Ici, elle avait un devoir tout tracé. Combien existait-il de gens capables de faire ce qu'elle accomplissait elle-même sans effort ? Combien étaient dotés de la même formation, des mêmes connaissances, des mêmes dons innés ? Sur dix infirmières se lançant dans le programme de formation, une seule y résistait, et encore... Elle, Honora Langtry, avait l'endurance indispensable. Elle avait mieux encore : l'amour. Car il ne s'agissait pas d'un simple travail, routinier, sans âme. Elle y mettait son cœur — tout son cœur. Voilà ce qu'elle devait, non, ce qu'elle voulait faire de sa vie. Son devoir, il était là, parmi ces oubliés, ces inutiles, ces parias d'un monde qui refusait de leur accorder un dernier regard.

La tête droite, les épaules redressées, Honora Langtry se remit en marche d'un pas plus vif et plus léger. Elle n'éprouvait plus de crainte, elle était en paix avec elle-même. Car elle savait, désormais, que le devoir, la plus tyrannique des obsessions, n'était qu'un autre nom pour l'amour.

TABLE DES MATIÈRES

Première partie 9

Deuxième partie 113

Troisième partie 147

Quatrième partie 207

Cinquième partie 255

Sixième partie 309

Septième partie 357